장편역사소설

정기룡

정기룡

초판 1쇄 인쇄 2020년 10월 16일
초판 1쇄 발행 2020년 10월 23일

지은이 박정수 박한
펴낸이 김형성
저작권 하동문화원

책임편집 강경수
표지디자인 이승욱 디자인
본문디자인 정종덕
경영지원 남영애
홍보 · 마케팅 임종익
인쇄 · 제본 정민문화사

펴낸곳 (주)시아컨텐츠그룹
등록번호 제 406-251002014000093호
등록일 2014년 5월 7일

주소 서울시 마포구 서교동 459-2 주원빌딩 2층
전화 02-3141-9671
팩스 02-3141-9673
이메일 siaabook9671@naver.com

ISBN 979-11-88519-20-0 03810

이 도서의 국립중앙도서관 출판예정도서목록(CIP)은 서지정보유통지원시스템 홈페이지
(http://seoji.nl.go.kr)와 국가자료종합목록 구축시스템(http://kolis-net.nl.go.kr)
에서 이용하실 수 있습니다. (CIP제어번호 : CIP2020039498)

장편역사소설

정기룡

박정수 · 박한 지음

 시아

일러두기

이 글은 『매헌실기』를 중심으로 하되 다른 여러 참고 자료들을 조사하여 집필하였으며, 극적인 재미를 위해 사건의 순서를 바꾸거나 사건 당시에 있었던 인물을 추가하는 등의 각색 작업을 거쳐서 재구성된 창작물임을 미리 알려드립니다.

등장인물의 대부분은 임진왜란 당시의 실존 인물이며, 필요에 따라 가상 인물들을 추가로 등장시켰습니다.

독자 분들께서 편하게 읽으실 수 있도록 인물에 대한 설명을 본문에 묘사하였으며, 당시에 사용되었으나 현대인이 보기에 생소할 여지가 있는 단어들은 본문 하단에 주석을 달았으니 이를 참고하시기 바랍니다.

꼭 띄어 써야 할 성씨+호칭 혹은 직책의 경우 가독성을 높이기 위해 이 책에서 붙여 쓰기로 합의하고 집필했음을 말씀드립니다. 또한 표준어가 아님에도 어감 때문에 고의로 사용한 단어들이 몇 가지가 있으니 이를 알려드립니다.

머 리 말

I

작가생활 50여 년 동안 50여 권의 다양한 책을 내놓았다. 그중에는 8권이나 되는 대하소설도 있고, 한 권짜리 소설도 여러 권 썼다. 하지만 두 사람이 써보기는 처음이다. 그만큼 책의 비중이 크기도 하고 정기룡 장군에 대한 기록이 별로 없어서 자료를 수집하는 데 많은 시간을 들여야 했다.

예비 사학가라고 자처하는 젊은 사람들이나 문학하는 친구들과 함께 소설을 쓰려고 시도해 보았지만, 필자의 생각을 제대로 따라주지 못했다. 그러다가 마침내 삼국지를 여러 번 읽었고 「레전드 히어로 삼국전」의 디자인 총괄 등 많은 이력을 가지고 있는 아들과 함께 소설 정기룡을 쓰게 되었다. 함께 밤을 새워가며 의논하고 한 페이지 한 줄이라도 진짜 소설다운 소설을 쓰고 싶었던 만큼 사실 그대로를 마치 한 편의 영화를 보는 듯 입체적으로 엮으려고 노력했다.

정기룡 장군은 시대가 만든 영웅이다. 아마 전쟁이 없었더라면 그는 일개 무인으로서 시대를 마감했을지도 모를 인물이다. 그는 온갖 당파 싸움에 휘말리지 않았고 오로지 나라만을 생각하며 살다 간, 우리 민족의 거대한 별이었다. 늦게나마 윤상기 하동군수께서 나라에 충성하고 오로지 백성을 사랑하며 효심이 지극한 정기룡 장군의 높은 뜻을 기리기 위해 소설을 집필토록 물심양면으로 도와주신 것에 대해 깊이 감사하며, 한국문인협회 이광복 이사장이 호평해 주시고, 한국소설가협회 김지연 명예이사장께서 추천해 주셔서 고맙고, 하동문화원과 하동 정기룡 기념사업회의 도움으로 출간하게 된 것을 기쁘게 생각한다.

박 정 수

‖

처음 『매헌실기』라는 정기룡 장군의 행장을 훑어보면서 어디서부터 어떻게 이야기를 풀어나가야 될까 하는 막연함에서 집필을 시작했습니다. 하지만 자료를 수집하고 교차검증을 거치면서 정기룡이란 인물에 매료되었습니다. 난생처음으로 임진왜란이라는 큰 전쟁을 맞아 수많은 고난과 역경을 딛고 일어선 장군의 모습을 보고 저 역시 작가로서 처녀작을 집필한다는 점에서 동질감을 느꼈습니다. 그렇기에 그에게 더욱 감정적으로 몰입하여 집필을 할 수 있지 않았나 생각됩니다.

그렇게 그의 행적에 맞추어 각 인물들을 설계하고 유기적으로 이야기의 흐름에 맞게 연결하되 정기룡을 단순한 스테레오 타입의 무장이 아닌, 인간 정기룡으로서 이야기를 풀어나갈 수 있었습니다.

이 지면을 빌려 저를 항상 응원해준 제 절친 곽기혁 군과 글을 쓰는 재미를 알려준 저의 멘토 「레전드 히어로 삼국전」의 전재훈 감독님, 지한솔 작가님, 그리고 역사라는 분야를 공부하는 재미를 알려주신 국방 TV 「토크멘터리 전쟁사」의 임용한 박사님, 이세환 기자님을 비롯한 모든 제작진 여러분, 마지막으로 미래에 대한 고민을 하던 힘겨운 시간에 이런 뜻 깊은 기회를 주셨고 저를 믿고 늦은 시간까지 함께 집필하여 주신 아버지 박정수 작가님, 그리고 곁에서 힘과 용기를 북돋아 주신 어머님께 감사를 드립니다.

박 한

차례

용의 이름을 받은 자

첫 포효를 외치다

용의 이름을 받은 자 첫 포효를 외치다

임진년(1592) 4월 13일이었다.

조선에는 봄이 찾아왔는데도 아직도 싸늘한 기운이 감돌았다. 며칠 전에는 눈이 내려 산 곳곳에는 잔설(殘雪)이 가시지 않은 채로 여전히 남아 있었다. 그날 아침부터 짙은 먹구름이 하늘을 가린 채 빗방울을 토해 내는 것이 몹시도 을씨년스러웠다.

부산포 앞바다에 짙게 깔린 안개 속에서 왜국(倭國)의 크고 작은 배들이 갖가지 무늬가 수놓인 형형색색의 깃발들을 휘날리며 육지를 향해 물살을 가르며 질주하고 있었다. 이전에도 소수의 왜구들이 종종 그 일대에 출몰한 적은 있었지만 이번에는 그 규모가 비교가 안 될 정도로 엄청났다.

이윽고 왜군들이 조선 땅에 일제히 발을 디디니 그 수가 헤아릴 수 없을 정도였다. 부산포는 어느새 그들이 쓰고 있는 삿갓[1]으로 새카맣게 메워진 것이 마치 제철 홍합 떼들 같았다.

---

1) 진가사[戰笠]. 옛날에 왜군 보병들이 전쟁터에서 투구 대신 쓰던 일종의 전투모로 삿갓 모양이다.

그들이 지나는 곳마다 마을 초가삼간은 모두 불에 휩싸였고 땅은 피로 물들었다. 사방에서는 사람들의 비명소리가 끊이지 않았다. 평화롭던 마을들은 아비규환의 생지옥으로 변해 버렸다. 여기저기서 웃음꽃이 피던 저잣거리에는 죽은 자들로 가득한 싸늘한 정적만이 감돌았다. 미처 피난을 가지 못한 사람들은 코나 귀가 잘린 송장이 되어 사방에 나뒹굴며 진한 피비린내를 풍겼다. 아녀자들은 노리개로 쓰이기 위해 모두 잡혀가 버렸다. 한순간에 부모를 잃은 아이들은 거리를 헤매다 굶어 죽어갔다.

왜군들은 여러 경로로 흩어져 진격했다. 소백산과 도솔산 사이를 지나 경상도 영주와 단양을 거쳐 주흘산과 백화산 사이길, 경상도 문경과 충청도 괴산, 충주 사이를 잇는 경로로, 백화산과 황학산 사이의 경상도 김천과 충청도 옥천을 거쳐 가는 그들의 쾌속질주는 멈출 줄을 모르고 성난 파도처럼 조선을 휩쓸었다.

왜군들은 비록 조선군 군졸들보다 키가 두 자나 작았지만 통일 전쟁을 치른 덕분인지 태평성대를 누리던 조선군에 비해 훈련이 훨씬 잘되어 있었다. 특히 그들이 앞세운 조총(鳥銃)이라는 무기는 굉음과 불을 뿜으며 조선군에게 공포와 절망을 가져다주었다. 조총은 서역에 있는 화란(和蘭)[2]이라는 나라의 것을 가져와 본떠 만들었다고 하였다. 비록 장전에서 발사까지는 활에 비해서 시간이 걸렸지만 장전 후에 방아쇠만 당기면 되는 터라 목표물을 겨냥하기가 훨씬 쉬웠다. 이러한 조총으로 무장한 왜군 앞에 조선군이 속수무책으로 당했다는 소문은 어느새 조선 전역으로 퍼져 나갔다. 그렇게 그들은 연전연승하며 파죽

---

2) 네덜란드. 하지만 유럽 전체를 뜻하기도 한다.

지세로 한양을 향하고 있었다.

조선은 근 200여 년간 큰 전쟁 없이 평화를 유지하고 있었다. 그러다가 갑작스럽게 왜군을 만나니 군사들은 제대로 싸워보지도 못하고 속수무책으로 학살당하거나 패주하고 흩어지기만을 반복했다.

이에 조선 조정과 군영은 갑작스러운 전란으로 당황한 나머지 대책을 세워보려 했지만 의견은 합쳐지지 못했고 지리멸렬한 갑론을박(甲論乙駁)만이 이어졌다. 그러는 사이에 왜군의 점령지는 점점 넓어져만 갔다.

왜군 흑전장정(黑田長政)[3] 휘하의 선견대(先遣隊)는 거창과 연결된 배티재를 넘어 매봉재 기슭의 지례현에 잠시 주둔하여 승리를 자축하고 있었다. 그들은 거창에서 사로잡은 적장, 경상우방어사(慶尙右防禦使) 조경(趙儆)의 목을 쳐서 축제의 마무리를 장식하려는 중이었다.

축제는 심히 야만스러우면서도 경망스럽기 그지없었다. 모든 왜병[4]들은 갑옷을 벗은 채, 포로로 잡은 패장을 희롱하고 때로는 침을 뱉으며 일제히 그의 죽음을 재촉하고 있었다. 아예 옷을 모두 벗어젖히고 속옷[5] 차림만으로 술병을 들고 춤을 추며 노니는 자도 있었다.

조경은 손과 몸이 꽁꽁 포박되어 반쯤 정신을 잃은 채 피투성이 몰골로 그들 앞에 무릎을 꿇고 있었다. 한쪽에서는 왜병 한 명이 연신 그의 목을 벨 검[6]을 닦고 있었다. 그의 죽음을 재촉하는 북소리와 함성이 황

---

3) 구로다 나가마사.

4) 아시가루[足輕]. 왜군 전국시대 최하위 무사계급으로 보병을 뜻한다. 왜군의 장수와는 달리 간소화된 갑옷 차림을 하고 있다.

5) 훈도시[褌]. 일본 남성용 전통 속옷.

6) 와키자시[脇差]. 길이가 짧은 일본도의 종류 중 하나.

학산을 흔들었다.

그때였다.

왜군 진영에서 그리 멀리 떨어지지 않은 언덕배기 너머 소나무 숲속에서 열 마리의 말을 탄 무장들이 나와 이들의 행동을 낱낱이 살펴보고 있었다. 말들은 하나같이 소리를 내지 못하도록 입에 재갈을 물리고 말발굽에 헝겊을 동여매고 있었다. 한 걸음 한 걸음 말들은 풀숲을 헤치며 조심스레 적진지로 다가가고 있었다. 선봉에는 늠름한 체구에 범처럼 부리부리한 눈을 가진 젊은이가 있었다. 그는 손가락으로 서북쪽을 가리키며 말했다.

"지금부터 우리는 조경 장군을 구출하기 위해 적의 진영으로 뛰어들 것입니다. 두 분은 양옆에서 저를 따라 퇴로를 확보해 주시고 나머지 분들은 제가 장군을 구출하는 순간 엄호를 해 추격하는 왜군을 막아주십시오. 퇴로부터는 길이 좁아 왜군들이 여기로 뒤쫓아 오기 어려울 것이고, 설령 쫓아온다 한들 마궁술로 능히 제압할 수 있을 것이오."

옆에 있던 종6품 유곡찰방(幽谷察訪)[7] 김충민(金忠敏)은 불안한 표정으로 반문했다.

"별장(別將), 아무리 생각해도 무리인 거 같소. 정말 우리끼리 장군을 구출할 수 있다 보시오?"

"그렇소. 저들은 수천은 되어 보이는데 우리는 고작 열 명뿐이지 않소?"

다른 장수들 역시 김충민의 말마따나 썩 내키지 않는 듯 불안해하는 모습을 보였다. 하지만 젊은 별장은 오히려 자신 있는 듯 담담한 표정

---

7) 각 도의 역참을 관리하는 외관직.

으로 모두를 독려했다.

"지금 장군께서 목이 달아나려는 순간에 언제 군을 재정비해서 저들과 맞선단 말입니까? 게다가 장군을 구출하려면 우리만으로 단번에 돌파하는 것이 오히려 저들의 허를 찌를 수 있는 상책이라 생각됩니다. 지금 상황을 볼 때 어쩔 수 없습니다. 제가 장군을 구출해 나오겠으니 엄호를 부탁합니다. 자, 갑시다."

"허면 별장께서 직접 선봉에 나서겠다는 말이오?"

"그렇게 하겠습니다. 믿어주십시오."

종4품 옥포만호(玉浦萬戶) 김태허(金太虛)는 직접 나서서 일행 모두를 독려하였다.

"자, 우리 별장 얘기대로 해봅시다."

"모두들 긴장을 늦추지 마십시오. 반드시 성공해야 합니다. 준비합시다."

젊은 용장(勇將)이 탄 말이 한 발 앞으로 나섰다. 왜군의 진영 한복판으로 뛰어드는 것은 마치 섶을 지고 불로 뛰어드는 것이나 다름없어 보이기에 다들 초조한 기색을 보였다. 하지만 이들을 이끌고 있는 젊은 유격별장의 담력에 이끌린 듯 모두가 일사불란하게 움직였다.

어찌나 훈련이 잘되었는지 장수와 말이 한 몸인 것처럼 모두가 몸을 낮추고 이동하였다. 말발굽 소리는 헝겊에 덮여 실바람 소리에 묻혔다. 적기(適期)를 기다리며 환도와 활을 들고 천천히 왜군 진영으로 다가가는 이들의 모습은 흡사 먹잇감을 노리는 범처럼 신중했다.

기회는 단 한 번, 모두가 '실패하면 끝이다, 두 번은 없다'라는 생각에 긴장한 기색이 역력해 보였다. 다들 환도와 활을 쥔 손에 땀이 흥건했다. 모두는 두려움을 억누르고 한 걸음 두 걸음 조심스레 포박된 조경의 처형장 쪽으로 접근해 갔다. 이제 남은 거리라고는 채 백 보도 되지 않을 정도로 가까워졌다.

왜장은 부하가 잘 닦아놓은 칼을 건네받고는 조경의 곁으로 다가가서 조롱 섞인 고함을 한 번 치고는 그의 목을 노리며 칼을 높이 치켜들었다. 검신이 햇빛을 받아 서슬이 푸르게 번쩍거렸다. 왜군들 모두가 주저앉은 채로 승리의 기쁨에 도취되어 손뼉을 치고 함성을 지르며 다가올 조경의 죽음을 기대하고 있었다.

"와아!"

조경의 명을 재촉하는 북소리는 함성과 함께 더욱 빠르고 강하게 대지를 울렸다. 왜장은 술병을 건네받고는 한 모금 입에 물고 칼날에 내뿜었다. 얼마 전에 자신에게 치욕적인 패배를 안겨주었던 적장의 수급을 비로소 자기 손으로 취하는 복수의 기쁨에 도취되어 있었다. 그 때문인지 그는 물론, 그 광경을 지켜보는 왜군들 모두 숲 너머에서 지금 무슨 일이 일어나고 있는지 전혀 알아차리지 못하고 있었다. 그는 몇 번을 반복해서 조경의 목에 칼을 겨누고는 양팔을 곧 높이 치켜들었다. 조경의 목이 날아갈 찰나였다.

– 휙!

바람을 가르며 화살 하나가 왜장의 가슴을 향해 날아갔다. 곧이어 보초를 서고 있는 다른 왜병들도 날아온 화살을 맞고 연달아 쓰러졌다. 보초가 모두 사라지자 숲속에 숨어 있던 기병들이 일제히 고함을 지르며 형장을 향해 말을 내달렸다. 특히 선두에 선 젊은 별장은 허리춤에 걸려 있던 환도를 빼어 들고 무서운 기세로 눈앞의 왜적 둘을 단숨에 베어버렸다.

왜병들은 너무도 순식간에 일어난 일이라 어찌할 바를 몰라 허둥대었다. 다들 축제를 즐기느라 무장도 갖추지 않아 이들은 볏단처럼 너무나도 쉽게 베어져 갔다.

용장은 그 순간을 놓치지 않았다. 그는 곧바로 환도를 왼손에 바꿔 쥔 뒤 몸을 낮추고 손을 뻗어 조경 장군을 낚아채었다. 조경도 장정인지라 몸무게가 남달랐을 터인데 용장의 힘이 어찌나 대단했는지 의식을 잃은 그를 한 팔로 낚아채어 안장 뒤편에 걸쳐놓았다.

용장은 다시 환도를 휘두르며 말에 채찍질을 했다. 이제야 상황 파악이 된 왜군들은 서둘러 천막에서 조총과 창칼을 들고 우르르 몰려나왔다. 기병들은 약속한 돌파로를 향해 적을 베기도 하고 활로 적들을 제압해 가면서 바람보다 빠른 속도로 빠져나왔다. 그렇게 왜군 무리 너머 돌파로가 보일 때쯤이었다. 창날 하나가 날아와 조경을 스쳐 지나갔다. 용장이 뒤돌아보는 순간 조경의 손가락 몇 개가 창날에 스쳐 잘려나갔다. 그는 황급히 말머리를 돌리며 외쳤다.

"엄호해 주시오!"

뒤따라오던 봉사 강만호(姜晚虎)와 박태고(朴太古)가 용장을 붙잡으려는 적들의 목을 베어버렸다. 이때를 틈타 그는 바닥에 떨어진 조경의 손가락을 재빨리 주워 품에 넣었다. 그때쯤이었다. 왜군들이 쏜 조총에 강만호가 맞아 그만 낙마하고 말았다.

모두들 놀라 황급히 그쪽을 향해 돌아보았지만 강만호는 비틀거리며 일어난 뒤 어서 가라고 손짓으로 재촉하고는 환도를 빼어 들어, 추격해 오는 왜병들을 필사적으로 막았다. 갑작스런 사고에 모두가 잠시 머뭇거렸지만 그를 뒤로한 채 말을 달리는 것만이 오직 최선이라 여겼다. 기병 모두는 빗발치는 조총 탄환 세례를 피하며 필사적으로 적들의 공격으로부터 벗어나 왜군 진영을 빠져나왔다.

왜병 몇 명이 뒤늦게 조총을 들고 쫓아왔지만 사람이 말의 속도를 따라올 수는 없었다. 왜군들 중 일부는 조총에 장전도 제대로 못해 보고 기병들이 뒤돌아 쏜 화살에 맞아 쓰러졌다. 결국 왜군들은 이들을 따라잡지 못하고 뒤처졌으며 그렇게 조총 소리는 점점 메아리처럼 멀어져 갔다.

전력으로 내달려 적들을 따돌렸다고 판단이 되자 용장은 말고삐를 잡아당겼다. 어찌나 정신없이 달렸는지 말과 장수들은 모두 가쁜 숨을 몰아쉬며 조경의 안위를 살펴보았다. 손가락이 잘리고 정신을 잃은 상태였지만 숨이 붙어 있었다. 작전은 성공적이었다. 그제야 모두들 안도감에 숨을 확 내쉬었다. 김충민은 아직도 긴장이 덜 풀렸는지 손을 연신 덜덜 떨어대었다.

"와, 하마터면 죽는 줄 알았네…."

반면 김태허는 기쁨을 감추지 못하였다.

"그래도 조경 장군을 구출했소! 대성공이외다, 정별장!"

"하지만 강봉사가…."

용장은 주위를 돌아보며 말끝을 흐렸다. 김충민은 한숨을 쉬며 고개를 가로저었다. 이 구출 작전을 펼치는 동안 강만호가 희생된 것이다. 난리가 난 적진에 홀로 남겨졌으니 어떻게 되었을지는 모두가 이미 알고 있었다.

그래도 고작 열 필의 말만으로 무모하게만 보였던 조경의 구출 작전이 성공하였다는 데 다들 만족해야만 했다. 게다가 아직은 해야 할 일이 너무나도 많았다. 그러하기에 마냥 슬픔에 잠겨 있을 수만은 없었다. 용장은 말 등에 태웠던 조경의 상태를 살펴보았다. 그는 의식을 잃은 채 여전히 피를 흘리고 있었다. 용장은 말에서 내려 피가 더 이상 흘러내리지 않도록 천으로 그의 팔뚝을 꽉 묶어주고는 다시 말에 올랐다.

"다들 수고하셨습니다. 헌데 조경 장군께서 너무 위중하신 듯합니다. 혹시 가까운 곳에 장군께서 치료를 받으실 곳이 있겠습니까?"

"여기서 멀지 않은 곳에 직지사(直指寺)라는 사찰이 있는 것을 본 적이 있소. 일단 그리로 모시는 것이 좋을 듯하오."

김충민이 제안을 하였다. 그는 군영의 소식을 전달하는 역참(驛站) 일을 한 덕분에 주변 지리에 대해 잘 알고 있었다. 그렇게 둘은 폭포가 쏟아지는 황학산 계곡을 지나 어느덧 직지사에 도착했다. 그곳은 산속에 있어 전쟁의 화마가 스쳐 지나가지 않은 것처럼 평화로워 보였다. 용장은 조경을 말에서 내려 둘러메고 승방으로 가서 눕혔다. 그러고는 주지스님을 찾아 그의 치료를 부탁했다.

조경은 스님들의 정성어린 간호로 며칠이 지나서야 겨우 의식을 회복했다. 그는 정신을 차리자마자 옆에 있는 스님에게 물었다.

"스님, 여기가… 어딥니까?"

"이제 정신이 드시옵니까, 직지사이옵니다."

"나를 데리고 온 자가 누구인지…?"

"네, 장군. 잘은 못 들었으나 언뜻 듣기에는 정별장이라 하였습니다."

"정별장이라…."

조경은 정별장이라는 대답을 듣고 기억을 더듬었다. 북쪽 변방에서 복무한 후 거창영에 합류하였던 젊은 별장의 모습이 떠올랐다. 패기가 넘치는 그 모습은 절대 잊을 수가 없었다. 범처럼 부리부리한 눈에 기골이 장대하고 대장부다운 기백이 느껴지는 풍모가 분명 큰 인물이 될

성싶어 보였다.

당시 조경 휘하의 부대는 거창성을 지키고 있었다.

"아뢰옵니다. 왜군의 선발대 500여 명이 거창을 향해 오고 있다 하옵니다."

청천벽력 같은 보고를 접하자 거창으로 내려와 있던 초유사(招諭使)[8] 김성일(金誠一)과 경상우감사(慶尙右監司) 김수(金睟), 그리고 경상우방어사 조경(趙儆)은 긴급히 모여 군사 회의를 소집해 대책을 의논하고 김성일은 조경에게 거창을 사수하라는 명을 내렸다.

조경은 명을 받들고는 서둘러 거창의 본인 진영으로 돌아왔다. 그는 막하의 여러 장수들을 급히 불러 모아 다가올 적병과의 일전을 위한 군사 회의를 시작하였다.

문제는 거창을 지키는 병력의 수가 그리 많지 않다는 것이었고 이곳을 지휘하는 그는 그러한 사실을 너무나도 잘 알고 있었다. 사정이 이러하니 뭔가 현명한 계책 없이는 수비가 불가능하다는 것 또한 자명해 보였다. 조경은 자신의 근심을 덜어줄 묘안이 이 회의 자리에서 나오기를 초조한 마음으로 바라고 있었다.

"적들을 막을 계책이 없소이까?"

자신을 따르는 관군 중에는 노장들도 있었고, 오늘 갓 부임한 장수들도 있었다. 하지만 모두들 꿀 먹은 벙어리처럼 서로 눈치만 살피고 있었다. 조경은 한참을 기다려도 군영의 침묵이 길어지자 애가 타들어 갔는지 휘하 무관들의 대답을 재촉했다.

"괜찮으니 허심탄회하게 이야기해 보시오."

---

8) 난리가 났을 때, 백성을 타일러 경계하는 일을 맡아보는 임시직.

조경은 장수들을 주욱 둘러보았다. 자신을 따라 거창에 있었던 장수들에 대해서 어느 정도는 알고 있었다. 백여 년간 지속되어 온 태평성대를 누리느라 그랬는지는 몰라도 자기 자리 보존에만 급급한 자들이었다. 전쟁 경험이 없는 자들이 태반이었다. '이런 자들과 작전회의를 한다니 그러면 그렇지' 싶었다. 자신이 왜 그런 무리한 명을 받았는지 참으로 기가 막힐 노릇이었다. 그의 이맛살이 삼(三) 자를 그렸다. 잠시 적막이 흐르다가 겨우 장수 하나가 불쑥 말을 했다.

"수성(守城)을 공고히 하는 것이 최선이라 생각합니다. 성문을 걸어 잠그고 활로써 응전하면 되지 않겠습니까?"

그러자 다른 장수가 노장의 말을 받았다.

"소장이 아룁니다. 현재 거창의 군 편제는 기병 위주로 되어 있고 궁시 훈련도는 매우 부족하여 대응이 쉽지 않을 것으로 사료되옵니다. 게다가 그리하면 성이야 당연히 안전하겠지만 근처 고을 백성들은 버리는 것이나 다름없게 됩니다."

장수들의 갑론을박은 그칠 줄을 몰랐다. 기병을 이끌고 있는 김태허는 불안한 기색을 감추지 못했다.

"지금 조총을 앞세운 적들 앞으로 기병을 끌고 나가는 것은 섶을 지고 불에 뛰어드는 것이나 다름없소. 조총의 위력을 듣지 못했소? 나가봤자 개죽음만 당할 것이외다!"

"그렇다고 우리가 궁시 훈련이 제대로 되어 있기나 하오? 김만호, 만호조차도 근래에 활을 잡아본 게 대체 언제요? 하물며 병졸들이라고 뭐가 다르겠소? 가만히 성에 틀어박혀 있는다고 해결될 문제가 아니오. 효과적인 응전 방안이 없다면 성문도 뚫리고 그렇게 되면 우리 모두 개죽음만 당할 것이 뻔하오."

종4품 만호 김시형(金時衡)은 자신을 바라보는 시선을 느끼자 불안한 듯 뒤로 물러서며 손사래를 쳤다.

"기병을 이끌고 나가는 건 만호나 하시오. 나, 나는 못하오."

다들 책임을 지고 싶어 하지 않는 모습이었다. 조경은 홧김에 주먹을 쥐고 탁자를 세게 내리쳤다.

"대체 지금 뭣들 하는 겐가!"

왜군들이 코앞이라는 정탐 결과가 재차 보고되었다. 조경은 불안함에 애간장이 탔다. 기병 위주로 되어 있는 이곳 거창의 편제로써 그 장점을 이용하지 못하면 병력만 낭비할 것은 물론, 거창영 일대가 왜군에게 함락될 것은 불 보듯 뻔한 일이었다.

이때 장수들의 맨 끝에 서 있던 젊은 무장 하나가 천천히 앞으로 나와서 공손한 자세로 말을 꺼냈다.

"봉사 정기룡(鄭起龍)이 감히 아뢰옵니다."

장수들 모두가 그에게로 눈을 돌렸다. 눈살을 찌푸리는 장수도 있었다. 이제 갓 진영으로 들어온 유격별장 주제에 여기가 어디라고 감히 나서느냐는 모양새였다.

"제가 비록 여기 계신 무장들에 비해 나이도 젊고 재주도 미약할뿐더러 또 전쟁을 겪어보지 않았기에 적군을 제어하고 공격하는 방법을 어찌 능히 알 수 있겠습니까마는…."

조경의 눈길이 정기룡에게 꽂혔다. 비록 엊그제 훈련원 봉사직으로 합류한 젊은이였지만 겸손하면서도 신중하고 담담한 태도로 말하는 모습이 다른 장수들과 사뭇 달라 보였다. 그래서 그의 눈에 띄었는지도 모른다. 아마 그 때문에 그로 하여금 기대를 더욱 걸고 싶게 만드는 것 같았다. 조경은 침을 한 번 삼키고는 그를 더욱더 주시하였다. 정기룡은 차분하게 말을 이어갔다.

"왜적들은 천하의 강군으로서 타국을 칠 것을 계획하고 있다가 여러 해가 지난 후 출동했으니 군대를 훈련하고 무기를 제작함에 있어서 반드시 정성을 들여 잘 만들었을 것입니다. 조총을 쏘고 백병전에 능한 것은 알려진 바대로 그들의 장기입니다. 그런데도 우리는 태평성대를 누리느라 제대로 훈련되지 않은 병졸을 거느리고서 갑자기 강성한 적군을 만나게 되니 이기기는 정말 어려울 것입니다."

이야기가 나오기가 무섭게 반발이 빗발쳤다.

"지금 그걸 누가 모르는가? 촌각을 다투는 이 시기에 어찌 삼척동자도 다 알 만한 내용을 이야기하는 것인가? 지금 애송이가 감히 여기 이 장수들을 농간하려는 것인가!"

"그렇다. 젊은 것이 경거망동하기 이를 데가 없구나!"

"그만들 하시오!"

조경은 정기룡의 의견을 계속 들어보고 싶었다. 정말 묘수가 나올 것 같아 재차 고개를 끄덕이고 정기룡을 주시했다. 그러고는 눈을 부릅뜨고 그에게 반박하는 장수들을 노려본 뒤 일갈하였다.

"국가의 존명(存命)이 달린 대사를 논하는데 나이와 관직에 어찌 차별이 있을 수 있겠는가? 정기룡이라고 했나? 계속하시게."

"만약 수성만으로 응사한다면 숱한 공성전을 치른 저들에게 성이 함락될 확률이 높아지고 보졸만 가지고 선두에 서서 교전한다면 무익한 죽음만 있을 뿐입니다. 하오나 왜적은 본래 보졸이므로 평탄한 들과 넓은 벌판에서 이리저리 달리면서 돌진하여 공격하는 것은 결단코 기병에게 미치지 못할 것입니다."

"기병에게 미치지 못한다? 허면 정봉사는 무슨 묘책이라도 있다는 건가?"

"소인 생각으로는 훈련된 기병과 건장한 말을 뽑고 또 지혜와 용맹을 겸비한 사람을 가려 뽑아서 돌격장으로 삼아 그들로 하여금 군대의 앞에 서서 인도하도록 하고 적군을 평지에서 기다리고 있다가 그들이 나가서 부딪친다면 적군은 반드시 놀랄 것이니 놀라게 되면 흩어질 것이고 흩어지면 대오가 어지럽게 될 것입니다. 이와 같이 된 후에 우리의 보졸들로 그 뒤를 쫓도록 하고 기병과 보병이 합세하여 적군을 공격한다면 이길 수가 있을 것으로 사료됩니다."

"어째서?"

"저들의 장창은 삼목(杉木)으로 만들어졌습니다. 삼목은 그 기질이 무르고 가벼워 다루기에는 좋으나 강도는 매우 약하여 쉬이 부러집니다. 장창(長槍)[9]이 기병을 견제할 수 있다고 하나 거리를 잘 재면서 편곤(鞭棍)[10]으로 제압을 한다면 쉽게 부러질 것입니다."

"그걸 어찌 아는가?"

"예전에 저의 스승님께서 왜국을 다녀오시면서 그들의 병장기에 대해 말씀해 주신 바가 있기 때문입니다."

조경은 체증이 가라앉는 듯한 후련한 기분을 느꼈다. 휘하 군사들 중에 이런 깊은 안목을 가진 자가 있었다니, 실로 등하불명(燈下不明)이 아니던가. 하지만 이렇게 말단 군관이 주목을 받는 것에 대해 기존에 있던 장수들의 시기가 없을 수는 없었다. 다시금 군영은 술렁였다.

"아니 됩니다, 장군. 저런 젖비린내 나는 애송이의 이야기를 귀담아 들으실 필요가 없습니다. 고로 저런 녀석에게 이런 중대사를 맡겨서는

---

9) 소창(素槍). 아시가루의 기본 장병기로 곧은 날이 달린 가장 기본적인 형태의 창.

10) 조선시대의 타격용 무구. 도리깨와 유사한 모양을 하고 있다.

절대 아니 되옵니다!"

"그렇습니다! 장군, 다시 한 번 숙고해 주십시오!"

시기를 하다 못해 이 젊은 용장의 패기에 다수의 장수들이 우려를 표명하며 조경을 만류했다. 그들 중 일부는 정기룡을 향해 삿대질을 하며 눈을 부라렸다.

"듣자 하니 네가 가진 용마가 그리 준마라고 하던데 선봉을 빌미삼아 탈영하려는 것이 아니냐!"

김시형이 정기룡을 비꼬자마자 뒤따라 다른 장수들이 기다렸다는 듯 맞장구를 쳤다.

"그렇다! 요즘 들어 제 목숨 하나 보전하고자 전장을 이탈하는 소인배가 전장에 득실거린다는데 네놈도 그리하지 않는다는 보장이 어디 있겠느냐!"

"거 조용히들 하라!"

조경은 벌떡 일어나 두 손을 내저으며 장수들을 나무랐다.

"아까부터 제대로 된 의견들도 못 낸 주제에 고작 질투에 눈이 멀어 신임 별장 어쩌고 운운하며 모함들이나 일삼다니, 이 나라의 녹을 먹는 장수로서 그대들은 부끄럽지도 않은 겐가!"

조경은 이미 결심을 굳혔다. 더 이상 주저할 여유가 없었다.

"명을 내린다! 훈련원 봉사 정기룡은 들으라! 그대를 이번 전투의 별장으로 임명하겠으며 만호 김태허와 휘하 기병 50명을 내어줄 테니 맞서 싸우도록 하라!"

"소장 김태허, 장군의 명을 따르겠습니다!"

장수들 모두가 계속 모함과 만류를 했지만 조경은 정기룡에게 김태허 휘하의 날쌘 기병을 내어주었다. 이것이 묘수(妙手)가 될지 자충수

(自充手)[11]가 될지는 전혀 예측할 수 없었지만 어쨌든 거창군의 운명이 이 젊은 신임 별장에게 달린 것이나 다름없었다.

정기룡은 기병들을 이끌고 담담한 표정으로 성문을 나왔다. 멀리서 왜군의 부대가 흙먼지를 일으키며 다가오고 있었다. 언뜻 봐도 100여 개는 되어 보이는 붉은색의 깃발[12]이 왜군 규모의 위용을 보여주듯 당당히 다가오고 있었다. 그들도 정기룡이 이끄는 기병을 본 순간 진군 속도를 늦추며 진열을 정비하는 듯했다. 김태허는 왜군의 규모를 보자 다급한 마음에 정기룡을 바라보며 물었다.

"정별장, 대체 어떻게 저들과 맞설 참이오?"

정기룡은 김태허가 더 이상 말을 잇지 못하도록 아무 말 없이 팔을 뻗은 채 집중하여 왜군들을 찬찬히 살펴보았다. 일단 주력 무기로 눈에 띄는 것은 장창과 조총이었다. 다행인지 대포는 없어 보였고 공성을 위한 사다리들도 눈에 띄었다. 왜군들은 저 멀리에 있는 조선 기병들을 발견하자 진군을 멈추고는 장창병을 정면으로 앞세우고 조총을 든 병사들이 한쪽 무릎을 꿇고 사격할 준비를 취했다. 그는 고개를 한 번 끄덕이고는 담담한 표정으로 김태허에게 작전을 알렸다.

"일찍이 비변사(備邊司)[13]에서 조총의 사거리를 실험해 본바, 최대 사거리는 50보에 달하였다 들었습니다. 일단 정면으로 50보까지 다가가 제가 신호를 보내면 곧바로 좌우로 나뉘어 거리를 유지하며 적들의 오사(誤射)를 유도하고 왜군의 진영을 끼고 크게 돌아 제2열의 오사를

---

11) 바둑에서 상대를 유리하게 만드는 잘못된 수.

12) 지물(指物). 왜군의 깃발로 갑옷 위에 꽂거나 손에 들게 하였으며 ㄱ자 모양의 깃대에 세로로 긴 형태를 하고 있다.

13) 조선시대 군 관련 기무를 관장하는 기구.

유도한 뒤 활로써 응사(應射)하십시오. 저들의 장창은 무르기 때문에 편곤으로 타격하여 무력화시키고 그 뒤 계속 거리를 유지하며 원사와 근접 공격으로 치고 빠지기를 반복하면 분명 승산이 있을 것입니다. 저들이 사격을 하면 매연이 심하게 일 것이니 저들도 시야가 차단될 수밖에 없습니다. 제가 좌측을 맡을 테니 만호께서는 우측을 맡아주십시오."

김태허는 알아들었다는 듯 고개를 한 번 끄덕여 보이고는 기병 모두를 돌아보며 외쳤다.

"다들 정별장의 말을 들었는가! 전진하다가 정별장이 신호하면 산개하고 활로 응사하며 거리를 좁히다 편곤(鞭棍)으로 적을 친다! 조총의 굉음에 절대 동요하지 말고 작전에 임하라! 이번 전투의 관건은 정확히 거리를 지속적으로 유지하며 응사하는 것이다! 모두들 정신 바짝 차려라!"

말을 마친 김태허는 신참 훈련원 별장의 어깨를 다독였다.

"별장이 선봉에 서시오. 나는 그대의 뒤를 따르겠소."

"최선을 다하겠습니다."

말이 끝나기가 무섭게 정기룡은 선두에 서서 보란 듯이 말을 몰았다. 김태허는 잠시 머뭇거렸지만 거침없이 뛰어드는 젊은 장수의 패기를 보자 그 역시 마음의 결정을 내리고는 크게 소리쳤다.

"전군, 진격하라!"

처음에는 주저하던 기병 모두가 정기룡의 뒷모습을 보자 곧바로 따라잡기 시작했다. 이 전투가 그의 일생에 있어 첫 전투였기에 왜군을 실제로 보니 그도 긴장되었다. 또한 자신이 주저하지 않고 뚝심 있게 얘기했던 것들을 결과로 보여주어야 한다는 부담감도 들었다. 그것은 이 작전을 허락한 김태허도, 그를 지금 따르고 있는 병사들도 매한가지였다. 정기룡은 말을 달리며 뒤를 한 번 돌아보았다. 김태허와 그 휘하의 기병들이 자신을 따르는 것을 보자 그제야 조금이나마 자신감을 찾을 수 있었다. 정기룡은 눈을 부릅뜨고 크게 외쳤다.

"전속력으로 진군한다!"

무서운 기세로 달려드는 조선의 기병을 보자 왜장은 회심의 미소를 지었다. 조총 부대는 돌격하는 조선 기병들을 향해 총을 겨누고 발사 준비를 하였다. 왜군 장창병들 역시 긴 창을 앞세우고 말을 찔러 적병을 낙마시킬 준비도 하려는 듯했다. 방어하는 쪽은 내달리고 공격하는 쪽은 멈춘 채로 기다리고 있는 형국이었다. 두 군대 사이에는 일촉즉발의 긴장감이 흐르고 있었다. 점점 두 나라 군대는 가까워졌다. 이윽고 아까 정기룡이 언급하였던 50보쯤 된 찰나.

"흩어져라!"

정기룡의 외침이 끝나기가 무섭게 기병은 좌우로 갈려 활을 쏠 준비를 하였다. 동시에 왜군들의 조총도 왜장의 신호에 맞춰 불을 뿜었다. 하지만 그들은 이미 조선 기병들이 갈라지고 없는 정면 허공에 총을 쏘고 있었다.

왜군들은 멀뚱히 앞을 보다가 뒤로 몇 발짝 물러나고는 다급하게 재장전을 준비했다. 곧바로 대기 중이던 뒷줄의 병사들이 나와 옆으로 돌아가는 조선군을 겨누었지만 말의 속도가 빨라 총을 쏴도 빗나가기만 했다. 설상가상으로 정기룡의 말대로 아까 사격으로 인해 뿌연 매연이 왜군의 전방 시야를 가로막았다. 왜군들은 조선군의 말발굽 소리만 들었지, 그들이 어디에 있는지조차 알 수 없었다.

바로 이때였다.

갑자기 왜군들을 향해 비 오듯 화살들이 쏟아지기 시작했다. 왜군들은 서둘러 장전을 하며 매연이 걷히기를 기다렸다. 장창병들은 조선군의 위치를 파악하지 못한 채 우왕좌왕하기 시작했다. 매연이 걷히자 왜군들의 눈앞에는 어느새 날랜 기병들이 모습을 드러내었다. 그들은 다급히 대처해 보려고 했지만 때는 이미 늦었다. 조선군이 휘두르는 마상편곤은 왜병들의 투구와 머리통을 동시에 박살내었고 그들이 잡고 있던 창은 너무나도 쉽게 부러졌다. 조선 기병들의 편곤이 스칠 때마다 왜군들은 피를 뿜으며 쓰러졌다. 그렇게 일격이 끝나자 조선군은 또다시 멀어졌다. 왜군들은 그제야 서둘러 조총 장전을 끝내고 다시 총구를 겨누었다.

기병들이 가까이 오자 그들은 또 응사를 해보았지만 역시나 결과는 마찬가지였다. 정기룡과 김태허가 이끄는 기병들은 마치 왜군들을 농락하듯이 피하면서 멀리서는 화살로, 가까이 접근해서는 편곤으로 왜군 진영을 와해시켰다. 이윽고 적의 진열이 흐트러지자 성 밖에서 이를 보고 있던 조경은 북을 울리라고 명을 내리고는 환도를 빼어 들고 외쳤다.

"전군, 출격하라!"

성문을 열고 장창을 쥔 조선 보졸들이 쏟아져 나왔다.

왜군들의 가공할 무기라던 조총은 정기룡이 이끄는 기병들에게 농락당해 오히려 시야를 차단시키는 역효과를 불러일으켰다. 매연이 걷히자 조선 보병들이 난데없이 나타나 어느새 코앞까지 와 있었다. 왜장은 말을 돌리며 철수 명령을 내리고 줄행랑을 치기 시작했다.

기병의 숫자가 적었던 탓에 퇴각하는 왜군을 많이 쓰러뜨리지는 못하였지만 퇴각시켰다는 점에서 조선군에게는 가뭄의 단비와도 같은 승리였다. 정기룡은 환호하는 병사들을 보고 안도의 미소를 지었다. 첫 전투이기에 겁도 났었다. 심지어 그렇게 많은 조총 격발음을 들은 것도 처음이었다. 하지만 그는 그가 했던 말을 '승리'라는 결과로 지켜 내었다.

긴장이 풀린 정기룡은 말에서 내리자마자 기둥에 몸을 맡기고 주저 앉았다. 그를 따르던 기병들은 하나 둘씩 말에서 내려 정기룡을 칭찬 하기에 여념이 없었다.

"별장, 별장 덕분에 우리가 이겼습니다."

"그렇습니다. 별장, 참으로 감복스럽습니다."

정기룡은 연이은 칭찬에 민망한 듯 손사래를 쳤다.

"아닙니다. 무릇 싸움은 혼자 하는 것이 아니지 않습니까? 모두가 협조해 주셔서 가능한 일이었습니다. 저야말로 미천한 저를 믿고 따라 준 여러분께 감사해야 할 따름입니다."

정기룡이 휴식을 취하고 있는 동안 지원을 나갔던 보졸들과 장수들 은 적의 수급을 베어 수레에 실었다. 왜군들의 머리로 열댓 개는 되어 보이는 수레는 금세 가득 찼다.

조경은 위기에 휩싸여 있던 거창성 수성을 성공하여 한시름 덜었다 는 안도감과 예상치 못한 승리에 장수들을 모두 불러 모아 자축을 하 고자 하였다.

"장수들 모두 수고가 많으시었소. 특히 이번 전투는 우리 거창 수성 군에 새로 부임하여 승리의 물꼬를 틔워 준 여기, 정기룡 별장의 공이 컸소이다. 이 조경이 한 잔 올리겠소."

"과찬이시옵니다."

승리 때문에 진영 내의 분위기는 무르익었지만 모두가 기뻐하지는 않았다. 출전 전부터 정기룡을 과소평가하던 김시형과 그를 따르는 장수들은 외진 곳에서 삼삼오오 모여 불편한 심기를 드러내었다.

"풋내기가 앞으로 얼마나 우쭐댈지를 생각하니 벌써부터 피가 거꾸로 솟는 듯하오."

"그러게나 말입니다. 그걸로도 모자라서 지금 조경 장군이 정기룡인지 뭔지 저 녀석을 감싸고 돌 것이오."

"우리가 여기 남아 있다가는 조경 장군에게 재차 질타를 당할 게 뻔합니다."

"맞소. 저 잘난 놈이 있으니 여기는 뭐 어떻게든 되겠지. 나는 당장 떠야겠소. 말리지들 마시오."

"어서 서두릅시다."

회연을 틈타 작당모의를 하던 김시형 등 몇 명은 적의 수급 일부를 가지고 탈영을 해버렸다. 조경은 다음날 아침이 되어서야 이 보고를 받았고 자신 밑에 있던 장수들에게 배신을 당했다는 생각에 아연실색할 수밖에 없었다.

"무어라? 나라의 녹을 먹는 자들이 어찌 이럴 수 있단 말인가! 참으로 경망한지고."

조경은 다시 모두를 불러 모았다.

"탈영한 김시형과 그 일당을 잡아들여 군법에 따라 참하고 목을 효수할 것을 명한다!"

정기룡은 이번에도 앞으로 나섰다.

"그보다 더 중요한 것이 있습니다."

"무엇인가?"

"저의 생각으로는 비록 이번 승리로 적들이 퇴각을 했다고는 하나 이곳 거창의 병력 규모를 파악했을 것이라 사료되옵니다. 재집결하여 또다시 침략해 올 수도 있으니 김시형을 잡음과 동시에 왜군의 동태를 살피는 것 또한 필요하지 않을까 생각됩니다."

"그거 좋은 생각이오. 별장의 군마가 불세출의 용마라고 하니 속히 다녀오시오."

이리하여 정기룡은 조경의 명령으로 김태허 등과 함께 정탐에 나섰다. 우지현을 지난 지 한참이 되어서 날이 어두워졌다. 더 이상 수색이 어려워지자 근처 버려진 객관(客館)[14]에서 머물렀다가 동이 트면 다시 출발하기로 했다. 모두들 휴식을 취하느라 무장을 해제했지만 정기룡만은 갑옷을 벗지 않은 채로 칼자루를 꼭 쥔 채 기둥에 기대어 앉았다.

사실 적이 왜군만 있는 것은 아니었다. 난세를 틈타 토적으로 돌변한 조선인들도 있다는 이야기도 들려왔다. 이들 역시 하는 짓은 왜적과 다를 바가 없었다. 백성들의 재물을 약탈하고 부녀자를 겁탈하며 개중에는 왜군과 결탁하여 순왜(順倭)[15] 노릇을 하는 자들도 있다는 이야기도 돌고 있었다. 김시형 같은 탈영한 자 역시 그에 가담했을지 모르는 일이었다. 이런 전시에 그런 자들을 잡아들이는 것은 모래사장에 떨어진 바늘 하나 찾는 것만큼이나 어려운 일이었다. 사실 정기룡이 진짜로 걱정하는 것은 그런 비겁한 자들만은 아니었다. 왜군들이 거창영을 지키는 병력의 수를 대강 헤아렸으니 재침을 할 것이라는 우려가 더욱 컸다.

---

14) 조선시대에 각 고을에 설치하여 외국 사신이나 다른 곳에서 온 벼슬아치를 대접하고 묵게 하던 숙소.
15) 조선인으로서 왜군에게 협력한 자.

여러 가지 생각이 들었지만 정기룡은 일단은 걱정을 뒤로한 채 잠을 청해 보았다. 하지만 여전히 칼자루만은 굳게 쥐고 있었다.

그렇게 시간이 흘러 동이 틀 무렵이 되자 정기룡은 객관 밖에서 나지막이 들리는 인기척에 눈을 떴다. 귀를 기울여 들어보니 여러 명의 발소리가 들리는 듯했다. 불길한 느낌이 엄습해 왔다. 정기룡은 몸을 낮춘 채 김태허를 조심스레 깨웠다. 그는 갑자기 눈을 동그랗게 뜬 채 무슨 일인가를 말하려 했지만 정기룡은 서둘러 그의 입을 막았다.

"쉿…."

정기룡은 주위를 둘러보았다. 객관 담장 너머로 환하게 횃불 불빛이 흘러나오고 있었다. 왜군의 깃발 수로 보아 상당량의 병력이 이동하고 있음을 알 수 있었다. 정기룡은 휘하 병사 모두를 깨워 조심스레 불러 모으고는 나지막이 속삭였다.

"역시 예상대로 왜군들이 병력을 재정비하여 집결하고 있습니다. 서둘러서 조경 장군께 이를 알려야 하니 다들 어서 무장을 하고 떠날 채비를 서두르십시오."

"허면 저쪽 문이 가까우니 저곳으로 통과하면 되지 않겠소?"

정기룡은 문 쪽을 잠시 응시하더니 고개를 저었다.

"객관에 들어서기 전 이곳 지형을 관찰한바, 저 너머에는 장애물이 너무 많아 말로 이동하기 어렵습니다. 게다가 문이 좁아서 말의 재갈을 풀고 나오기도 어려울 것이라 생각됩니다. 적들의 진군로 쪽으로 문이 나 있어서 발각될 수도 있습니다."

"그럼 어찌한단 말이오?"

정기룡은 잠깐 말을 쉬었다. 이번 정탐에 뒤따른 장수들 모두 정기룡이 앞의 거창 사수에서 성공을 거두었기에 그에 대한 신뢰가 이제는 제법 두터워졌다. 당시에는 그가 제안한 작전 자체가 누가 들어도 납득하기 어려웠지만 그는 그런 우려를 승전으로써 입증한 바가 있었다. 그럼에도 모두들 정기룡이 또 무모하게 들릴 만한 제안을 하지 않을까 노심초사하는 눈빛들이었다.

객관을 한 번 죽 둘러본 정기룡은 담장 하나를 가리켰다.

"저 담을 넘읍시다."

"아이고 별장, 또…."

"담이 저리 높은데 가능할 것이라 보십니까?"

"본시 말이라는 동물은 선두가 성공을 하면 다른 말들도 따르게 되어 있습니다. 여러분의 말들도 명마이니 불가능하지는 않을 것입니다. 지금으로서는 다른 선택의 여지가 없다 여겨집니다."

"그래요, 뭐 좋습니다. 정별장 말씀대로 해봅시다."

정기룡은 담을 향해 말을 돌리고는 채찍질을 가하였다. 역시 그의 말은 거침없이 담을 훌쩍 넘었다. 정기룡은 다른 장수들이 담을 넘기를 기다렸다. 모두들 담을 성공적으로 넘자 다시 거창성으로 향했다. 그때 맞은편에서 기병 하나가 급히 말을 몰아왔다. 어찌나 바쁘게 왔는지 가쁜 숨을 연신 내쉬었다. 그를 보자 불길한 생각이 정기룡의 등골을 타고 흘렀다. 필시 거창 본영에 무슨 일이 난 것이 틀림없었다.

"무슨 일인가?"

"조, 조경 장군께서…."

"방어사 장군께서 어쨌단 말이오!"

"왜군이… 금산 일대를 재차 침공하였습니다. 홍길영(洪吉瑛) 장군이 선봉장으로 나서서 적과 대처하였으나 포위되자 조경 장군께서 구원하려고 직접 보졸을 이끌고 나섰지만 대파당하여 왜군에게 그만 포로로 잡히시고 말았습니다요….”

예감이 적중하였다. 자신이 자리를 비운 사이에 역시나 큰일이 일어나고 말았다. 첫 전투에서 승리를 거둔 나머지 왜군들을 무시한 안일함이 빚어낸 결과였다. 정기룡은 이대로 머뭇거리다가는 조경의 목숨이 위태로운 상황이라는 생각이 들었다.

“적군 진영은 어디에 있소?”

“황학산, 지례현 근처입니다.”

“알겠습니다.”

정기룡은 일행을 돌아보며 말했다.

“지금 가서 방어사 장군을 구출해야 합니다.”

“우리끼리 말입니까?”

“할 수 있습니다. 현재 적군은 승리에 도취되어 있으니 방비가 허술할 것입니다. 그렇다고 해서 부대를 재정비해서 공격을 하자니 그 시일도 너무 오래 걸릴 것이고 적군들도 금세 알아차릴 것입니다. 하지만 고작 열 명도 안 되는 기마병들이 기습할 것이라고는 감히 상상조차 못할 것입니다. 모두, 부탁드립니다.”

김태허는 고개를 끄덕였다. 이미 정기룡이 보여준 기적 같은 일이 두 번이나 있었는데 설령 그것이 이번에도 무모하게 들린다고 해도 성공할 것이라는 막연한 기대감이 들었다. 게다가 조경 장군이 포로로 잡힌 이상 언제 처형될지도 모르는 판국에 어느 세월에 군을 또 정비해서 출전을 한단 말인가. 차라리 소수의 기병으로 단숨에 돌진하는 것이 성공 가능성이 더 높아 보이는 일이었다. 김태허는 정기룡을 또 믿어보기로 했다.

“서두릅시다.”

이렇게 정기룡 일행은 왜군의 진영으로 향했고 적에게 사로잡혀 목숨이 위태로웠던 조경은 목숨을 보전한 채 지금의 이 자리에 있을 수 있었다. 비록 중상을 입기는 하였으나 조경을 소수의 기병으로 구출했다는 정기룡의 이러한 담력과 무용에 대한 이야기는 삽시간에 입소문을 타 거창군과 금산에서 모르는 사람이 없을 정도로 유명해졌다.

막하로 들어온 신참 유격별장이 이런 놀라운 전공을 세우다니, 그것도 모자라 풍전등화나 다름없던 자신의 목숨을 구해 주다니 이렇게 큰 빚이 또 어디 있겠는가.

조경은 생명의 은인인 정기룡을 위해 자신이 할 수 있는 일이라면 무엇이라도 해주고픈 마음이 들었다. 그는 부하를 시켜 지필묵을 가져오게 하였다.

"내 지금 손을 다쳐 붓을 쥐지 못하니 부르는 대로 받아 적어 주상 전하께 계문토록 하라."

'신 조경이 전하께 삼가 아뢰옵니다. 왜장 흑전장정(黑田長政)이 이끄는 왜군이 경상도 지례현으로 향하고 있다는 정보를 입수하여 소장은 금산군에 방어벽을 설치하고 이들을 격퇴코자 했으나 그만 포로로 잡혔었습니다. 왜군은 소장을 처형코자 했으나 그 직전에 별장 정기룡이 용단을 발휘해 이렇게 구출되어 생명을 건졌으니 이를 치하하여 주시옵소서.'

선조는 조경으로부터 올라온 장계(狀啓)를 읽어 내려갔다. 낯선 이름은 아니었지만 전란 중이라 많은 일을 겪은 탓에 언뜻 기억이 잘 나지 않았다.

"정기룡이라…."

그는 몇 번이나 되뇌어 봤지만 그래도 기억이 나지 않았는지 내관(內官)[16]에게 다시 물었다.

"정기룡이란 자를 혹시 기억하는가?"

내관은 머리를 조아리며 대답했다.

"아뢰옵기 황공하오나 소신의 기억으로는 몇 년 전에 종루에서 잠자던 하동 사람이 아닌가 합니다."

선조는 정기룡에 대한 기억을 더듬었다.

그날 선조는 무과 시험장에서 돌아오고 나서 몹시 고단하여 침소까지 가지 못한 채 용상에서 눈을 붙였었다. 꿈을 꾸었다. 참으로 기이하면서도 생생한 꿈이었다.

한 치 앞을 내다볼 수 없는 안개 속에서 그는 홀로 서 있었다. 적막함만이 감돌 뿐 그 누구의 인기척도 느껴지지 않았다. 선조는 다급한 마음에 크게 외쳤다.

"내관은 없느냐!"

– 없느냐… 없느냐….

대답 대신 메아리만이 울려 퍼질 뿐이었다. 다급히 주위를 둘러보고 다시 한 번 외쳤다.

"게 아무도 없느냐 말이다!"

선조는 그 어느 때보다 빠른 걸음으로 안개 속을 헤쳐 갔다. 빨리 이 답답함 속에서 벗어나고 싶었다.

---

16) 내시. 임금의 시중을 들거나 숙직 등의 일을 맡아보던 남자로 모두 거세되어야만 발탁될 수 있었다.

하지만 그럴수록 끝도 없는 공허함만이 마치 드넓은 바다처럼 자신을 계속 감싸고 있을 뿐이었다. 궁에서 세월을 보내는 동안 홀로 있던 적이 있었던가. 생전 처음 겪어보는 외로운 감정이 선조의 마음을 불안하게 만들었다. 끝없이 걸어보았지만 빠져나갈 문 하나조차 보이지 않았다.

그렇게 숨 가쁘게 한참을 걸었을까. 안개 속에서 상서로운 금빛 하나가 희미하게 빛나고 있었다. 민가의 호롱불일까. 아니면 다른 무엇일까.

어찌됐거나 어디로도 가봤자인 지금 처지에서 그 빛은 이 안개 속을 헤쳐 나갈 유일한 길인 것처럼 느껴졌다. 선조는 그 빛에 이끌리듯 종종걸음으로 전력을 다해 숨을 몰아쉬며 다가갔다. 그럴수록 점점 황금빛은 강하게 뿜어져 나오고 있었다. 빛에 다가가면 다가갈수록 그의 기대는 커져만 갔다.

한참을 걸어 마침내 다다른 곳은 종루였다. 옆쪽으로 붉게 칠해진 기둥들이 늘어서 있었으나 선조를 이끈 기둥 하나만 금으로 된 용 조각이 번쩍이며 기둥을 휘감고 있었다.

'참으로 기이하도다…. 어찌 이 기둥만 이토록 화려한 용 조각이 휘감고 있는 것인가. 이런 기둥은 난생처음 보는구나….'

선조는 마치 귀신에 홀린 듯 용의 부조(浮彫)에 손을 조심스레 뻗어보았다.

그때였다. 강한 빛이 선조를 감쌌다. 너무 눈이 부셔서 선조는 뒤로 주춤 물러나며 소매로 눈을 훔쳤다. 차츰 빛에 눈이 익숙해지자 선조는 소매를 거두고 궁금함에 기둥을 다시 바라보았다. 그러자 안개가 걷히며 실로 놀라운 광경이 펼쳐졌다.

조금 전까지만 하더라도 기둥에 새겨진 조각이었던 용(龍)이 살아 움직이며 온몸에서 금빛을 뿜으며 거대한 위용을 드러내고 있었다. 왕방울 같은 눈에서 푸른빛을 발산하며 기둥을 감싸듯 오른 채 선조를 바라보고 있었다.

처음 보는 상서로운 광경에 선조는 두려운 마음이 들었지만 용의 눈빛은 위협이 아닌, 마치 자신을 불러달라는 듯한 눈빛처럼 느껴졌다. 그렇게 한동안 용은 선조를 뚫어져라 바라보더니 몸을 날려 하늘 저 멀리로 사라졌다.

선조는 황급히 눈을 떴다. 너무 기이하면서도 생생한 꿈이었기에 잊을 수가 없었다. 그는 꾸었던 꿈의 내용을 떠올리며 종각(鐘閣)[17] 기둥 근처에 무슨 일이 있는지 내관을 보내 알아보라 했다.

정말로 그곳에는 무과를 치른 하동의 청년이 시험을 치르고 나서 긴장이 풀렸는지 눈을 붙이고 있었다고 했다. 그를 다급히 불러와 이름을 물으니 경상도 하동 사람으로 본(本)은 진양(晋陽) 정씨(鄭氏)로 첨정공(僉正公) 휘(諱) 중공(仲恭)의 15대 손이며, 유생(儒生) 정호(鄭浩)의 아들로 이름은 무수(茂壽)라 했다.

선조는 하늘이 가르쳐 준 바라 여기고는 용이 종루에서 하늘로 비익(飛翼)하는 그 꿈의 내용을 떠올려 그에게 기룡(起龍)이라는 이름을 하명하였다. 그때 그 인물이 이렇게 큰일을 해냈다니, 선조는 흐뭇하기만 했다.

"과인이 그때 사람 하난 잘 봤던 것 같구나."

선조는 상소문을 몇 번이나 읽었다 접었다 하고는 그 일을 떠올리며

---

17) 큰 종을 달아두기 위하여 지은 누각.

무릎을 탁 쳤다. 무과에 급제를 하자 임금으로부터 용(龍) 자가 들어간 새 이름을 받아 처음 무인으로서의 길을 걷는 그의 여정은 그렇게 시작되었다.

금오산 정기를 받아
용이 태어나다
龍

금오산 정기를 받아 용(龍)이 태어나다

이후 며칠이 지나 무과(武科) 급제자를 발표하는 날. 정무수, 아니 정
기룡 역시 여느 합격자들처럼 홍패(紅牌)[18]를 받았다.

홍색의 종이에는 정기룡(鄭起龍)이라는 이름과 '무과 병과 제4인 급
제출신자 만력(萬曆) 14년 10월 26일'이라고 어보(御寶)[19]가 선명히 찍
혀 있었다.

무과 급제 등급은 병과(丙科) 제4인이다. 등급 순으로는 갑과(甲科) -
을과(乙科) - 병과(丙科)로 되어 있는데 정기룡은 병과이므로 단순히 외
면만 본다면 가장 낮은 등급인 셈이다. 갑과 1등은 '장원(壯元)'이라고
하고 종6품 품계를 주며, 나머지 갑과 인원에게는 정7품, 을과는 정8
품, 병과는 정9품의 품계를 주었다. 그러나 법제상의 선발 인원이 갑
과, 을과, 병과 모두 달랐다. 갑과는 3인, 을과는 5인, 병과는 20인이
었다. 그러므로 병과에서 가장 높은 사람(병과 제1인)은 종합 9위가 되고

---

18) 국가에서 과거에 급제한 자에게 발급하는 자격증.
19) 왕이나 왕비, 왕자 등의 권위를 상징하는 의례용 도장.

최하위자(병과 제20인)는 종합 28위가 된다.

즉, 정기룡은 병과 제4인이었기 때문에 12등인 것이다. 28명 중에 12등이면 중간 정도 되는 셈이지만 어쨌거나 저쨌거나 무과에 합격했다는 게 어딘가. 사실 그날 한성까지 한걸음에 오느라 잠을 제대로 자지도 못한 채 시험을 치렀으니 말이다. 시험이 끝나고 그가 종루에서 잠을 청하게 되었는데 그 덕분에 임금과 대면을 하는 영광스러운 자리도 가져보게 되었다.

어쨌든 정기룡은 면신례(免新禮)[20] 라는 관례를 치르고 나서야 다음날 유가(遊街)[21]를 하러 고향으로 갈 수 있었다. 자신의 급제 소식을 우선 어머니와 부인 강씨에게 알려야 했고, 또 자신을 이 자리에 있게 만들어준 인수 형님을 머릿속으로 떠올리며 그는 설레는 마음을 안고 고향 하동을 향해 달려갔다.

고향에 다다르자 정기룡은 잠시 주위를 둘러보았다. 지리산 줄기가 남쪽으로 내달리는 그 언저리에는 우뚝 솟은 금오산(金鰲山)이 보였다. 금오산은 백두대간의 꼬리 혹은 우듬지[22] 라는 등 여러 이야기가 나온 산이다. 오행설에 따르면 산의 형상이 금상(金相)이라 하여 남해군(南海郡)을 건너다보는 거북을 닮은 지형에서 비롯된 이름이었다. 또 볏단을 쌓아올린 노적(露積)가리를 닮았다고 소오산이라 했으며, 지형이 병목처럼 생겼다 하여 병요산(瓶要山)이라고도 불렸다.

금오산은 조망의 산이다. 막힘이 없는 전경과 함께 섬 사이로 바닷바람 특유의 내음이 났다. 가파름이 그리 심하지 않은 산길을 오르내

---

20) 과거에 급제한 후 치르는 신고식.
21) 과거 급제자가 풍악과 함께 시가행진을 하며 친인척 등을 만나는 일.
22) 꼭대기.

릴 때마다 바람을 타고 소나무 향기가 그윽하게 풍겼다. 남쪽으로는 드문드문 보이는 섬들을 품은 쪽빛 바다가 넘실거렸고 북으로는 지리산 주능선이 그림처럼 드리워진 그가 태어난 그곳, 하동의 정경이 눈앞에 펼쳐졌다.

고향의 정경을 보자 정기룡은 어릴 적이 생각났다. 새벽 하늘을 가르고 떠오르는 해, 그리고 햇살이 드리워지며 주홍빛으로 변하는 하늘과 고을의 정경은 너무나도 아름다워 잊을 수 없었다. 형님을 따라 해마다 정월 초하룻날 새벽, 금오산 정상에서 솟아오르는 일출을 보며 소원을 빌곤 했었던 기억을 떠올렸다. 햇살은 그때와 다름없이 따사로웠다.

정기룡이 태어난 곳은 경상남도 하동군이었다. 고향 마을은 예나 다름없이 풍년이 들어 이른 새벽부터 농부들의 일손 움직임이 분주하였다. 초가집 굴뚝에는 아침밥을 짓는지 하얀 연기가 모락모락 피어오르고 있었다.

정기룡은 집마당에 들어서자마자 큰 소리로 어머니를 불렀다. 밥을 짓던 부인이 남편의 목소리를 듣자마자 반가운 미소를 띠며 뛰어나왔다. 어머니도 방문을 열고 신발도 신지 않고 버선발로 마당에 쫓아 나왔다.

무슨 말이 필요하겠는가. 정기룡은 말 대신 허리에 차고 있던 홍패를 풀어 어머니 손에 쥐어주었다. 그러고는 상감마마께서 자신의 이름을 기룡이라고 지어주셨다는 영광스러운 사실도 빼놓지 않고 이야기했다. 이제는 동네 꼬마 무수가 아닌, 기룡이라는 이름의 어엿한 무관이 되었다고 말이다. 기쁨의 눈물이 주름진 어머니의 뺨을 타고 흘러내렸다.

"장하구나…."

옆에 있던 강씨도 눈물을 흘렸다. 그렇게 어머니, 아내와 재회하고 기쁨을 나누던 정기룡은 눈을 크게 뜨고 하늘을 올려다보며 환한 미소를 보였다.

이 두 사람 말고도 이 기쁨을 함께 나눌 또 한 사람이 생각났기 때문이었다. 그는 강씨에게 같이 갈 곳이 있으니 외출할 채비를 하라고 부탁했다. 그녀는 어디로 가는지 의아해했지만 방에 들어가 서둘러 떠날 채비를 하고 나왔다. 정기룡은 부인을 안아 말에 먼저 태운 뒤 본인도 말에 올랐다.

"서방님, 어디로 가시는 겝니까?"

하지만 정기룡은 무척 상기된 표정임에도 말을 아꼈다.

"부인, 가보면 아십니다."

그렇게 정기룡과 강씨는 금오산 자락에 난 오솔길을 따라 올라갔다. 도착한 그곳에는 작은 무덤 하나가 있었다.

"어느 분의 묘입니까?"

정기룡은 먼저 내린 뒤 그녀를 들어올려 바닥에 내려놓고는 무덤을 보며 잠시 지난 시절을 떠올렸다. 주마등처럼 머릿속을 스쳐 지나는 기억들 속에서 그는 오늘날의 자신을 있게 한 그분의 얼굴을 찾을 수 있었다. 항상 곁에서 자신을 염려하여 쓴소리를 했지만 왜 더 새겨듣지 못했을까 하는 후회와 함께 자신이 어려운 일에 처할 때마다 빼빼 마른 몸을 이끌고 자신을 지켜주려고 노력하였던 그분의 모습이 눈에 선했다.

어느새 정기룡의 두 눈에는 소리 없는 눈물이 흘렀다. 그렇게 부인 앞에서 한참을 머뭇거리다 정기룡은 그제야 자신이 어떻게 자라왔는지를 부인에게 얘기할 수 있었다.

정기룡은 명종(明宗) 17년(1562), 4월 24일에 막내아들로 태어났다. 그의 본래 이름은 정무수(鄭茂壽)였다.

그의 집안은 과거 계유정난(癸酉靖難)[23] 과 갑자사화(甲子士禍)[24] 로 인해 일찍이 몰락하여 양반집임에도 불구하고 초라하기 그지없는 초가삼간에서 살고 있었다.

아버지 정호는 집안이 거듭된 사화를 겪은 탓인지 화병을 얻어 몸이 쇠약해져 있었다. 첫째 형은 태어난 지 얼마 되지 않아 세상을 떠났고, 둘째인 무수의 형 인수도 병약한 아버지를 닮았는지 허약한 기질을 타고났지만 늘 책을 가까이하여 어릴 때부터 논어, 맹자는 물론이고 사서삼경을 통달했다.

반면 막내인 무수는 어릴 적부터 체구와 기골이 아버지나 형과는 전혀 달랐다. 자라나면서 그런 모습은 더욱 두드러졌고 심지어 또래 아이들과도 확연히 눈에 띌 만큼 대단했다. 인수는 그런 아우가 염려되어 그에게 틈틈이 글을 가르쳐 주려고 했으나 무수는 늘 정색을 하고는 나무칼을 들고 아이들과 칼싸움을 하러 나갔다. 혈기왕성한 그는 연달아 사고를 터뜨렸다. 하루가 멀다 하고 무수에게 맞은 아이들의 부모가 찾아와 불만을 토로해 대느라 그의 집은 매일이 시끄러웠다.

"댁의 아드님 때문에 우리 아이가 이 지경이 되었소!"

이런 때마다 형 인수는 글을 읽다 나와서는 사고를 친 막내 대신 용서를 빌어 그들을 돌려보냈다. 그럼에도 아버지 정호는 자신을 닮지 않은 이러한 무수의 모습을 보며 흡족해했다. 인수는 아버지가 무수를

---

23) 수양대군이 왕위를 빼앗기 위해 김종서 등을 죽인 사건.
24) 연산군이 어머니 폐비 윤씨의 복위를 반대한 선비들을 처형한 사건.

너무 감싸고 도는 것 같아서 걱정이 되었다.

"무수가 글공부를 멀리하고 늘 사고만 치고 다니니 참으로 걱정입니다."

"아니다, 인수야. 무수는 너와 나를 닮지 않고 오히려 사내 대장부의 기개를 가지고 있지 않느냐. 필시 이 나라를 위해 큰일을 해낼 것이다."

해질녘이 되고 저녁 먹을 준비를 한창 하고 있을 즈음이 되어서야 무수가 돌아왔다. 인수는 동생을 보자 물었다.

"그래, 오늘도 대장이 되려고 싸움을 한 게냐?"

무수는 으쓱대며 잘난 척을 했다.

"그럼요, 오늘도 제가 이겼습니다."

"안 그래도 또 네가 때린 아이 집에서 왔다 가서 내가 잘 타일러 돌려보냈다. 대장이 빨리 뽑혀야 이 난리통이 좀 그칠 거 같은데 말이다."

"오늘 걔까지 이겼으니 저를 대장으로 삼을 겁니다. 오늘이 마지막이에요, 진짜로. 칫, 계집애들처럼 부모님한테 고자질이나 하고… 바보 같은 녀석들…. 아무튼 이제 형님한테 미안할 일 없을 거요. 배고파요, 밥 먹읍시다."

무수는 그제야 조금 미안한 기색을 보였지만 한편으로는 자존심도 세우고 싶었다. 내가 힘으로 당당하게 얻은 자리인데 뭐가 문제인가 싶었다.

그렇게 조촐하나마 훈훈한 가족의 저녁식사가 시작되었고 아버지는 막내의 무용담을 듣고 대견하다는 듯 놀라워했다.

"그랬느냐, 허면 너는 나중에 커서 무엇이 되고 싶으냐?"

무수의 대답은 한결같았다.

"이 나라를 지키는 성웅(聖雄)이 될 겁니다."

인수는 아우에게 또 잔소리를 했다.

"무수야, 성웅이 되려면 장수가 되어야 하고 장수가 되려면 무과에 급제를 해야 한다. 그러기 위해서는 싸움 말고도 글공부도 해야 한다 늘 이르지 않았느냐."

무수는 인수를 이해할 수 없었다.

"아니 형님, 장수가 싸움만 잘하면 됐지, 무엇이 더 필요합니까? 이 아우는 형님의 뜻을 도통 모르겠습니다."

인수는 고개를 저었다.

"아니다. 무릇 장수는 혼자서 싸우는 것이 아니다. 장수 밑에는 군졸들이 있지 않느냐? 그들은 장수를 믿고 같이 싸우는 것이다. 함께 한 몸처럼 움직이고 싸움에 임해야 장수가 승리도 거둘 수 있는 것이다. 그러기 위해서는 그들을 보듬어 주는 방법도 알고 그들에게 믿음도 주는 방법 또한 알아야 할 것이다. 그러기에 글공부가 필요한 것이다."

"에이, 형님은 맨날 저만 보면 글공부, 글공부 얘기만 하시고 제가 뭐가 그리 못마땅한 겝니까? 제가 형님보다 힘도 세고 키도 커서 그런 말씀을 하시는 게 아닙니까?"

인수는 무수를 지그시 바라보고는 고개를 저으며 말했다.

"지금은 네가 깨닫지 못하겠지만 언젠가는 내게 가르침을 얻으려 할 것이다. 때가 되면 그제야 이 형의 말을 이해하게 될 것이야."

그렇게 무수 가족의 밤은 깊어갔다. 비록 초라한 집이었지만 뭉게뭉게 피어나는 연기처럼 가족들의 웃음도 퍼져 나갔다.

하지만 얼마 되지 않아 무수가 열세 살이 되던 해에 아버지는 병마를 이기지 못하고 결국 숨을 거두고 말았다. 형제는 아버지의 묘 옆에 움막을 짓고 살면서 3년간의 움막살이를 치렀다.

그런 일이 있었음에도 무수는 얼마 되지 않아 개구쟁이의 모습으로 다시 돌아왔다. 날이 밝자 무수는 또다시 싸움을 하러 나갔다. 이번에도 대장을 뽑는 힘겨루기를 하기 위해 아이들은 공터에 빙 둘러앉았다. 무수는 오늘도 자신만만한 얼굴로 칼을 빙빙 돌리며 공터 한가운데에 나와 아이들을 주욱 둘러보며 소리쳤다.

"또 자신 있는 녀석 있으면 나와 봐라! 박살을 내주지."

그러자 한 아이가 나왔다. 그런데 이날따라 이 녀석의 기척이 뭔가 이상해 보였다. 여태껏 상대하던 아이들과는 달리 그 녀석도 자신만만해 하기는 무수 자신과 매한가지였다. 자기보다 체구가 왜소했지만 왜 그런 표정을 지어 보이는지, 무수는 마음 한편에서 뭔가 꺼림칙한 기분을 느꼈다. 하지만 일단 내가 그쪽보다는 훨씬 체격 면에서는 우월하다 여겼기에 저 녀석도 박살을 내주리라 다짐하고는 칼싸움을 시작했다.

무수는 연신 공격을 비 오듯 퍼붓고 상대는 간신히 막아내기에만 급급했다. 그러던 중 그 녀석이 구경만 하던 아이들을 향해 고개를 끄덕거렸다. 그러자 뒤편에 앉은 아이들 중 몇 명이 갑자기 튀어나와 나무칼로 무수의 등과 머리를 후려쳤다. 갑자기 기습을 당하자 그는 쓰러지며 몸을 움츠렸지만 속수무책이었다. 아이들 모두가 무수에게로 튀어나와 그를 사정없이 짓밟았다. 그는 무언가 크게 잘못된 것을 뒤늦게 알았지만 소용없었다. 흙투성이가 된 채 널브러진 무수는 피 섞인 침을 뱉으며 자신에게 나무칼을 겨누는 녀석을 째려봤다.

"비겁하게…."

"무릇 자업자득(自業自得)이라 했다. 네가 우리를 그렇게 막 대했으니 네가 다시 오기 전에 내가 저 친구들을 설득해 내 편이 되어달라고 했더니 다들 순순히 응하더구나. 어쨌든 내가 이겼으니 내가 우리 마을의 대장이다."

생전 처음 맛보는 패배의 굴욕에 무수는 견딜 수 없어서 다시금 달려들어 봤지만 아까 여기저기 맞은 데가 욱신거려서 견딜 수 없었다. 결국 무수는 한참이 되어서야 일어날 수 있었다. 그는 거지꼴이 된 채 힘겹게 발걸음을 옮겨 집에 겨우 도착했다. 인수는 동생의 행색을 보자마자 후다닥 뛰어나가서 부축하고는 겨우 방에 눕혔다.

"어찌된 것이냐? 네가 이렇게 질 리가 없을 텐데."

"그게…, 비겁하게 뒤에서 갑자기…."

무수는 분해하며 자신이 겪은 일을 형에게 털어놓았다. 인수는 뭔가 알겠다는 듯이 고개를 끄덕이고는 수건에 물을 적셔와 동생의 상처에 난 피를 닦아주었다.

"아마도, 예전에 너한테 맞은 애들이 네가 오기 전에 짜고 그랬겠구나."

무수는 깜짝 놀랐다.

"그걸…! 어찌 아십니까?"

"네가 그네들한테 했던 것을 생각해 보면 당연한 일이 아니겠느냐. 장수는 힘으로 통솔하는 것이 아니라 덕으로 통솔해야 하느니라."

인수는 별안간 뭔가가 생각났는지 방구석에 쌓여 있는 책들 중 한 권을 내어주었다. 무수는 고개를 갸우뚱하며 책을 건네받았다.

"이게 무슨 책입니까?"

"삼국지통속연의(三國志通俗演義)[25] 라는 책이다. 이 책에는 수많은 장수들의 무용담이 있다. 이것을 읽고 누가 네 마음에 드는지, 누가 어떻게 싸움에서 이기고 졌는지를 보고 느낀다면 네가 훗날 장수가 되는 데에 많은 도움이 될 게야."

무수는 눈을 동그랗게 뜨고 책을 살펴보았다. 그 책에 매료가 되었던 탓일까, 무수는 처음에는 여포(呂布)의 이름을 가리키며 그가 제일 맹장이 아니냐고 형님에게 물었다. 그의 최후를 보고 나서 그는 그제야 형님이 이야기했던 뜻을 이해하는 듯 보였다.

어느새 무수는 책에 빠져들었다. 자신이 책을 보고 나서의 감상을 형님과 나누기도 했고 먼저 책을 읽은 형님의 해석을 흥미진진하게 듣기도 했다. 그때부터 이상하게 집에 찾아오는 사람도 적어졌고 매일 있던 난리도 없어졌다. 무수는 어찌나 그 책을 감명 깊게 읽었는지 연신 입에 '조자룡(趙子龍)'이라는 말을 달고 살았다. 그처럼 연전연승을 거듭하는 장수처럼 되고 싶어 하던 것일까. 인수는 그제야 마음이 놓였다.

한참이 지나고 나서 몸이 다 나은 뒤 무수는 아이들과 다시 전쟁놀이를 하러 나갔다. 하지만 이전과는 달라진 그의 모습에 아이들은 그저 의아해하기만 했다. 예전같이 무뢰배처럼 힘으로만 찍어 누르려 하지 않고 말로 자신들을 타이르고 설득하려 노력하는 모습을 보이며 군율(軍律)의 중요함을 설파했다. 아이들은 그렇게 달라진 무수에게 하나 둘씩 빠져들었다. 자신도 그렇게 아이들이 따르자 신기했는지 해질녘이 되어 돌아오자마자 인수에게 연신 감사를 표했다.

"형님, 참으로 신기합니다. 애들이 저를 대하는 태도가 예전과 달라졌습니다. 다 형님께서 제게 가르침을 주셨기 때문인 거 같습니다."

---

25) 중국 원말·명초 시대의 작가 나관중이 지은, 위·오·촉 3국의 역사를 다룬 소설.

인수는 담담한 표정으로 고개를 끄덕이고는 무수를 다독였다. 그 뒤부터 무수는 낮에는 전쟁놀이를 하고 집에 오면 책을 읽어가며 모르는 것이 있으면 형님에게 물어보곤 하면서 시간을 보냈다.

그러던 어느 날이었다.

병정놀이를 하러 갔더니 아이 하나가 무수에게 쪽지를 건네주었다. 이런 쪽지를 처음 받아봐서 그런지 무슨 내용인지 도통 감이 오지 않았지만 일단은 펴 보기로 했다. 거기에는 이런 내용이 쓰여 있었다.

'닷새 후 신시(申時)[26] 에 너희 동네 녀석들과 한 판 붙고 싶다. 네 녀석이 그렇게 힘도 세고 통솔도 잘 한다길래 도전장을 보낸다. 만약 오지 않으면 너를 계집애 취급할 것이니 창피해지기 싫으면 당당히 나와 겨뤄보자. 최민(崔珉).'

무수는 쪽지를 접고는 물어봤다.

"최민이란 애가 누구야?"

"옆 마을 최참판[27] 네 손자인데 엄청 부잣집이야. 말도 사주고 이것저것 다 해준다고 하더라고. 근데 어떻게 할 거야? 도전을 받아들일 거야?"

무수는 쪽지를 세로로 주욱 찢고는 씩 웃어 보였다.

"받아줘야지. 계집애 취급이나 받고 싶지는 않아. 자, 다들 훈련하자! 그날 절대 지면 안 돼!"

그렇게 시간이 지나 약속한 때가 되었다. 무수와 아이들은 서둘러 약속 장소인 옆 고을의 공터에 도착했다. 헌데 아이들도 보이지 않고 조용했다.

---

26) 오후 3시 ~ 5시.
27) 판서에 이은 종2품 관직. 판서가 오늘날의 장관급이라면 참판은 차관급에 해당된다.

그때 갑자기 어디선가 붉은 연기 같은 것이 그들을 덮쳤다. 그러자 모두들 눈이 따가워 앞을 제대로 볼 수가 없었다. 곱게 빻은 고춧가루임이 분명했다. 이때였다.

여기저기 숨어 있던 옆 고을 아이들의 함성이 들리더니 무수가 이끄는 아이들은 어느새 막기만 하다가 두들겨 맞고 있었다. 모두 쓰러지거나 주저앉아 끙끙대는 와중에 이 고을의 아이들은 그들을 뺑 둘러쌌다. 그중 한 명이 앞으로 나와, 주저앉아 있는 무수를 향해 나무칼을 뻗었다. 옷차림이 돈 있는 집안 애처럼 보이는 게 아마도 이 녀석이 최민이란 놈 같았다.

"당사골 정무수라는 녀석이 상대해 보니 별거 아니구나. 이런 계책에 걸리고 말이야. 담에는 공부 좀 더 하고 덤벼들어라."

분했다. 저번 패배야 자신이 워낙 아이들을 거칠게 다뤄서 불만이 있는 상황에서 뒤통수를 맞은 것이었지만 이번에는 그래도 아이들이 자신을 믿고 따라주었는데 결과가 이리 되다니 그들을 볼 면목이 없어졌다.

아이들은 최민 무리에게 흠씬 두들겨 맞고 난 뒤 개울가에 가서 웃통을 벗고 자잘한 상처들을 씻어내고 고춧가루 때문에 따가운 눈을 닦아내었다. 무수는 아이들한테 순순히 사과했다.

"미안, 장군 된 자로서 너희들 모두를 위험하게 만들었어. 그 녀석이 그런 방법을 쓰리라고는 전혀 생각 못 했는데….."

"오늘은 그렇다 치고 이대로 또 그냥 넘길 거야? 장군."

무수는 고개를 절레절레 저었다. 기필코 되갚아 주고 싶었다.

"아니, 다음엔 우리도 뭔가 준비를 해야 될 거 같아."

무수는 가까스로 집에 도착했다. 인수 형님 얼굴을 볼 때마다 느끼는 것이지만 왠지 모든 정황을 다 알고 있는 것 같아 보였다. 그는 아우의 얼굴을 살피더니 또 귀신같이 맞추었다.

"녀석들이 매복해 있다가 고춧가루를 뿌리고 기습을 한 모양이구나."

무수는 정말 이럴 때마다 인수의 혜안에 놀라기만 했다. 아니, 집에서 글만 읽느라 직접 보지도 않았을 텐데 대체 그걸 어떻게 알았을까 싶었다. 자신이 무슨 형님 손바닥 안에서 노는 것 같은 느낌도 들었다. 대체 그의 지혜는 어디까지인 것일까.

"형님, 어떻게 아신 겁니까?"

"네 몰골을 보아 하니 그리 보인다."

무수는 형님에게 얘기를 들을 때마다 너무 신기했다. 형님은 대체 어디까지 볼 수 있는 걸까. 무수는 이번에도 그에게 또 다른 가르침을 받을 필요를 느꼈다. 그래야 그 녀석들도 이길 수 있을 것 같았다. 무수는 또다시 간절하게 형님의 옷소매를 붙들고 매달렸다. 인수는 기다렸다는 듯 이번에는 또 다른 책들을 내밀었다. 책에는 손자병법(孫子兵法), 육도삼략(六韜三略), 삼십육계(三十六計)라고 제목이 쓰여 있었다. 무수는 눈을 깜빡거리며 형님에게 또 물었다.

"이거만 읽으면 그 녀석들을 이길 수 있습니까?"

인수는 고개를 가로저으며 미소를 지었다.

"아니다. 이것은 큰 그림을 짜는 데 도움이 되는 내용을 담은 책들이니라. 어떠한 상황에서 어떻게 처신을 해야 군사의 손실을 줄이고 승리를 거머쥘 수 있는지 그 길을 여는 데 도움을 줄 것이다. 나머지 세세한 부분들은 너의 아이들과 상의를 해보려무나. 그렇게 한다면 다음번에 싸울 때 이길 수 있는 방법을 능히 찾아낼 것이다."

무수는 또 회복기를 거치면서 책들을 읽어나갔다. 왠지 형님이 하라는 대로만 하면 형님처럼 머리가 좋아지지 않을까 하는 생각이 들기도 했고 몇 살 차이 나지 않는데도 이런 것들을 다 알고 있다는 것이 너무나 신기하기만 했다. 하긴, 자신이 매번 병정놀이를 하러 나가는 동안에도 책만 잡고 있었으니 너무나도 당연한 일이 아닌가.

어느 정도 아이들과 상의하면서 작전이 세워지자 무수는 최민에게 도전장을 보냈다. 이번에야말로 녀석의 콧대를 납작하게 만들어주고 싶었다.

그렇게 또 시일이 지나서 약속된 날짜가 다가왔다.

이번에도 녀석들은 근처에 매복을 한 듯싶었다. 전에는 그렇게 주의 깊게 보지 않았는데 확실히 그 또래 아이들이라서 어설프게 숨은 것이 눈에 보였다.

무수는 이번에는 아이들로 하여금 얼굴을 가리면서 눈앞이 보일 만한 얇고 촘촘한 천을 목에 두르게 하고 왔다. 역시나 또 붉은 고춧가루가 공터에 퍼졌다. 무수는 아이들에게 서둘러 천으로 얼굴을 가리라고 하고는 산개해서 바깥으로 빠져나갔다. 그러고는 모두들 하나같이 발소리가 안 나도록 조심스럽게 움직였다. 최민을 따르는 아이들은 뭔가 이상함을 느끼고 조심스레 공터 가운데로 모였다. 최민은 분명히 자신이 짠 작전이 들킨 것 같은 불안감이 들었다. 그럴 즈음 무수의 신호가 떨어졌다.

"쳐라!"

이번에는 오히려 옆 고을 아이들이 무수가 이끄는 아이들에게 포위당하는 반대의 상황이 되었다. 무수는 지난날의 복수가 너무나도 하고 싶었는지 최민과 그 일당들을 걸레짝이 되도록 두들겨 팼다. 한바탕 난리통이 끝나자 최민은 이를 갈면서 두고 보자는 말과 함께 부축을 받으며 자리를 떴다.

무수는 아이들로부터 헹가래를 받고는 너무나 흡족해했다. 이 사실을 형님에게 꼭 전하고 싶었다. 형님도 무수의 행색을 보고 동생이 이겼다는 것을 알고 고개를 끄덕였지만 한편으로는 걱정되는 것이 있었다. 인수는 걱정스러운 표정으로 무수에게 물었다.

"아까 네가 때린 옆 고을 아이들 대장이란 애가 분명 최참판댁 손자라고 하지 않았느냐?"

무수는 고개를 끄덕였다. 대체 참판이 뭐길래 형님이 저리 걱정하는지 무수는 잘 몰랐다. 인수는 계속 초조한 기색을 보였다.

"아아, 큰일이구나. 왠지 이번엔 최참판댁에서 그냥 넘어가지 않을 거 같다."

역시나 다음날 날이 밝자마자 최참판댁 호위무사 박인서(朴仁書)라는 사람이 무수의 집으로 찾아왔다. 그는 몹시도 분개한 표정으로 어떤 녀석이 감히 참판댁 손자를 때렸냐고 화를 내면서 그 일을 저지른 놈을 데리고 들어오라고 했다. 인수와 무수 형제는 근심어린 표정의 어머니에게 자기들끼리 어떻게든 해결을 짓고 오겠으니 안심하라는 당부를 하고 최참판댁으로 갔다.

대문을 열고 들어가자마자 무수는 너무나도 놀랐다. 일단 지붕부터가 자기네 집과는 너무나도 달랐다. 짚으로 엮은 초가지붕이 아니라 까만 기와 한 장 한 장이 정성스레 얹혀 있고 사방에는 하늘을 향해 곡선을 그리며 날아오를 듯 살짝 뻗은 처마가 웅장하기 그지없었다. 그렇게 으리으리한 기와집이 한 채가 아니었다. 마당도 자기 집에 비해서는 비교도 할 수 없을 만큼 널찍하고 심지어 마구간도 있었다. 무수는 너무나도 신기했다. 참판이면 이런 곳에서 사는구나 싶었다. 하지만 지금 그렇게 놀라워하고 있을 수만은 없었다. 지금은 어떻게 해서든 최참판에게 손자의 머리통을 깬 것에 대한 용서를 빌어야 했다.

최참판은 헛기침을 하면서 마루로 나왔다. 방에서부터 새어 나오는 그의 헛기침 소리에 둘은 짓눌리는 기분을 느꼈다. 그는 자신의 부모처럼 초라한 행색이 아닌 양반다운 고결함이 느껴지는 옷을 여러 겹 껴입고 있었다. 그는 도끼눈을 뜨고 무수 형제를 노려보며 물었다.

"네 녀석이 감히 우리 손자 머리를 깼느냐?"

무수는 아무 대답도 하지 못한 채 우물쭈물할 수밖에 없었다. 최참판은 박인서에게 몽둥이를 가져오라 시키고는 꿇어앉아 있는 무수 앞으로 다가왔다.

"우리 손자가 저리 됐으니 너도 대가(代價)를 치러야지. 헌데 왜 대답이 없느냐?"

보다 못한 인수가 벌떡 일어나며 두둔하였다.

"그 일은 아이들끼리라 하더라도 사내와 사내끼리의 정정당당한 승부여야 했습니다. 제가 아우에게 듣자 하니 처음에는 어르신의 손자께서 먼저 술수를 써서 아우가 맞았고 하여 되갚아 주려고 절치부심하여 재차 싸운 것인데 아이들끼리 싸우다 일어난 일이니 이 점 너그러이 헤아려 주시기 바랍니다."

최참판은 의미심장한 표정으로 고개를 끄덕였다.

"허허, 그 녀석 참 담대한 것이 실로 범상치 않구나. 허나, 우리 손자의 머리가 저리 깨어졌으니 대가는 어떻게든 치러야 하지 않겠느냐?"

"저희 집이 넉넉지 않으니 그러면 여기서 대신 머슴마냥 일을 하겠습니다. 무슨 일이든 하겠습니다."

무수도 질세라 벌떡 일어났다.

"아닙니다. 저희 형님은 몸이 약하여 일을 오래 못합니다. 제가 대신 하겠습니다."

최참판은 수염을 쓰다듬으며 웃었다.

"허허, 거 형제간의 우애가 참 대단하구나. 무수라 하였느냐? 그렇다면 이곳에서 일을 배우면서 지내도록 해라."

인수도 같이 나서려고 했지만 무수는 자신이 벌인 일이니 형은 돌아가서 쉬라고 한사코 말렸다.

그때부터 무수는 최참판의 집을 드나들면서 일을 하기 시작했다. 비록 어린아이라 어른마냥 일을 하지는 않았지만 이것저것 시키는 대로 마다하지 않고 했다. 어린아이치고는 참으로 담대하고 무슨 일이든 하려는 성실함이 최참판의 마음을 사로잡았고 그는 무수를 서서히 대견하게 여겼다.

그러던 어느 날 최참판은 무수를 불러 물었다.

"무수야, 이다음에 커서 무엇이 되고 싶으냐?"

"장수가 되고 싶습니다. 형님이 이 나라를 지키는 성웅이 되려면 먼저 장수가 되어야 한다고 했습니다."

최참판은 놀라워하는 모습을 보였다.

"오호, 그러하냐. 그럼 장수가 되려면 무과 시험을 봐야 하는데 무엇을 연마해야 하는지도 알고 있느냐?"

"형님이 글을 알려주셔서 그쪽으로도 배우고 있습니다. 무술은 칼싸움 같은 건 좀 해봤는데 나머지는 잘 모릅니다."

최참판은 대청마루에 앉아서 무수를 지켜보았다. 확실히 또래 아이들보다는 체구가 담대해 보이는 것이 무인의 기질이 있다고 느껴졌다. 그는 마구간을 가리켰다.

"무과에는 마상재(馬上才)라 하여 말 위에서 재주를 부리는 과목이 있다 들었다. 네게 오늘부터 말을 보살피는 일을 줄 터이니 말과 친해져 보거라. 그리고 내가 또 하나 줄 것이 있다."

최참판은 종을 시켜서 작은 장난감 활을 가져오게 했다. 그는 무수의 머리를 쓰다듬으면서 활을 건네주었다.

"궁시도 무과 과목이니라. 활은 예로부터 선비의 기상을 나타내는 무기이니 활쏘기도 게을리 하지 마라. 우리 손자가 가지고 놀던 건데 이걸 줄 테니 틈나는 대로 연습해 보거라. 가르쳐 줄 만한 사람도 하나 붙여주겠다."

무수는 어리둥절하였다. 이분이 왜 이렇게까지 자신에게 잘 해주는지 알 수 없었다.

"저, 참판 영감. 저는 전에 영감의 손자를 다치게 했었습니다. 그런데 제게 왜 이렇게 잘 해주시는 겁니까?"

최참판은 말없이 하늘을 올려다보았다. 그가 그렇게 착잡한 표정을 지어 보이는 것을 처음 보았다. 무수는 그를 보며 어리둥절해하였다. 그는 한숨을 크게 한 번 쉬고는 힘겹게 말을 꺼냈다.

"내 아들이 무과를 준비하다가 병을 얻어서 한 스무 해 전에 내 곁을 떠났다. 늦둥이여서 매우 귀여워했고 그 아이도 너처럼 무골의 기질을 가졌기에 비록 나는 문관으로 살았지만, 그 아이가 뜻이 너무나도 강직하여 뭐든지 해주고 싶었다. 그런데 그리 가더구나.

헌데 내 너를 보니 그 아이 생각이 나더구나. 아직도 그 녀석이 활쏘기하고 칼 연습을 하던 모습이 눈앞에 선하구나…. 이렇게 사는 내가 돈이 없어서 손자 녀석 치료비 하나 받아내려고 일을 하라고 시켰겠느냐. 너를 처음 봤을 때 그 녀석하고 너무도 닮아서 네가 어떤 아이인지 곁에 두고 알고 싶어져서 그리한 것이다. 행여나 그때 내가 내린 처사가 서운하게 들렸다면 이해해 주려무나."

최참판은 어느새 눈시울이 붉어졌다. 무수는 그제야 그가 왜 자신에게 그런 기회를 주었는지 알 수 있었다. 무수는 그 어느 때보다 굳은 다짐을 할 수 있었다.

"참판 영감, 제가 돌아가신 영감 아드님 몫만큼 열심히 해서 꼭 뜻을 이루겠습니다. 영감께 약속드리겠습니다."

최참판은 무수의 결심을 듣자 팔을 벌렸다.

"이리 오거라, 한 번 안아보고 싶구나."

최참판은 말없이 무수를 끌어안고는 지그시 눈을 감았다. 그러고는 박인서와 함께 마구간으로 무수를 데리고 갔다.

무수는 말이라는 동물을 그날 처음 보았다. 곧고 늘씬하게 뻗었지만 튼튼해 보이는 다리와 크고 반들반들한 털이 가지런히 나 윤기가 도는 몸, 그리고 우락부락한 목에는 긴 얼굴이 달려 있었고 아낙네처럼 긴 속눈썹에는 밤의 호수처럼 검지만 맑고 깊은 눈망울이 보였다.

무수는 신기한 듯 손으로 목덜미를 쓸어내렸다. 그러자 말이 갑자기 흥분한 듯 크게 울부짖었다.

- 이히힝!

갑작스러운 말의 반응에 무수는 놀라 뒤로 나가떨어졌다. 최참판은 크게 웃었다.

"말이라는 동물은 매우 예민하단다. 사람에게 마음을 주기까지 시간이 오래 걸리는 동물이지. 하여 처음에는 조심스럽게 다가가고 늘 정성을 다하여 대하거라. 그리한다면 저 녀석도 네게 마음을 줄 것이야."

비록 말과의 첫 만남은 깜짝 놀라는 것으로 시작했지만 무수는 이상하게도 말이 두렵지 않았다. 오히려 말과 친해지고 싶었다. 나중에 무과 시험에서는 말을 타고 한 몸처럼 움직여야 한다지 않는가. 그렇다면 이렇게 말과 친해질 좋은 기회는 다시 없을 것이라고 생각했다.

무수는 박인서가 시키는 대로 여물통에 있는 지푸라기를 조금 쥐어 말에게 조심스레 천천히 내밀어 보았다. 말은 처음에는 경계를 하는 듯싶더니 얼마 지나지 않아 무수가 내민 지푸라기를 큰 입술로 감싸고 씹기 시작했다. 그제야 그는 다시 용기를 내어 말의 코에 손을 가져다 대었다. 콧김을 내뿜는 콧구멍 앞으로 곧게 뻗은 말의 코를 천천히 쓰다듬자 말은 아까와는 달리 가만히 있었다. 무수는 말의 반응과 여물을 씹는 모습을 보자 너무도 신기하고 재미있었는지 계속 여물을 말에게 먹이고 쓰다듬고를 반복했다.

그 이후부터 무수는 말을 열심히 돌보았다. 말에게 여물도 주면서 말이 그것을 우걱우걱 씹어 먹는 걸 지켜보며 흐뭇해하기도 하고 최참판댁에서 박인서를 통해 검술이나 창술, 궁시 등 여러 무술을 배워 나갔다.

비록 하루하루가 힘들기는 했지만 너무도 보람 있는 나날들이었다. 그렇게 시간이 지나 최참판댁의 손자 최민도 무수에게 맞은 곳이 나았는지 겨우 밖에 나올 수 있었다. 그는 자기 집에서 일하는 노비들 사이에서 말을 돌보고 있는 낯익은 얼굴을 발견할 수 있었다. 바로 자기 머리통을 깼던 무수였다. 최민은 어떻게 된 것인지 궁금하여 일을 하던 그를 불렀다.

"네가 왜 여기 있냐?"

무수는 으쓱대며 자신만만하게 최민에게 다가갔지만 그래도 자기가 다치게 해서 그에 대한 책임을 지기 위해 이곳에서 일하는 게 생각이 났는지 이내 머쓱해했다.

"참판 어르신께서 여기서 일하면서 무예와 말 돌보기를 배우라 하셨다. 뭐… 내가 네 머리통을 깨서 그거에 대한 책임을 여쭈어 보신 것도 있고….”

최민은 대청마루에 앉은 채 무수를 바라보았다. 자기 집에서 일하는 노비들과 다를 바 없는 남루한 행색에 그는 코웃음을 쳤다.

"우리 집에 종놈이 하나 더 늘었구나."

무수는 종놈이라는 얘기를 듣자 발끈했다.

"누가 누구보고 종놈이라고 하는 게냐! 비록 우리 집이 네 치료비를 내주지 못할 정도로 가난하긴 하지만 우리 집도 엄연히 양반집이다. 종놈이라니, 거 무슨 가당찮은 말을 하는 게냐!”

"네놈이 지금 하는 일이 종놈 일이 아니면 뭐냐? 종놈이면 종놈답게 굴어라. 당장 엎드려서 도련님이라고 하면서 잘못을 빌어봐라. 그러면 내 용서해 주마.”

무수는 소매를 걷어붙이며 다시 싸움을 할 기세를 보였다.

"머리통이 한 번 더 깨지고 싶은 게냐?"

"뭐가 어째?"

두 꼬맹이는 옥신각신하더니 결국 다시 뒤엉켰다. 하지만 무수가 또래치고는 워낙 힘이 센지라 최민은 상대가 되지 못하고 다시 바닥에 고꾸라져 무수에게 깔린 채 다시금 무수의 주먹에 얼굴을 내줄 판이었다. 둘의 싸움은 최참판이 이 광경을 보고 호통을 치자 그제야 멈추었다.

"뭣들 하는 짓이냐!”

최참판은 노비들을 시켜 둘을 떼어놓고는 무수에게 호통을 쳤다.

"네 녀석을 어여삐 여겼거늘 지난날에 해코지를 했던 사람에게 또 같은 짓을 하려는 것이냐!"

무수는 최참판의 호통에 최민을 가리키며 억울해했다.

"저 녀석이 저보고 종놈이라고 먼저 놀렸습니다."

팔은 그래도 안으로 굽는다고 했던가. 손자가 잘못을 먼저 했음에도 최참판은 무수만을 나무랐다. 무수는 난처한 상황이었지만 어쩔 수 없었다.

그때 대문을 두드리는 소리가 났다. 최참판은 문 쪽에서 기별을 느끼자 그쪽으로 시선을 돌렸다.

"게 누구냐."

"여기서 일하는 정무수의 형 정인수라 하옵니다. 참판 영감을 뵙고자 합니다."

"들여보내라."

노비들이 문을 열자 인수가 천천히 들어왔다. 무수는 난처한 상황에 형님의 얼굴을 보자 반가운 마음이 들었다.

"형님…."

최참판은 대청마루에 앉아 인수를 맞이했다. 인수는 고개를 숙여 정중하게 인사를 했다. 최참판은 그를 보자 왜 왔는지 궁금해했다.

"그래, 여기는 무슨 일로 왔는가?"

"제 아우가 참판 어른의 손자에게 해를 가했던 것은 사실이오나 그전에 어른의 손자가 먼저 고춧가루를 뿌리고 기습을 하는 비겁한 술수를 써서 제 아우가 맞고 돌아왔습니다. 곳간에 있는 고춧가루가 얼마나 남았는지 확인을 해보시면 아실 것입니다.

게다가 저희 집에서는 제 아우가 맞고 돌아왔을 때 참판 어른께 그 일에 대한 책임을 묻지 않았습니다. 아이들끼리의 싸움이라 그냥 넘어간 것입니다. 허나 제가 밖에서 들으니 참판 어른댁 손자가 제 아우보고 종놈이라고 놀리면서 먼저 싸움의 빌미를 만들었다고 하는데 그런 소리를 듣고 어찌 화를 내지 않을 수 있단 말입니까? 저희 집안이 빈궁하기는 하나 저희 집도 양반인 것은 마찬가지인데 어찌 이리도 야박하시단 말입니까? 이런 대우가 계속된다면 저는 더 이상 제 아우를 이 집으로 보내지 않을 것입니다."

인수의 일장연설에 최참판은 잠시 할 말을 잊었다가 노비에게 곳간으로 가 고춧가루의 남은 양을 확인해 보라는 지시를 내리고는 인수를 빤히 바라보았다. 핏기 없고 허여멀건 얼굴에 빼빼 마른 체구가 동생인 무수와는 확연히 달라 보였다. 하지만 어린 나이임에도 당당하게 말하는 그 모습 자체는 선비다운 기품이 느껴졌다.

노비는 많은 양의 고춧가루가 줄어 있음을 최참판에게 고했고 그는 이제 이 형제 앞에서 자신이 빼도 박도 못할 상황에 놓였음을 시인할 수밖에 없었다. 그는 자신의 손자의 엉덩이를 때리며 화를 내고는 다시는 종놈이라고 놀리지 말라고 혼을 낸 뒤 방으로 가 엽전 꾸러미를 내어와 인수에게 건네주었다.

"내가 가족이라 너무 내 손자만 생각했구나. 너의 당당함이 참으로 대단하다 여겼다. 여기, 네 아우가 여기서 일한 품삯이니 가져가거라."

하지만 인수는 받은 엽전을 다시 최참판에게 건네주었다. 최참판은 이를 이상하다 여겼다.

"어째서 마다하는 것이냐? 모자라다 싶으냐?"

인수는 다시 정중히 인사를 하고는 돈을 마다한 이유를 고했다.

"참판 어른, 어른께서 제 아우에게 말을 돌보는 법과 무예를 익힐 수 있는 기회를 주셨다 들었습니다. 하여 그것에 대한 보답을 저희 집에서도 응당 해야겠지만 저희는 그럴 형편이 되지 못하니 이렇게라도 할 수밖에 없습니다. 아우가 무과에 뜻이 있으나 말조차 사줄 수 있는 형편이 못 되어 재주를 썩히고 있는 것에 늘 개탄을 금할 길이 없었습니다. 헌데 어른께서 아우에게 이런 천재일우(千載一遇)의 기회를 주셨으니 그저 황송할 따름입니다. 부디 제 아우를 잘 부탁드리겠습니다."

최참판은 이 아이의 말이 너무도 기특하게 들렸다. 그는 아까 자신의 손자가 맞은 일 때문에 잠시 이성을 잃었던 실수가 멋쩍었는지 헛기침을 한 번 하고는 인수에게 다짐을 재차 해야만 했다.

"내 손자에게 입단속을 철저히 하고 네 아우가 공정한 대우를 받을 수 있도록 지켜본다고 약속하겠다. 네 아우는 비록 어리나 자질이 출중한 재목이다. 나도 그리 보고 있으니 한 사람의 무장이 될 수 있도록 내 잘 돌보겠다고 약속하겠다."

"참판 영감께 감사드립니다."

형제는 집으로 돌아갔다. 무수는 형의 청산유수 같은 거침없는 말재주가 놀라웠는지 연신 칭찬을 아끼지 않았다.

"형님, 정말 고맙습니다. 아까 형님이 아니었으면 저는 큰일이 날 뻔했습니다."

인수는 한숨을 쉬면서 무수를 나무랐다.

"다시는 경거망동한 모습을 보이지 말거라. 우리 집이 비록 빈궁하여 너를 제대로 키워주지 못했으나 이런 기회를 잡았으니 더욱 감사하고 조심하는 마음으로 매사에 임하거라. 그리고 집에 돌아와서는 내게 글을 배워라. 우리 집 형편상 너를 서당에 보낼 수는 없으나 내 돌아가신 아버지께 약속했다. 너를 꼭 출세시킬 수 있도록 노력하겠다고 말이다."

"형님…."

무수는 형의 이런 모습이 너무나도 든든하고 고마웠다. 자신은 늘 형님에게 도움만을 받았지, 자기가 도움을 준 적이 없었기 때문에 미안해했다. 뭐라도 해줄 게 없을까 속으로 고민하다가 무수는 갑자기 형을 업었다. 인수는 당황해하며 무수를 다그쳤다.

"어허, 이 무슨 망측한 짓이냐?"

"형님, 제가 형님한테 은혜를 입었는데 형님보다 힘이 센 제가 할 수 있는 게 이런 거밖에 없습니다. 집까지 편히 모셔다 드릴 테니 형님은 제 등에서 한가로이 주마간산(走馬看山)이나 하십시오."

인수는 아우의 능청스러움에 오랜만에 미소를 보였다.

"녀석, 네가 무슨 사람이 아니고 말이더냐? 주마간산이라니."

"형님이 말[馬]이 되라면 그리 하겠습니다…. 이히힝!"

지는 해를 뒤로하고 형제는 유쾌하게 집으로 돌아왔다. 비록 셋밖에 안 되는 가족이었지만 떠들썩하고 화목한 분위기는 여느 양반집 못지않았다.

그 일이 있은 이후부터 최민도 더는 무수를 놀리지 못했다. 그렇게 무수는 낮에는 최참판댁에서 말을 돌보며 박인서에게서 무술을 전수받고 저녁에는 형에게 글을 배우기를 반복하였다.

박인서는 열과 성을 다해 무수를 가르쳤다. 예전에는 그도 조정의 녹을 받는 무장이었지만 과거 실수를 한 일 때문에 책임을 물어 파직을 당했고 지금은 그런 연유로 최참판댁에서 호위무사 일을 하고 있다고 했다. 그는 무장이던 시절 조정의 명으로 명나라와 왜국을 오간

적이 있으며 거기서 어떤 무기를 쓰는지에 대한 얘기를 많이 해주었다. 그가 해주는 얘기가 무수는 너무나도 재미있게 들렸는지 귀를 쫑긋 세우고 이야기에 빠져들곤 했다.

그렇게 세월이 흘러 어느덧 무수는 제법 나이를 먹어 열아홉 살이 되었다. 이제는 아무도 그를 더 이상 꼬맹이로 보지 않았다. 박인서에게서 말 타는 법도 제법 배워 말을 타고 동네 산기슭을 달려보기도 했고, 같이 사냥을 다니면서 산짐승을 잡기도 했다. 가끔은 그런 식으로 짐승을 잡아 고기를 바르고 가족들에게 주기도 하였고 그와의 칼싸움도 이제는 곧잘 받아내기까지 했다. 박인서는 땀을 닦으며 무수를 대견하게 여겼다.

"이제 무예로는 더 가르칠 게 없어 보이는구나."

"모두 스승님 덕분이옵니다."

인수는 무수가 자기의 갈 길을 찾은 것 같아 매우 흐뭇하게 동생을 바라봤다. 하지만 한편으로는 걱정되는 것이 있었다. 낮에 최참판댁에서 무예 연마를 하느라 지쳤는지 집에 와서는 형한테 글공부를 배울 때 졸거나 집중을 잘 못하는 경우가 많았기 때문이었다. 인수는 그럴 때마다 아우를 혼내었다.

"무수야, 무과에서는 초시(初試)[28] 말고도 복시(覆試)[29] 를 본다고 누차 얘기하지 않았느냐? 이대로 하다가는 초시에서는 합격할지 몰라도 복시는 장담할 수 없을 것이다."

---

28) 무과의 실기 시험.
29) 문과 · 무과 및 잡과의 제2차 시험으로 필기시험.

무수는 이럴 때마다 형님의 잔소리가 매우 야속했다.

"형님은 내가 몸이 몇 개라고 생각하시오? 요사이 계속 무예 연마를 하느라 몸뚱이 하나 가지고는 모자라오."

핑계를 대보았지만 형님은 엄하기 그지없었다. 무수는 형님이 점차 꺼려졌다. 그 후부터 점점 집에 와서 자는 일도 줄어들고 최참판댁 머슴방에서 자고 오기 시작했다. 그렇게 우애 깊게 지내던 형님과의 사이도 서서히 멀어져 가고 있었다.

이제는 어쩌다 집에 오는 날에도 형님과 말을 섞지 않고 돌아누워 잠을 청하기 바빴다. 물론 피곤해서도 있지만 그냥 형님 얼굴이 보고 싶지 않아서였다. 볼 때마다 잔소리만 하는데 어디 보고 싶겠는가, 지긋지긋하기만 했다.

인수도 어떻게 무수의 마음을 되돌릴지 도통 좋은 방법이 떠오르지 않아 애가 타기는 마찬가지였다. 하루는 그렇게 근심에 빠져 있는 인수에게 어머니가 물었다.

"인수야, 무슨 근심을 그리 하는 게냐?"

"무수가 책을 가까이하지 않아서 걱정이 됩니다. 그렇게 다그쳤는데도 통 들을 생각을 안 하니…."

"예전에 무수가 아이들과 싸움하다가 지고 나서 책을 열심히 읽은 적이 있지 않았느냐? 그 아이가 뭔가 책을 가까이할 계기가 필요할 것이다."

인수는 고개를 끄덕였다. 하지만 사실 인수가 걱정하는 것은 따로 있었다. 아버지가 돌아가실 때 3년상을 무수와 치르면서 인수는 몸이 급격하게 나빠졌다. 동네 한 바퀴도 못 돌아다닐 정도로 거동이 불편해졌고 기침도 잦아졌다. 기침을 하다가 침에 피가 섞여 나온 적도 있었다.

인수는 자신도 아버지처럼 단명하는 것은 아닐까 하는 불안한 느낌을 받았다. 그러나 그보다 더 걱정되는 것이 있었다. 무수가 성공하는 모습을 못 보고 갈까 봐 그게 더 염려가 되었다. 하지만 무수는 형님의 이런 마음도 모른 채 오직 무예만 수련하면서 최참판댁에서 일하느라 바빴다. 가끔 집에 오긴 했지만 이제는 말도 섞기 어려울 정도로 형제의 사이는 그만큼이나 애매해져 버렸다.

그러던 어느 날이었다.

그날도 무수는 말을 돌보고 있었다. 그때 언제나 꼴 보기 싫은 그 녀석, 최참판의 손자 최민과 눈이 마주쳤다. 할아버지께 혼난 이후로 종놈이라는 소리는 하지 않았지만 자신을 바라보는 최민 특유의 거만한 눈빛과 입꼬리는 여전히 자신을 종놈이라고 부르는 듯 보였다. 하지만 이제는 무예도 꽤 익혔겠다, 저놈하고 붙으면 백전백승할 기세였다.

그러나 최민은 예전과는 뭔가 달라져 있었다. 그때 이후로 칼 한 번 잡지 않은 선비의 냄새가 났다. 분명 목검으로 싸움을 하면 이제는 상대가 되지 않을 것이 분명했다. 그런데 이 녀석은 무슨 연유인지 어딘가 모르게 늘 여유 만만했다. 그리고 이상하게 무수 자신은 저 녀석한테 어딘가 꿀리는 듯한 느낌을 지울 수 없었다. 그게 무엇인지 도무지 알 수 없었다. 찜찜한 느낌을 갖고 있던 와중에 최민은 무수에게 돌 던지듯 말을 날렸다.

"어이, 정무수. 곧 고성현(固城縣)에서 향시(鄕試)[30]를 개최한다 하는데

---

30) 조선시대 각 도에서 실시하던 문·무과, 생원진사시의 제1차 시험.

혹시 알고는 있느냐?"

"그게 뭐냐? 홍시처럼 먹는 거냐?"

"이 무식한 놈 좀 보게. 향시도 모르냐? 한성이 아닌 각 도에서 보는 과거 시험이다. 아, 넌 공부는 안 하고 무식하게 맨날 칼질만 연습했으니까 향시 같은 건 보지도 못하겠구나. 훗."

"나도 형님이 글공부 알려주셔서 글은 좀 안다, 뭐."

말은 이렇게 뱉었는데 솔직히 자신이 없었다. 사실 요즘에 집에도 잘 안 들어가고 맨날 최참판댁에서 무예 연습과 말타기 연습만 한 게 사실이었다. 그때 이후로 책을 안 본 지 오래돼서 기억이 가물가물했다. 하지만 최민의 도발에 무수는 지고 싶은 마음이 없었다. 최민은 이를 눈치챘는지 또다시 무수를 놀려대었다.

"내가 그때 할아버지께 맞아서 그 소리는 이제 더 이상 못 하겠다만 네가 여기서 우리 집 머슴들하고 맨날 먹고 자고 하면서 글공부 따위는 안중에도 없었다는 걸 내 모를 줄 아냐? 이 무식한 녀석아."

"나 안 무식하거든? 예전에 형님이 육도삼략 같은 병법서를 알려주셔서 나도 글공부를 안 한 게 아니다! 그까짓 향시 보면 될 거 아니냐!"

무수는 발끈했다. 사실 원래 향시 같은 것은 볼 생각도 없었다. 하지만 훗날 무과를 치르기 위해 자신을 한 번 시험해 보고 싶은 생각도 조금이나마 있었고 일단은 저 잘난 체만 하는 최민의 코를 납작하게 만들어주고 싶었다. 아니, 그냥 저 녀석한테 빈정거림을 들을 때마다 지고 싶지 않았다. 최민은 여전히 거만한 얼굴을 하고는 무수를 재차 도발하였다.

"오, 그러냐? 그러면 나와 함께 보러 가자. 어디 네가 얼마나 글공부를 열심히 했는지 내 확인 좀 해야겠다."

"너 따위한테 확인받고 싶은 생각은 없다만 예전처럼 네 도전을 마다할 이유는 없다. 좋다, 두고 보자!"

그 이후부터 무수는 머릿속에서 향시 생각만 했다. 아니, 솔직히 말하면 최민 저 자식 앞에서 당당해져 보이고 싶었다. 그는 일단 무예 공부를 잠시 멈추고 벼락치기로 사서삼경을 들여다보기 시작했다. 하지만 오랜만에 하는 글공부라 생각만큼 책이 잘 읽히지도 않았다. 예전에는 그럴 때마다 형님한테 물어보면 알 수 있었지만 지금은 그럴 수도 없었다.

그리고 보니 형님 얼굴 안 본 지도 꽤 오래되었다. 집에 가도 말도 잘 안 섞고 돌아눕기 일쑤였는데 향시 공부 준비한다고 이거 모르겠으니까 알려달라고 지금에 와서 물어보기도 뭐했다. 결국에는 무수 혼자서 최참판댁 머슴방에서 계속 책을 읽었지만 여기 쓰인 게 글인지 그림인지 헷갈릴 정도로 경전 공부는 막막하게만 느껴졌다. 머리가 굳었다는 게 이런 것일까.

그렇게 무수가 급하게 공부를 하고 나서 어느덧 향시를 보는 날이 되었다. 그날따라 최민은 옷을 곱게 차려입었다. 무수도 나름 차려입었지만 자신과 너무도 비교가 되었다. 둘 다 말에 올라 고성현 향시 개최장으로 향했다. 박인서가 둘의 경호를 맡아 동행했다. 최민은 말을 타고 가면서 또다시 빈정거리기 시작했다.

"그래, 공부는 좀 했느냐?"

"너 자꾸 말 그따위로 하지 마라. 그러다 내가 붙고 너는 떨어지면 어쩌려고 그러느냐?"

"아, 참 잘도 그런 일이 생기겠구나. 하하하하하하. 너 웃기는 게 아주 저잣거리 광대놀음하고 진배없구나. 네 자질이 출중하니 이참에 광대를 해보는 건 어떠냐?"

"너 자꾸 내가 양반이라는 걸 잊어먹는 거 같은데 다시는 그딴 소리를 지껄이지 못하게 만들어주겠다."

"아이고, 무섭기 그지없어 소피를 지리겠구나. 하하하!"

박인서도 듣기가 좀 그랬는지 최민에게 자중을 부탁했다.

"도련님, 외람되오나 무수한테 농이 좀 심하신 것 같습니다."

최민도 자신이 좀 지나쳤다 싶었는지 헛기침을 하고는 조용해졌다. 무수는 그가 입을 다물자 박인서에게 고개를 숙여 감사를 표했다.

다른 건 몰라도 최민 저 녀석의 빈정댐은 여전했다. 아니, 글공부를 했기 때문인지 몰라도 예전보다 강도가 더 심해졌다. 무수는 최민의 비아냥을 들을 때마다 속이 부글부글 끓었다. 하지만 어쩌겠는가. 오늘 향시를 합격하면 더 이상 이 녀석도 어쩌지 못할 거란 생각이 들었다. 무수는 품에서 또다시 책을 꺼내 들고 말 위에서 열심히 읽었다. 하지만 방에서도 잘 안 읽히던 책이 뱃머리처럼 요동치는 말 위에서는 어디 잘 읽히겠는가. 무수는 책을 읽으면서도 책 내용이 눈에 들어오기는커녕 애간장만 탔다.

어느덧 향시장에 다다르자 둘은 말에서 내리고 옷매무새를 고쳐 만진 뒤 문으로 들어섰다. 경상도 전역에서 온 많은 유생들이 순서대로 나란히 앉아 있었다. 다들 차림새들을 보니 돈깨나 있는 집 자제들 같았다. 무수는 그들에 비해 자신의 행색이 너무나도 초라하기 그지없는 것 같아 주눅이 들었다. 그렇지 않아도 자신의 모습과 시험장의 다른 사람들의 모습을 비교하게 되자 더욱 위축될 수밖에 없었다.

다들 각자 자리를 잡기 시작했다. 그런데 하필이면 바로 옆에 최민이 있었다. 녀석은 마지막까지 기분 나쁘게 씩 웃어 보였다.

"잘 해봐, 종놈. 큭큭큭…."

이윽고 시제가 출제되자 이를 들은 시험장의 유생들은 고개를 끄덕이고는 술술 적기 시작했다. 최민도 마찬가지였다. 아니, 그 녀석은 어째 다른 사람보다도 더욱 여유가 있어 보였다. 그는 답을 알았는지 술술 써 내려갔다. 반면 무수는 한 자도 쓰지 못했다. 머릿속에서 글씨들이 정리되지 않고 어질러진 방처럼 떠도는 게 멈출 줄을 몰랐다. 눈앞이 캄캄해졌다. 뭘 어떻게 써야 될지도 도통 감을 잡을 수 없었다. 무수는 얼어 죽은 사람처럼 멍하니 붓을 들고 앉은 채 꿈쩍도 하지 못했다. 종이에는 먹 방울만 하염없이 눈물처럼 뚝뚝 떨어졌다. 시간이 서서히 지나고 있었지만 무수는 글자 하나도 적지 못한 채 먹 방울만 그렇게 떨어뜨렸다.

그는 최민을 흘깃 쳐다봤다. 녀석은 어느새 답을 다 적은 것 같았다. 그도 무수가 자신을 쳐다보고 있다는 것을 알았는지 고개를 돌려 눈을 맞추었다. 녀석은 무수의 표정을 보고 이미 네 녀석이 어떠한지 알겠다는 듯 한쪽 입꼬리를 위로 올리며 비웃음을 보였다. 무수는 속이 부글부글 끓어올랐지만 이제는 인정할 수밖에 없었다. 녀석한테 져버린 것이다.

시간이 되자 감독관은 종이를 걷었다. 무수는 온몸에 힘이 빠졌다. 왜 그때 그렇게 녀석의 도발에 발끈했는지 후회가 막심했고 왜 이런 장소에 와서 굴욕을 맛보나 생각하니 정말 미칠 것만 같았다. 부끄러워서 쥐구멍에라도 숨고 싶다는 말이 이런 느낌일까. 최민은 때마침 무수를 또 놀려대기 시작했다.

"어이, 정무수. 너 보니까 답을 쓰기는커녕 먹 방울만 떨구고 있더라. 예전엔 그렇게 날 이겨보겠다고 호통을 치더니 그 기세는 지금 다 어디로 갔냐?"

무수는 고개를 푹 숙인 채 꿀 먹은 벙어리가 되었다. 오늘은 정말 그 어느 때보다 참담한 기분이었다. 자신보다 훨씬 잘 차려입은 수많은 양반집의 자제들, 그리고 문제가 나오자 술술 답을 써 내려간 그들의 모습들이 자신과 너무 비교되었다.

게다가 오늘 자신은 답도 한 줄 못 쓰고 먹물만 답안지에 떨구다 왔다. 온갖 감정이 무수의 머릿속을 헤집고 지나가자 자신에 대한 미움과 서러움만이 남았다. 그 미움과 서러움의 감정은 어느새 눈물방울로 뭉쳐서 그의 눈가에 맺혔다. 방울은 모이고 모여 줄기가 되어 흘렀다. 무수는 말에 몸을 의지한 채 고개를 떨구고 어느새 소리 없이 울고만 있었다. 박인서는 무수를 다독여줘야 할 것 같았다.

"무수야, 애초에 네가 볼 수 있는 시험이 아니었다. 나중에 더 준비해서 한성에서 무과 관시를 치르거라. 그리고 도련님, 외람되오나 더 이상 무수를 놀리지 마십시오. 안 그래도 원래 이 녀석이 안 봐도 되는 시험을 도발하셔서 보게 되어 오늘 속이 무지 상했을 텐데 너무 농이 지나치시면 소인 보기에도 좋지 않다 사료됩니다."

박인서의 일갈은 비록 모질지는 않게 나지막이 울렸지만 최민으로 하여금 마치 아비한테 혼난 아들처럼 주눅이 확 들게 만들기는 충분했던 모양이었다. 거기다 무수가 처량하게 우는 모습을 계속 보고 있자니 그도 조금은 미안한 마음이 들었는지 헛기침을 하고 하늘을 괜히 올려다보며 한참을 머뭇거리다가 마지못해 사과를 했다.

"그, 그렇죠? 으, 으음…. 무수야. 내가 농이 너무 지나쳤구나. 네가 미워서 그랬던 게 아니니 오해는 꼭 거둬주길 바란다. 오늘은 집에 가서 푹 쉬고 다 잊어라."

무수도 고개를 끄덕였다. 하지만 이 사과가 있고 나서부터 셋은 계속 말없이 어색한 기분을 이끌며 최참판댁으로 향했다. 어느덧 해질녘이 되어서야 셋은 집에 도착했다. 헌데 무수 어머니가 대문 앞에서 기다리고 있었다. 무슨 일인가 싶어 서둘러 말에서 내려 물었다.

"어머니께서 어찌 오셨어요?"

어머니는 말을 제대로 잇지 못하고 눈물부터 떨구었다. 뭔가 불길한 예감이 무수에게 몰아닥쳤다. 그리고 그 예감은 틀리지 않았다.

"무수야, 인수가 그만···."

"대체 무슨 일이에요? 형님이 어떻게 되기라도 했나요?"

어머니는 간신히 입을 열 수 있었다.

"네 형 인수가 네가 향시를 본다기에 아픈데도 가서 보겠다고 하더구나. 내가 말렸지만 듣지 않고 네가 향시를 본다니 기특하다고 한사코 가겠다고 하길래 말리지 못했다. 그러다··· 거기서 쓰러져서 사람들이 데리고 왔는데 이미 숨이 끊어져 있더구나···."

"형님께서··· 향시 시험장에 오셨었단 말입니까?"

"그랬다···. 그렇게 가지 말라 했는데··· 몸도 약한 녀석이···."

무수는 어머니와 함께 서둘러 말을 달려 집으로 향했다. 사방에서는 곡소리가 나고 만삭이 된 형수는 상복을 입은 채 그저 흐느끼고 있었다. 무수의 눈동자는 크게 흔들렸고 결국 털썩 주저앉을 수밖에 없었다.

형님 잔소리가 듣기 싫어서 집에도 안 들어가고 매일 무술 연마하고 말을 돌보느라 형님 생각을 안 한 지 오래됐었다. 하지만 어릴 적에 자신에게 무슨 일이 있을 때마다 늘 해답을 주고 다독거렸고 최참판댁에서 억울한 일을 겪었을 때에도 그 야윈 몸을 이끌고 와서 거침없는 항변을 해줬던 형님의 당당하던 그때 모습이 무수의 머릿속을 한순간에 스쳐 지나갔다.

무수는 그런 형님의 모습이 너무나도 눈에 선해서 믿고 싶지 않아 방구석에 누워 있는 인수의 시신에 손을 대보았다. 이미 온기를 잃은 그의 몸에서는 차디참만이 느껴졌다. 설마 하는 마음에 손목도 잡아보았다. 하지만 차갑고 앙상한 그의 팔뚝에선 맥박도 생기도 전혀 느껴지지 않았다. 그저 편하게 잠을 자는 듯한 표정으로 인수는 그렇게 관에 누워 있었다. 아버지가 가셨을 때에도 무수는 그냥 딱 하루만 울고 말았다. 오히려 인수가 어린 무수에게는 아버지 같은 사람이었다. 그런 형님이 이제는 싸늘한 주검이 되었다니….

이제는 더 이상 형님에게 책을 읽고 이해가 가지 않는 부분을 물어볼 수도 없고 자신이 억울한 일을 당해도 항변해 줄 수도 없었다. 하지만 무수는 애써 이를 부정하고 싶었다. 이루 말로는 할 수 없는 상실감이 무수를 덮쳐왔음에도 형님이 죽었다는 사실이 더욱 믿기 싫어졌는지 무수는 형님을 붙들고 흔들어보았다.

"형님, 이 아우에게 장난하지 마시고 그만 일어나십시오. 형님? 형님! 눈 떠보시란 말입니다!"

하지만 주검이 어찌 일어날 수가 있는가. 어머니를 비롯한 모두가 무수를 말려보았지만 그는 듣지 못했다. 부고를 들었는지 최민과 박인서도 상갓집에 발을 들였다. 무수가 힘이 너무 세서 오직 박인서만이 무수를 말릴 수 있었다. 그런 그조차도 무수를 간신히 관에서 떼어놓느라 애를 썼다. 그렇게 무수가 형님이 죽었다는 것을 받아들이는 데에는 참으로 오랜 시간이 걸렸다. 무수가 겨우 진정되었을 즈음 최민은 그를 위로했다.

"뭐라고… 할 말이 없구나…."

최민도 이날만은 더 이상 무수를 비웃지도 놀리지도 않았다. 그저 슬픈 얼굴로 무수의 어깨에 손을 짚고 다독일 뿐이었다.

"민아….".

"내 지금 할 수 있는 게 이것밖에는 없다. 상 치르는 걸 도와줄 사람들을 불렀으니 네 형님을 좋은 곳으로 보낼 수 있을 거다."

최민이 염습을 할 사람들을 미리 불렀는지 곧바로 도착했다. 그는 사람들에게 삯을 지불하여 반쯤 넋이 나가 있는 무수를 대신해 시신을 처리할 것을 부탁하였다. 사람들이 모여 형님의 눈과 입을 천으로 둘러매어 막고 관에 시신을 넣고는 못질을 했다. 그런 과정들을 보고 그제야 무수는 형님이 죽었다는 것을 받아들일 수 있었다.

그리고 날이 밝자 무수는 상주가 되어 금오산으로 향했다. 물론 넋이 나간 채로 상여 뒤를 따랐다. 머릿속에는 상실감과 후회만이 가득 차 있었다. 왜 형님에게 은혜를 받기만 했지 되돌려 줄 생각조차 못했는지, 그리고 그렇게 자신을 염려하던 형님의 얘기를 듣기 싫다고 외면했는지, 지난날에 형님을 대했던 그 모든 것이 자신의 잘못이라 여겨졌다.

이윽고 산기슭에 이르자 이미 파져 있는 못자리에 인수가 든 관이 놓였고 사람들은 흙을 덮어나갔다. 흙이 관을 덮을수록 형님이 더욱 멀어지는 것 같았다. 무수는 다시 실성해서 벌게진 눈으로 형님을 부르 짖으며 형님의 관이 묻혀가는 걸 말렸지만 박인서의 제지로 무릎을 꿇은 채 서서히 묻혀 사라지는 형님의 모습을 지켜볼 수밖에 없었다. 후회의 눈물이 무수의 눈에서 그칠 줄 모르고 폭포수처럼 끊임없이 쏟아져 내렸다.

"형님….".

어느덧 무덤이 만들어지고 나자 최민은 노비들과 함께 다시 나타났다. 그는 인수의 무덤 앞에 멍석을 깔아주고 술을 가져오게 한 뒤 무수를 다시 다독였다.

"무수야, 이제 그만 진정하고 네 형님 보내드리자꾸나."

무수는 연신 울음을 그치지 않은 채 흐릿한 눈으로 최민을 바라보았다. 늘 자신을 상대로 조롱만 일삼던 녀석에게서 그제야 번듯한 양반 집 귀한 자식의 기품이 보였다. 자신과는 너무도 다른 그 담대한 모습에 순간 놀랐지만 그때만큼은 실로 참판댁 자식답다고 생각되었다. 무수는 처음으로 그의 손을 붙잡았다. 희고 고운 게 마치 아녀자의 손 같았지만 참으로 따스하게 느껴졌다.

"고맙다…."

최민도 착잡한 표정으로 무수를 바라보았다.

"그동안 미안했다. 용서해 다오."

"아니다. 이렇게 형님 가시는 길 도와준 네 은혜 절대 잊지 않겠다."

최민은 무수에게 술을 따라주었다. 무수는 술잔을 받아 인수의 무덤 앞에 두고는 절을 했다. 최민도 신발을 벗고 멍석 위로 올라가 같이 절을 했다. 형님을 보내는 일이 끝나자 어느새 형의 무덤 옆에는 움막이 지어져 있었다. 무수는 이렇게 일이 일사불란하게 돌아가자 놀란 얼굴로 최민을 다시 바라보았다.

"이것도 네가…?"

최민은 그제야 은은한 미소를 지으며 고개를 끄덕였다.

"네가 형님의 기년상(朞年喪)을 치를 거 같아서 이것도 조금이나마 준비를 해봤다. 기년상 동안에는 고기를 먹지 못하니 몸조리 잘하길 바란다. 너야 뭐 워낙 튼튼한 녀석이라 걱정이 안 된다마는. 왜 조부님께서 너를 그토록 어여쁘게 여기셨는지 내 이제야 조금은 알 거 같다.”

최민은 씩 웃어 보이고는 그렇게 모든 일을 마치고서야 노비들과 함께 사라졌다. 돌아가는 그 녀석의 모습이 이제는 더 이상 밉지 않았다. 아니, 오히려 고마움만 가득했다. 무수는 흐뭇한 표정으로 그들을 바라보았다.

그 뒤부터 일 년간의 움막살이가 시작되었다. 아버지 때와 달라진 점이 있다면 예전에는 형님이 함께했었지만 이제는 자신 혼자 움막을 지킨다는 점이었다. 무수는 아무것도 하지 못하고 일주일은 그냥 하염없이 울기만 했다. 눈물이 마르자 무기력함이 찾아왔다. 그는 그냥 힘없이 앉아만 있었다.

그렇게 한 해가 지났고 움막도 걷혔지만 무수는 여전히 형님을 떠나보낼 생각이 없는지 눈만 뜨면 계속 형님의 무덤 곁에서 쭈그리고 앉아 형님을 잃은 상실감에 젖은 채 멍하니 앉아 하염없이 하늘만 바라보고 있었다. 저 하늘 어딘가에 형님이 계시는 것 같았다. 그렇게 형님을 그리던 중 멀리서 말 울음소리가 들렸다. 무수는 힘없이 고개를 들어보았다.

‘누구지?’

참으로 오랜만에 보는 얼굴이었다. 바로 자신의 무예를 가르쳐 줬던 최참판댁 호위무사 박인서였다. 그는 두 자루의 목검을 들고 있다가 하나를 무수 앞으로 던졌다. 무수가 칼을 멍하니 보고만 있자 그는 한심하다는 듯이 무수를 놀렸다.

“어이, 굴비눈깔.”

무수는 자신을 왜 그리 부르는지 알 수 없었다. 굴비눈깔이라니.

"오랜만입니다, 스승님. 헌데 제가 왜 굴비눈깔입니까?"

박인서는 무수가 한심한 듯 웃어 보였다.

"네 녀석이 기년상이 끝나고도 오지 않아서 연유가 궁금하여 네 집에 가서 물어보니 네 녀석이 공부도 안 하고 무예 연마도 안 하고 맨날 멍하니 있다길래 기가 막혀서 와봤더니 역시 그러고 있구나. 네가 나한테 처음 검술과 궁술을 배울 때 네 눈망울은 참으로 해맑기 그지없었다. 앎의 즐거움을 느낀 듯한 눈빛이었지. 근데 지금 네 녀석 눈빛은 저잣거리 굴비처럼 멍한 눈이지 않느냐. 하여 내 너를 굴비눈깔이라고 불렀느니라. 못난 놈, 그러게 형님이 살아 계실 때 잘 하지 그랬느냐? 네 형님이 하늘에서 보면 지금 네 그런 꼬락서니를 참으로 좋아라 하겠구나."

"아무리 스승님이라 하더라도… 형님 얘기 함부로 하시는 건 참을 수 없습니다!"

형님 이야기가 나오자마자 무수는 갑자기 분노가 치밀었다. 그 누구도 형님 이야기를 함부로 하는 것은 용납할 수 없었다. 무수는 보란 듯이 칼을 쥐고 일어나서 무사에게 달려들었다.

"이얍!"

박인서는 여유 만만한 모습으로 무수의 칼을 받아내었다. 역시 스승님다웠다. 그는 무수와 칼싸움을 하며 계속 무수를 도발하는 것을 멈추지 않았다.

"이 녀석, 그동안 검을 잡지 않았더니 칼질이 무뎌졌구나. 하지만 힘은 여전히 세니 그나마 다행이다."

"제가 그리 쉽게 질 것 같습니까!"

무수는 그렇게 수십 합을 스승과 겨루었다. 그는 숨을 가쁘게 몰아쉬었지만 한편으로는 마음속에서 잠자고 있던 무인의 기운이 다시 자신에게 돌아오는 듯한 기분을 느꼈다. 정말 한동안은 아무것도 하고 싶지 않았었다. 그냥 형님에 대한 지난날의 미안함과 후회만으로 허송세월을 보내고 있었다. 하지만 검을 잡고 휘두르면서 잊고 있던 꿈, 자신이 가야 할 길이 다시 생각났다.

장군이 되자.

나라를 지키는 무인이 되자.

그게 돌아가신 형님은 물론 자신과도 했었던 약속이었음이 다시 생각났다. 그리고 스승과 합을 겨루자 그는 다시금 서서히 돌아오는 무인의 뜨거운 피의 흐름을 온몸으로 느낄 수 있었다. 그때서야 무수는 땅에 검을 꽂고는 스승에게 엎드려 절을 했다.

"이 무수, 드디어 스승님의 깊은 뜻을 알 것 같습니다."

박인서는 무수에게 절을 받자 다시 웃어 보였다. 물론 아까의 비웃음이 아니라 눈빛을 되찾은 제자를 보고서의 안도감과 대견함에서 비롯된 흐뭇한 웃음이었다.

"녀석, 이제야 다시 네 원래 눈빛을 보이는구나. 나도 이제 나이가 들어서 그런지 오랜만에 네 녀석과 이렇게 수십 합을 겨루니 지치는구나. 내 안 그래도 오늘 네게 줄 것이 있어서 가져왔다."

박인서는 씩 웃어 보이더니 타고 왔던 말안장 옆에 묶어놓은 책 꾸러미를 풀어 무수에게 건네주었다. 다름 아니라 무과 복시에 필요한 책들이었다. 손자(孫子), 오자(吳子), 육도삼략(六韜三略), 삼십육계(三十六計) 등의 병법서와 대학(大學), 중용(中庸), 논어(論語), 맹자(孟子) 등의 경전 책들이었다.

헌데 이상한 게 있었다.

원래 책보다 훨씬 두꺼웠다. 낡은 책장들 뒤로 새로 달린 장이 있는데 그게 추가되어 두꺼워진 것이었다. 무수는 책장을 넘기며 그 장들이 왜 추가되었는지 살펴보았다. 형님이 각 부분에 주석을 달고 그 해석을 쉽게 풀어쓴 것이었다. 무수는 그제야 그게 무엇을 의미하는지 알았다. 형님이 돌아가시기 전에 자신의 공부를 염려하여 그런 작업들을 매일 해놓았던 것이다.

새로 써진 장들을 보면서 무수는 다시금 형님에 대한 그리움과 고마움에 가슴이 벅차올랐다. 형님의 정성이 들어간 그 책들에서는 마치 형님을 업었을 때와 같이 형님의 체온이 느껴지는 듯했다. 무수는 책들을 끌어안고 또 하염없이 눈물을 쏟아내었다. 박인서는 그런 무수를 보자 조용히 안아주었다.

"사내 녀석이 무슨 눈물이 그렇게 많으냐? 너희 집에 갔더니 돌아가신 네 형님이 너한테 전해 주라고 이걸 남겼다고 네 형수님께서 그러시더구나.

무수야, 무과에 응시하거라. 그리하여 이 나라를 지키는 장군이 되거라. 그게 하늘에 계신 형님께서 진정 바라는 일일 것이다. 나도 네가 그리되었으면 한다."

그 후부터 무수는 완전히 달라졌다. 아니, 본래 모습을 찾은 것으로도 모자라 본래 모습을 초월한 모습이라 하는 것이 맞을 것이다. 형님이 경전과 병법서에 주석을 친절하게 달아준 덕에 이해가 무척 쉬웠다. 마치 형님이 다시 살아 돌아오셔서 예전처럼 무수에게 이해하기 어려운 책의 내용들을 다시 설명해 주는 것처럼 느껴졌다. 예전에 최참판 댁 머슴방에서 읽을 때와는 정말 다르다 싶을 정도로 책의 내용들이 술술 잘 읽혔다. 무수는 하루가 다르게 점점 책에 빠져들었다.

그러면서도 박인서의 지도로 검술과 궁술 연습은 물론 마상재 연습도 충실히 해냈다. 무수가 실의에 빠져 있다가 자신의 길을 찾은 것을 보자 어머니는 그제야 마음이 놓이시는 듯했다.

마음이 안정되자 무수도 혼례를 치르게 되었다. 부인 강씨를 만난 과정도 참으로 우연이라고밖에 할 수 없는 일에서 시작되었다.

반년 전쯤이었을까, 그날도 무수는 최참판댁에서 말을 돌보고 있었다. 박인서의 일갈을 들은 뒤부터 전보다 더욱 열심히 일도 하고 무예도 배워나갔다. 그러던 중 하루는 최참판이 박인서를 불러 글씨가 가득 쓰여 있는 서찰 하나를 건네주려고 했다. 진주에 사는 강세정(姜世鼎) 공에게 서찰을 급히 전달해야 된다는 분부였다. 말을 돌보던 무수는 둘의 대화를 듣고는 후다닥 달려왔다. 최참판은 의아해했다.

"무수야, 어찌 그러느냐?"

"그 서찰, 제가 전달하러 가면 안 되겠습니까? 중간에 마상재 연습도 할 겸 해서 다녀오고 싶습니다."

최참판은 무수의 반응이 흥미롭다는 듯 그윽하게 그를 바라보며 물었다.

"마상재 연습이야 요즘도 금오산 기슭 공터에서 박무사하고 늘 하지 않느냐?"

박인서는 무수의 눈빛을 보자 그를 거들고 싶어졌다.

"참판 영감. 저도 무수가 가는 게 좋을 거 같습니다. 매일 여기 하동에서만 무예 연마와 말 돌보기를 하느라 다른 고을로 나갈 일도 많지 않은데 이 아이가 얼마나 나가고 싶겠습니까? 청컨대 보내주십시오."

최참판도 무수의 간절한 표정을 보자 무수에게 서찰을 넘겼다. 무수는 날아갈 듯 기쁜 표정으로 마구간으로 달려갔다. 안 그래도 간만에 말 한 번 달려보고 싶었는데 잘됐다 싶어 무수는 서찰을 품속에 넣고 들뜬 표정으로 마구간에서 말을 내어와 말에 오르고는 대문을 나섰다. 오늘은 뭔가 좋은 일이 생길 것 같은 기분이 들어 무수의 마음은 그 어느 때보다 들떠 있었다.

　진주 고을까지는 한 시진(時辰)[31] 이면 충분히 갈 수 있는 거리여서 이참에 스승님께 배운 마상재 연습도 할 겸 무수는 말을 타고 가면서 여러 자세로 재주를 부렸다. 열세 살 때 처음 최참판댁에서 말이라는 동물과 마주했던 때, 그리고 열네 살 때 처음 말을 탔을 때가 기억났다. 그 당시는 마냥 무섭기만 하고 균형 잡기도 힘들어서 잡으라는 고삐는 못 잡고 안장 가장자리만 움켜쥔 채 떨어질까 봐 덜덜 떨었었다. 그래도 자신의 손을 타면서 돌본 사람을 알아보는지 말은 그를 등에 태웠을 때에도 몸을 들지 않고 그를 받아들였다. 그런 덕에 무수는 말에 오르는 것에 빠르게 적응해 나갔다.

　어느 정도 말타기가 익숙해지자 이후 스승님으로부터 마상재를 본격적으로 배웠다. 처음 박인서가 시범으로 마상재 하는 모습을 보일 때는 너무나도 신기했다. 말 등 위에서 선 채로 있을 수도 있고 누울 수도 있으며 재주넘기도 하는 모습이 마치 저잣거리에서 광대가 외줄타기를 하는 것처럼 아슬아슬한 것이 저게 어떻게 가능한가 싶었다.

　그런데 이제는 그도 스승님과 같은 수준으로 재주를 부릴 수 있을 만큼 단련된 것이다. 말 위에서 재주를 넘으면서 고을들을 지나자 사람들은 무수의 모습을 신기한 듯 바라보았다. 어르신 하나가 그가 부리

---

31) 오늘날의 두 시간에 해당됨.

는 재주가 마상재임을 알았는지 무수에게 크게 칭찬을 했다.

"젊은이, 마상재 하는 솜씨가 무과 장원급제감이구만!"

무수는 칭찬에 씩 웃어 보이고는 고개를 숙여 감사를 표했다.

"덕담 고맙습니다, 어르신. 이 하동의 정무수, 말씀대로 나중에 꼭 무과에 급제하겠나이다!"

그렇게 진주 고을 내에 도착한 무수는 주변 사람들에게 물어가면서 강공(姜公)의 댁을 찾았다. 그가 오면서 계속 마상재를 한 까닭에 어느새 진주 고을에서도 여러 사람의 시선을 끌고 입방아에 오르내렸다. 강공의 댁에 도착한 무수는 말에서 내리고 고삐를 그 집 노비에게 맡긴 후 문으로 들어섰다. 강공의 집은 최참판댁만큼 으리으리하지는 않았지만 역시나 한 관직은 할 것 같은 사람이 살 만한 양반집다운 집이었다. 무수도 양반이지만 왜 자신은 작디작은 초가삼간에서 살고 이런 분들은 어떻게 이런 곳에 사는지 참 이해하기 힘들었다.

하지만 그게 문제가 아니었다. 문 밖에서부터 시끌벅적거리는 소리가 났다. 무수는 문을 슬며시 열고 들어갔다. 강공의 집 마당은 온통 흙먼지가 날리는 게 완전 난장판이었다. 무수는 어인 일인가 싶어 광경을 찬찬히 살폈다. 사람들이 모여 있었고 그 사이로 날뛰는 말 한 마리가 보였다. 누런 갈기에 회색빛이 살짝 도는 몸에 주둥이는 검은 백마인데 노비들은 물론 여러 사람이 고삐를 잡고 진정을 시키려고 애를 쓰고 있었던 것이다. 사람이 고삐줄을 잡고 당길수록 그 말은 진정하기는커녕 이에 반항하듯 더욱더 거칠게 날뛰고 있었다.

무수는 말을 천천히 바라보았다. 언뜻 봐도 자기가 타고 온 최참판댁의 말보다 훨씬 힘도 세고 덩치도 커 보였다. '명마라는 게 저런 것이구나' 싶을 정도로 그 자태가 대단했다. 삼국지에 나오는 조조가 탔던 절영마(絕影馬)[32]가 저렇게 생겼을까. 실로 탐나는 자태였다. 무수는 말의 날뛰는 모습을 한참 보다가 품에 서찰을 넣어 온 것이 생각나서 말 때문에 야단이 나서 쩔쩔매는 사람들을 향해 외쳤다.

"강공이 어떤 분이십니까!"

그때 같이 고삐를 잡고 있던 중년의 남자 하나가 돌아보더니 숨을 헐떡이며 무수에게 다가왔다. 말을 진정시키느라 그랬는지 그 역시도 옷이 더러워져 있었지만 모습을 보니 나라에서 한 자리 하시는 분 같은 느낌이 들었다. 그는 숨을 고르자 무수를 보고는 어리둥절해했다.

"내가 강세정이다만 참판댁 호위무사가 오지 않고 어찌 네가 왔느냐?"

무수는 품에서 서찰을 꺼내 강세정에게 건네주었다. 그러고는 말 때문에 난리가 벌어진 모습을 보며 그에게 물었다.

"저는 하동에서 온 정무수라고 합니다. 무과에 뜻이 있어 최참판댁 일을 도우는 식객으로 있으면서 무예도 배우고 있습니다. 최참판께서 서찰을 강공께 전달하라 하셔서 제가 스승님 대신 이렇게 오게 되었습니다. 헌데 무슨 일입니까? 저 말이 왜 저리 진정을 못하고 날뛰기만 하는 겁니까?"

강세정은 한숨을 푹 쉬고는 이유를 설명했다.

지인이 '명마 하나가 있는데 그 빠름이 마치 바람 같다' 하여 직접 보니 정말로 그 모습이 참으로 멋져 돈을 크게 내고는 데려와 타려고 했더니 말이 반항을 해 낙마하고 말았다는 것이다. 다행히 노비가 떨어지는 자신을 가까스로 받아내어 다치지는 않았지만 기껏 돈을 주고 사

---

32) 그림자가 보이지 않을 정도로 빠르다 하여 이러한 이름이 붙었다.

온 말이 저러하니 미칠 노릇이라는 푸념을 늘어놓았다.

무수는 다시 말을 바라보았다. 확실히 명마의 기품과 힘이 느껴졌다. 그는 저 말이 너무나도 탐이 났다. 그리고 왠지 자신이 만지면 진정할 것 같은 느낌이 들었다. 여러 해 동안 말을 돌본 턱에 자신이 있었지만 말이라고 다 같겠는가. 저 명마를 정말로 자신이 갖고 싶어졌다. 무수는 말에게 계속 시선을 꽂은 채 강세정에게 홀린 듯 물었다.

"어르신, 만약에 제가 저 말을 진정시키면 어찌하시겠습니까?"

무수의 말을 듣자 강세정은 무수를 바라보았다. 비록 나이는 스물이 갓 넘은 모습이었지만 기골이 장대한 것이 벌써부터 무사의 기품이 느껴지는 것 같았다. 하지만 힘이 세다고 하는 자기 집 머슴들도 못하는 걸 과연 이 친구가 해낼 수 있을까 하는 생각에 강세정은 무수에게 마지못해 물었다.

"좋다, 얼마면 되겠느냐?"

무수는 그의 제안을 듣자 마음에 안 드는 듯 고개를 저었다.

"돈이라면 괜찮습니다. 그냥 저 말을 주십시오."

"저 말이 얼마짜린 줄 아느냐?"

"어차피 공께서 타시지도 못할 말이잖습니까? 그럼 이만 가보겠습니다."

강세정은 안 그래도 난리 때문에 골치가 아팠다. 여기 있는 식솔들 모두가 가세해도 진정시키지 못하는데 새파랗게 어린 녀석이 해보겠다니 도무지 믿기지 않았다. 그래도 '설마 저 젊은이가 정말로 할 수 있겠나' 싶기도 했고 밑져야 본전 아니겠나 하는 생각도 들었다. 게다가 지금은 일단 저 난리를 어떻게든 끝내고 싶었다. 그는 결국 승낙을 하고 말았다.

"좋다. 네가 저 말을 진정시킨다면 네가 저 말의 주인이다."

"분명 약조하셨습니다."

무수는 자신만만한 표정으로 사람들을 헤집고 들어갔다. 말과 눈이 마주치자 무수는 고개를 천천히 끄떡이면서 눈을 깜빡이며 말과 눈을 계속 마주하길 멈추지 않았다. 무수는 말에 집중하며 옆에 있는 사람들을 헤쳐 나갔다. 그러자 갑자기 흥분하며 날뛰던 말이 무수와 교감을 하듯 서서히 진정하기 시작했다. 사람들 모두 뒤로 물러서며 이 놀라운 광경을 신기한 듯 바라보았다.

무수는 고삐를 왼손에 쥐고 오른손을 조심스레 말에게 가져갔다. 말은 처음에는 무수의 손을 물려고 했지만 무수는 손을 잠시 떼었다가 말의 시선이 닿지 않는 목과 어깨 쪽으로 살며시 손을 갖다 대었다. 그렇게 시작하여 온몸을 서서히 쓰다듬자 말은 거짓말처럼 가끔 울기만 할 뿐 움직임을 멈춘 채 그의 손길을 느끼는 것처럼 보였다.

무수는 계속 촉각으로 말과의 교감을 나누면서 감탄했다. 멀리서 봐도 정말 멋진 말인데 실제로 만져보니 그 탄탄하고 따스한 몸이 더욱 탐이 났다. 이윽고 콧잔등을 쓰다듬자 말은 아까와는 달리 무수에게 고분고분해졌다. 그렇게 한참 말을 쓰다듬은 무수는 말고삐를 잡고는 말에 올랐다. 말은 앞다리를 높이 치켜들어 허공에 두어 번 휘젓고는 다시 원래대로 돌아왔다. 무수는 이제 이 말이 자신의 것이라는 것을 보여주고 싶었다. 그는 아까 진주로 들어오며 한 마상재 기술 일부를 말 위에서 했다. 하지만 말은 미동도 하지 않고 그의 재주를 받아들였다. 강세정도 믿기지 않는다는 듯 놀란 눈으로 이 광경을 멍하니 바라보았다. 마당을 두어 바퀴 정도 돌자 무수는 말에서 내려 고삐를 잡고 그의 앞으로 데려왔다.

"어떻습니까? 약조하신 대로 진정시켰으니 이제 이 말은 제 겁니다."

강세정은 돈이 너무 아까웠지만 어쩔 수 없었다. 사실 해낼 거라는 생각을 좁쌀 한 톨만큼도 하지 않았던 터라 그냥 마지못해 해버린 말이 사실이 되어버린 것이다. 그래도 일단 난리도 진정되고 했으니 그는 순순히 무수와의 약속을 지킬 수밖에 없었다.

"그, 그래…, 가져가거라. 어차피 내가 탈 말이 아니었던 거 같구나."

난리가 진정되자 강세정의 식솔들과 가족들이 무수를 칭찬하였다. 무수는 머쓱해하며 함박웃음을 지어 보였다. 그때 그는 이를 멀리서 바라보던 젊은 여인과 눈이 마주쳤다. 곱게 빗어 댕기를 딴 윤기가 흐르는 고운 머릿결에 희고 작은 얼굴과 큰 눈을 가진 참으로 어여쁜 처자였다. 그녀는 수줍은 듯 기둥에 몸을 반쯤 가린 채 얼굴만 내다보며 난리를 진정시킨 사내를 말없이 바라보고 있었다.

계속 두 사람은 말없이 시선을 주고받았고 무수는 그녀에게 홀린 듯 한 걸음 한 걸음 천천히 다가갔다. 여태껏 여인네라고는 최참판댁에 있는 식솔들뿐이었는데 그들과는 확연히 다른 자태였기에 더욱 눈에 들어올 수밖에 없었다. 계속 그녀의 얼굴을 볼수록 무수의 얼굴은 점점 발갛게 달아올랐다. 늘 당당한 그였지만 그 순간만큼은 무슨 말부터 해야 될지 모를 정도로 생전 처음 느끼는 긴장감이었다. 이마는 물론 등줄기로도 땀이 계속 흘러내렸다. 심장도 심하게 쿵쾅거리는 게 아까 자신이 진정시킨 말처럼 가슴속에서 날뛰었다. 그는 일단 헛기침으로 자신을 진정시켜 보았지만 아까 말과는 달리 잘되지 않았다. 그렇게 둘은 서로를 멍하니 바라본 채 한참을 서 있었다. 이를 옆에서 보고 있던 강세정도 신기하다는 듯한 반응을 보였다.

"네가 어인 일로 밖엘 다 나왔느냐?"

강세정의 물음에 여인은 부끄러운 듯 고개를 숙이고는 다시 방으로 들어갔다. 무수는 그녀가 모습을 감추자 그제야 좀 진정이 되는 것 같았지만 여전히 가슴속 요동은 그칠 줄 몰랐고 그가 계속 꿀 먹은 벙어리처럼 서 있자 강세정이 다가와 그 대신 말문을 터주었다.

"내 딸아이네. 저 아이 예전에 저잣거리에서 좀 안 좋은 일을 당한 이후로 혼기가 찼는데도 서방 될 사람 만나보기는커녕 방 밖으로도 안 나가려고 해서 내가 심히 걱정하고 있었는데…. 오늘 참 신기한 날이 아닐 수 없구만."

무수는 자신의 얼굴이 화끈거리자 창피함이 몰려왔다. 생전 처음으로 그런 감정을 느꼈으니 조금은 두려움도 들었다. 그냥 빨리 이 자리를 떠야겠다는 생각밖에 들지 않았다. 그는 서둘러 인사를 하고는 오늘 얻은 말에 올라타더니 타고 온 말도 고삐를 쥔 채 도망치듯 강세정의 집을 빠져나왔다. 멀어지는 그의 모습을 보자 강세정은 뭔가를 예감한 듯 혼자서 헛웃음을 쳤다.

"이거 이거, 말에 이어서 딸도 저 도령한테 빼앗기겠군."

최참판댁에 도착하자 최참판과 박인서는 무수에게서 놀람과 어리둥절함을 느꼈다. 일단 원래 타고 갔던 말 말고 처음 보는 말을 타고 온 것에 놀랐고 평소 늘 자신만만해 하던 모습과 달리 뭔가에 홀린 듯 발갛게 상기되어 진정이 안 되는 얼굴에 또 한 번 놀랐다. 박인서는 무수의 표정을 보자 안위가 걱정되었다.

"강공 댁에서 무슨 일이 있었던 게냐?"

"아, 아닙니다. 아무…, 아무 일 없었습니다."

최참판도 무수의 상기된 얼굴을 살펴보았다. 그는 조용히 무수의 얼굴을 쳐다보다가 뭔가 생각이 났는지 무수를 일단 돌려보냈다. 무수는 계속 멍한 표정으로 마구간에 원래 타고 갔던 말을 묶어두고는 자기가 새로 가져온 말을 타고 역시나 도망치듯 문 밖으로 사라졌다. 무수가 나가자 그는 어리둥절해하는 박인서에게 고개를 끄덕거리며 뭔가 알았다는 표정을 지었다.

"강공한테 혼기 찬 예쁜 딸아이가 하나 있다 들었네."

박인서는 그제야 무수가 왜 그런 표정을 지었는지 알게 되었다. 그 순간 두 사람은 나이를 잊고 동네 아이들같이 배를 잡고 실소를 터뜨렸다. 박인서는 무수가 나간 대문을 손가락으로 가리키며 뒷걸음질을 치다가 웃음을 참고 겨우 말을 꺼낼 수 있었다.

"그래서 저렇게 무슨 여우한테 홀린 것처럼 얼굴이 저랬던 거군요."

최참판도 어찌나 우스웠는지 결국 대청마루에 주저앉아 고개를 숙이며 계속 킥킥거렸다. 겨우 웃음이 진정됐는지 그도 그제야 말을 이었다.

"앞으로 강공에게 보낼 서찰이 많아지겠구나."

무사도 웃으면서 최참판의 말을 거들었다.

"저는 가지 않겠습니다."

두 사람은 그렇게 해가 질 때까지 서로 농을 주고받으며 웃음을 참지 못했다.

그리고 다음 날 무수가 오자 최참판은 또 강세정에게 전달하라며 서찰을 써주었다. 강세정은 참판 영감께서 기껏 하루밖에 안 지났는데 무슨 내용을 또 전해 주려고 하는 건가 의아해하며 무수에게 서찰을 건네받아 읽어보았다. 거기에는 누군가의 신상에 대해 쓰여 있었다.

'진양 정씨…, 아버지는 정호, 이름은 무수…, 자는 경운이요, 호는 매헌, 올해 나이 스물하고도 넷….'

강세정은 그것이 무엇을 의미하는지 이미 알 것 같았다. 그도 서찰을 읽어 내려가며 최참판의 의도를 파악하자 절로 웃음을 지어 보였다.

'참판 영감, 지금 중매를 하시려는 겝니까.'

그는 다시 한 번 이 서찰의 주인공을 흐뭇한 눈으로 천천히 살펴보았다. 전에도 느꼈지만 말을 진정시킬 때의 그 담대함이나 건장한 체구, 뚜렷한 이목구비가 눈에 들어왔다. 역시나 무수는 또 그의 집 마당에서 말고삐를 쥐고 딸의 방문을 보며 멍하니 서 있었고 강세정의 딸역시 조심스레 문을 열고 그를 바라보고 있었다. 두 사람은 강세정이 자신들을 보는 것을 의식했는지 곧바로 돌아섰고, 이내 방문이 닫혔다. 무수는 오늘도 부끄러움에 도망치듯 대문으로 나가려고 했다. 그때 강세정은 무수에게 기분 좋은 목소리로 외쳤다.

"정무수 도령, 또 보세!"

무수는 깜짝 놀랐다. 아니, 강공께서 내 이름을 어떻게 안 것일까? 설마 최참판께서 서찰에 자기 이름을 적은 것일까? 하지만 지금은 그게 중요한 것이 아니었다. 일단은 망측한 모습을 감추는 게 우선이다 싶었다. 무수는 다시 서둘러 강세정에게 인사를 하고서는 도망치듯 나갔다.

그 이후로 최참판은 별 내용도 없는 서찰을 써서 무수에게 건네주고 그렇게 무수는 최참판의 집과 강세정의 집을 오갔다.

한 달이 지나서야 그는 겨우 그녀와 말을 틀 수 있었고 그때부터는 두 사람 다 어색한 모습을 보이지 않았다. 강세정의 딸도 문 밖을 나서길 주저하지 않았고 무수 역시 해맑게 웃으며 그녀를 맞이했다. 다음 달이 되고부터는 무수와 함께 말에 올라 주마간산을 즐기기도 했다. 그렇게 두 사람의 인연은 깊어갔고 몇 달 뒤 화촉을 밝히게 되었다.

혼례를 올리고 무수는 자신의 어머니, 장인인 강세정은 물론 오늘이 있도록 인연을 엮어준 최참판에게도 감사의 절을 올렸다. 먼저 혼인한 최민 역시 부인을 대동하고 와서는 이제는 죽마고우로서 무수에게 축하한다는 말을 건네주었다. 둘은 나중에 다시 보기를 기약하고는 서로 제 갈 길을 갔다.

그리고 세월이 흘러 다음 해에 무수는 무과에 보란 듯이 합격하였고 임금께서 친히 하사한 정기룡이라는 새 이름도 얻게 되었다. 지난날에 대한 얘기를 마치자 정기룡은 강씨에게 미안함을 먼저 밝히고 무덤 앞에서 형님을 소개했다.

"혼인하고서도 무과 준비를 하느라 지아비 노릇도 제대로 못하고 이분도 이제야 소개해 드리는구려. 미안하오. 부인, 인사드리겠소. 무뢰배나 다름없던 나를 오늘에 이르기까지 이끌어 주신 인수 형님이시오."

낭군의 눈물을 보자 강씨도 직접 보진 못했어도 그분을 느낄 수 있었는지 함께 눈물을 흘렸다. 정기룡은 부인의 눈물을 닦아주며 웃는 얼굴로 그녀를 달래주었다.

"이렇게 좋은 날에 우리 부부가 형님 앞에서 이리 울어서야 되겠소? 자, 어서 형님께 인사 올립시다."

정기룡은 자신의 급제 홍패를 무덤 앞에 놓고 인수의 무덤을 향해 부인과 함께 절을 올렸다.

"소첩 아주버님께 인사 올립니다."

정기룡도 무릎을 꿇고 형님과의 기억을 함께하며 말을 이었다.

"형님, 이 못난 동생 무수가 형님께서 가신 뒤 이렇게 6년이 흘러서야 형님께 이 홍패를 부인과 함께 와서 바칠 수 있게 되었습니다. 다 형님의 은덕입니다."

그렇게 형님과 재회하고 정기룡 부부는 집으로 돌아갔다. 강씨도 인수 형님을 보고 나서라 그런지 낭군을 처음 만났을 때를 떠올렸다.

"서방님은 참으로 좋으신 형님을 두셨습니다. 그분이 그리하셨기에 그때 저희 친정댁에 오실 수 있었던 것도 아주버님 덕이 아니겠습니까. 아직도 신기합니다. 그때 마당에서 날뛰던 말이 어찌나 무서웠는지 방에서 나올 수가 없었습니다. 그러다가 잠잠해져서 무슨 일인가 궁금해서 나와 봤더니 서방님께서 담담한 모습으로 말을 달래고 있어 참으로 신기하다 여겼습니다. 그리고 지금은 이렇게 서방님과 부부의 연을 맺게 되고 이 말을 같이 타고 있다니 참 꿈만 같습니다."

"그러게 말이오. 그동안 지아비 노릇도 제대로 못하였는데 이제는 행복한 일만 가득하면 좋겠소. 아, 부인. 내 부인께 청이 하나 있는데 들어주실 수 있겠소?"

"말씀해 보십시오."

정기룡은 머뭇거리다가 겨우 털어놓았다.

"오늘 인수 형님을 부인께 소개를 하게 된 것은 다름이 아니라 형님의 아들이 하나 있으니 이름은 상린이라고 하오. 그 아이가 갈 곳이 없어 염치 불구하고 부인이 돌봐 줄 수 있나 해서도 있었소. 형님은 내게 있어 특별한 분이신 만큼 그의 혈육도 어찌 특별하지 않다 할 수 있겠소?

사실 얼마 전에 형수도 염(染)[33]을 얻어 형님 곁으로 가버리고 말았소. 내 여종 걸이를 시켜 그 아이를 서둘러 데려오도록 했지. 하여 이제 부

---

33) 타이포이드. 흔히 장티푸스로 불리는 병.

모도 없는 그 세 살배기 아이를 딱히 돌볼 사람이 없으니 내 부인께 염치 불구하고 부탁드리리다. 들어주시겠소?"

강씨는 참으로 사려심이 깊은 여인이었다. 그녀는 나긋한 웃음을 보이며 대답했다.

"지아비에게 특별한 사람이라면 소첩에게도 특별한 사람이 어찌 아니라 할 수 있겠습니까. 비록 소첩의 소생이 아니라 하여도 소첩이 낳은 아이처럼 정성을 들여 돌볼 것입니다."

"고맙소. 인수 형님도 하늘에서 부인의 은덕을 기쁘게 여길 것이오. 나도 이 은혜 항상 간직하고 부인이 행복하게 지낼 수 있도록 만전을 기할 것을 약조하리다."

그러나 정기룡의 이 약속은 결국 지켜지지 못했다. 변방에서 근무를 하던 중 대규모의 왜군이 쳐들어왔다는 소식이 들어왔고 제승방략(制勝方略)[34] 방침에 따라 정기룡은 조경 휘하의 거창 수비영으로 들어가면서 무장으로서의 본분을 지키기 위해 부부는 그렇게 이별할 수밖에 없었다.

아쉬움을 뒤로하면서 그는 그렇게 무인으로서의 본분을 다했다. 기지를 발휘해 거창에서 예상치 못한 승리를 거두었고 금산 전투에서 조경도 비록 부상을 크게 입었지만 구출해 내었다. 어머니도, 부인도 보고 싶었지만 일단은 부하로서 상관의 안위를 알아보는 게 우선이었다. 정기룡은 그렇게 조경에게로 향했다.

---

34) 유사시에 각 고을의 수령이 소속 군을 이끌고 본진을 떠나 배정된 방어지역으로 가는 합동 방어 체제로 방어선이 무너지면 후방이 비게 되는 약점을 가지고 있다.

우군 속에서 숙적을 만나다

무군 속에서 숙적을 만나다

한편, 조경은 직지사에서 치료를 받으면서 점차 호전되는 모습을 보이더니 이제는 그나마 약간은 걸을 정도가 되었다. 잘렸다가 다시 붙인 손가락은 움직일 수가 없었지만 그래도 너무 늦지 않게 조치를 받은 덕에 손의 감각이 서서히 돌아오는 듯했다.

아침부터 조경은 일찍 잠에서 깨었다. 그는 다소 힘이 들더라도 조금이나마 걸어보기로 했다. 구름 한 점 없는 푸르른 하늘이 너무나도 맑게 보였다. 이렇게 평온한 하늘 아래 전란의 파도가 휩쓸고 있다니 참으로 통탄할 일이 아닐 수 없었다. 얼마나 많은 사람이 지금도 그들의 총과 칼에 쓰러지고 있던가. 그런 혼란 속에서도 하늘은 어찌 저리 무심한 듯 청명하단 말인가. 조경은 자신이 없는 사이 거창과 금산 일대의 방비가 걱정되었다. 그가 사찰 경내를 돌고 있는데 장수 한 명이 찾아왔다. 정기룡이었다.

"방어사 영감!"

정기룡은 조경 앞에 무릎을 꿇었다.

"내 그대를 기다리고 있었네. 자, 어서 일어나게."

조경은 정기룡을 일으켜 세웠다. 자신의 목숨을 구해 준 은인을 다시 보게 되다니, 너무나도 기쁘기 그지없었다.

"전란 와중에 오실 틈이 있었는가?"

"네, 방어사 영감. 그 이후 왜군의 기별이 없어 보이길래 영감의 건강이 염려되어 이렇게 오게 되었습니다."

"고맙소, 별장의 덕택으로 이렇게 살아 있소. 본시 무장이란 싸움터에서 전사하는 것이 도리라 여겨왔건만 이리 구차하게 목숨을 부지해서 면목이 없소. 허나 그래도 하늘이 이 조경이 쓸모가 있었는지 이렇게 숨이 붙어 있게 하셨소. 안 그래도 내 별장께 줄 것이 있으니 자, 어서 안으로 들어갑시다."

조경은 앞장서서 방으로 들어가자마자 서찰 하나를 꺼내어 정기룡에게 건네주었다. 그것은 임금으로부터 온 조흡사패왕지(曺恰賜牌王旨)로 정기룡을 종8품 훈련원 별장에서 정7품 참군(參軍)으로 명한다는 내용이었다.

"내 별장을 위해 뭐 할 것이 없나 싶었기에 찰방을 시켜 주상전하께 장계를 올렸더니 이렇게 성은(聖恩)을 내리셨소. 별장, 내 이렇게나마 별장에게 보답을 할 수 있어서 기쁘기 그지없소."

정기룡은 임금이 계시는 북쪽을 향하여 큰절을 올리고 교지를 두 손으로 받았다.

"감사드립니다. 헌데, 몸은 좀 어떠십니까?"

"내 몸이 아픈 것은 견딜 수 있으나 아직도 손가락을 움직이지 못하오. 다시 칼을 잡고 싶지만 지금은 그러지 못할 것 같소. 장수 된 자로서 전장으로 나서지 못하니 너무나도 원통하기 그지없구려."

"영감께서는 너무 심려치 마시고 우선 지금은 그저 치료에만 전념하십시오. 제가 나라를 위해 장군의 몫까지 힘껏 싸우겠습니다."

전쟁이 발발한 지 채 한 달이 지나지 않았건만 조경 말고도 치료를 받고 있는 군졸이 여럿 있었다. 오늘도 예외는 아니었다. 새로운 부상병들이 속속들이 들것에 실려 왔다. 몰골이 말이 아닌 것이 패잔병들로 보였다. 조경은 그들에게 물었다.

"그대들은 어디서 왔는가?"

군졸이 입을 열었다.

"저희는 삼도도순변사(三道都巡邊使) 신립(申砬) 장군 휘하의 보졸이었습니다. 달천 평야에서 왜군들과 맞섰으나 전날 소낙비 때문에 진창에 기병들이 발이 묶인 채 왜군들의 조총 사격에 너무나도 허망하게 패했습니다요. 싸움이 가망 없다고 판단이 되자 신립 장군께서 너희는 일단 이 사실을 알림과 동시에 목숨이라도 건지고 후사를 도모하라 명하시어 부상병들을 이리로 데리고 왔습니다요."

"도순변사께서는 어찌되셨는가?"

군졸은 차마 말을 잇지 못하였다. 한참이 지나서야 감정을 추스르고 나서 군졸을 통해 비보를 들을 수 있었다.

소서행장(小西行長)[35]이 이끄는 왜군은 조령을 넘어 충주 달천 평야 일대와 탄금대에서 신립 장군 휘하의 조선군과 맞닥뜨렸다. 전투는 너무나도 격렬하였다. 이 전투에서 비록 많은 왜군이 섬멸되었다고는 하나 조선군의 피해 또한 막심하였다.

총지휘를 맡았던 도순변사 신립을 비롯하여 조방장 변기(邊璣), 종사

---

35) 고니시 유키나가.

관 김여물(金汝沕), 충주목사 이종장(李宗張) 등이 모두 전사하였다는 비보를 들을 수 있었다. 특히나 신립 장군은 조선 최고의 용장으로 그 소문이 자자했고 그 휘하 기병은 조선 최고의 정예병이었다. 그런데도 전사했다니, 조선군 전체의 사기가 떨어질 것이 불을 보듯 뻔하였다. 조경은 착잡한 심경을 감출 수 없었다.

"큰일이구려. 도순변사께서 대파 당하신 것도 모자라 전사까지 하셨다니…. 도순변사께서는 이 나라 제일의 무장이었는데 그가 이리 가셨으니 이 나라의 앞날이 어찌 될꼬…."

조경은 자신을 구하였던 정기룡을 다시 한 번 바라보았다.

그의 안위가 신경 쓰였다. 자신이 부상으로 자리를 비운 상태에서 본인들의 자리만 지키는 데 급급하여 정기룡을 시기하고 질타하는 자들이 많은 거창영에 그가 자신의 비호도 없이 계속 남겨져 있다는 생각에 조경은 착잡해했다. 지금 그곳에는 물론 김태허 같은 자기 소임을 다하려는 장수도 있지만 그보다는 자리 보전에만 급급한 장수들이 더 많았고 그들이 정기룡을 제대로 돕지 않을 것임은 자명하였다. 이토록 뛰어난 인재가 그들의 그늘에 가려 제대로 된 활약을 못한다고 생각하니 얼마나 원통한 일인가. 하늘이 이 나라를 버리지 않았는지 이렇게 또 담대한 인재를 내려주지 않았는가, 그러기에 그가 자유롭게 날개를 펼 수 있도록 해주자 하는 생각에 조경은 그에게 할 일을 일러주었다.

"정참군."

"말씀하십시오, 방어사 영감."

"거창전에서 참군을 돕던 기병들은 잘 있소?"

"네, 비록 소장이 경험과 나이가 부족함에도 불구하고 저와 뜻을 함께하고 있습니다. 지금도 영감의 명을 기다리고 있습니다."

"좋소. 그러하다면 내 명하겠소. 보졸과 기병들을 이끌고 곤양군으로 가서 이광악(李光岳) 곤양군수를 도와주시오. 내 지금 그대의 전출을 초유사 대감께 올리겠소."

정기룡은 의아해하였다.

"지금 거창, 금산 일대도 위험한 상황입니다. 방어사 영감이 없어서 더욱 그러합니다. 헌데 어찌 곤양으로 가라 명하시는 것입니까? 게다가 저는 무장으로서의 경험이 일천하기에 단독으로 군을 거느리는 일은 아직 시기상조가 아닐까 생각됩니다."

조경은 착잡한 표정을 지어 보였다.

"그대도 아마 겪어보아 알겠지만 지금 거창에 주둔하여 있는 장수들 중 상당수는 참군의 공을 시기하고 있소. 참으로 소인배들이 아닐 수 없지. 죽는 게 두려워 제 살 궁리만 하는 이들이 태반이었소. 물론 김태허나 김충민과 같은 충성스러운 무장들도 있으나 그런 자들은 소수에 불과하오. 나는 참군의 그 용맹한 모습을 직접 지켜본 당사자로서 그대의 앞날이 염려스럽소. 그런 곳에 계속 있다가는 참군 같은 참된 무장이 날개도 못 펴고 새장 안에 갇힌 새 같은 신세가 될까 봐 그게 걱정인 것이오. 차라리 거기보다는 지금 곤양과 상주가 위급하니 내 김태허에게 명을 내려 조금이나마 군사를 내주도록 하겠소. 그들을 이끌고 그곳으로 가 관군과 합류하여 왜군들을 격퇴하였으면 하는 바이오. 참군, 부디 곤양으로 가주시오."

말을 마친 조경은 붕대가 묵직하게 감긴 손으로 정기룡의 손을 잡았다. 비록 제대로 잡을 수는 없었지만 자신을 생각하는 조경의 손이 따스하게 느껴지는 듯했다. 옛말에 장수는 자신을 알아봐 주는 자를 위해 죽는다는 말이 있지 않았던가. 정기룡은 고개를 숙여 조경에게 예를 표하였다.

"알겠습니다. 장군의 명에 따라 곤양군으로 가겠습니다. 쾌차를 빕니다."

"고맙소, 참으로 고맙소. 내 몸이 나을 때까지 이곳에서 참군의 승전보를 기다리고 있겠소."

이리하여 정기룡은 조경 장군 구출 작전에 함께하였던 김태허를 거창 진영에서 다시 만나 그의 안부를 전하였다. 김태허는 안심을 하고는 정기룡의 참군 승진을 축하해 줌과 동시에 아쉬움을 토로했다.

"내 이전에 거창에서 그대의 용병술에 감탄을 금치 못했는데 다시 같이 싸우지 못하게 되어 아쉽게 되었구려. 그래도 참군이 되었다니 진심으로 축하하오. 나는 조경 장군을 대신하여 이곳 수비를 해야 할 듯싶소. 나중에 전란이 끝나면 또 봅시다, 정참군."

"배려해 주시니 몸 둘 바를 모르겠습니다."

"장군의 명대로 같이 싸웠던 기병과 보졸들, 그리고 참군을 도와줄 훈련원 봉사 둘을 내어주겠소. 한쪽은 성은 장(張)씨로 성품이 우직하고 담대하기는 참군 못지않소. 다른 한쪽은 성이 황(黃)씨로 겁은 좀 있으나 매우 사려 깊은 인물이니 필시 참군에게 도움이 될 것이외다. 부디 무운을 빌겠소."

그리하여 정기룡은 거창 전투에서 생사를 같이했던 기병들과 보졸들, 그리고 이들을 이끄는 훈련원 봉사 장시중(張時仲), 황찬용(黃讚龍), 종9품 초관(硝官)인 김태우(金太優), 박경혁(朴硬革) 등을 이끌고 곤양군으로 향했다. 이들은 비록 정기룡과 비슷한 시기에 같은 훈련원 봉사로 왔으나 정기룡이 공을 세워 참군으로 승진했기에 그들을 지휘하게 된 것이다. 미천한 관직으로 갑작스럽게 한 부대의 지휘관이 된 그는 어깨가 무거워졌다. 하지만 과거 거창성에서 탈영했던 김시형 같은 졸장들의 지휘를 받아 왜군들과 맞서 싸우기보다는 훨씬 자유로워졌기에 이전보다는 좀 더 나아진 상황이라 볼 수 있었다. 정기룡은 자신을 보좌하게 된 두 봉사와 친분을 돈독히 하고자 곤양성으로 향하는 길에 이런저런 대화를 나눴다.

"장봉사는 어디 출신이시오?"

"여수 출신입니다. 어릴 적부터 아버지께서 매 사냥을 즐겨하셔서 저도 새 조련하는 일을 일찍이 훈련받았었죠. 이제는 나라에 큰 전란이 닥쳐왔으니 그렇게 한가로이 매 사냥을 즐길 수 없는 것이 조금은 아쉽기만 합니다."

정기룡도 박인서를 따라 사냥을 해본 적은 있지만 맹금을 조련해 사냥한다는 얘기를 말로만 들었지 직접 본 적은 없었다. 참으로 흥미로운 이야기였기에 정기룡은 감탄했다.

"매를 조련한다…. 거 참으로 신기한 재주로군. 나중에 전란이 끝나면 구경 한 번 시켜주시구려."

"그리하겠습니다."

정기룡은 이번에는 황찬용 쪽을 돌아보았다.

"황봉사는 어떻소?"

"밀양 출신입니다. 집안이 본디 문관을 지냈으나 소인, 그게 뜻대로 되지 않아서 무관으로 별시에 응해 이렇게 무인생활을 하게 됐습니다. 참군과 이렇게 뜻을 함께해서 영광으로 생각합니다. 헌데 참군께 궁금한 것이 하나 있습니다."

"무엇이오?"

"방어사 영감을 구할 때 어떻게 그리 적은 인원으로 왜군들 진영을 돌파하고 영감을 구하실 생각을 하셨습니까? 저라면 진작에 포기했을 지도 모를 일이었을 겁니다. 게다가 참군께서도 전란은 처음 겪으시는 것 아닙니까? 대체 어찌 그런 담력을 발휘하신 겁니까?"

황찬용은 그의 외모답게 칼부림보다는 글 쓰는 게 더 어울려 보였다. 그는 김태허의 말마따나 자신처럼 크게 담력을 부리고 겁 없이 뛰어들 위인이 아닌 것으로 보였다. 오히려 그런 자신을 의아해하고 이것저것 캐묻는 것이 '이자를 설득시키려면 매우 신경을 써야겠구나'라는 생각이 들었다. 정기룡은 조경을 구출했던 당시 상황과 심정을 떠올리며 그에게 대답해 주었다.

"그때 우리가 나서지 않으면 방어사 영감 목이 날아갈 판이었소. 그리고 소수로 기동전을 벌이는 것이 오히려 적의 허를 찌를 수 있으면서 도주도 쉬울 것이라 여겼던 것도 있었소. 불행히도 그때 나와 비슷하게 거창영에 부임했던 강봉사가 탈출에 실패했지만 그가 희생을 한 덕에 우리 일행이 적 진영을 무사히 빠져나올 수 있었지. 이만하면 답이 됐소?"

"그 정도로 일촉즉발의 상황이었으니 그렇게 할 수밖에 없었을 것 같습니다. 그래도 작전이 성공했고 참군께서 무사하셨다니 참으로 다행입니다."

정기룡은 그의 조금은 근심어린 표정을 보자 자신의 견해를 당당히 내비쳐 그를 안심시켜야겠다고 생각했다. 전장이란 마치 살아 있는 동물처럼 변화무쌍하여 급박한 경우에는 무모해 보일 수도 있는 결단을 내려야 할 때도 있는 법이다. 전쟁에 대한 선조들의 수많은 지혜가 담긴 병법서들도 그런 경험에 의거해서 쓰였겠지만 때로는 그런 지식들이 꼭 들어맞지 않는 경우도 있다. 그러기에 그 상황에서는 병법을 조합하거나 생각을 조금 달리해야 하는 일도 생길지 모른다. 자신도 비록 처음이라 겁은 났지만 그럴 때일수록 자신을 믿어야 불가능해 보이는 일도 가능해진다는 이야기들을 늘어놓았다. 황찬용은 고개를 갸우뚱하다가는 이내 고개를 끄덕였다.

"그렇다면 그런 상황이야말로 후손들에게 물려주어야 할 경험과 지혜이겠군요. 앞으로 참군을 따르면서 그런 것들을 세심하게 기록해 놔야 할 것 같습니다."

"그건 황봉사 좋을 대로 하시오. 대신 우리의 본분이 무장임을 잊어선 아니 되오. 전장에서는 나를 믿고 군을 믿어 부디 용맹한 기세로 싸워주시오."

"그리하겠습니다. 아, 아니 그리해야만 합니다."

"김만호께서 말씀하시기를 황봉사가 신중하고 꼼꼼하다 하셨소. 군은 관리해야 할 것들이 많으나 내가 그런 쪽으로는 세심하게 돌보는 재주가 부족하니 그런 것들을 봉사가 맡아서 나를 도와주시오."

"알겠습니다."

정기룡의 부대는 곤양군으로 진군하던 중 영성현 근방에서 왜군들을 발견했는지 척후병이 말을 돌려와 정기룡에게 보고했다.

"참군, 전방에 왜군입니다."

정기룡은 보고를 듣자마자 진군을 멈추고 직접 선두에서 적진의 동태를 우선 살핀 후 황찬용에게 말했다.

"지금이 아까 말한 바로 그 용맹함을 보여줄 상황인 것 같소."

황찬용도 눈을 지그시 뜨고 한참을 주시한 뒤 정기룡에게 얘기했다.

"그런 것 같습니다. 다행히 수는 많지 않아 보이지만 그래도 저들은 백병전에 능하니 조심해야 하겠습니다.”

정기룡은 편곤을 꼬나쥐고 빙빙 돌리면서 자신감을 내비쳐 보였다. “저들은 기병이 없지만, 우리는 있지. 장봉사, 황봉사. 거창 때 일을 기억하고 있소? 궁기병으로 진열을 흩트려 놓고 보병들이 돌격하여 곤양성으로 가는 길을 뚫어야만 하오.”

두 장수는 정기룡의 말을 듣자 고개를 끄덕였다. 정기룡은 진열을 가다듬은 후 수신호로 기병을 좌우로 나눠 학익진(鶴翼陣)[36]으로 접근하여 왜군에게 화살을 퍼부었다. 왜군들은 곧바로 응전했지만 정기룡은 기병으로 후퇴하는 척하면서 화살로 왜군의 가슴을 꿰뚫었다.

혼란해진 틈을 타 초관 휘하 보졸들이 왜군을 덮쳤다. 비록 왜군들이 창의 길이는 더 길었지만 그들은 조선 기병들에게 정신이 팔려 보병의 급습을 눈치채지 못하고 크게 패퇴하여 도망쳤다.

정기룡은 다시 기병을 재정비하고 장사진(長蛇陣)[37]으로 도주하는 왜군들을 추격해 섬멸했다. 하지만 곤양성으로 가는 것이 우선이었기에 더 이상 추격하면 입성이 늦어질 수 있어서 이쯤에서 추격을 멈추라 지시하고 다시 행군을 계속했다.

이 작은 승리로 곤양군수 이광악(李光岳)이 수비를 하고 있던 곤양성은 잠시나마 안전해지게 되었다. 이광악은 곤양성의 안위를 지켜준 정기룡이 입성하고 말에서 내리자마자 그를 반가워하며 맞았다.

“참군 정기룡이 장군님을 뵙습니다.”

“와주셔서 고맙소! 내 이미 조경 장군으로부터 참군의 활약을 익히

---

36) 학이 날개를 펼치듯 U자 형태로 적을 감싸는 진법.
37) 긴 뱀처럼 일렬로 늘어서는 진법.

들었소만 이렇게 곤양성 인근의 안위를 지켜주어 한시름 덜게 되었소. 또 언제 왜군들이 진격해 올지는 모르나 일단 이 성은 잠시나마 안전하게 되었으니 다 참군의 덕이오."

"도움이 되었다니 저도 기쁘기 그지없습니다."

"내 참군께 청이 한 가지 있소이다. 혹시 들어주실 수 있으시겠소?"

"말씀해 보십시오."

"왜군들이 진주성으로 진군하는 중이라는 비보가 들어왔는데 그 규모가 3만이 넘어 태산을 검게 뒤덮을 정도라 하오. 반면 진주성에 주둔한 관군은 채 4천이 되지 않으니, 초유사 학봉(鶴峰, 김성일의 호) 대감의 명으로 진주성 방어에 협력할 것을 명받았었으나 곤양성 근처에 왜군들이 있어 내 성의 사수를 하느라 출발하지 못했소. 하지만 이제 참군께서 이렇게 와주었으니 내 마음놓고 진주성으로 갈 수 있을 것 같소. 참군, 잠시 곤양성의 안위를 부탁드려도 되겠소?"

정기룡은 진주성의 상황을 듣자 걱정이 되어 이광악에게 되물었다.

"진주성이 그리 위급하다면 저도 같이 가봐야 하지 않겠습니까?"

"나도 그리하는 게 좋지 않을까 싶은데…."

이광악은 잠시 생각을 하고는 다시 한 번 정기룡을 찬찬히 바라보았다. 이런 건장한 체구의 장수가 있다면 진주성을 사수하는 데에 큰 보탬이 될 것 같았다. 그는 고개를 끄덕였다.

"좋소. 허면 일단 내가 진주성으로 가서 상황을 보고 위급해지면 초유사 대감께 청하여 참군에게 전령을 보내겠소. 그럴 일이 없으면 좋겠지만 일단은 이 성을 잘 부탁하겠소."

"염려 마십시오."

이광악은 서둘러 진주로 향하였다. 정기룡은 만일을 대비해 휘하 군졸들에게 출진할 일이 있을지도 모르니 대비하라고 일러두었다. 3만이 넘는 왜군이 온다고 하니 분명히 기별이 있을 것이라는 생각이 들었기 때문이었다.

정기룡이 우려한 대로 진주성은 풍전등화의 위기에 놓여 있었다. 당시 진주목사 이경(李璥)이 전투에서 패배하고 도주하던 중 병사하게 되자 그 후임으로 강직한 성품을 가진 김시민(金時敏)이 임명되었다.

만여 명이 넘는 왜군 선발대가 진해와 고성을 지나 진주 동쪽에 도착하였다는 보고를 받고 김시민은 각지에 구원병을 요청하면서 진주성 방어 태세를 공고히 하고 있었다. 수성군의 훈련도 게을리 하지 않았고 화약 무기를 조정에 보고하여 수송토록 했다. 뒤이어 3만의 왜군 본대가 추가로 진주성 인근에 도착했다는 첩보가 들어왔다.

이에 김시민의 요청으로 진주성 밖에서 왜군들과 싸우기 위해 많은 장수들이 군대를 이끌고 진주에 모였다.

총지휘를 맡은 사람은 김성일이었다. 그는 과거 통신사로 왜국에 갔었다. 그때 그는 전쟁이 일어나지 않을 것이라 예측하였다. 그러나 전란이 일어나면서 그의 견해는 완전히 빗나갔고 이에 선조는 크게 노하여 그에게 그 책임을 물어 자칫하면 목이 달아날 판국이었다. 하지만 능력만은 출중한 인재였기에 백관들 모두가 말려 간신히 목숨을 부지할 수 있었다.

그 대신 전란 수습에 힘쓰라는 선조의 윤허로 초유사(招諭使), 즉 난리가 났을 때 백성을 초유하라고 임금이 임명한 임시 벼슬을 명받았던 것이다. 잘못된 판단에 대한 책임을 지라는 임금의 뜻이었다. 김성일은 그런 임무를 명받았기에 이번 전투에서 반드시 성과를 거둬야 하는 입장이었다.

여러 장수가 속속 군영에 도착했다. 진주판관(晉州判官) 성수경(成守慶), 거제현령(巨濟縣令) 김준민(金俊民), 전만호 최덕량(崔德良), 목사군관(牧使軍官) 이눌(李訥), 목사군관 윤사복(尹思復) 등이 와 있었다.

곤양군수 이광악도 이때 진주성 밖 조선군 군영에 도착하였다. 말에서 내린 이광악은 성 안팎의 상황을 김성일에게 물어보았다. 이에 김성일은 장수가 한 명이라도 더 필요함을 강력히 피력했다. 이광악은 곤양성을 맡긴 정기룡을 떠올리고는 급히 파발을 불렀다.

"곤양성을 수성 중인 정기룡 참군에게 기병을 이끌고 이곳 진주 진영으로 속히 오라고 전하라."

파발이 곤양성에 도착했을 때 정기룡은 이미 출진 준비를 하고 있었다. 미리 그 일을 예측하고 있었기 때문에 정기룡은 장시중에게 수성을 맡긴 뒤 휘하 기병을 이끌고 급히 진주로 향했다. 정기룡이 도착하자 이광악은 김성일에게 그를 소개하였다.

"대감, 소개하겠습니다. 신참 유격별장 직이었음에도 우리 조선에 육전에서 첫 승리를 안겨주고 제가 수성 중이었던 곤양성의 안위까지 지켜준 정기룡 참군입니다."

"초유사 대감, 고생이 많으십니다. 정기룡입니다."

김성일은 고개를 끄덕이고는 흐뭇하게 그를 바라보았다.

"조경 장군을 적진에서 구출했다는 조자룡이 바로 자네였군. 이렇게 만나게 되어서 참으로 기쁘기 그지없네. 이번에도 그 용맹한 모습을 보여주길 바라네."

"목숨 바쳐 싸우겠나이다."

뒤이어 의병장의 인솔하에 의병들이 도착하였다. 비록 관군은 아니지만 나라의 일이었기에 호미와 낫을 잡던 손으로 창과 활을 쥐고 모인 것이다. 최경회, 심대승, 임계영 등이 모였다. 그러던 중 의병장들 중에 반가운 얼굴이 있었다. 박인서였다. 그는 오랜만에 보는 정기룡의 손을 맞잡았다.

"이 얼마 만이냐! 무수야, 이제 어엿한 무장이 다 됐구나."

"스승님, 참으로 오랜만입니다. 스승님께서도 의병장이 되신 겁니까?"

"나라가 위태로운 이런 때에 내 어찌 무사 된 자로서 가만히 있을 수 있겠나? 하여 참판 어른의 허락을 받고 이렇게 뜻이 맞는 사람들을 모아 거병을 하게 되었다네."

"스승님을 뵈오니 참으로 반갑기 그지없습니다. 나중에 전란이 끝나면 이 제자가 술 한 잔 올리겠습니다."

"내 그날을 손꼽아 기다리고 있겠네. 몸조심하게."

이후 진영에 속속들이 도착한 의병장들 중에 유독 차림새가 눈에 띄는 장수가 한 명 있었다. 흰 말을 타고 온 그는 붉은 비단으로 만든 철릭을 갑옷 위에 덧입고 머리에도 붉은 갓을 쓰고 있었다. 비록 체구가 우락부락하지는 않았지만 다부져 보였고 고결해 보이는 인상만큼은 그가 결코 예사롭지 않은 인물이라는 느낌을 뿜어내고 있었다. 그는 말에서 내린 뒤 천천히 걸어와 김성일에게 두 손을 모아 인사를 올렸다.

"의령에서 온 곽재우(郭再祐), 초유사를 돕기 위해 왔습니다."

김성일은 그를 보자 반갑게 맞아들였다.

"오, 남명(南冥, 조식의 호) 선생의 제자 중에 문무를 겸비한 수재가 의병을 조직했다고 들었는데 바로 자네였군. 자, 어서 오게."

곽재우는 도착하자마자 모인 장수들을 죽 살펴보았다. 그러다 정기룡과 눈이 마주치자 그는 뭔가 예사롭지 않은 기백을 느꼈는지 정기룡의 용모를 천천히 살피고는 물었다.

"공께서는 존함이 어찌되십니까?"

"거창을 수비하였던 참군으로 성은 정(鄭), 이름은 기룡(起龍), 자는 경운(景雲)이라 합니다."

곽재우는 그제야 그가 누군지 알겠다는 표정을 지었다.

"이전에 조경 장군을 구출한 조자룡의 현신이 있다 들었는데 그 사람이 바로 참군이셨군요. 비록 전란으로 만난 연이라 기쁘다고 말할 수만은 없으나 함께 나라를 지키게 되어 영광입니다."

그때였다. 또 다른 관군이 도착했다는 소식이 날아들었다. 김성일은 의아해하는 표정을 지었다.

"또 올 장군이 있었던가?"

이광악도 이상함을 느낀 건 마찬가지였지만 그래도 도와줄 사람이 한 명 더 늘었다는 것에 든든함을 표했다.

"어쨌든 싸울 장수가 한 명이라도 더 오면 좋은 게 좋은 거 아니겠습니까? 초유사 대감."

정기룡도 그쪽을 향해 눈을 돌렸다. 거느린 수는 대군이라 할 수는 없었지만 무장한 상태를 보아 딱 봐도 정예병들로 보였다. 그리고 그들을 이끌고 온 장수는 아까 곽재우와는 다르게 검은빛의 말을 타고 왔다. 범상치 않은 기척은 곽재우와 마찬가지였지만 그에게서는 높은 벼슬을 가진 자로서의 위엄이 서렸다. 그의 부장이 말고삐를 잡자 그는 천천히 말에서 내려 관군들이 모인 곳을 향해 걸어왔다.

그의 등장으로 김성일의 군영은 일제히 침묵하였고 그가 한 걸음 한 걸음 내디딜 때마다 그의 발소리와 갑옷에서 쇠끼리 부딪치는 소리가 조용히 울려 퍼졌다. 그가 타고 온 말처럼 그는 온몸이 시커먼 차림이었다. 검은빛에 금빛 징이 사방에 박힌 두정갑을 입고 검은빛 곰 털 가죽을 어깨에 망토처럼 늘어뜨리고 있었고 투구도 검은빛에 기름칠을 해 잘 닦아놓은 듯 번쩍거렸다. 허리춤의 띳돈에 묶여 매여 있는 환도 손잡이 끝과 칼집 끝에는 금장식이 박혀 있었다. 그가 고개를 들자 투구 밑으로 드러난 눈매는 그 날카롭기가 잘 갈고 닦은 검과도 같은 번뜩이는 살기가 가득했고 흰 얼굴에 곧게 뻗은 수염은 모양새가 매우 정갈하고 곧은 것이 마치 사대부의 그것처럼 보였다.

그 역시 무장이긴 했지만 정기룡처럼 우락부락하고 담대한 모양새와는 달리 날래고 예리한 느낌이었다. 칼이 사람으로 다시 태어난다고 한다면 저런 모습일까.

그는 김성일을 마주하자 소리 없는 웃음을 띠며 손을 모으고 인사하였다.

"충청병마절도사(忠淸兵馬節都使) 이시언(李時言)이 초유사 대감을 뵙습니다."

김성일은 뜻하지 않은 원군에, 그것도 상당히 높은 관직을 가진 자가 원군으로 온 것에 크게 기뻐하였다.

"오오, 상호군 영감 아니시오! 충청도에서 여기까지 오시느라 노고가 많으셨습니다."

"진주성이 위급하다는 김목사의 전갈을 듣고 소장도 조금이나마 보탬이 될까 해서 오게 되었습니다. 모쪼록 잘 부탁드리겠습니다."

말을 마친 이시언은 군영에 모인 장수들과 군졸, 의병들을 휙 둘러보았다. 의병들을 보자 이시언은 뒷짐을 지고 어이없다는 듯 피식 한 번 웃어 보였다.

"하…. 뭐 나라가 어려운 마당에 같이 싸우겠다고 와줘서 다들 고맙기는 한데…. 훈련은 제대로 되어 있나 모르겠군. 우리 군 발목이나 잡지 않으면 좋으련만…."

이시언의 얘기를 듣자 곽재우 휘하 의병들 중 몇 명이 발끈하며 노려보았다. 곽재우는 급히 제지하고는 그에게 인사를 올렸다.

"장군, 저희가 비록 결성된 지 얼마 되지 않아 관군보다 못할지는 몰라도 전투에 있어서는 만전을 기하겠나이다."

이시언은 곽재우의 차림을 보자 고개를 갸우뚱했다.

"그대가 이 의병들의 대장인가?"

"그렇습니다만…."

"거 차림이 벌그죽죽한 게 멀리서도 눈에 확 띄어서 조총 맞기 딱 좋겠구만. 왜놈들이 자네를 보고 좋은 표적감이라 여기지 않겠나, 훗."

이시언은 곽재우를 비웃고 그의 앞을 스쳐 지나갔다. 곽재우의 주먹이 부들부들 떨렸다. 나라를 지키기 위해 다들 모였는데 고작 저런 자에게 이런 모욕적인 언사나 듣다니. 하지만 그보다는 김성일을 도와 진주성을 지켜내는 게 급선무라 여겨 크게 숨을 들이쉬고 마음을 가다듬기로 했다.

이시언은 뒷짐을 진 채 모인 장수들을 계속 둘러보며 거닐었다. 그가 지나갈 때마다 의병들 모두가 분노의 눈빛을 보냈다. 그러던 중 이시언의 눈에 정기룡이 들어왔다. 워낙 정기룡의 체구가 다부졌기에 힘 좀 쓴다는 무인들 중에서도 눈에 띄는 것이 당연했다. 이시언은 수염을 한 번 쓰다듬고는 그의 어깨를 툭툭 쳤다.

"젊은이, 힘깨나 쓰게 생겼구만. 그래, 관직은 어찌되고 고향은 어디이며 이름이 무엇인고?"

정기룡은 담담하게 자신을 소개하였다.

"소장, 경상 하동 출신 참군 정기룡이라 합니다."

"아아…, 참군이라…. 훗. 햇병아리 치고는 체구가 큰 게 아주 재밌구만. 멀리서 이번 싸움에서의 자네의 무용을 지켜보겠네. 용(龍) 자 들어간 이름답게 잘 싸워주길 바라네, 참군. 응?"

이시언의 목소리는 무인답지 않게 가늘게 째지는 목소리였다. 하지만 그 울림 자체는 그 역시 무인임을 증명하듯 멀리까지 들렸다. 그는 군영 모두를 둘러보고는 입을 가리고 하품을 한 번 하더니 김성일을 보며 다시 인사를 올렸다.

"소장, 초유사께서 아시다시피 먼길을 오느라 좀 고단하여 염치 불구하고 먼저 가서 쉴까 합니다. 좋은 전략이 나오면 소장, 그에 따라 후방에서 지원을 아끼지 않겠사오니 수고들 하십시오. 허면, 기대하겠습니다."

말을 마치자 이시언은 다시 말에 오르고는 군영을 떠났다. 아마 근처에 자신만의 군영을 따로 마련한 듯했다. 이시언이 떠나자 의병들은 그의 비아냥이 아니꼽다는 듯 사방에서 투덜거렸고 의병장들은 이들을 다독이기 바빴다. 곽재우 또한 예외는 아니었다.

분위기가 심상치 않게 돌아가자 보다 못한 김성일 역시 의병들 앞에서 독려의 얘기를 하며 그들을 진정시키느라 바빴고 그제야 모두의 술렁임은 잦아들었다.

마지막으로 경상우병사 유숭인(柳崇仁)이 이끄는 관군이 도착하였다. 유숭인은 원래 김시민의 관군과 함께 수성을 도모하려 했으나 자신보다 그의 계급이 더 높은 탓에 지휘 체계의 혼란을 초래할 수 있다는 김시민의 의견으로 성 밖에서 지원을 하기로 한 것이다.

유숭인을 마지막으로 모두가 모이자 성 외곽에서 왜군들을 격퇴하여 성의 안전을 도모하기 위한 작전 회의가 김성일과 이광악의 주도로 진행되었다. 하지만 이시언만은 본인이 오지 않고 부장을 보내 듣고 오도록 하였다. 곽재우를 비롯한 의병장들은 기가 찰 노릇이었다. 아까 의병들에게 그런 얘기를 해놓고 정작 자신은 코빼기도 비치지 않다니, 참으로 어이가 없었다.

그럼에도 김성일은 담담하게 작전 회의를 진행하였다. 지금은 그런 것 따위에 신경 쓸 틈이 없었기 때문이었다. 지도를 펼쳐놓고 모두는 왜군의 진군 경로와 지형을 파악하고 그에 맞는 대책을 세우기 위해 여러 의견들을 내놓았다. 그러던 중 지도에서 김성일과 이광악의 눈에 들어오는 곳이 한 군데 있었다. 이광악은 왜 이제야 이곳이 생각났을까 하는 표정으로 그곳을 손가락으로 가리키며 눈을 찌푸렸다.

"여기 살천창(薩川倉)은 누가 지키고 있습니까?"

김성일은 턱수염을 매만지고 기억을 더듬으면서 대답했다.

"아마… 최경회(崔慶會) 장군 휘하 의병들이 지키고 있을 겁니다. 진주목사 휘하 수비군 외에 우리 군 모두의 군량 대부분이 이곳에 있어서 일단 이 주변의 정탐은 물론 왜군이 만약 있다면 반드시 소탕해야 후일을 도모할 수 있을 것입니다."

살천창은 진주 인근에 위치한 조선군의 군량 창고였다. 성 외부의 조선군이 전투를 하기 위해서는 반드시 지켜내야 하는 곳이었다. 말을 마친 김성일은 모두를 둘러보며 물었다.

"누가 살천창 사수를 해주겠소?"

그러자 이광악은 정기룡을 가리키며 그를 추천했다.

"일전에 제가 곤양성을 사수 중일 때 바로 이 정찰군이 직접 기병과 보졸들을 인솔해서 성 주변 왜군들을 정리해 주어 성의 안전을 도모할 수 있었습니다. 하여 여기, 이 정참군이 나서주면 좋을 거라 여겨집니다."

김성일은 정기룡을 바라보았다. 그의 인상은 그 누가 보아도 듬직하고 그의 다부진 체격과 젊다고 할 수 있는 나이는 그가 굳이 입을 열지 않아도 그의 패기를 말해 주는 것 같았다. 김성일은 정기룡을 보고는 지시를 내렸다.

"정참군, 그대를 이번 살천창 사수의 유병별장(遊兵別將)으로 임명하겠소. 내 회의 이전에 여기 군수로부터 그대가 충의와 무용을 겸비한 사람이라 들었소. 앞으로 어떤 일이 있을지는 감히 장담하기가 어렵겠지만 우리 군이 힘을 얻고 유지하기 위해서는 그대의 역할이 중요하오. 하여 지금 살천창으로 가 그곳에 있는 군량 창고의 안녕을 도모하길 바라오."

이광악도 옆에서 고개를 끄덕이고 정기룡에게 지시하였다.

"살천창이 정리되는 대로 기별을 주시오. 참군이 그곳을 빨리 정리하고 나면 행여나 이곳 사정이 위급해졌을 때 찰방을 보내어 원군을 요청할 일도 있을지 모르니 부디 유념해 주시오."

정기룡은 두 사람을 번갈아 보며 주먹을 쥐고 왼쪽 가슴에 대며 고개를 숙였다.

"이 정기룡, 명을 받들어 당장 진군하겠습니다."

옆에 있던 곽재우도 한 마디 거들었다.

"무운을 빌겠소, 참군."

정기룡은 곽재우를 향해서도 고개를 한 번 끄덕이고는 군영을 빠져나가 즉시 살천창으로 향했다.

역시 아니나 다를까, 왜군들이 그쪽으로 향하고 있는 것이 보였다.

정기룡은 그들의 후방을 덮쳐 기습하기로 하고 잠행을 지시했다. 왜군들은 다행히도 그의 부대가 뒤쪽에서 다가오는 것을 눈치채지 못한 듯했다. 정기룡은 안장에서 편곤을 꺼내 들고는 전방으로 내밀면서 크게 외쳤다.

"전 기병, 돌진하라!!"

정기룡의 명령이 떨어지자 기병 모두가 일사불란하게 왜군들을 강타하며 나아갔다. 갑작스러운 기습에 왜군들은 우왕좌왕하다가 편곤에 머리를 맞고 피를 쏟으며 죽어나갔다. 기병이 휩쓸고 지나가자 장창을 앞세운 조선 보졸들이 이번에는 돌진하면서 왜군들의 몸을 꿰뚫었다.

정기룡은 기병을 인솔해 다시 원호를 그리면서 편곤을 빙빙 돌리며 왜군들을 향해 다가갔다. 기병들은 연신 왜군들의 머리통을 박살내며 스쳐 지나갔고 보병들은 이 틈을 타 왜군들을 섬멸하기 시작했다.

이를 멀리서 본 최경회의 군대도 왜군 진영이 서서히 흐트러지는 것을 보고 모두 다가와 돌격하였다. 창칼이 오가는 난전이 계속되었고 정기룡의 기병들은 크게 원을 그리면서 타격을 입혔다 물러나는 식의 기동전을 계속하며 왜군들을 가운데로 몰아넣었다.

그렇게 한 시진쯤 지났을까, 살천창 근처의 왜군들은 죽거나 혹은 도망치거나 해서 모두 사라졌다.

최경회는 자신을 위기에서 구한 자가 누구인지 궁금해졌다. 정기룡은 그를 보자 말에서 내리고는 두 손을 모아 인사를 올렸다. 그때 마침 파발이 달려왔다. 역시 그쪽의 전투가 너무 치열한 나머지 원군을 급히 요청하는 내용이었다. 정기룡은 최경회와 함께 병사들을 이끌고 서둘러 진주성으로 향했다.

진주성 인근의 상황은 너무나도 처절했다. 사방에 조선군과 의병은 물론 왜군들의 시체로 뒤엉켜 있었고 왜군들은 사다리 등을 계속 걸치면서 성을 함락시켜 보려 했지만 김시민이 이끄는 수비군은 호락호락하지 않았다. 그들은 화살이 떨어지자 성벽 위에서 돌까지 던져가면서 필사적으로 왜군들과 대처했다.

며칠간 성 안팎에서는 전투가 끊이지 않았다. 왜군들은 마지막으로 사방에 횃불을 피우고 퇴각하는 척했으나 왜군에게 잡혀 있던 한 조선인 아이가 가까스로 탈출하여 소식을 알렸다. 왜군들이 내일 새벽에 총공격을 한다고 말이다.

그리고 그날 밤부터 소낙비가 거세게 쏟아졌다. 왜군들은 결사항전의 자세로 병력을 있는 대로 긁어모아 와 또다시 빗속에서 수비군과 격전을 벌였다. 그러다 결국 성벽 하나가 부서졌다. 왜군들은 그곳으로 우르르 몰렸다. 하지만 이를 본 이광악이 이끄는 부대가 쫓아와 그들을 덮쳐 막아내었다. 성내로 들어온 이광악은 김시민이 이미 쓰러진 것을 보고는 그를 뒤편으로 옮기도록 지시를 내리고 자신이 직접 성내 지휘를 계속했다. 정기룡 역시 성 밖에서 공성을 꾀하거나 혹은 그들을 지키려는 왜군들과 맞서 온몸이 피로 범벅이 될 때까지 싸웠다. 계속되는 난전 속에 다음날 아침이 되어서야 왜군은 서서히 퇴각하기 시작했다. 분전 끝에 성을 지켜낸 것이다.

하지만 조선군도 너무 피해가 커서 그들을 추격할 엄두를 내지 못했다. 모두가 지쳤기 때문에 무엇 하나 더 할 수 없었다. 왜군들은 후퇴하면서 상당수의 시신들을 화장했다. 자신들의 사망자가 많아 보이지 않게 하기 위함이었다.

모두가 그렇게 기진맥진해 있는 사이 바삐 왜군들의 수급을 챙기는 부대가 있었다. 바로 성 외곽에서 싸우던 조선 원군의 최후방에 있던 이시언의 부대였다. 이들은 모두가 기진맥진해 있는 사이 남은 왜군들의 목을 잘라 수레에 실어 나르기 바빴다. 그 사이 김성일은 모두를 모아 독려했다.

"다들 노고가 많으셨소. 비록 진주목사께서 위중한 상황이기는 하나 일단 왜군들이 철군한 것 같으니 이는 실로 대승이라 할 수 있겠소."

모두 서로를 독려하고 환호하기 바빴다. 모인 장수들 모두가 작게나마 회연을 열었다. 그들은 서로 술잔을 건배하며 서로의 무용을 칭찬했다. 정기룡도 몹시 분전을 한 까닭에 다소 지친 기색이었지만 오랜만에 만난 스승님과 함께 술잔을 나누었다. 그러던 중 자신을 부르는 이가 있었다. 곽재우였다. 정기룡은 자리에서 일어나 그가 있는 곳으로 갔다.

"무슨 일입니까? 망우당(忘憂堂, 곽재우의 호)공(公)?"

곽재우는 주위를 한 번 둘러보더니 입을 열었다.

"경운(景雲, 정기룡의 자)공, 공이 이끄는 부대가 왜군의 수급을 제대로 취하였습니까?"

"네, 하기는 했습니다만 충청병사 쪽에서 대신 보고를 하겠다고 하길래 알겠다고 했습니다마는…."

곽재우는 한숨을 쉬었다. 뭔가 알고 있는 듯했다.

"그거 아마 다 충청병사 본인 공으로 조정에 보고될 겁니다."

정기룡은 믿기지 않는다는 표정으로 눈을 두어 번 깜빡거렸다.

"무슨 말씀입니까? 저 따위가 뭐라고 상호군께서 그런…."

곽재우는 정기룡의 얼굴을 지그시 보았다. 이자의 무용이 대단한 것은 사실이나 아직 순진하기 이를 데 없어 보이는 것을 표정만 봐도 알 수 있었다.

"보시오, 우리 중에서 가장 마지막으로 나선 자가 바로 충청병사 이시언이었소. 그자가 뭘 노리고 왔는지 그제야 알겠더군요. 그리고 그가 왜 충청병사를 맡았는지도 조금은 알 거 같소. 왜 하필 최방어선인 경상, 전라가 아닌 충청일까 말이오. 가만히 지켜보고 있다가 공처럼 무용이 출중한 후배 장수가 공적을 세우면 원군이랍시고 와서 자신의 것으로 만들려는 속셈이 아니면 대체 뭐겠소?"

정기룡은 아직도 이해가 잘 되지 않았다. 물론 거창에서 옹졸한 장수들도 여럿 있다는 것 자체는 겪어봐서 알고 있었다. 하지만 그들은 그리 직급이 높지 않은 자들이었다. 그러나 이시언, 이자는 달랐다. 보였던 위세와는 달리 그가 한 짓은 명백한 도둑질이라고밖에 볼 수 없는 일이기 때문이었다. 그 정도 위치에 있는 인물이 왜 그런 짓을 하는지 정기룡은 아직도 잘 모르겠다는 표정을 지어 보였다.

곽재우는 혀를 한 번 차고는 정기룡을 바라보았다.

"각별히 조심하시오. 보아하니 그자가 또 이런 식으로 어부지리를 꾀할 수 있소. 저는 의병장이고 그 따위 수급, 공적 같은 것 알 게 뭡니까. 그저 왜군들 한 놈이라도 더 죽일 수만 있다면 그런 것쯤이야 아무래도 상관없습니다. 하지만 공은 다릅니다. 공은 나라에 매여 있는 군관 아닙니까? 공은 물론 공을 따르는 사람들의 공적이 그런 식으로 누군가에게 가로채인다면 그 얼마나 억울한 일이 아니겠소? 공의 공적은 공만의 것이 아니오. 공과 함께 싸워주는 모두의 공이지. 그러니 부디 조심하시길 바라겠소."

말을 마치고 곽재우는 의병장들이 모여 있는 쪽으로 갔다. 정기룡은 홀로 남아 생각했다. 그는 그제야 그의 말을 실감할 수 있었다. 수급을 걸어 상부에 보고하는 일에 연연하는 것이 비단 나 혼자만을 위한 일이 아님을 깨달았다. 나를 믿고 같이 싸워주는 사람들을 위해 필요한 일이었다. 여태껏 그런 일을 왜 소홀히 했는지 조금은 후회가 되었다. 참된 무장이 되는 길은 너무나도 힘든 것이구나 싶었다. 정기룡은 묵묵히 하늘을 바라보았다.

'인수 형님, 이제야 형님께서 하셨던 말씀의 뜻을 조금은 알 것 같습니다. 형님께서 장수란 혼자가 아닌 함께 싸우는 거라 하셨잖습니까? 이제야 이 못난 아우가 깨달았습니다. 형님, 참된 장수의 길은 참 멀고도 험한 것 같습니다.'

다음 날 밤이 되자 김성일은 군영으로 정기룡을 불렀다. 옆에는 이광악도 함께 있었다. 김성일 앞에는 여전히 지도가 놓여 있었다. 김성일은 지도의 한 곳을 가리켰다. 그곳은 상주였다. 그는 다시 한 번 정기룡을 바라보고는 확신을 할 수 있었다.

"내 이전에 방어사와 군수로부터 이미 참군의 무용을 들은 바 있었소. 그대를 직접 보니 살천창 건도 그렇고 너무나 잘 해주었소. 혹시 상주 소식을 들은 바가 있소?"

"상황이 어떻습니까?"

김성일은 고개를 가로저었다. 그것은 이미 왜군의 수중에 넘어갔다는 것을 의미했다.

"지금 현재 상주가 왜군의 손에 넘어갔소. 일전에 이일 장군이 기습을 받고 패퇴하였고 판관(判官) 권길(權吉)이 전사하는 바람에 오래도록 이곳을 돌볼 사람이 없소. 공이 상주를 구원해 줄 수 있겠소?"

"명하신다면 그렇게 하겠습니다."

"그렇다면 내 장계를 올려 참군을 상주의 가판관(假判官)에 임명되도록 하겠소. 날이 밝는 대로 출정토록 하시오. 믿겠소."

이제 갓 참군이 된 자신을 가판관에 임명한다니, 상당히 파격적인 승진이 아닐 수 없었다. 허나 그것은 그만큼 상주의 상황이 위급하다는 뜻이었다. 정기룡은 쉽지 않은 일임을 직감했지만 꼭 해내야 된다는 막중한 책임감을 느꼈다.

명을 받들고 나서 정기룡과 휘하 부대는 상주로 향할 채비를 하고 있었다. 그때 부고가 전해졌다. 진주목사 김시민이 결국 사경을 헤매다 눈을 감고 만 것이다. 영웅의 분전으로 이 전투는 훗날 '진주대첩'으로 불리며 역사에 남을 큰 승리였지만 그 전투를 이끈 영웅은 그렇게 세상을 떠났다. 상주로 향하는 발걸음은 더욱 무거워질 수밖에 없었다.

상주의 불길 속에서
감사군이 결성되다

상주의 불길 속에서 감사군이 결성되다

일찍이 순변사 이일(李鎰)이 군대를 이끌고 상주에 도착한 뒤 왜군과 대적하기 위해 성 밖에서 훈련을 하고 있었다. 하지만 이는 크나큰 실수였다. 이일은 왜군이 근처에 잠행한 것을 눈치채지 못했다. 훈련 도중 숲 너머에서 수많은 조총이 불을 뿜었다. 왜군 사령관 소서행장 휘하 부대의 기습이었다. 관군들은 제대로 싸워보지도 못하고 모조리 몰살당했다. 부하들의 희생으로 이일 혼자 간신히 목숨을 건진 채 패주하고 말았다.

이 패배로 인해 경상도 전역이 왜군의 손아귀에 놀아나게 되었다. 왜군들은 상주로 진격하여 군량미를 원활히 공급하기 위한 후방기지로 죽변에서 상주에 이르는 대로변에 병영, 막사 100여 개를 설치하였다. 또한 정규군 300여 명과 승병 100여 명이 상주성 주변 민가를 노략질하면서 상주 전체를 지옥으로 만들었다. 온전히 남아 있는 가옥이 없었고 미처 피난을 가지 못한 백성은 죽임을 당하거나 포로로 붙잡혀 갔다.

이들을 격퇴하기 위해 창의군(昌義軍)으로는 이봉(李逢), 이천두(李天斗),

조정(趙靖), 충보군(忠報軍)으로는 김홍민(金弘敏), 노대하(盧大河), 조익(趙翊), 상의군(尙義軍)으로는 김각(金覺), 정경세(鄭經世), 이준(李埈), 송량(宋亮) 등이 중심이 된 의병이 왜적 격퇴를 시도했으나 상대가 되지 않았고 연패를 거듭하면서 상주 탈환은 요원해 보였다. 사정이 이러한데 이곳의 탈환을 신참 가판관에게 명을 내렸다는 것은 상당히 파격적인 결정이 아닐 수 없었다.

정기룡은 부대를 이끌고 해가 질 무렵이 되어서야 용화동 어귀에 도착하였다. 용화동(龍華洞)은 상주 고을로부터 서쪽으로 70리 정도 떨어져 있는 속리산(俗離山)과 화산의 가운데에 위치한 마을이었다. 정기룡은 일단 속리산 근처에서 휴식을 취하는 것이 좋겠다고 판단했다.

"해가 졌으니 일단 진군을 멈춘다. 혹시 모르니 교대로 보초를 서면서 방비를 게을리 하지 마라."

정기룡은 병사들에게 명령을 하고는 본인도 갑옷을 벗었다. 하지만 활을 메고 환도를 허리춤에 찬 뒤 주변을 한 번 둘러보았다. 황찬용은 그런 행동을 하는 그의 저의가 궁금해졌다.

"왜 그러십니까, 판관?"

"이 근처를 일단 정탐해 보아야겠다. 뭔가 심상찮은 느낌이 든다. 봉사도 차림을 가벼이 하시고 나를 따라오시게."

둘은 속리산 산자락에 올랐다. 혹시나 산에 왜군의 복병이라도 있다가 기습을 당하면 난감한 상황에 처할 것이라는 생각에서였다. 둘은 사방을 살피면서 조심스레 걸었다.

숲속 어디선가 부엉이 소리가 났다. 정기룡은 걸음을 멈추더니 고개를 갸우뚱했다. 하나는 정말 부엉이 소리가 맞는 것 같은데 그 다음의 소리는 왠지 좀 이상하게 들렸다. 마치 사람이 부엉이 흉내를 내는 느낌이 들었다. 그는 이상하다 싶어 황찬용에게 물었다.

"황봉사, 방금 부엉이 소리 들었소?"

"들었습니다. 헌데 왜 그러십니까? 판관. 이런 산속에 부엉이가 있는 게 당연하지 않겠습니까?"

"부엉이 소리가 어째 서로 좀 다른 것 같지 않았소?"

"아마 걔네들도 사람처럼 암놈이 있고 숫놈이 있겠죠."

"그러한가….."

그때 마침 숲속에서 다가오는 발소리가 들렸다. 둘은 일단 걸음을 멈추고 귀를 기울였다. 산짐승이 움직이는 소리가 아닌 사람이 걷는 소리임이 분명했다. 왜군일까? 아니면 조선인일까? 정기룡은 환도를 빼어 들고 소리가 나는 곳으로 재빠르게 다가가 칼끝을 겨누었다.

"누구냐!"

다행히도 조선인이었다. 행색이 남루한 것으로 보아 피난민이 틀림없었다.

"사, 살려주십시오."

정기룡은 환도를 칼집에 넣으면서 물었다.

"나는 상주 가판관 정기룡이오. 대체 어떻게 된 것이오?"

"저는 상주목사 김해(金澥) 영감 밑에서 일하는 사람입니다. 고을로 왜군들이 쳐들어오는 바람에 살아남은 사람들만 간신히 산기슭으로 모두 피신해 있습니다. 혹시나 왜군들이 숨어 있을까 살피고 있던 중이었습니다."

"목사 영감께서도 계십니까?"

"네, 그렇습니다. 저희도 교대로 보초를 서면서 남은 사람들이라도 어떻게든 지켜보려고 주변을 방비하고 있었습니다."

"왜군들은 마을에 주둔해 있소?"

"예, 그렇습니다. 우리가 여기에 있는 걸 알면 올라올지도 모릅니다."

대화가 끝나자 장시중이 달려왔다.

"근처 정탐을 해봤는데 다행히 이 산자락에서 왜군의 기별은 없었습니다."

"다행이군."

만약 용화동에 왜군이 주둔해 있다면 지금 그들의 진영은 속리산을 에워싸고 있을 뿐, 산속으로 들어오지 않았음은 분명했다. 정기룡은 용화동에 있는 왜군들을 섬멸해야 속리산으로 피난해 있는 사람들의 안전을 도모할 수 있다고 생각했다. 그러기 위해서는 일단 용화동에 주둔한 왜군들의 규모와 병장기, 그리고 지형을 알아야만 했다. 정기룡은 피난민의 생사 여부를 확인하고는 진영으로 돌아와 장시중에게 용화동에 주둔 중인 왜군을 정탐토록 명하고 자신은 주변 지형을 둘러보았다.

정기룡이 가장 우려하는 점은 행여나 왜군들이 속리산으로 올라가서 은신 중인 피난민들에게 해를 가할지도 모른다는 것이었다. 그러하기에 유인작전을 쓰는 것이야말로 최상책이라 여겨졌다. 그 작전을 개시하기 위해서는 보졸들이 은신하기 좋으면서 기병 또한 빠르게 움직일 수 있는 곳이 필요하였다.

한참을 둘러보던 그의 눈앞에 사람 키만한 억새들이 무성하게 자라난 평원 지대가 펼쳐져 있었다. 비록 넓지는 않았지만 기척을 숨기기에는 더없이 좋아 보였다. 정기룡은 말로 억새밭을 몇 바퀴 돌아보았다. 다행히 땅도 적당히 단단하여 말이 발목을 다치지 않고 다닐 수 있을 것 같았다.

'저곳에 매복을 해놓고 유인하여 기습을 하면 승산이 있을 듯하군….'

정기룡은 고개를 끄덕이고는 진영으로 돌아와 작전을 설명하였다.

"모두 들으시오. 현재 속리산에 많은 피난민들이 은거하고 있소. 왜군들이 우리 군의 공격을 피해 산으로 올라가서 사람들을 해하는 것은 꼭 막아야 하오. 마침 산자락에서 적당히 떨어진 곳에 은신하기 좋으면서 말이 달리기도 적절한 억새밭을 발견하였소. 하여 왜군을 그곳으로 유인하고 매복 기습 작전을 펼친다면 적들을 섬멸할 수 있을 것이오. 그동안 장봉사는 마을 근처에서 진영을 지키고 있는 남은 왜군들을 섬멸해 주시오. 그리하면 피난민 모두가 안심하고 마을로 돌아갈 수 있을 것이오."

장시중은 정기룡의 작전에 감탄하였다.

"실로 좋은 계책입니다만 누구에게 유인을 맡기시렵니까?"

"내가 하겠소."

"네? 판관께서 직접 말씀입니까?"

정기룡은 자신이 있다는 듯 씩 웃어 보였다.

"내가 가진 용마라면 능히 할 수 있소. 내가 오길 기다렸다가 신호하면 일제히 공격하시오. 자, 어서 준비들 하라."

황찬용은 낯을 찌푸리며 걱정을 토로했다.

"판관, 판관은 우리 군을 지휘하시는 분입니다. 그렇게 위험해 보이는 일을 어찌 직접 하신다는 겁니까? 차라리 제가 하겠습니다."

"황봉사, 나를 한번 믿어보게. 이번 일은 나만이 해낼 수 있는 일이네. 장봉사도 준비하시게."

장시중은 고개를 끄덕이고는 보졸들을 향해 외쳤다.

"전군! 출정한다!"

정기룡의 부대는 일사불란하게 움직였다. 정기룡은 갑옷을 벗어던지고 가벼운 차림을 한 뒤 말안장에 활과 화살통을 매달아 놓고 말에 올랐다. 군졸 하나가 의아한 표정으로 정기룡을 바라보았다.

"판관 나리, 어찌 갑옷을 입지 않고 가시렵니까?"

"유인을 하려면 몸을 가벼이 하여야 할 것이오. 그럼 이따 보시게."

정기룡은 말을 달려 왜군의 진영 앞으로 다가갔다. 조총을 든 채 보초를 서고 있는 왜병 몇 명을 제외하고는 다들 식사하느라 정신이 없는 듯했다. 진영의 규모를 보아 하니 병력이 천 명도 안 되는 듯했다. 이제부터가 중요하였다. 왜군의 관심을 끌어야만 했다. 정기룡은 결심을 하고는 크게 기지개를 한 번 켰다.

 – 휘익!

난데없는 휘파람 소리가 왜군 진영에 울려 퍼졌다. 보초를 서던 왜군들은 소리가 난 쪽으로 눈을 돌렸다. 그들은 전에 보지 못한 기이한 광경을 보게 되었다. 흰 옷을 입은 웬 조선인 하나가 말 잔등에 드러누워 있었다. 굴곡이 심한 말 잔등이지만 마치 평상에 누운 듯 안정적으로 말 위에 누워 있는 모습이 신기하게 보였다. 정기룡은 휘파람을 또 한 번 불었다.

이번에는 말 위에 꼿꼿이 올라서서 중심을 잡았다. 왜군들은 생전 처음 보는 광경에 어리둥절하였다. 그들은 식사를 하다 말고 하나 둘씩 모이기 시작하더니 묘기를 부리는 정기룡에게 삿대질을 해가면서 자기네들끼리 수군거렸다. 정기룡은 무과 시험 때 보였던 마상재를 오랜만에 즐기고 있었다. 그는 또다시 휘파람을 불고는 말 잔등에서 갑자기 사라졌다. 말의 몸 뒤로 자신의 몸을 숨긴 것이다.

왜군들은 뭔가 수상하다 생각되다가도 광대가 놀음을 하는 것을 보는 것처럼 멍하니 보고 있었다. 마냥 신기했는지 군영에 있던 다른 왜군들도 이를 보러 나왔다. 정기룡은 휘파람을 한 번씩 불고는 각각 다른 재주를 연이어 선보였다. 왜군 잡병(雜兵)들이 어느새 구경꾼들이 되어 여럿 모여 앉아 있었다.

하지만 정기룡은 좀 더 대어를 낚을 심산이었다.

'병사들 말고… 적장 말이야, 적장. 적장이 나와야 할 텐데….'

그때였다. 투구를 쓴 왜장이 병사들의 보고를 받고 나왔다. 왜장 역시 의아한 눈으로 지켜보았다. 정기룡은 말 옆구리에 꽂아놓았던 활을 꺼내 들었다. 활이 보이자 왜군들은 그제야 놀음이 끝났다는 것을 알았지만 이미 때는 늦어버렸다. 화살이 날아가 왜장의 목을 맞추었다.

조총을 든 왜병들이 그제야 정기룡을 향해 조총을 발사하였지만 그가 말 뒤쪽으로 몸을 숨기는 바람에 맞추지 못하고 말 등 위로 탄환들이 날아갔다.

'하마터면 맞을 뻔했군.'

왜군들은 서둘러 장창을 진영에서 끄집어내고 전투태세를 취하며 정기룡을 잡아다 죽이려고 달려들기 시작했다. 그는 이들을 더욱 자극하기 위해 오른손 손바닥을 위로 하고 손가락을 까닥거리며 놀리듯이 손짓을 하였다. 일부러 말을 천천히 몰아 거리를 유지하며 계속 도발을 하니 그들은 더욱 약이 올랐다. 정기룡의 마상재는 계속 이어졌다. 사실 그의 용마는 더욱 빨리 달릴 수 있었지만 유인책이 성공하려면 왜군들의 걸음에 맞추어 거리를 유지하여야 했다.

그렇게 정기룡과 왜군들의 술래잡기는 계속되었다. 그는 계속해서 마상재 묘기를 보이며 그들을 희롱하는 것을 멈추지 않았다. 아니, 오히려 이 상황을 즐기는 듯 보였다. 결국 쫓는 자와 쫓기는 자 모두 서서히 억새밭으로 들어왔다. 이윽고 왜군들은 한가운데까지 왔다. 그들은 무성히 자라난 억새들을 보더니 그제야 자신들이 유인책에 속았다는 것을 알았다. 하지만 때는 늦었다. 정기룡은 크게 외쳤다.

"쳐라!"

정기룡의 신호와 함께 일제히 장창이 솟구치며 왜군들을 찔렀다. 정기룡 역시 군졸에게서 편곤을 넘겨받아 주위를 빙빙 돌며 왜군들의 머리통을 박살내었다. 곧이어 기병들이 들이닥쳐서 편곤과 환도로 왜병들을 격파했다. 보병들은 억새 사이로 몸을 숨겼다가 왜군 등 뒤에서 몰래 찌르고 다시 숨기를 반복하였다. 왜군들은 조선 보병을 찾아내려고 눈앞을 가리는 억새 줄기를 칼로 베느라 정신이 팔려 있었다. 그 때문에 등 뒤에서 창이 자신을 향해 다가오는 것도 모른 채 죽음을 맞이하였다. 허둥지둥 도망치려는 왜군도 있었지만 억새가 워낙 무성해서 헤쳐 나가기가 쉽지 않았다.

정기룡과 기병들은 그렇게 발이 묶인 왜군들을 박살내었다. 작전이 성공한 듯했다. 더 이상 왜군의 모습이 보이지 않자 모두가 환호성을 지르며 승리를 자축했다. 정기룡은 이제 마을에서의 작전의 성공 여부가 궁금했다. 기병 하나가 다가왔다.

"판관, 마을 근처에 주둔한 왜군 진영으로 기습하여 일부는 참살하고 나머지는 모두 도주했습니다. 이제 마을은 안전합니다."

정기룡은 고개를 끄덕였다.

"산으로 피신해 있는 모든 사람들을 나오도록 하라. 비록 우리가 이겼다고는 하나 죽거나 다친 병사들도 제법 있고 또 마을에서 학살당한 사람들도 그 수가 적지 않을 것이다. 모두들 사람들과 함께 이들의 장례를 치러주고 마을 재건을 도우면서 군을 재정비한다. 실시하라!"

용화동의 주민들은 정기룡의 활약에 감탄과 칭송을 아끼지 않았다. 그의 기지가 없었더라면 목숨이 달아났을 판에 피난민 모두가 무사히 마을로 다시 돌아올 수 있으니 말이다. 상주목사 김해는 정기룡에게 술을 권하며 찬사를 거듭했다.

"판관께서 한나절만 늦게 도착하였더라면 저희는 모두 개죽음을 당했을지 모릅니다. 판관께서 이 용화동과 저희 모두를 살리셨습니다."

"목사께서 그리 말씀해 주시니 몸 둘 바를 모르겠습니다."

황찬용은 한숨을 한 번 길게 내쉬고는 정기룡에게 고하였다.

"판관, 참으로 위험천만했습니다만 무탈하시니 다행입니다. 이번에는 많지는 않아도 적의 수급을 잊지 않고 챙기셔야 합니다. 진주성 때 얼마나 어이가 없었는지…."

장시중은 팔꿈치로 황찬용의 옆구리를 찔렀다.

"봉사, 판관께서 용단을 내리셔서 승리를 했는데 수고했다고 말은 못할망정 거 무슨 실언을 하는 겐가? 판관, 정말 고생 많으셨습니다. 또, 황봉사 얘기는 너무 마음에 담지 마십시오. 필시 다 판관이 걱정돼서 한 얘기일 겁니다."

정기룡은 둘을 보며 대답 대신 웃음을 지었다. 진주성 때의 일이 떠올랐다. 내 공이 알려지지 않는 것은 상관이 없다. 하지만 자신을 믿고 싸워준 사람들의 노고가 알려지지 않는 것은 참을 수 없는 일이었다. 또한 수급의 보고는 사기 진작이나 군량미 확보를 위해서도 꼭 필요한 일이었다. 진주성 때에도 그리 분전하였건만 이시언에게 모든 공을 빼앗기지 않았던가. 그런 실수는 여러 명의 군사를 이끄는 자로서 불충한 일이라 생각되었다.

"그래, 내 같은 실수를 다시는 하지 않겠소. 나는 상관없으나 장졸들의 전공이 조정에 알려지지 않는다면 그 섭섭함이 얼마나 크겠는가. 나를 믿고 싸워준 그대들의 노고가 잊혀져서는 절대 안 될 것이오. 장봉사는 수급을 거둬들여 체찰사에게 보고토록 하시오."

보졸 김경수는 박수를 치고 엄지를 치켜올리며 그를 칭찬하였다.

"판관의 마상재 솜씨가 그 정도로 뛰어나실 줄은 몰랐습니다요. 헤헤. 전란이 끝나면 저잣거리에서 한 번 더 보여주시지요. 아마 엽전들을 많이 내어줄 겁니다."

"거 무슨 그런 농을 하는가? 하하. 허면 내 전란이 끝나면 생각해 봄세. 그때가 되면 내 옆에서 엽전 챙기는 일은 그대가 꼭 맡아주시게. 음?"

정기룡은 함박웃음을 띠며 김경수의 어깨를 다독였다. 힘든 상황에서 이렇게나마 웃을 수 있는 여유를 누려본 것도 참 오래간만이다 싶었다.

"오랜만에 묘기를 좀 부렸더니 허기가 지는군."

"안 그래도 판관 나리와 군졸 여러분들을 위해 식사를 준비하고 있습니다요. 비록 왜군들이 다 쓸어가서 보잘것없어 보이겠지만 저희를 구해 주신 것에 대한 작은 성의라고 생각해 주셨으면 합니다요."

마을 사람들은 분주하게 움직이며 정기룡과 휘하 장수들, 군졸들에게 음식을 차려 왔다. 모두가 안도의 웃음을 그칠 줄 몰랐다. 이렇게 죽음의 그림자로 뒤덮였던 용화동은 다시 생기가 돌기 시작했다. 비록 많은 사람들이 죽었지만 목숨을 보전한 사람들은 마땅히 해야 할 일을 해야 했다. 마을 사람들과 군졸들, 그리고 정기룡도 몸소 소매를 걷어붙이고 일을 치렀다. 왜군들에게 희생된 자들의 시신들을 수습하고 무너진 가옥들을 정비하면서 용화동에는 다시 희망의 빛이 드리워졌다.

하지만 이건 시작에 불과하였다. 정기룡이 풀어야 할 큰 과제인 상주성 탈환이 남아 있었다. 상주를 탈환하여야 삼도 조선군 모두에게 군량을 공급할 수 있는 길이 열리기 때문이었다. 정기룡은 막사로 돌아가 김성일에게 상주성 탈환의 필요성을 써서 파발을 보냈다.

'상주 가판관 정기룡이 초유사 대감께 아뢰옵니다. 왜적이 상주창을 삼도에 퍼져 있는 왜군의 물자 보급기지로 이용하고 있는 것 같습니다. 고로 판단컨대 상주성을 함락시킨다면 왜군의 보급에 차단을 주어 상당수의 적들이 굶주리고 사기가 떨어질 것입니다. 이에 상주 수복은 필히 치러야 할 거사라고 사료되옵니다.

허나 상주성은 너무도 굳건하여 일반 병기로는 공략이 어려우니 화공으로 성내의 적들을 섬멸코자 합니다. 하여 조정으로부터 공성에 필요한 신기전(神機箭)[38]을 비롯한 화약은 물론 충원 군사와 군량미를 조달토록 하명하셔서 상주성 수복에 도움을 주시옵소서.'

정기룡은 파발을 담당한 군졸에게 절대 왜군에게 발각되지 말라는 신신당부를 재차 하며 떠나보냈다. 이제 그에게 남은 것은 상주성을 어떻게 하면 탈환할 수 있을 것인가에 대한 계획을 수립하는 일이었다. 갓 서른 줄에 접어든 장수에게 참으로 무거운 짐이었지만 반드시 해내야 하는 일이었기에 그는 더욱 어깨가 무겁게 느껴졌다. 정기룡은 무엇을 해야 할지 차근차근 생각해 보았다. 우선은 주변 정리를 하

---

[38] 조선시대에 사용된, 화약의 폭발력으로 다수의 화살을 발사하는 화기.

는 것이 상책이라 여겨졌다.

그리하여 정기룡 휘하의 부대는 금산군 아산촌에 주둔한 왜군들을 패퇴시키고 중모현에 주둔 중이었던 왜군이 화령현으로 도주하는 중이라는 첩보를 입수하였다.

며칠이 지나자 발석차(發石車)라는 병기가 먼저 도착했다. 발석차는 사람 머리보다 큰 돌을 밧줄로 당겨 먼 거리까지 던질 수 있는 공성용 병장기로 수레바퀴가 달려 있어 옮기기 쉬웠다.

정기룡은 발석차의 위력을 이번 전투에서 사용해 보고 싶었다. 새로이 사용해 보는 무기였기에 이번 전투를 통해 경험을 얻는다면 군의 크나큰 자산으로 작용할 것이라는 생각에서였다. 그는 요로에 발석차들을 설치한 뒤 장시중에게 지휘를 맡기고 자신은 기병을 이끌고 가화령현으로 향하는 왜군을 몰았다. 왜군들은 기병의 위세에 짓눌려 결국 빠져나갈 수 없는 막다른 곳에 몰렸다. 정기룡은 기병을 안전한 곳으로 퇴각시키며 신호를 보냈다. 장시중은 이를 놓치지 않았다.

"쏴라!"

어른 머리보다도 훨씬 큰 돌들이 무수히 하늘에서 쏟아졌다. 왜군들은 허둥지둥하다가 돌에 깔려 몸이 으스러졌다. 다리가 깔려 빠져나가지 못하는 왜군들도 있었다. 다급하게 조총으로 응전해 보는 왜군도 있었지만 이미 정기룡의 기병들은 사정거리 밖에 있었다.

발석차가 공격을 멈추자 정기룡은 다시 기병을 끌고 가서 숨이 붙어 있는 왜군들을 마저 처리하였다. 전투를 마치고 정기룡은 장시중을 향해 고개를 끄덕여 보였다. 발석차를 어떻게 사용할지 조금은 감을 잡은 듯했다.

정기룡의 부대는 어느새 갑장산(甲長山)을 지나고 있었다. 벌써 겨울이 찾아온 것인지 싸락눈이 날리고 있었다. 산 중턱에는 영수암(永修庵)이라는 작은 사찰이 하나 있었는데 그곳에는 상주성이 함락되면서 왜군에게 쫓겨 사찰 내에서 재정비를 도모하고 있던 관병장(官兵將) 김광복(金光復) 휘하의 관군 부대와 의병장 김각(金覺)이 이끄는 의병들이 왜군들에게 복수할 준비를 하고 있었다.

허나 상주성에 주둔하여 있는 왜군들의 숫자가 넉넉잡아 만여 명은 되어 보였고 굳건한 상주성에서 농성을 하고 있어 자신들만으로는 역부족이라고 판단 중이었다. 게다가 상주성 내에는 약탈한 군량미가 넉넉한 편이었다.

설상가상으로 그들에게는 공성장비 하나조차 없었다. 사정이 이러하니 왜군들이 농성으로만 일관하면 개죽음만 당할 것은 불을 보듯 뻔한 일이었다. 이에 그들은 아무것도 하지 못하고 그저 지원해 줄 관군이 오기만을 기다리고 있던 상황이었고 때마침 정기룡의 부대가 온 것이었다. 둘은 너무나도 기쁜 표정으로 그를 맞이했다.

"상주에 새 가판관께서 부임하셨다 들었는데 이렇게 직접 뵙게 되다니 영광입니다."

정기룡은 이들, 그리고 장시중과 함께 상주성을 공략할 계획을 세울 작전회의를 시작했다. 정탐을 보낸 척후병의 첩보도 때마침 들어왔다. 방비도 상당히 잘되어 있었고 포획한 조선인들을 강제 동원하여 보수한 까닭에 상주성의 방비는 너무나도 튼튼하다고 했다. 성벽 주변에는 해자(垓子)[39]도 있어 사다리를 놓고 성벽을 넘을 수도 없었다. 정기룡은 듣고 나니 참으로 기가 막혔다. 그 정도로 방비가 견고한 성이 어쩌다

---

39) 적의 침입을 막기 위해 성 외곽을 따라 파는 물 웅덩이.

가 왜군에게 함락되었을까, 만약 이순변사가 애초에 농성으로 적들과 대처했다면 그렇게 쉽게 당하지는 않았을 터인데 싶었다.

"현재 우리 군이 보유하고 있는 발석차로는 성벽을 뚫을 수가 없습니다."

"그러면 성 안으로는 돌을 던질 수 있겠는가?"

"그야 가능하겠지만 석차 숫자가 너무 부족합니다. 석차 장전 시간도 앞서 판관께서도 경험해 보셔서 아시겠지만 그것만으로 성내의 왜군들을 섬멸하기는 어려워 보입니다."

"또한 저들도 여기 상주성을 함락시킬 때 사용한 공성병기를 가지고 있을 것입니다. 농성을 위해서 활용할 수도 있습니다."

정기룡은 깊은 고민에 빠져 있었다. 그때 화약이 담긴 동이들과 새로운 병기인 화차가 보급되었다는 보고가 들어왔다. 정기룡은 일단 회의를 마치기를 청하고는 화차를 보기 위해 서둘러 산자락을 내려갔다. 화차는 다수의 주자총통(宙字銃筒)[40] 50개를 묶어 동시에 발사를 할 수 있는 무기였다. 비록 숫자는 적었지만 한 번의 발사로 다수의 왜군을 사살할 수 있는 무기였다. 이것으로 성벽을 뚫는 것은 어렵겠지만 성 안으로는 불화살을 날릴 수 있을 것 같았다. 정기룡은 병장기들을 말없이 쳐다보면서 잠시 생각에 잠겼다. 초겨울의 메마른 바람이 뺨을 스쳤다.

'화약동이에… 발석차에… 화차….'

정기룡은 무언가 결심을 했는지 고개를 한 번 끄덕이고는 영수암으로 올라가 다시 작전 회의를 소집하였다. 모두가 정기룡의 계책을 기

---

40) 화약의 폭발력을 이용해 탄환이나 화살 모양의 전(箭)을 발사하는 휴대용 화기.

대하고 있었다. 정기룡은 담담하게 자신이 생각한 바를 이야기했다.

"밤을 틈타 화공을 하려 합니다. 지금은 초겨울이어서 바람이 몹시도 메마르니 화공을 사용한다면 상주성 내를 불바다로 만들 수 있습니다. 동문을 제외한 삼면에서 화공을 벌이면 살아남은 적들은 필시 살기 위해 동문으로만 빠져나올 것입니다. 거기서 매복을 하고 있다가 일제히 공격한다면 모든 적을 섬멸할 수 있습니다."

모두 고개를 끄덕였다. 왜국은 남쪽이어서 지금 조선의 추위를 견디기 몹시 힘들어했다. 첩보에 의하면 그런 연유로 인해 성벽에서 방비를 하는 경계병의 수도 적었고 다들 일찍 숙영에 들어가는 것처럼 보였다고 했다. 그 틈을 타 삼면에서 공격을 하여 적들을 한쪽으로 몰아 화차로 일단 공격을 하고 화차를 재장전하는 동안 매복 부대로 적들을 재차 섬멸한다는 계책이었다. 비록 농성을 거세게 할 수도 있겠지만 선제공격을 먼저 감행한다면 결국에는 조선군 쪽으로 승세가 기울 것이라는 예측을 정기룡은 덧붙였다. 옆에서는 황찬용이 회의 내용을 작은 종이에 열심히 적고 있었다. 정기룡은 그를 보자 물었다.

"황봉사, 지금 무엇을 적고 있는가?"

황찬용은 살짝 놀라는 기색을 보이더니 이내 대답했다.

"작전 회의의 내용을 적고 있습니다."

"어째서? 작전이 이해가 잘 안 돼서 그런 것이오?"

"아, 아닙니다. 그저 작전과 결과가 얼마나 일치하는지를 깨달아 군통솔의 본보기로 삼기 위함입니다."

정기룡은 살짝 미간을 찌푸리다 이내 인상을 펴고 고개를 끄덕였다.

"알겠소, 허나 이 작전이 새어 나가면 안 되니 각별히 유념하시오. 나는 봉사를 믿소."

"물론입니다."

황찬용은 내용을 다 적고는 종이를 작은 대나무 통에 말아 넣고는 그것을 품속에 숨겼다.

회의가 끝나자 지난번처럼 멀리서 부엉이 소리가 들렸다. 하지만 지금 그런 새 울음소리 따위에 신경을 쓸 판국이 아니었다. 정기룡은 휘하 장수들과 군졸들을 모두 모은 뒤 결정된 계책을 설명하기 시작했다. 400여 명에 달하는 인원이 그를 향했다. 장시중도 정찰을 나갔다가 헐레벌떡 들어와 보졸 앞에 서서 하명을 기다렸다.

"모두 잘 들어라! 왜군은 상주성을 병참기지 삼아 사방으로 군량을 공급하고 있다. 하여 우리가 이곳을 수복한다면 왜군은 보급에 차질이 생겨 사기가 크게 꺾일 것이다. 허나 상주성은 그 벽이 견고하고 해자가 있어 난공불락의 요새로만 여겨져 왔다. 그렇지만 원거리에서 화공을 감행한다면 적들은 제대로 싸워보지도 못하고 섬멸될 수 있고 상주성을 우리가 되찾을 수 있다! 장시중은 들으라!"

"네!"

"지금 군졸들을 이끌고 가 동문을 제외한 삼면으로 성 주변에 장목을 세워 왜군의 퇴로를 차단하라. 그리고 신호를 하면 석차로 화약이 든 동이를 성 안으로 발사한 뒤 모두 소진되는 즉시 화차와 불화살로 성 내를 불바다로 만들어라! 이전 전투에서 발석차를 사용해 본 전적이 있으니 성 안으로 동이를 발사할 수 있도록 거리를 잴 수 있을 것이다. 그리고 소나무 관솔로 만든 횃불 열 자루와 나무 막대기 네댓 개씩을 가져오라!"

정기룡은 나무 막대기를 늘어세운 뒤 거기에 각각 서너 개의 횃불을 묶었다. 정기룡의 작전 지시는 계속되었다.

"김광복 장군 휘하 정개룡(鄭介龍)은 남쪽, 서문 쪽은 김세빈(金世賓)이, 북문 쪽은 여대세(余代世)가 지휘를 맡습니다. 향교봉과 빙고지 위에 섶나무를 쌓아두고 마름쇠와 화구를 설치하여 각 문으로 퇴각하려는 적을 태워 죽이고 빠져나오는 적들은 책임지고 물리치십시오. 절대 문으로 빠져나가지 못하도록 해야 합니다."

이후 정기룡은 김각을 돌아보았다.

"장군께서는 늙은이나 부상을 당한 자들, 부녀자들을 서정(西亭)에서 은신토록 하고 혹시나 그쪽으로 왜군이 도주하여 오거든 거느리고 계시는 의병 부대로 막아주십시오."

"네, 판관."

"황찬용은 나와 함께 동문으로 나오는 적들을 맡는다. 보졸을 이끌고 장창을 장비시키고 모자라면 삼릉장(三稜杖)을 장비시켜 동문 쪽으로 매복하고 있다가 적들이 동문을 빠져나오면 섬멸한다! 모두들 맡은 바 최선을 다해 주기 바라오! 상주성의 운명이 우리에게 달려 있다! 이 모든 작전은 밤을 틈타 은밀하게 진행하도록 하여 적이 기척을 눈치채지 못하도록 한다. 작전을 개시한다!"

작전 지시를 들은 장수들과 군졸들, 의병들 모두가 분주하게 움직였다. 다들 화공에 쓸 나무를 베어 준비하고 나무에 천을 감아 횃불을 피울 수 있도록 만들었다. 석차와 화차를 상주성이 보이는 근처 언덕으로 끌고 간 뒤 성 안을 명중할 수 있도록 거리와 각도를 재었다.

400여 명 모두가 일사불란하게 움직인 까닭에 이틀도 채 안 되는 사이에 모든 준비가 끝났다. 그리고 작전을 개시할 밤이 찾아왔다. 구름이 달빛을 가려 더욱 어두운 밤이었다. 하늘마저 돕는 듯했다. 초유사 대감께서 일천한 경험의 자신을 믿고 막중한 임무를 맡겼다는 생각에 정기룡의 어깨는 오늘따라 더욱 무겁게 느껴졌다. 하지만 그렇다고 주저할 수는 없었다. 이 전투에서 승리하여야만 전 지역에 퍼져 있는 왜군들의 군량 공급을 막고 그들의 사기도 꺾을 수 있기 때문이었다.

정기룡은 밤하늘을 한 번 쳐다보았다. 찬바람에 싸락눈이 흩날리고 구름이 잔뜩 끼어 별빛조차 잘 보이지 않았지만 돌아가신 형님이 저 어딘가에서 어느새 장정이 되어 나라를 위해 싸우고 있는 아우의 모습을 보고 있는 것 같았다. 정기룡은 마음속으로 다시 인수 형님을 떠올렸다.

'형님, 이 어둠 속에서 곧 저 상주성의 불길을 보시게 될 것입니다. 이 아우가 승전할 수 있도록 기원해 주십시오. 형님의 가호가 이 무수와 함께할 것이라 여기겠습니다. 꼭 지켜봐 주십시오.'

형님을 생각하니 조금이나마 마음이 든든해지는 듯했다.

정기룡은 입술에 힘을 주고 입을 굳게 다문 뒤 환도(環刀)[41]를 칼집에서 꺼내어 굳게 쥐고 천천히 두어 번 돌렸다. 이 칼로 쏟아져 나올 왜군들을 모조리 베어버릴 것이리라 다시 한 번 다짐했다. 그러고는 말 없이 고개를 끄덕였다. 정기룡을 주시하던 김경수는 봉화에 불을 피웠다.

봉화가 피어오르자 장시중은 목이 터져라 외쳤다.

"발사하라!"

장시중의 외침과 함께 고동나팔 소리가 언덕에 울려 퍼졌다. 군졸들은 발석차의 끈을 힘껏 당겼다. 화약을 진 동이들이 일제히 상주성 안으로 날아 들어갔다. 장시중의 진에서 봉화가 피어오르자 삼문에서 대

---

41) 조선시대 무장들이 사용하던 군도(軍刀).

기하던 장수들은 기다렸다는 듯 외쳤다.

"총통과 불화살을 발사하라!"

상주성 성벽에서 이를 본 왜군 경계병이 보고를 하려고 급하게 내려갔지만 이미 때는 늦었다. 상주성 삼면에서 칠흑 같은 어둠을 뚫고 갑자기 불화살이 날아들었다. 모두들 추위를 피하기 위해 성 내 민가에서 잠을 청하고 있었던 와중에 날벼락을 맞은 것이다.

먼저 발석차로 쏜 화약 때문에 불은 삽시간에 성 내에 퍼졌다. 성 내모든 민가가 불타기 시작했다. 왜군들은 그제야 서둘러 무기를 챙기고 성을 빠져나가려고 분주히 움직였다. 성 내에 비치되어 있던 공성탑들 또한 불에 타 넘어져 거기에 깔려 죽는 자들도 허다하였다. 왜군들은 서둘러 성벽에 올라 삼면을 포위하고 있는 조선군들을 향해 조총을 발포하였다. 조총을 맞고 죽는 자가 속출하였지만 조선군의 불화살 공격은 멈출 줄을 몰랐다.

한편 백병전을 위해 성문으로 나가려는 왜군들도 있었다. 백병전은 오랜 전란으로 인해 단련에 이골이 난 왜군들의 장기였다. 얼마나 많은 조선군이 이에 속수무책으로 당하였던가. 그들은 모두 장창을 꼬나쥐고 전투 준비를 한 뒤 성문을 열어젖혔다.

그 순간 설치한 화구(火口)에서 화염이 그들을 덮쳤다. 불길에 뒤덮인 왜군들은 해자에 빠졌다. 문 쪽에서 불이 잦아들자 그들은 다시 돌격을 했다. 하지만 이번에는 이미 성문 앞에 깔아둔 마름쇠를 보지 못했다. 성문을 나선 왜군들은 고통에 발을 움켜쥐고 비명을 지르다 조선군의 화살을 맞고 외침을 멈추었다. 그러고는 또다시 화구에서 불길이 뿜어졌다. 서문, 북문, 남문 모두가 조선군의 포위망이었다. 허둥지둥하던 왜군들은 미칠 지경이었다. 이대로 가다가는 모두 불에 타

146

죽을 지경이었다.

하지만 이상하게도 동문에서는 조선군의 기척이 느껴지지 않았다. 누가 봐도 유인책임이 분명해 보였다. 하지만 왜군들에게는 다른 선택의 여지가 없었다. 삼문으로 탈출하는 것을 포기한 왜군들은 일제히 동문으로 향했다. 문이 열리자 왜군들이 쏟아져 나왔다.

드디어 동문을 지키던 조선군에게 기회가 왔다. 정기룡은 이 절호의 기회를 놓치고 싶지 않았다.

"공격하라!"

왜군들이 동문을 벗어나자마자 수풀 사이에서 엎드려 있던 조선군들이 왜군들을 덮쳤다.

치열한 전투가 벌어졌다. 조선군과 왜군들은 서로 뒤엉켜 싸웠고 그 모습이 어찌나 격렬했는지 푸른 풀밭이 서로가 내뿜는 피로 붉게 물들어 갔다. 이들을 지휘하던 정기룡과 황찬용도 일당백이라는 말이 무색할 정도로 온몸이 피범벅이 되도록 칼을 휘둘렀다.

하지만 생각보다 왜군들의 수는 너무나도 많았다. 그러나 다행히도 화공의 성공으로 대부분이 사기가 꺾였고 기습까지 당해 도망치기 바빴으니 그러기에 더욱 필사적으로 조선군에게 대항하는 자들도 꽤 있었다. 반면 동문 쪽의 조선군은 백여 명 남짓에 불과하였다. 황찬용은 다급함에 정기룡을 불렀다.

"적의 수가 너무 많습니다!"

"멈추지 마라! 모두 죽여라!"

정기룡은 칼질을 멈추지 않은 채 김경수에게 외쳤다.

"봉화를 피우고 나팔을 불어라! 삼면을 사수하던 부대를 동문 쪽으로 오도록 하여 지원토록 하라!"

정기룡도 다급함에 외쳐보았지만 이들이 재정비를 하고 달려오기까지는 시간이 걸릴 것을 알고 있었다. 그리고 그들이 얼마나 살아 있을지 장담할 수도 없었다. 끊임없이 휘두른 나머지 적들의 피를 머금은 칼이 점점 무디게 느껴졌다. 왜군들이 어찌나 많은지 사방에서 비명소리가 끊이지 않았다. 불타는 상주성을 뒤로한 채 접전이 계속되었다.

그러나 그때였다.

"판관! 원군입니다!"

"원군?"

갑자기 대규모의 조선군 기병이 돌진해 오면서 동문으로 나오던 왜군들을 쓸어버렸다. 순식간에 왜군들이 쓸려나갔다. 그 뒤를 이어 보졸들이 창을 내밀고 돌격하여 왜군들을 찔렀다. 그렇게 서서히 동문 근처는 정리되고 있었다. 삼면은 물론 석차 쪽을 지휘하던 장시중 휘하의 부대도 협공을 위해 내려올 때 즈음 상황은 정리되었다. 왜군들의 시체가 상주성 앞에 산더미같이 쌓였다. 조선군도 사상자가 꽤 많이 나왔지만 고작 400여 명으로 만여 명이 넘는 왜군을 이겼으니 참으로 대승이 아닐 수 없었다.

전투가 진정 국면으로 접어들자 정기룡은 누가 원군을 이끌고 왔는지 궁금해졌다. 숨을 고르고 있는 정기룡 앞에 나타난 장수는 놀랍게도 이시언이었다.

"오, 정판관. 대승을 축하드리오. 내 일찍이 진주성에서도 보았건만 판관의 용맹은 정말 조자룡에 비견될 만하고 전략은 제갈량에 비견될 정도로 놀랍소. 내 저 너머에서 정말 얼마나 감탄을 했는지, 하하. 마치 그 유명한 적벽대전(赤壁大戰)[42]을 보는 줄 알았다니까. 아무튼, 정말 장하오. 응?"

"상호군 영감…."

정기룡은 비록 이시언이 원군으로 왔지만 이전 일이 생각나서 달갑지 않았다. 아니, 그보다 자신이 상주성에서 전투를 치른다는 것을 어떻게 알고 왔는지 궁금하였다. 게다가 하필 작전이 성공하여 결과를 볼 즈음에 맞춰서 온 것 또한 찜찜한 일이 아닐 수 없었다. 허나 적어도 무엇을 노리고 왔는지는 알 수 있었다.

보졸들이 빈 수레를 잔뜩 가져온 것이 눈에 들어왔다. 또 분통이 터질 일이 생길 것만 같았다. 예상은 적중하였다. 정기룡의 부대가 숨을 고르느라 정신이 없는 사이 이시언이 이끌고 온 보졸들은 서둘러 수레에 왜적들의 목을 베어 실어 날랐다. 족히 백여 개는 되어 보이는 수레가 금방 가득 찼다.

그는 수레가 찬 것을 확인하자 고개를 두어 번 끄덕이고는 또다시 웃는 낯으로 정기룡을 바라보았다.

"이 전란이 끝나면 조선 팔도 백성들에게 오늘 정판관의 무용담을 내 널리 알릴 것이오. 자, 대승을 거두셨으니 오늘은 마음껏 즐기시고 쉬시게. 그럼 나는 진영을 오래 비울 수 없으니 이만 가보겠소. 출발한다!"

정기룡은 멀어지는 이시언을 싸늘한 눈초리로 바라보았다. 자신의 공적이 인정되지 않는 것은 상관없었다. 허나 자신을 믿고 오늘 전투를 필사의 자세로 임한 자들의 공적을 저런 식으로 가로채 가다니. 물론 동문에서의 상황이 위급했던 것은 사실이었다. 하지만 그의 얘기를 들어보니 분명 화공이 성공한 후 동문에서 격전을 치르는 것을 보고 나

---

42) 삼국지에 등장하는 가장 유명한 전투로서 유비·손권 연합군이 조조의 대군을 상대로 화공으로 승리를 거두었다.

서야 움직인 게 뻔했다. 그래도 일단 할 일은 해야 했다.

"우리도 수급을 챙긴다."

보졸들은 매우 아쉬운 듯한 눈초리를 보였다. 김경수는 수급들을 수레에 싣다가 멀어져 가는 그의 부대를 보고 분한 마음에 한 마디를 뱉었다.

"저 여시 같은…."

"네 이놈! 보졸(步卒) 주제에 어디 그런 불경한 소리를 하느냐! 내 이번에는 그냥 넘어가겠다마는 다시는 그런 소리일랑 입 밖에도 꺼내지 말거라!"

정기룡은 눈을 부릅뜨고 일갈했다. 사실 그도 분통이 터졌다. 그렇다고 장수 된 자 입장에서 일개 보졸이 이런 얘기를 하는 것을 좌시(坐視)할 수만은 없는 일이었다.

김경수는 억울함을 토로하였다.

"아니, 솔직히 판관 나리께서 작전이고 뭐고 다 짜신 거 아니었습니까요? 이거는 뭐 재주는 곰이 넘고 실속은 사람이 챙기는 꼴 같아서 원…. 죄송합니다요."

뒤이어 장시중도 가쁜 숨을 내쉬며 정기룡에게 다가왔다.

"또 상호군 영감이셨습니까?"

황찬용도 불만을 토로하기는 마찬가지였다.

"솔직히 이거 완전 어부지리 아닙니까? 대체 어떻게 알고 오신 건지 참으로 궁금합니다."

"아마도 초유사 대감께 들었던 거겠지…."

정기룡은 한숨을 내쉬었다.

"그래도 높으신 분께서 몸소 원군을 이끌고 오셔서 우리를 도와주시지 않았는가. 너무 원망치들 말고 감사히 여기세."

정기룡은 장시중의 어깨를 다독이며 병사들을 바라보았다. 이시언에게 분한 마음보다는 병사들에게 미안한 마음이 더 크게만 느껴졌다. 그래도 큰일을 치렀다는 안도감은 있으니 다행이라면 다행일까 싶었다. 그리고 해야 할 일은 마땅히 해야 했다.

"자, 다들 일단 성 내 진화 작업을 실시한다. 그리고 수급을 정리하고 승전을 기념하는 축연을 열어 휴식을 취한다. 이후에는 왜군들이 재차 상주성을 함락하지 못하도록 성내 시설들을 복구하는 작업을 도와줄 것이다. 모두들 정말 잘 싸워주었다. 빨리 일들, 마저 끝내고 쉬자꾸나."

동이 터올 때까지 상주성의 불을 끄는 작업은 계속되었다. 정기룡 역시 직접 소매를 걷어붙이고 해자와 개울에 있는 물을 나무동이로 나르며 불을 껐다. 모두의 노력으로 상주성의 불길은 그제야 잠잠해지는 듯했다. 모두가 너무 고단했는지 앞다투어 멍석을 깔고 쓰러져 코를 골기 바빴다.

다음 날이 되자 정기룡의 허락하에 모두가 술자리를 가졌다. 삼삼오오 모여 술과 음식을 먹으며 서로를 칭찬하고 농을 나누며 다독이기 바빴다.

하지만 정기룡만은 군영 안에 있는 자신의 탁자에서 홀로 술을 들이켜고 있었다. 김각과 김광복을 비롯한 의병장들과 무장들은 술병을 들고 승리의 주역인 정기룡을 찾았다. 하지만 군영 앞에 있던 장시중이 이들을 제지하였다. 모두가 어리둥절해했지만 장시중은 말없이 고개를 가로젓고는 다른 곳으로 가라고 손짓을 했다. 그는 정기룡이 지금 무슨 생각을 하는지 알 수 있을 것 같았다.

정기룡은 말없이 잔에 술을 따랐다. 분명 대승을 거두었는데 왜 이렇게 기쁘지 않은지 알 수 없었다. 마치 술잔 속에 인수 형님의 얼굴이 보이는 듯했다. 형님이 그리웠다. 정기룡은 흡사 누가 앞에 있듯이 건배를 하고는 술을 마셨다. 형님과 비록 술자리를 가져보진 않았지만 그렇기에 이렇게라도 이별한 형제의 정을 나누고 싶었다.

'형님, 이 아우가 우매(愚昧)하여 또 당했습니다. 나라를 지키기 위해 칼을 쥔 자들에게 왜 이런 일이 일어나야 합니까? 저는 아무래도 상관없습니다. 하지만 나와 싸워준 모든 이들에게 그저 부끄럽고 죄스러울 따름입니다. 형님, 저는 어떡해야 합니까. 형님이라면 어떻게 하시겠습니까. 인수 형님….'

왁자지껄한 군영 밖을 뒤로한 채 정기룡의 밤은 그렇게 쓸쓸히 지나갔다. 전투 당일과 달리 이튿날은 구름이 걷히고 달빛이 밝게 드리워졌다. 대체 언제쯤 이 전쟁은 끝이 보일까. 푸른 달빛이 무심하게도 폐허가 되어버린 상주성을 밝게 비추고 있었다.

며칠이 지나서야 상주성이 수복되었다는 소식에 피난민들이 상주군으로 모이기 시작했다. 하지만 문제가 생겼다. 성을 공략할 때 화공을 썼기 때문에 성 내에 비축되었던 군량미 모두가 전소(全燒)되고 말았기 때문이다. 성 내에 사람들은 자꾸만 늘어가는데 그들을 먹여 살릴 쌀이 없었다. 정기룡은 고민에 빠졌다. 자신은 무장이기 때문에 일단 전투에만 충실해야 했지만 상주의 가판관 직함을 받은 지금은 이곳의 구휼에도 신경을 써야 하는 입장이었다.

정기룡은 한참 머리를 싸매고 골몰해 보기도 하고 뒷짐을 진 채 병영 내를 어슬렁거리기도 했다. 이때 밖으로부터 보고가 들어왔다.

"상주성 근처로 여러 명의 행상(行商)들이 지나가고 있습니다."

순간 정기룡은 눈이 번득였다. 그는 급하게 그들을 보려고 두 봉사와 함께 말을 몰고 나갔다. 다행히 성 근처에서 그들을 만날 수 있었다.

"무슨 일이십니까? 나리."

정기룡은 말에서 내리고는 행상들을 둘러보았다.

"나는 상주판관 정기룡이라 합니다. 여러분들은 전국을 많이 오가셨기 때문에 이 전란 속에서도 군량미로 쓸 쌀이나 돈을 많이 가지고 계시는 분들을 잘 아실 거라 생각해서 이렇게 달려왔습니다. 혹시 아시는 분 좀 있으십니까?"

"예, 근처 고을에도 아는 분이 좀 계시오만…."

"그분들도 혹시 공적이 급하신 상황 아닙니까?"

행상들은 역시 머리를 빨리 굴릴 줄 아는 자들이었다.

"그러니까, 쌀이나 돈이 필요하시다는 말씀이구만. 허면 무엇으로 거래를 하시겠다는 겁니까?"

"왜적들의 수급입니다."

순간 옆에 있던 황찬용은 자기 귀를 의심하였다. 차라리 잘못 들었으면 싶었다. 그는 정기룡을 격하게 말렸다.

"판관, 수급을 체찰사에게 보고하지 못하면 이번 판관의 공적도 인정받지 못하게 됩니다! 게다가 상호군 영감의 원군이 못해도 왜군 수급의 8할을 거둬 갔습니다. 지금도 모자랄 판에 어찌 그런 말씀을 하시는 겁니까? 안 됩니다, 판관!"

정기룡은 황찬용을 또 다독일 수밖에 없었다.

"아까 말을 하지 않았는가. 내가 비록 군을 이끄는 무장이긴 하네만 또한 상주 판관이지 않은가. 군사(軍事) 말고도 행정에도 책임이 있는 것이네.

상주는 군사적으로 요충지이네. 지금 이곳을 복구하지 않으면 경상도 전 지역에 있는 모든 군사에게 군량미를 공급할 수가 없을 것이네. 그러기에 이곳을 살리는 것이 급선무일세. 우리 또한 앞으로 군량미를 공급받기 위해서는 상주성의 복구가 더욱 필요할 것이야.

이제 이곳에 사람도 많이들 오고 있으니 복구에 힘쓸 자들이 더 많아지게 되고 그리되면 상주성이 더욱 빨리 제 모습을 찾지 않겠는가? 우리가 이곳을 수복한 사실은 이미 체찰사에게 보고가 되어 있으니 수급에 너무 연연할 필요는 없네. 이제 내 뜻을 알겠는가? 황봉사."

황찬용은 정기룡의 말에 길게 한숨을 내쉬었지만 그의 말이 틀린 것도 아니었다. 싸움은 이번만 있는 것이 아니었다. 아니, 더 큰 싸움이 벌어질지도 모른다. 그에 대비하기 위해서는 이곳 상주성의 복구가 시급한 것은 사실이었다. 복구에 필요한 인원들도 많아졌으니 그 사람들을 먹여 살릴 식량 확보는 필수적인 일이었다. 결국 그는 고개를 끄덕였다.

"판관님 말씀이 맞습니다. 그래도⋯."

역시 황찬용을 말리는 건 장시중의 몫이었다.

"황봉사, 판관 말씀이 맞네. 지금 우리가 가진 것으로는 저들을 먹여 살릴 방도가 없지 않은가?"

정기룡도 착잡한 표정을 지었지만 웃으려고 애를 썼다.

"내 저번에는 돌아가신 형님과 술을 했으나 이번에는 꼭 자네하고 마시겠네. 오늘 일 일단 마무리 짓고 나중에 코가 비뚤어지도록 마셔 보자고. 하하. 장봉사, 내가 또 신세를 졌군."

"신세라뇨, 아닙니다. 상황이 상황이니 어쩌겠습니까."

사람들이 많이 모인 탓에 폐허였던 상주성은 과거의 모습을 되찾아가기 시작했다. 정기룡도 관군들과 이주민들 모두와 함께 밤낮으로 힘 쓰면서 황폐화된 전답을 개간하고 파손된 보와 둑 등의 시설물을 보수 했다.

어찌나 열심히 일을 했는지 정기룡 자신도 피곤을 못 이겨 저잣거리 에서 잠을 청하기 일쑤였다. 사람들은 정기룡의 헌신적인 노력에 다들 입을 모아 칭찬하기 바빴다. 그럴수록 그는 더욱 열심히 일을 했다.

때마침 수급과 맞바꾼 쌀도 도착하였다.

마을은 비록 예전 같지는 않았지만 서서히 생기를 찾아갔다. 모두가 정기룡의 지휘하에 일사불란하게 움직였다. 황폐화된 밭을 다시 일구 었고 거기에 삼 종자를 사다가 심어 나중에 옷을 만들 수 있도록 했다. 쌀로는 죽을 쒀 당나귀에 싣고 다니면서 배를 곯고 있는 노인이나 아 이들에게 직접 먹여주기도 하였다. 비록 모든 사람을 먹여 살리기에는 턱없이 부족하였지만 그래도 성 내에서는 적어도 굶는 자가 없었다.

상주성의 시설이 어느 정도 제 모습을 찾자 사람들 중 일부가 정기 룡을 찾아왔다.

"판관 나리, 나리께서 힘써 주신 덕에 여기 상주성이 이만큼이나 살 기 좋아졌습니다요."

"그러합니다, 나리. 이제 중요한 공사도 다 끝나 가는데 그나마 힘쓸 수 있는 장정들이 이렇게 모여 나리에게 뭐라도 해드리고 싶습니다요."

정기룡은 손사래를 쳤다.

"아니오, 아니오. 내 그런 것을 받자고 이런 것을 한 게 아니오. 마음 만이라도 감사히 받을 것이오."

"아닙니다요. 나리께서 괜찮으시다면 저희도 나리와 함께 다음 싸움 에 나서고 싶습니다요. 저희가 뭐 농사나 짓느라고 따로 훈련 같은 것은 받지 않았지만 그래도 나리가 죽으라면 죽을 각오로 뭐라도 할 테니 부디 따르게 해주십시오."

정기룡은 모인 사람들을 둘러보았다. 하긴, 상주성을 수복하는 과정에서 많은 희생이 있었고 병력을 충원할 필요는 있었다. 하지만 훈련을 받지 않은 자들로 무엇을 할 수 있겠는가? 활의 경우엔 훈련 기간도 오래 걸려 쉽지 않았다. 하지만 그동안 왜군들과 싸우면서 노획한 조총이나 장창이라면 그리 훈련하는 데 시일이 오래 걸리지 않을 것 같았다. 정기룡은 결심이 선 듯 고개를 끄덕였다.

"장봉사, 당장 체찰부로 가서 조총 사격을 가르칠 수 있는 사람이 있나 알아봐 주고 장창을 추가로 받아오게. 그리고 김경노는 노획한 조총과 화약이 얼마나 되는지 점검해 주게. 황봉사는 이제부터 저자들에게 매일 장창과 궁시 연습을 시키게."

황찬용은 떨떠름한 표정으로 고개를 끄덕였다. 비록 훈련을 처음부터 시켜야 하는 상황이었지만 생각지도 않은 부대의 충원은 나름 큰 성과라 여겨졌다. 정기룡은 마음이 든든해졌다. 이들을 위해 뭔가 좋은 이름을 하나 지어주고 싶어졌다.

"그러면 이 부대의 이름을 지어야 하는데…."

모인 사람들은 하나같이 계속해서 감사를 표했다.

"판관 나리! 저희는 판관 나리께 모두 감사하는 마음으로 싸우겠습니다요."

지시를 받고 가던 김경노가 무언가 생각이 났는지 정기룡을 돌아보며 씩 웃었다.

"저리도 감사들을 하는데 그냥 감사군이라고 지으시면 어떤지요?"

정기룡 역시 무릎을 탁 치면서 웃어 보였다.

"핫하하! 감사군(敢死軍)이라니. 정말 김경노 자네의 재치에는 내가 못 당하겠네! 황봉사, 어떤가?"

황찬용은 쓴웃음을 지었다.

"판관을 향한 마음이 느껴지는 실로 좋은 이름이라 생각됩니다. 그런데 모자란 군량에 먹일 입이 늘어서 걱정됩니다."

장시중은 그의 말을 듣자 화들짝 놀랐다.

"황봉사, 또 어찌 그런 실언을 하는 겐가?"

정기룡은 황찬용의 반응이 마음에 걸렸는지 미안한 기색을 드러냈다.

"자네가 무엇을 우려하는지 잘 아네. 자네는 비록 내가 얘기를 할 때마다 늘 정색을 하지만 자네의 사려 깊고 꼼꼼한 성품을 내 잘 알고 있고 그래서 자네를 믿네. 그래도 기뻐하시게. 이렇게 새로운 병력을 우리가 얻지 않았는가? 아무쪼록 훈련에 힘써 주시게. 황봉사, 내 이렇게 부탁하겠네."

"알겠습니다⋯."

그렇게 정기룡은 황치원(黃致遠)을 대장, 김세빈(金世貧), 이희춘(李希春) 등을 부장으로 하는 감사군이라는 이름의 새 부대를 얻었다. 비록 훈련을 처음 해보는지라 다들 서툴렀지만 황찬용 특유의 빈틈없는 노련한 일 처리와 정기룡에게 감사하는 마음이 더해져 이들은 눈에 띄도록 제 몫을 해나가는 부대로 성장하였다.

정기룡이 상주를 수복하였다는 소식에 김성일이 장계를 올렸으나 한양이 수복되고 나서야 조정에 알려졌다. 이후 전과를 인정받아 정기룡은 정식으로 판관으로 부임하고 종6품 병마절제도위(兵馬節制都尉) 공직을 수여받았다.

한편, 경북 평해에 있는 작은 집 한 채에서 지금은 귀양 신세인 한 노인이 붓을 들고 글씨를 쓰느라 여념이 없었다. 인기척이 느껴지자 노인은 붓을 벼루에 살며시 놓고는 시종에게 물었다.

"밖에 누구 왔는가?"

"대감, 저 이시언입니다."

이시언은 군복 대신에 두루마기 차림으로 좁은 방에 발을 들였다. 그는 노인을 보자마자 엎드렸다.

"대감, 그동안 평안하셨습니까. 파직되셨다는 소식을 들었사오나 제가 전장에 있느라 소홀하였음을 용서해 주시기 바랍니다. 상주성 전투를 마치고 군영 정비를 하느라 이제야 시간이 나서 대감을 뵈러 왔으니 무례를 용서 바랍니다."

"아, 아닐세. 나야말로 오랜만에 자네를 보게 되어서 반갑네. 어서 앉게나."

노인은 가벼운 웃음을 띠었다. 백발이 성성하고 광대뼈가 크고 깡마른 몸에 눈가에는 잔주름이 무성했지만 그 누구도 감히 대적할 수 없을 만한 초겨울의 달빛과도 같은 서늘함을 띠고 있었다.

노인의 자는 여수(汝受), 호는 아계(鵝溪), 이름은 이산해(李山海)였다. 그는 과거 고려 말의 대표 유학자인 목은 이색의 7대손이자 그 유명한 토정 이지함의 조카이며 전란 전 동인 세력에게 큰 타격을 주었던 정여립의 난에서도 영의정 자리를 지켰을 만큼 노련한 정치인이자 당대 최고의 세도가였다.

한때 그의 권위는 조선 전체를 쥐락펴락할 정도로 대단하였다. 그러나 그의 예상과 진언과는 달리 왜란이 발발하게 되자 그에 대한 책임으로 좌의정 류성룡(柳成龍), 우의정 이양원(李陽元)과 함께 파직되어 이곳 평해에서 쓸쓸한 세월을 보내고 있었다. 류성룡은 이후 다시 조정에 복귀했으나 이산해는 그러지 못했다. 그릇된 판단에서 온 책임감 때문이기도 했지만 지금은 남인 세력이 득세하였으니 숨죽이고 지켜보자는 계산도 있었다.

그렇게 전장에서 위세등등하던 이시언도 이산해 앞에서는 그의 이름처럼 태산[山]처럼 크고 바다[海]처럼 광활한 기세에 눌려 마치 먹이를 탐하는 것처럼 꼬리를 살랑살랑 흔들어대는 작은 개에 지나지 않았다. 비록 지금은 관직이 없었지만 그의 위세는 이전과 다르지 않아 보였다. 그는 여전히 노회한 정객다운 초연함을 유지하고 있었다.

"대감, 소인은 아직도 이해가 되지 않습니다. 대감이 왜 파직을 당하시고 이렇게 귀양살이를 하시는 겁니까? 솔직히 일이 이렇게 된 것은 다 김성일 그 작자 탓이 아닙니까? 대감께서 너무 인자하셔서 그런 것입니다."

이산해는 멋쩍은 듯 은은한 미소를 띠었다. 언뜻 보기에는 인자해 보이는 웃음이었지만 그 웃음 뒤에는 앞에 있는 사람을 얼어붙게 만드는 한기를 품고 있었다.

"내가 지난날 자네를 주상께 음서(蔭敍)[43]로 천거하여 오위사용(五衛司勇)[44]에 등용하게 되었고 그리하여 지금 상호군에 이르렀지. 안 그래도 얼마 전에 자네가 상주성 수복 전투에서 큰 공을 세웠다고 하기에 '내가 그때 사람을 참 잘 보았다' 여기고 이곳에서 흡족해하고 있었다네. 먼 곳에서나마 내 자네의 무운을 빌고 있겠네."

"여부가 있겠습니까. 대감의 말씀 잘 새겨듣겠습니다."

---

43) 고위 관리의 친인척에게 아무 조건 없이 하급 관리직을 주는 관리 임명 제도.
44) 정9품의 무관직.

"자네는 보면 무인답지 않게 영민한 데가 있단 말이야."

"대감께서 그리 봐주시니 소장, 몸 둘 바를 모르겠습니다."

이시언은 정기룡을 상대할 때와는 전혀 딴판이었다. 자신을 이 자리까지 오도록 만들어 준 사람이 아니던가. 그러나 파직이 되었다는 소식을 듣고 그는 초조할 수밖에 없었다. 자신의 가장 든든한 비호세력이 사라진 것이 아닌가. 그는 재차 이산해에게 물었다.

"대감, 조정에 언제 다시 가시는 겁니까? 아니, 가실 수는 있는 것이겠지요? 대감 같은 분이 아니면 누가 나라를 지킵니까? 대감이야말로 이 조선의 기둥이 아니겠습니까? 소장은 그리 생각합니다. 아니, 그리 되어야 한다 믿고 있습니다."

이산해는 눈을 지그시 감았다가 뜨고는 약간 씁쓸해하는 표정을 지었다.

"글쎄, 그야 전하께서 불러주셔야지. 이 전란이 끝나야 그러든지 말든지 하지 않겠나? 내 안 그래도 전하의 안위가 염려되어서 한 번 뵈려고 하던 참이었네만…."

이시언은 그렇게 이산해와 얼마간 담소를 나눈 뒤에 자리에서 일어났다.

"대감, 그러면 소장은 군영으로 먼저 가보겠습니다. 다시 뵐 때까지 아무쪼록 몸조리 잘하시기 바랍니다."

그는 이산해를 뒤로하고 방문을 열었다. 그때 이산해가 그를 향해 물었다.

"정기룡이 누군가?"

그 이름을 들은 순간 이시언은 발걸음을 멈출 수밖에 없었다. 그는 방문을 나가다 말고 다시 이산해를 향해 뒤돌아보고는 멋쩍은 듯한 웃음을 지으며 대답하였다.

"아, 소장이 전공을 세웠던 진주성 사수 전투와 상주성 전투에서 힘깨나 쓰던 신임 별장 한 명이 있었습니다. 그 친구 휘하의 부대가 소장이 왜군을 물리치는 데 조금이나마 도움을 주었습니다. 헌데 그의 이름을 어찌 아시는 것입니까?"

이시언은 살짝 불안한 기색을 느꼈다. 이산해는 무서운 사람이다. 저 눈이 마치 천리안처럼 조선 팔도에서의 모든 것을 다 내다보고 있는 듯했다. 그래도 설마 지금 귀양살이를 치르고 있는 방구석 노인네가 알면 얼마나 알까 싶어 말을 마치고는 자리를 떴다. 이시언이 떠나자 이산해는 피식 한 번 웃어 보였다. 역시, 무언가 알고 있는 듯한 표정이었다.

"저 친구는 여전히 거짓말이 서툴구만…."

이산해는 한숨을 크게 내쉬고는 피식 웃으며 고개를 절레절레 흔들었다. 이시언은 자신이 들은 것과는 다른 내용을 말하고 있었다. 하지만 지금 임금도 파천(播遷)을 갔고 한양 도성도 비어 있는 마당에 자신이 무엇을 이야기할 수 있겠는가. 그저 책을 읽고 글을 쓰며 하루하루를 보내는 것이 그가 유일하게 할 수 있는 일이었다. 그렇게 그 역시 이 전란이 제발 빨리 끝나기를 기다리고 있었다.

정기룡이 상주성에 머무르면서 구휼과 훈련을 게을리 하지 않는 동안 작은 싸움이 두어 번 있었다. 한 번은 함창현(咸昌縣)과 문경현(聞慶縣)의 경계에 위치한 당교(唐橋)라 불리는 작은 다리 부근에서였고 또 한번은 대승산(大乘山) 인근에서 벌어진 전투였다. 상주성에서 패퇴한 왜군이 군을 재정비하여 다시 돌아온 것이다.

하지만 다행히 수가 많지 않았고 미리 첩보를 입수할 수 있었던 탓에 이전 전투에 비해서는 쉽게 막아낼 수 있었다. 특히 당교에서는 채유희(蔡有喜), 채유종(蔡有終) 형제가 이끄는 의병 창의군(昌義軍)의 원조가 있었기에 수성이 더욱 수월하였다. 그렇게 작은 전투들을 치르면서 상주의 안전은 더욱 공고히 되었다. 전투가 끝나자 정기룡은 다시 부하들과 함께 상주성 내 시설을 재건하고 감사군을 훈련시키는 데 주력했다.

매서운 겨울바람이 지나가고 어느덧 해는 지나 계사년(1593)이 되었다. 꽃샘추위도 사라지고 상주성에는 봄이 찾아왔다. 아직은 화공의 영향으로 성벽 사방이 불에 검게 그슬리고 여기저기 불타 버린 집들투성이였지만 그래도 생각보다는 빨리 복구 작업이 진행되고 있는 느낌이었다.

그날도 정기룡과 그의 부하들은 상주성의 안전을 위해 인근 경계와 정탐은 물론 감사군의 훈련을 게을리 하지 않았다. 거기에 짬이 날 때마다 이주민들과 더불어 재건 작업을 계속하는 것도 잊지 않았다. 몸이 열 개라도 부족할 만큼 많은 일이 있었지만 다행히 더 이상 왜적의 기척도 없어서 정기룡은 안심하고 자신의 일을 담담히 해나갔다. 그러던 중 정기룡에게 심상찮은 소식이 날아들었다.

"아룁니다. 초유사 대감께서 진주성 성벽의 복구 작업을 지휘하시다가 병마를 얻고 그만 돌아가시고 말았습니다."

진주성이라면 과거 전투에서 겨우내 진주목사 김시민이 성 안에서, 정기룡을 비롯한 관군과 의병 연합군의 분전으로 겨우 지켜내었던 곳이 아닌가. 3만이 넘는 왜군이 진주성에서 싸우느라 진주성은 성벽의 내구도가 크게 훼손되었고 그렇기에 복구 작업이 진행되던 곳이었다.

진주성 역시 군사 요충지였기에 그때 왜군들이 기를 쓰고 침공을 감행하였던 것이다. 재차 침공받을 여지는 충분했다.

그래서 김성일은 서둘러 성벽을 복구하는 데 몸을 아끼지 않으면서 힘을 쓴 것이었다. 그게 화근이 된 것 같았다. 나라를 위해 목숨을 바칠 각오로 죽음을 두려워하지 않던 분들이 숨졌다는 소식은 언제 들어도 참 착잡할 수밖에 없었다.

게다가 초유사께서 계셨기에 경상도 일대의 군영 모두가 진주성 전투 당시 그렇게 일사불란하게 움직일 수 있었던 것이 아닌가. 그 전투에서 정기룡은 다른 관군, 의병들과 함께 한 번 지켜냈던 기억이 생생했었다. 그것이 가능했던 것은 진주목사였던 김시민이 목숨을 바쳐 지켜냈던 덕분이었고, 성 밖에서도 왜군들을 상대로 분전이 가능했던 이유는 김성일의 충심과 열정이 빚어낸 결과였기 때문이었다. 그런 분께서 세상을 뜨셨다니.

정기룡은 그제야 장모와 부인이 진주성에 있다는 것을 깨달았다. 그 전투에서 수많은 왜군이 죽었으니 감히 그들이 다시는 얼씬거리지 못할 거라 여겼다. 게다가 처가도 마침 진주에 있었기에 부인 강씨와 장모를 진주성 내로 피신하도록 권유했던 것이다. 그 기억이 떠오르자 불길한 느낌이 정기룡을 휘감았다. 그래도 한편으로는 '무슨 일이 설마 진짜로 나겠는가' 하는 마음도 들었다. 김성일의 죽음이 그녀들과 무관할 거라 생각했다. 아니, 그렇게 애써 믿고 싶었다.

'아무 일 없을 거야….'

정기룡은 고개를 두어 번 가로저어 보았다. 자신은 이곳 상주를 재건하는 데에만 전념해야 하는 막중한 임무가 있었다. 그러기에 이런 소식에 마음이 흔들려서는 안 된다 생각했다. 공연히 쓸데없는 데 신경을 쓴 것 같아 정기룡은 훈련 중인 감사군으로 눈을 돌렸다. 처음 감사군이 결성되었을 때와는 달리 황찬용의 분전으로 이제는 제법 틀이 잡혀가는 듯싶어 마음이 한결 놓였다. 감사군 군원들의 우렁찬 소리에 정기룡은 다시 마음을 놓고 성벽을 고치는 데 쓸 돌을 날랐다.

그렇게 몇 달이 지나 여름이 찾아왔다. 상주성 내 모두들 무더위에 땀을 닦아가며 일을 하느라 정신이 없었다. 그날도 정기룡은 부하들, 이주민들과 함께 성벽을 수리하다가 잠시 그늘에 몸을 맡기고 쉬고 있었다. 그때 성벽 위에서 보초를 서던 병사의 외침이 들렸다.

"판관, 파발입니다. 성문을 열까요?"

정기룡은 파발이 왔다는 얘기에 다시 옷을 챙겨 입고는 파발을 맞을 준비를 하였다.

'무슨 일이지….'

파발은 성내로 들어오면서도 제대로 진정조차 못하고 숨을 연신 거칠게 내쉬었다. 굉장히 급하게 온 듯 보였다. 그렇듯 급하게 왔다는 것은 왠지 좋은 소식은 아니겠다는 생각을 했지만 그래도 일단은 들어봐야 했다.

그런데 이상한 점이 눈에 띄었다. 파발 혼자 온 게 아니었다. 그의 뒤편에는 그를 힘겹게 붙잡은 채 남루하기 그지없는 행색으로 몸을 맡기고 있는 여인 하나가 또 있었다. 머리는 헝클어져 있었고 얼굴과 옷에는 흙이 새카맣게 묻어 있었다. 얼굴과 손 곳곳에는 작은 상처들이 나 있었다. 오는 동안에 상당히 고생을 한 모양이었다. 정기룡은 그녀가 누구인지 한 번에 알아볼 수 있었다.

'아니 너는…!'

바로 자신의 부인, 강씨의 수발을 들던 여종 걸이(桀伊)였다. 그녀의 얼굴을 알아본 순간, 정기룡은 이미 부인에게 무슨 일이 일어났는지 알아차릴 것 같았다. 하지만 그래서일까, 그녀가 하는 말이 제발 사실이 아니기를 바라는 마음 또한 간절했다. 이성적으로는 이미 모든 정황을 알고 있지만 감정적으로는 그 정황이 사실이 아니라고 부정하는 걷잡을 수 없는 생각의 파편들이 그의 마음속에서 서로 다투면서 섞여 폭풍 속 거센 파도처럼 휘몰아쳤다. 한동안 정기룡은 할 말을 잊고 멍하니 서서 둘을 바라보았다. 그래도 사실을 확인해 보고 싶었다.

파발은 정기룡의 표정을 보고는 처음에는 말을 해야 할지 말지 주저했지만 그래도 맡은 소임을 다해야 했기에 침을 한번 꿀꺽 삼키고는 천천히 입을 열었다.

"보, 보고합니다. 9, 9만이 넘는 왜군들이 습격해서… 진주성이 그만…."

정기룡의 눈동자가 심하게 흔들렸다. 하지만 이럴수록 침착해야 된다는 생각에 그는 가슴을 여미고 크게 숨을 들이켰다. 그렇게 하고서야 간신히 입을 뗄 수 있었다.

"걸이야, 대체 어떻게… 온 것이냐…."

파발은 계속 말을 이어갔다.

"오는 중에 수풀 속에서 이 처자를 발견했습니다. 저를 보더니만 허겁지겁 달려와서 어디로 가는 길이냐고 묻길래 여기 상주성으로 가는 중이라 했더니 악착같이 태워달라고 하더군요. 행색으로 보아 순왜 같지는 않아 보여 일단은 데리고 왔습니다."

파발은 보고를 마치자 서둘러 말에 오른 뒤 급히 떠났다. 걸이만이 남아 정기룡과 대면하고 있었다. 그녀는 품에 손을 넣더니 뭔가를 꺼냈다. 얼룩진 흰 천이었다. 그것을 본 순간 정기룡의 심장은 그 어느 때보다 크고 거칠게 날뛰었다. 숨조차 제대로 쉬기 힘들 정도였다.

걸이는 아무 말도 없이 손을 덜덜 떨면서 그 천 조각을 정기룡에게 내밀었다. 정기룡 역시 건네받는 손을 떨기는 마찬가지였다. 정기룡이 천을 건네받은 것을 본 걸이는 그제야 힘없이 바닥에 털썩 주저앉았다.

그는 천천히 천을 살펴보았다. 천의 재질로 보아 적삼을 뜯은 것이 분명했다. 그리고 그 적삼이 누구의 것인지도 단번에 알아볼 수 있었다. 접히고 구겨지고 얼룩진 그 천에는 갈색 빛으로 바랜 글귀가 쓰여 있었다.

그랬다. 쓴 사람이 자신의 피로 쓴 혈서인 것이었다.

정기룡은 연신 눈과 손을 부들부들 떨었다. 갑자기 말로는 할 수 없는 벅차오름이 그의 마음속에서 터져 나왔다. 천을 펴보기도 무서웠다. 뭐라고 쓰여 있을지 짐작은 벌써 들었지만 그래도 이토록 두려운 마음이 드는 이유는 왜일까.

한참을 망설이던 정기룡은 서서히 천을 펴보았다. 거칠게 씌어 있어 간신히 알아볼 수 있는 글씨와 천의 더러움이 그때의 상황이 얼마나 다급했고 처절했는지를 말해 주고 있었다. 그는 천천히 글을 읽어 내려갔다. 비록 글의 전부를 알아보기는 힘들었지만 어떤 내용인지는 이미 알고 있었다.

'서방님의 뜻에 따라 이곳 진주성에 소첩, 친정어머니와 함께 몸을 맡기고 있었으나 왜군들이 이곳을 함락하였습니다. 하여 살아서 온갖 욕을 당하느니 다시는 낭군을 못 보는 한이 있더라도 자결하기로 결심했습니다. 괘념치 마시옵고 소첩을 용서하십시오.'

글을 한 자 한 자 힘겹게 읽을 때마다 정기룡의 눈앞에 그날의 참상이 그려지는 듯했다.

여기저기서 살려달라고 애원하는 사람들의 통곡과 비명소리들, 사방이 불과 연기로 휩싸인 성 안, 창과 칼이 부딪치는 소리들, 조선인들을 죽이는 재미에 맛이 들어 광기 어린 눈빛을 하고 창칼로 그들을 마구 찔러대는 왜군 잡병들의 웃음들, 그들에게 힘없이 끌려가며 울부짖는 처자들, 한때는 그녀들의 품에 있다가 바닥에 떨구어져 울어대는 아기들의 울음소리들, 지난날의 패배에 대한 분풀이를 했다는 생각에 흡족해하며 쾌재를 부를 왜장들, 조총을 맞고 눈을 뜬 채 피를 흘리며 나뒹구는 시체들….

그리고 그 속에서 손가락에 제 피를 묻혀 한 자 한 자 써 내려갔을 부인의 얼굴이 떠올랐다. 양갓집 규수였음에도 상놈들처럼 찢어지게 가난한 자신에게 시집을 와서 그가 무과를 준비할 때에도 묵묵히 뒷바라지를 하고 시어머니를 모시며 늘 고생만 하면서도 그가 뭘 하자고 하면 항상 웃으며 고개를 끄덕였던, 그러기에 늘 그에게는 분에 넘친다 싶을 정도로 달덩이처럼 희고 고운 얼굴, 그리고 그 얼굴을 한 채로 그의 곁에 있던 그녀의 모습들….

그런데 이제는 그녀를 다시는 안을 수도, 볼 수도 없게 만든 이 죽일 놈의 악귀 같은 놈들, 이 죽일 놈들, 이놈들… 이놈들….

정기룡은 천을 쥔 주먹을 연신 떨면서 주저앉은 채로 아무 말이 없는 걸이를 조용히 쳐다보았다. 어느새 그의 눈은 붉게 변했고 눈물이 눈가에 가득 고였다. 그는 계속 마음을 바로잡아 보려고 애써 보았다. 하지만 애를 쓰면 쓸수록 온몸이 너무 떨렸다. 턱도 너무 떨려서 제대로 말을 할 수 없었다. 턱이 마치 가위눌린 것처럼 움직일 수가 없었다.

정기룡은 손가락 하나를 힘겹게 움직여 부들부들 떨리는 턱을 마음의 끈으로 붙잡으려고 애썼다. 그제야 말을 할 수 있었다.

"어떻게… 갔느냐…?"

눈물을 흘리는 정기룡의 모습을 보자 걸이도 같은 표정을 지어 보였다. 그녀도 입을 떼기 힘들어하는 것은 마찬가지였다. 아니, 더할 수도 있었다. 그때의 그 광경을 직접 보았기 때문에. 한참이 지나서야 그녀도 더듬거려 가며 대답을 할 수 있었다.

"마님… 몸 묶고… 남강(南江)에… 뛰어…."

정기룡도 걸이의 대답을 듣자 힘없이 주저앉았다. 그러고는 걸이를 말없이 끌어안았다. 한 명은 그때를 느끼고 글을 통해 알았고 한 명은 그 광경을 직접 보았다는 차이는 있었지만 그들이 느끼는 슬픔은 매한가지였다.

비록 눈앞에서 보지는 못했지만 정기룡은 느낄 수 있었다. 손가락에 상처를 내고 자신을 생각하면서 한 자 한 자 써 내려갔을 때 어떠했는지, 죽기로 마음을 굳히면서도 푸른 강물을 보면서 그녀는 그녀의 어머니와 함께 스스로 목숨을 끊겠다는 결심을 얼마나 망설이다 했을지, 또 뛰어들고서도 그 물속에서 숨이 끊어지기까지 무슨 생각을 했을지, 설령 그가 강씨 본인이 아니라 해도 알 것 같았다.

그런 모든 광경을 이 어린 몸종이 다 보고 있었다는 것 아닌가. 이 얼마나 측은(惻隱)한 일인가. 정기룡은 말없이 눈물을 흘리며 걸이와 그렇게 한참을 울었다.

이때 장시중과 황찬용이 서둘러 정기룡에게로 달려왔다. 군졸이었는지 누구였는지는 알 수 없지만 이 광경을 본 누군가가 정기룡을 보좌하는 그들을 부른 것이었다. 이들이 온 기척을 느끼자 정기룡의 눈빛은 서서히 슬픔의 능선을 넘고 있었다. 슬픔이 떠나간 그의 텅 빈 마음의 자리에는 어느새 복수심과 분노의 광기가 가득 차 타오르기 시작했다. 마음속에 굳게 묶여 있던 매듭이 풀리고 그 밧줄이 끊어진 듯했다. 붉게 충혈된 채 연신 눈물을 쏟아내는 그의 눈이 그가 어떤 심정에 잠겨 있는지 말해 주고 있었다. 그제야 아까는 그토록 열기 힘들던 그의 입이 귀신에 홀린 듯 말을 뱉어내었다.

"죽여…."

정기룡의 이 말에 걸이는 갑자기 놀라 쓰러지고는 뒤로 몇 걸음 정도 물러났다. 두 봉사 역시 놀란 것은 마찬가지였다. 그들의 눈에 비친 정기룡의 모습은 이미 제정신이 아니었다. 그는 귀신에 홀린 듯 연신 중얼거렸다.

"죽인다고… 왜놈들… 다… 죽인다고…."

황찬용은 정기룡을 천천히 살폈다. 그는 멍하니 앞을 본 채 허리에 차고 있던 환도에 손을 가져갔다. 손을 심하게 떠느라 손잡이를 잡는 데 시간이 조금 걸렸다. 겨우 환도 손잡이를 잡은 정기룡은 칼을 다짜고짜 칼집에서 빼 앞으로 휘둘렀다. 다행히도 걸이가 주저앉은 채로 뒤로 조금 물러난 덕에 그녀는 칼을 피할 수 있었다. 걸이를 죽이려는 게 아니었다. 그저 못 본 것뿐이었다. 아니, 지금 시뻘건 그의 눈에는 남들과는 다른 무언가가 보이는 듯했다. 정기룡의 힘없는 중얼거림은 어느새 독기 서린 외침으로 변했다.

"당장 가서 다, 죽여 버리겠다! 기필코!"

그제야 상황이 심상찮게 돌아간다고 판단한 두 봉사는 마주보고 고개를 끄덕였다. 장시중은 정기룡의 뒤로 가서 그의 양팔을 꽉 잡고 황찬용은 앞에서 정기룡의 오른팔을 꽉 쥔 채 환도를 굳게 잡은 그의 오른손 손가락을 펴내려고 애쓰기 시작했다. 부하 둘에게 붙잡힌 정기룡은 초점 없는 눈을 한 채 목에 핏대를 세우고 눈물을 계속 흘리면서 고래고래 외쳤다.

"가서 다 죽인다고! 당장!"

황찬용은 정기룡이 자신에게 환도를 휘둘러 베일까 봐 두려워하면서도 연신 침을 삼켜가며 그를 말렸다. 그가 힘이 세다는 건 알고 있었지만 직접 그를 붙잡아 보니 사람이 아니라 마치 커다란 소처럼 느껴졌다. 그럼에도 황찬용은 마치 홍수에 떠내려가다 나뭇가지를 간신히 잡은 사람이 그러하듯 정기룡의 팔을 꽉 쥐고 버둥거리면서 그가 칼을 놓게 하려고 비 오듯 땀을 흘리며 용을 써댔다.

"판관! 정신 차리십시오! 판관!"

장시중도 같이 정기룡을 말렸다.

"판관! 9만이라고 하잖습니까! 9만! 가면 우리 다 죽습니다! 개죽음만 당할 뿐입니다!"

그제야 정기룡은 자신을 붙잡고 있는 둘을 인지했는지 번갈아 보며 외쳤다.

"이거 놓지 못해!"

정기룡의 분노의 외침을 듣고 군졸들은 물론 상주성 주민들까지 모두 달려나왔다. 군졸들 역시 두 봉사가 정기룡에게 속수무책으로 끌려다니는 듯한 모양새를 보자 일제히 나서서 사방에서 붙잡았다. 어느새 정기룡을 붙잡고 늘어지는 사람이 두 명에서 열 명으로 늘어났다. 흡사 그가 예전에 강공 댁에 처음 갔을 때처럼 성난 말을 여러 사람들이 간신히 잡아 진정시키려는 것 같았다. 하지만 그럼에도 모두들 걱정 어린 눈으로 그를 바라보며 힘을 썼다. 자신들을 구해 주고 먹여주고 그나마 사람답게 살게 해주려고 손수 일까지 해가며 노력한 사람이 갑자기 저렇게 실성한 모습을 보이다니. 주민들 모두가 발만 동동 구르며 이 광경을 지켜보기만 했다. 정기룡은 이러한 상황에도 아랑곳하지 않고 계속 외쳐댔다.

"놔! 가서 다 죽인다고! 다!"

황찬용은 정기룡의 손가락을 가까스로 다 폈다. 환도가 바닥에 떨어진 것을 확인하자 그는 그제야 한 발 물러서서 가쁜 숨을 몰아쉬며 이마의 땀을 닦았다. 보아하니 정기룡의 힘이 너무 세서 열 명이 달라붙어도 모자랄 판이었다. 이대로 가다가는 날이 새도록 이런 식으로 쓸데없는 데 힘만 쓸 것 같은 느낌이 들었다. 뒤에서 붙잡던 장시중은 다급한 나머지 숨을 고르느라 물러나 있던 황찬용을 향해 외쳤다.

"황봉사, 뭐 해!"

그제야 황찬용은 손마디를 우두둑 꺾고 주먹을 쥐었다. 그는 정기룡의 울부짖는 얼굴을 날카로운 눈으로 바라보았다. 아까 닦은 게 무색할 정도로 다시 그의 얼굴에서는 땀이 흥건하게 흘렀다. 굳게 쥔 그의 주먹도 떨림에 계속 흔들렸지만 그의 시선만은 결코 흔들리지 않았다. 몇 촌각이 지났을까, 황찬용은 정기룡을 향해 나지막이 중얼거렸다.

"죄송합니다, 판관."

– 퍽!

순간 그의 주먹이 정기룡의 안면을 강타했다.

이 광경을 보고 모두가 놀라 할 말을 잃었다. 장시중을 비롯한 다른 군졸들도 놀랐고 주저앉아 이 광경을 보던 걸이도 놀랐다. 병사들이나 주민들도 놀랐다. 정기룡은 눈을 감고 고개를 푹 숙였다. 황찬용의 주먹에 의식을 잃은 듯했다. 장시중은 의식을 잃은 정기룡을 뒤에서 받치면서 어안이 벙벙한 눈으로 그를 바라보고는 두어 번 깜빡여 보였다. 군졸들 역시 일제히 뒤로 물러나 놀란 눈으로 상황을 볼 뿐 모두가 할 말을 잃었다. 장시중은 그를 다그쳤다.

"황봉사, 미쳤어?"

황찬용은 숨을 몰아쉬고는 양 무릎에 손을 받치고 숨을 헐떡이다가 진정이 돼서야 장시중에게 겨우 대답을 할 수 있었다.

"그럼, 하루 종일 이러고 있을래?"

장시중은 황찬용의 말을 듣고 떨떠름한 표정으로 고개를 끄덕거렸다. 그는 혀를 한 번 차고는 군졸들을 시켜 정기룡을 부축해 성 내 군영 침소에 눕히게 하였다. 상주성의 한바탕 소란은 그렇게 끝났고 시간이 흘러 밤이 찾아왔다.

정기룡은 밤이 될 때까지 몇 시진 동안 그렇게 누워 있다가 겨우 눈을 떴다. 그는 자신이 영문도 모른 채 침소에 누워 있음을 알게 되자 낮에 있었던 일이 떠올라 황급히 일어나 주위를 둘러보았다. 그의 곁에는 장시중, 황찬용 두 봉사와 걸이 이렇게 셋이서 아무 말 없이 앉아만 있었다.

먼저 황찬용이 입을 열었다. 주먹을 날린 게 그였기 때문이었다.

"판관, 죄송합니다. 아까 판관께서 부고를 들으시고 너무 실성을 하셔서 그만…."

정기룡은 그제야 상황이 파악되었다. 눈이 너무 따가웠다. 만져보니 어찌나 울었는지 눈가가 퉁퉁 부었다. 뺨에는 눈물이 말라붙은 자국도 느껴졌다. 정기룡은 두어 번 말없이 눈을 깜빡였다. 낮에 너무 울어서 이제는 흘릴 눈물조차 나오지 않을 것 같았다. 하지만 낮의 일을 다시 떠올리자 말로는 형용할 수 없는 상실감과 슬픔이 다시금 밀려왔다. 그래도 부하가 기지를 발휘한 덕분이었는지 조금은 진정이 된 것 같은 기분이 들었다. 정기룡은 셋 모두에게 미안한 마음이 들었다.

"면목이 없소…."

장시중은 정기룡을 측은한 눈으로 바라보았다.

"아닙니다. 충분히 이해합니다. 아니, 저라도 그러하겠습니다. 허나 모두가 판관을 믿고 따르고 있지 않습니까? 그래서 황봉사가 그럴 수밖에 없었던 겁니다. 판관, 진주성에 주둔해 있는 왜군의 숫자가 결코 적지 않습니다. 중과부적(衆寡不敵)입니다.

우리가 간다고 진주성을 되찾을 수는 없습니다. 보고에 따르면 이번 전투의 왜군의 수가 너무 많다 하여 모두가 진주성을 포기했다고 합니다. 게다가 이전에 패퇴한 전적이 있기에 이번에는 정말 독을 품고 왔다고 들었습니다."

정기룡은 얼굴을 찌푸리면서 눈을 감고 고개를 끄덕였다.

"그럴 테지. 모두가 그렇게 포기했는데 나라고 되겠는가…. 나중을 도모하세. 걸이야."

"네."

한 가지 걱정되는 점이 있었다. 간 사람이야 어쩔 수 없다지만 그가 염려하는 것은 아들처럼 데리고 키우던, 인수 형님의 유일한 혈육인 조카 상린(祥麟)이었다.

"상린이는… 어찌되었는가?"

"상린 도련님은….'

걸이는 말을 주저했다.

"상린이도… 설마 죽은 것이냐?"

"아니어라, 상린 도련님은 왜군들에게 잡혀갔어라."

걸이는 구례 사람답게 전라도 사투리로 말했다. 정기룡은 눈앞이 캄캄해졌다. 형의 유일한 혈육도 지켜내지 못한 것이 돌아가신 형님께 너무나도 죄송스러웠다. 그래도 목숨은 잃지 않아 다행이라 생각은 됐지만 그 어린것이 왜국에 포로로 잡혀가 무슨 고초를 겪을지 걱정되었다.

특히 우려되는 점은 왜장들이 중도(衆道)라는 풍습을 가지고 있는 점이었다. 신분이 높은 자가 어린 남자 아이를 같은 남자임에도 겁탈을 한다는 참으로 이해하기 힘든 풍습이었다. 행여나 그 어린것이 그런 고초라도 당하면 어쩌나 걱정되었다. 다시금 형님을 볼 면목이 없어졌다.

그래도 걸이가 아니었으면 그 아이도 목숨을 부지하기 어렵지 않았을까 하는 생각이 들었다. 정기룡은 다시 정신을 가다듬고 걸이에게 말을 건네었다.

"이곳 상주는 아직 손볼 데가 많지만 내 너를 여기서 살게 해주겠다. 산 사람이라도 살아야 하지 않겠느냐. 여기까지 오느라 고생 많이 했고 흉한 꼴 보여서 미안하구나."

걸이는 손사래를 쳤다. 돌아가신 마님이 생각났는지 다시금 그녀의 뺨에서 눈물이 흘러내렸다.

"아, 아니어라. 오히려 도련님께서⋯."

걸이의 얼굴을 보자 정기룡도 착잡한 표정을 짓고는 한숨을 쉬고 모두를 돌아보았다.

"괜찮다. 어쩌겠느냐⋯. 산 사람은 어떻게든 살아야지. 그게 산 사람의 몫이 아니겠느냐. 다들 고맙고 또 미안하다. 내 오늘과 같은 행동은 두 번 다시 하지 않을 터이니 안심하고 다들 돌아가 침소에 들도록 하여라. 혼자 있고 싶구나….”

그제야 세 명은 모두 정기룡의 침소에서 나왔다.

정기룡은 머리맡에 있던 부인의 혈서를 보았다. 침소 내에서는 잘 보이지가 않았다. 그는 밖으로 나와 달빛에 혈서를 다시금 펼쳐서 보았다. 낮에 다 흘린 줄 알았는데 눈물이 흘러 혈서를 적셨다. 그는 혈서를 다시 한 번 천천히 읽어 내려갔다. 잠시 진정되었던 슬픔이 또 거세게 몰려오는 듯했다.

그는 주위를 한 번 둘러봤다. 또 사람들이 이 광경을 보지 않을까 염려가 되었다. 다시 침소로 돌아온 정기룡은 혈서를 꽉 잡고 가슴에 품은 채 숨죽여 울었다. 그는 굳게 다짐을 했다.

‘부인, 부인의 원수는 내가 반드시 갚아주겠소. 하늘에서 인수 형님과 함께 꼭 지켜봐 주시오. 형님 뵙거든 이 못난 동생 무수 잘 있다 전해 주시오. 그리고 먼 훗날 하늘에서 다시 만납시다. 지켜주지 못해 미안하오. 낭군 된 자로서 면목이 없소. 정말 미안하오… 부인.’

그렇게 정기룡은 그날 밤잠도 이루지 못한 채 서럽게 목놓아 울었다. 마치 인수 형님이 가셨을 때처럼 그는 그렇게 눈물로 밤을 꼬박 지새웠다.

정기룡의 성과는 당시 체찰사를 맡고 있던 영의정 류성룡에게 보고되었다. 그는 일찍이 이산해가 실각될 때 함께 실각되었지만 선조에게 그 충심과 능력을 인정받아 다시 복직되었다. 그는 비변사의 도제조, 영의정, 도체찰사까지 과중한 업무를 맡아 몸이 열 개라도 남아나지 않을 정도로 바빴다. 그럼에도 그는 자신의 잘못된 판단 때문에 이러한 전란이 발생했다는 죄책감 때문에 그 누구보다도 몸이 부서져라 움직였다. 그러던 중 정기룡이 이루어 놓은 성과를 보고받고는 실로 감탄을 금할 수 없었다. 성의 수복은 물론 복구까지 이렇게 단시간 내에 해냈다는 것이 믿어지지 않을 정도였다.

'이제 고작 가판관 정도 되는 젊은이가 이 정도까지 역량을 발휘했단 말인가. 하늘이 정녕 이 나라를 버리지 않았구나. 이런 인재를 내려주시다니…. 이걸 두고만 볼 수는 없다. 내 직접 전하를 뵈어 이 장수가 더 큰 일을 할 수 있도록 길을 열어야겠다.'

평양성에서의 승리를 기점으로 해 조선군은 서서히 왜군들을 밀고 나가 한양을 겨우 수복할 수 있었다. 비록 궁은 누군가가 불을 지른 탓에 폐허로 변해 있었지만 그래도 다시 수도를 수복했다는 것에 만족해야 했다.

그렇게 선조가 다시 입궁한 지 얼마 되지 않는 날이었다. 침침한 하늘에 부슬비가 내렸다. 류성룡은 비를 맞으면서 선조에게 한걸음에 달려갔다. 그는 숨 고를 틈도 없이 선조 앞으로 가 머리를 조아렸다. 선조는 비에 흠뻑 젖은 그의 모습을 보자 깜짝 놀랐다.

"영상, 어찌 그렇게 비까지 맞으면서 급히 왔소? 그러다 고뿔이라도 걸리면 어떡하려고 하오?"

류성룡은 고개를 들고 말을 이어갔다.

"전하, 희보이옵니다. 경상 상주 가판관 정기룡이라는 장수가 왜군들에게 함락되었던 상주성을 소수의 병력만으로 되찾았음은 물론 상주성 복구에 만전을 기해 피난민들이 상주로 다시 모여들고 있다고 하옵니다.

신 이를 두고 볼 수가 없어서 전하께 아뢰오니 정기룡을 당상관(堂

176

으로 승진시키고 토포사를 겸무하도록 하시어 더욱 전란 극복은 물론 구휼에 힘쓸 수 있도록 윤허하여 주시옵소서. 또한 이번 상주성 탈환 이후 그에게 감사를 표하는 사람들이 모여 그 이름을 감사군이라 일컬었으니 그를 감사군대장으로 임명하시어 새로 편제된 군을 이끌 도록 하시옵소서."

선조는 정기룡이라는 이름을 듣자 또다시 '그가 해냈구나' 하는 생각에 흡족해했다. 비록 지금은 여기저기 떠도는 신세였기에 한이 맺혔지만 가뭄의 단비와도 같은 정기룡의 상주성 탈환 소식에 선조는 조금이나마 웃음을 되찾을 수 있었다. 그것도 자신이 이름을 새로 지어 준 사람이 그런 전과를 거뒀다고 하니 그 뿌듯함이 어떠했겠는가. 선조는 류성룡을 바라보았다. 신하에게 모처럼 자랑을 하고 싶어졌다.

"그리하시오. 허면, 경은 그자의 기룡이라는 이름을 누가 지어줬는지 아시오?"

"누구입니까?"

"바로 과인이오. 과인이 그때 상서로운 용꿈 하나를 꾸고 나서 기이하다 싶어 내관을 시켜 종루에 사람이 있나 살펴보라 했더니 정말로 있었더이다. 하여 그 꿈에 나왔던 용이 생각나서 그 이름을 사명(賜名) 했던 것이오. 그때도 기골이 장대한 것이 참으로 범상치 않다 여겼는데 이렇게까지 잘 해주다니 과인도 참 기쁘기 그지없구려."

류성룡 역시 선조의 혜안에 탄복하였다.

"아! 전하께서 친히 그에게 용(龍) 자 이름을 하사하신 것이옵니까? 과연, 전하께서 그런 기백이 넘치는 이름을 지어주셨기 때문에 정말로

---

45) 정3품 이상의 품계를 가진 자.

그가 전장에서 용처럼 용맹하게 싸울 수 있었던 게 아닐까 신도 지금 감히 그리 생각해 보았사옵니다. 이것이 다 전하의 성은이옵니다."

선조는 말없이 웃으며 하늘을 바라보았다. 비록 구름이 잔뜩 끼고 비가 내리고 있었지만 그럼에도 내리는 비가 단비처럼 느껴졌고 곧 이 비구름을 걷고 내리쬘 저 따사로운 햇살처럼 느껴질 정기룡의 다음 행보를 언제 또 들을 수 있을지 몹시 기다려졌다.

한편 나라가 제 구실을 못하다 보니 전란에 허덕이던 조선인 일부가 도적떼로 돌변했다. 이들은 조선인이면서도 하는 짓이 왜군들과 다를 바가 없었다. 심지어 왜군들에게 아녀자들을 잡아다 주고 식량을 얻으려는 파렴치한 짓 또한 서슴지 않고 일삼았다.

이들은 청주(淸州)와 보은현(報恩縣)부터 약탈을 시작해 어느덧 상주로 들어왔다. 정기룡의 노력에 의해 상주가 이제 먹고살 만한 고을이 되었다는 소문을 듣고 뭐 털어먹을 게 없나 하고 온 것이 틀림없었다. 토적이 상주성 근처에 출몰했다는 보고가 들어오자 정기룡은 두 봉사와 함께 서둘러 군을 이끌고 나갔다.

토적들은 상주에서 재빨리 민가를 털고 빠져나가려고 했으나 정기룡과 그의 관군들에게 이미 포위가 된 뒤였다. 정기룡은 그들을 향해 물었다.

"나는 상주 판관 정기룡이다. 그대들은 왜 나라를 위해 싸우기는커녕 토적이 되어 같은 나라 백성들에게 해를 가하고 다니는가?"

토적들은 하나같이 반문을 해대었다.

"이 나라가 해준 게 뭐가 있느냐! 임금이란 자는 난리가 나니까 책임을 지기는커녕 제 목숨 하나 보전하려고 백성들을 버리고 도망가 버리지 않았나? 우리도 먹고살기 힘들어져서 칼을 잡은 것이다."

"그렇다! 너희가 우리에게 해준 것이 뭐가 있느냐?"

정기룡은 피식 웃음을 지어 보였다.

"내가 여기를 어떻게 왜군늘로부터 빼앗고 재건했는지 듣지 못한 모양이군. 너희들이 왜 그런 마음을 품었는지 내 전혀 이해를 하지 못하는 것은 아니다. 너희도 살고자 그런 것이 아니겠느냐. 그런 점을 감안해서 내 너희들에게 기회를 한 번 주겠다. 여기 이주민 중 일부가 내가 이끄는 군에 합류해서 지금은 나와 함께 나라를 지키는 일에 힘을 보태었다. 너희도 그리할 수 있다면 내 너희들의 목숨을 살려줌은 물론이거니와 너희가 공을 세워 과거의 잘못을 속죄할 수 있는 기회를 주겠다. 어떠냐?"

토적들은 콧방귀를 뀌고는 정기룡의 제안에 다시금 거세게 반대를 표했다. 정기룡은 고개를 가로젓고는 말에서 내렸다.

"말로는 안 되겠군. 허면 좋다. 그러면 너희 중에 가장 무용이 출중한 자가 있거든 어디 나와 보거라. 내 여기 상주 판관으로서 친히 상대해 주겠다. 너희 중에 나를 베는 자가 있다면 이 고을에서 마음껏 털어가든 어쩌든 상관하지 않겠다고 여기 있는 두 봉사가 증인이 되어 약속하지. 대신 내가 이기면 너희를 모두 체찰사에게 압송하여 너희의 죄를 묻게 하도록 하겠다."

황찬용은 또다시 정기룡의 무모해 보이는 말에 간담이 서늘해졌다. 이게 대체 몇 번째인가. 역시나 정기룡을 말리는 건 그의 몫이 되고 말았다.

"판관, 또 어찌 그런 말씀을 하시는 겁니까?"

정기룡은 황찬용을 보자 또 특유의 여유 있는 웃음을 지었다.

"자네는 그렇게 날 보고도 아직도 믿지 못하는가?"

장시중은 황찬용의 어깨를 다독였다.

"자, 자. 황봉사. 판관께서 다 생각이 있으셔서 그런 것이니 그리 아시게. 매번 그런 식으로 믿지 못하겠다는 듯이 그리 나서면 판관께서 얼마나 무안하시겠는가?"

"장봉사, 고맙네. 허면 잘 지켜보게."

정기룡은 갑옷도 입지 않은 가벼운 철릭 차림으로 토적들 앞에 섰다. 하지만 그 특유의 남다른 체구를 보자 토적들은 그를 절대 만만하게 볼 수 없었다. 정기룡이 토적들과 한 판 벌인다는 이야기를 듣자마자 상주성 주민들도 이 광경을 보러 성 밖으로 나오거나 성 위에 올라 앞다투어 구경하기 바빴다. 정기룡은 사람들이 모인 것을 보자 칼을 허공으로 한 번 높이 들었다. 주민들 모두가 우레와 같은 환호를 보냈다.

그는 갓을 살짝 쥐고 고개를 숙여 주민들에게 가볍게 인사를 하고는 여유 만만한 모습으로 환도를 두어 번 빙빙 돌리고 토적 무리들을 향해 와보라는 듯 손짓을 하며 도발을 했다. 정기룡의 당당한 기세에 눌렸는지 토적들은 포위당한 채 몇 발짝 뒷걸음을 치며 물러났다.

"왜? 막상 해보려니까 겁나나? 아까 내 말에 그렇게들 반박하던 패기들은 다 어디로 갔지? 옹졸한 게 참으로 소인배들이 따로 없구나."

그제야 거구의 토적 하나가 칼을 빼어 들고 뛰쳐나왔다.

"청주에서 온 이만석이가 네놈을 상대해 주마!"

정기룡은 여유 있게 토적의 칼을 받아내었다.

"힘이 나쁘지는 않구나. 내 너의 힘이 아까워서 하는 이야기이니 지금이라도 내게 잘못을 빌고 내 휘하 감사군으로 들어오면 지난날의 잘못은 없던 걸로 해주지."

"웃기지 마라!"

토적은 필사적으로 발악을 하며 정기룡을 향해 칼을 휘둘렀다. 하지만 정기룡은 이를 모두 여유 만만하게 쳐내거나 피했다. 토적은 그 사이 벌써 지쳤는지 가쁜 숨을 몰아쉬었다. 반면 정기룡은 지친 기색 하나 보이지 않았다.

"왜? 벌써 지쳤나?"

토적은 숨을 겨우 고르고 난 뒤 다시 정기룡을 향해 달려들었다.

"함부로 지껄이지 마라! 아직 승부는 나지 않았어!"

하지만 정기룡은 토적의 움직임을 이미 모두 꿰뚫고 있었다. 그는 갑자기 몸을 낮추고는 몸을 돌려 피하고 곧바로 칼등으로 머리를 쳐 기절시켰다. 거구는 한 방에 고꾸라져 일어나지 못했다. 황찬용은 혹시나 그가 다칠까 조마조마했지만 정기룡은 오히려 그런 그에게 웃음을 지어 보였다. 그러고는 토적의 머리를 밟은 채 그 무리들을 향해 또 도발을 했다.

"시시하다, 다음!"

토적 무리 중 또 한 명이 냅다 달려들었다. 이번 녀석은 아까와는 달리 몸이 날래 보였지만 역시나 정기룡에게는 상대가 되지 못했다. 정기룡은 아까처럼 그자도 칼등으로 치고는 안면에 주먹질 한 방으로 기절시켰다.

"마지막 기회다."

그제야 토적들은 무기를 바닥에 떨구었다. 정기룡을 응원하는 사람들의 함성이 상주성 전체에 울려 퍼졌다.

그는 구경하던 모두에게 감사를 표하고 난 뒤 병졸들에게 지시를 내려 토적 무리 모두를 포박하고 체찰사에게 압송토록 한 뒤 그들로부터 자백을 받아내어 그들에게 잡혀 있던 어린아이들과 아녀자들을 구해 내었다.

옆에 있던 장시중이 정기룡에게 물었다.

"왜 저들을 베지 않았습니까?"

정기룡은 담담하게 대답을 했다.

"비록 토적이라 할지라도 같은 조선인이지 않나. 저들도 먹고살자고 저리 한 것인데. 게다가 그것보다 더 중요한 것이 있네."

"그것이 무엇입니까?"

"이런 일에 군졸들을 나서게 하고 싶지 않았네. 충분히 나 혼자서 해낼 수 있는 일에 쓸데없이 병력을 희생시킬 수는 없지 않은가?"

장시중은 정기룡의 무용과 기지에 다시 한 번 감탄을 할 수밖에 없었다. 반면 황찬용은 또 한 번 가슴이 철렁했는지 역시나 유감을 표명하며 정기룡에게 따지고 들었다.

"판관, 어쩌자고 또 그런 무모한 일을 벌이셨습니까? 판관 때문에 저는 제 명에 못 살 거 같습니다."

정기룡은 한바탕 크게 웃고는 황찬용의 어깨를 다독였다.

"자네는 그렇게 날 봐놓고서 대체 언제쯤 나를 믿어줄 겐가? 저들 처리 해놓고 술이나 한 잔 하세."

장시중도 정기룡을 거들며 황찬용에게 핀잔을 주었다.

"거 보시게. 내가 뭐랬나? 판관께서 잘 해내실 거라고 하지 않았나? 자네는 다 좋은데 의심이 너무 많아. 수고하셨습니다, 판관. 제가 술상을 봐 오겠습니다."

"거 좋지! 하하하."

그 일이 있은 뒤 며칠이 지나 11월 30일, 정기룡은 그를 상주목사(尙州牧使) 겸 감사군대장(敢死軍大將)으로 임명한다는 교지를 받았다. 목사는 정3품급의 당상관 행정직으로 실로 엄청난 승진이 아닐 수 없었다. 그만큼 상주성의 안정을 도모하라는 조정의 뜻인 것이다. 정기룡을 보좌하던 장시중과 황찬용도 공로를 인정받아 역시 봉사에서 참군으로 함께 승진이 되었다. 상주에서는 그의 승진을 기념하는 축제가 한바탕 벌어졌고 정기룡은 사람들이 행복해하며 자신을 축하하는 모습을 보며 흐뭇해했다. 그는 오늘도 하늘에 있는 인수 형님에게 마음으로 쓴 편지를 구름에 띄워 보냈다.

'인수 형님, 비록 아직 전란이 끝나지 않았지만 사람들이 저리 기뻐하는 모습을 보니 한결 마음이 편해졌습니다. 이 아우, 할 일이 너무도 많아 형님을 뵐 날은 좀 더 기다리셔야 할 것 같습니다. 그때까지 형님, 하늘에서 이 아우를 잘 지켜봐 주시기 바랍니다.'

토적을 토벌하고 난 뒤 한동안은 전쟁이 소강상태를 보였다. 몇몇 고을에서 소규모의 국지전이 벌어졌다는 소식은 간간이 들려왔지만 다행히 그 영향이 상주에 미치지는 않았다. 정기룡은 계속 복구 작업에 박차를 가하고 있었다. 그러던 어느 날이었다. 뜻하지 않은 손님이 상주를 찾아왔다.

"명(明)나라 유격장 오유충(吳惟忠)이 군사를 이끌고 여기로 온다고 합니다."

장시중은 전갈을 정기룡에게 전하면서 의미심장한 눈빛을 지어 보였다.

"명나라 장수가?"

정기룡도 의아해하기는 마찬가지였다.

"글쎄…, 뭐 들어보면 알지 않겠나? 맞이를 해야겠네."

성문이 열리자 오유충이 명군 일부를 이끌고 들어왔다. 그는 금빛의 번쩍이는 날개 모양이 달린 화려한 장식의 투구를 쓰고 있었고 역시 금빛의 어린갑(魚鱗甲)[46]을 입고 있었다. 등에는 붉은 망토가 드리워져 있었다. 확실히 대국의 장군이라 불릴 만큼 화려한 차림이었다. 그 뒤로는 누런 면갑을 입은 명나라의 군사들이 긴 창을 든 채 따르고 있었고 바로 옆에는 통역을 담당하는 자가 동행하고 있었다. 정기룡은 철릭을 입고 갓을 고쳐 쓴 뒤 본인 차림을 한 번 물어보고는 그를 맞을 준비를 했다. 오유충이 말에서 내리자 정기룡은 정중히 인사를 했다.

"상주목사 정기룡이 장군을 뵙습니다."

오유충은 상주성 내를 스윽 둘러보고는 인사를 받아주었다.

"공께서 이 성을 화공 계책으로 수복하셨다고 들었소. 이는 가히 육지에서의 적벽대전에 비유할 수 있는 크나큰 전공이라 생각되오. 대단하시구려."

"과찬의 말씀이십니다. 안으로 드시지요."

정기룡은 사람을 시켜 술과 음식을 내오라 했다. 민물고기 구이가 술과 함께 상에 올려졌다. 정기룡은 다소 민망해했다.

"아직 이 지역의 전답이 왜군들에 의해 황폐화되어서 복구가 미진한 상태인 데다 지금은 농번기가 아니어서 드릴 것이 이것밖에는 없어 참으로 송구스럽습니다."

오유충은 손사래를 치며 그를 두둔했다.

---

46) 여러 철판을 물고기 비늘 모양으로 엮어 만든 갑옷.

"아니오. 이 정도로 소장을 환대해 주신 것에 참으로 감사드리겠소. 자, 장군. 드십시다."

"드십시오."

둘은 서로 자기소개를 한 뒤 서로에게 술을 따라주며 이야기를 나누었다. 정기룡은 담소를 나누면서 궁금한 것이 하나 생겼다. 그것은 최근 들어서 왜군의 기별이 뜸해진 이유였다. 어째서인지는 몰라도 아직 전란이 끝나지 않은 것은 분명한데 전쟁이 왜 지금과 같은 소강상태로 접어들었는지 심히 궁금하지 않을 수 없었다. 정기룡은 이 부분에 대해서 오유충이 뭔가 알고 있지 않을까 생각했다.

"장군, 요즘 들어 왜군이 왜 잠잠해졌는지 혹시 아시는 바가 있으십니까? 제가 들은 바로는 여해(汝諧, 이순신의 자) 전라 좌수사께서 분전하시어 연전연승을 거두신 덕분에 왜군의 보급로가 끊겨서가 아닐까 생각하고 있습니다만, 혹시 제가 모르는 또 다른 이유가 있습니까?"

오유충은 비록 예의는 차리고 있었지만 역시 누가 대국에서 온 장수 아니랄까 봐 위세를 갖추기 위해 애쓰는 모습이 역력했다. 그는 약간 거들먹거리는 듯한 말투로 명군의 지난 전과를 자랑인 양 늘어놓았다.

"과거 우리 명군의 이여송(李如松) 장군이 조선군의 지원을 받아 평양성을 수복하였소. 우리 군이 가져온 홍이포(紅夷砲)[47]에 왜장 소서행장이 이끄는 왜군들이 속수무책으로 당하더이다. 그 기세를 몰아 우리 명군이 남하를 개시하여 2주 후에는 개성도 탈환할 수 있었소.

지금 이 나라 임금이 한양에 계실 수 있는 것도 우리 명군의 분전이 있었기에 가능한 일이었지. 하여, 소서행장이 우리 대명국의 위세에

---

47) 명나라에서 네덜란드의 대포를 모방하여 만든 중국식 대포.

겁을 먹었는지 우리에게 강화를 요청하더이다. 그래서 우리 명에서도 이를 받아들여 심유경(沈惟敬) 장군이 맡아 강화를 주도하고 있소. 그래서 협상 중인 것이라 왜군이 잠잠해진 게 아닐까 싶소. 이 얼마나 위대한 일이라 하지 않을 수 있겠소?"

정기룡은 고개를 끄덕였지만 찜찜한 기분을 지울 수 없었다. 강화라는 것은 일종의 거래 아닌가. 뭔가 오가는 게 있어야 성사가 되는 일이었다. 그 부분에 대해서 이자가 얼마나 알고 있는지는 모르겠지만 최대한 알아내는 데까지는 알아낼 필요가 있다 여겼다.

"그러면 강화 조건이 무엇이라 합니까?"

오유충은 들은 바를 술술 털어놓았다.

"관백(關白) 풍신수길(豊臣秀吉)[48]이 건방지게도 조선의 4도를 할지(割地)[49]할 것과 우리 대명국의 황녀를 왜왕의 후궁으로 보내면 철군하겠다는 말도 안 되는 요구를 하더이다. 하여 우리 쪽에서는 대신 황상께서 수길을 왜국의 왕으로 정식 책봉하는 조건으로 강화를 한다고 하더이다."

정기룡은 어처구니가 없었다.

"할지라니오? 조선 땅을 왜군에게 내어준다는 말입니까? 그리고 관백은 또 무슨 말입니까? 수길이 왜왕이 아닙니까?"

"아니오. 왜국의 왕은 따로 있소. 하지만 그냥 꿰다 놓은 보릿자루마냥 없는 존재나 마찬가지요. 하여 수길은 스스로를 왕을 보좌하는 관백이라 칭하며 왜국의 실권을 틀어쥐고 있소. 참 이상한 나라가 아니오?

---

48) 도요토미 히데요시.
49) 국토를 내어주는 것.

그리고 아시다시피 우리 대명국과 조선은 부자(父子)의 연을 맺은 나라가 아니겠소. 당연히 조선 땅을 왜군에게 내어줄 일은 없으니 그 부분에 대해서는 안심하셔도 좋소. 좌우지간 지금 심유경 장군이 협상을 위해 분전하고 계시니 좋은 결과가 있을 것이오. 기다려 보시오."

정기룡은 그제야 마음의 의문이 조금이나마 풀린 것 같았다. 협상 중이어서 왜군의 기척이 뜸하다는 것을 알게 되었으니 말이다. 하지만 이 나라를 유린하고 더 나아가 자신의 부인까지 자결하게 만든 놈들을 살려 보낼 마음은 추호도 없었다. 정기룡은 그만 대화를 끊어야겠다고 생각했다.

"조선을 위한 명군의 노고에 감사드리며 또한 좋은 소식을 알려주신 것 또한 감사하게 생각합니다. 하오나 저는 왜놈들이 순순히 물러나게 내버려 둘 수는 없습니다. 이는 왜군에게 죽은 우리 조선 백성들과 관군들을 욕되게 하는 처사입니다. 게다가 저는 부인까지 왜군들 때문에 목숨을 잃었습니다. 지금은 이 몸, 목사의 소임을 다하기 위해 상주를 지키고 재건하고 있으나 그들이 온전하게 도망치게 내버려 둘 수는 없습니다. 언제라도 놈들을 벨 것입니다."

오유충 역시 정기룡의 분노한 모습을 보자 분위기가 싸늘해짐을 느끼고는 그만 자리를 떠야겠다 싶어 서둘러 자리에서 일어났다.

"소장도 이만 가봐야겠소. 정성 어린 환대에 감사드리오. 내 군영에 가는 대로 오늘 환대에 대해 꼭 전해 드리리다."

"살펴 가십시오."

정기룡은 그를 송별하고는 두 참군을 불러 그와 나누었던 대화 내용을 전해 주었다. 둘 다 놀라는 기색을 보였다. 정기룡은 뭔가 심상찮다 여겨 둘에게 물었다.

"수길은 조선의 할지를 요구했고 명에서는 왜왕 책봉을 내건다…, 다들 뭔가 이상하다 생각되지 않는가?"

장시중은 고개를 끄덕였다.

"그렇습니다. 제가 문관도 아니고 이런 일에는 까막눈이라 이렇게 생각되는 건지도 모르겠습니다만 제가 봐도 이 강화가 제대로 맺어지는 것은 어렵지 않나 사료됩니다."

"저 또한 같은 생각입니다."

황찬용도 동조하는 뜻을 보였다. 정기룡은 잠시 생각에 잠기다가 그를 바라보며 물었다.

"감사군 훈련도는 어떠한가?"

"다들 창술이나 조총술에 어느 정도 익숙해졌습니다. 이제는 실전을 치러봐도 되지 않을까 생각됩니다."

정기룡은 둘을 둘러보며 당부하였다.

"지금은 다행히 왜군의 기척이 없다. 하지만 곧 또다시 전란의 피바람이 몰아닥칠 수도 있다. 만일을 대비하여 훈련을 게을리 하지 말도록 하라. 병장기의 보수도 반드시 잊지 말고 진행토록 하라. 아직 전쟁은 끝나지 않았다. 부디 명심하기 바란다."

말을 마치고 둘을 돌려보낸 뒤 정기룡은 다시금 생각에 잠겼다. 역시 그가 그럴 때면 떠올릴 수 있는 사람은 단 하나, 인수 형님이었다.

'형님, 비록 지금은 잠잠하지만 형국을 보아 하니 또 언제 전란이 닥칠지 모르겠습니다. 만일 그때가 된다면 이 아우가 분전할 수 있도록, 그리고 진주성을 수복하여 제 곁을 떠난 부인의 원수를 갚을 수 있도록 하늘에서 부디 무운을 빌어주십시오. 이전에도 그러하셨던 것처럼 계속 이 아우를 지켜주십시오.'

그렇게 몇 해가 지나 어느덧 선조 30년 정유년(1597) 여름이 되었다. 하지만 정기룡은 언제나처럼 상주에서 훈련에 힘쓰며 언제 또 있을지 모를 전쟁에 철저히 방비를 하고 있었다. 그러던 중 왜군이 다시 침략을 했다는 보고가 들어왔다. 또다시 전란이 조선을 휩쓸고 있었다.

보이지 않는 검은劍

어찌 막으리오

보이지 않는 검劍은 어찌 막으리오

●

　선조 30년, 왜군들은 다시 조선을 침략하였다. 이들이 다시 조선 반도에 발을 디딜 수 있었던 가장 큰 이유는 칠천량에서의 조선 수군의 대패였다.

　초대 삼도수군통제사(三道水軍統制使)[50]에 임명되어 수군을 다스리고 혁혁한 전과를 세우던 이순신 장군이 어명에 불복종했다는 이유로 파직되고 한양으로 압송되고 말았다.

　그 후임으로 원균이 통제사 직을 맡게 되었지만 이 전투의 패배로 인해 이순신이 그동안 육성해 놓은 수군 병력과 건조된 전함이 소수만 남긴 채 모두 왜군에게 잃고 말았다. 왜군은 이 절호의 기회를 놓치지 않고 다시금 연달아 상륙했다.

　명나라에서도 이를 좌시하지 않고 경리(經理)[51] 양호(楊鎬)를 필두로 하는 원군을 보냈다. 조선 군영은 또다시 벌어진 전란에 술렁였다. 상주 복구 작업을 하던 정기룡은 경상관찰사의 명으로 부대를 이끌고 성주

---

50) 전라도, 경상도, 충청도 3도의 수군 통제 권한을 가지는 무관직. 임진왜란 때 신설되었다.

51) 흠차경리조선군무(欽差經理朝鮮軍務) 직책의 줄임말.

목사 이수일(李守一)의 지휘 아래 금오산성으로 군을 이끌고 가서 산성 수비를 맡고 있었다.

전라도에 상륙한 왜군이 또다시 북상을 노리고 있다는 비보를 받은 도원수(都元帥)[52] 권율(權慄)은 대책회의를 위해 장수들을 모았다. 어명으로 전라도 체찰사로 내려온 이원익(李元翼), 경상좌도 방어사 곽재우, 성주목사 이수일, 그리고 정기룡도 이수일을 따라 급하게 명을 받고 회의에 참석했다. 명나라 장수인 모국기(茅國器)를 비롯한 모두가 전라도 방어의 대책 마련을 위해 모였다. 권율은 침통한 표정을 지으며 회의를 시작했다.

"적이 북상을 하기 위해 성주를 통과한다고 하오. 여기서 우선 적들의 진군을 저지한다면 후방의 준비를 마치고 대처하기 수월할 것이오. 적임자로 누가 좋겠소?"

곽재우는 정기룡을 권율에게 추천했다.

"도원수 대감, 소장 일찍부터 진주성 전투에서 여기 상주목사 정기룡 장군이 잘 훈련된 기병을 이끌고 있다고 알고 있으니 그에게 맡기는 것이 어떻겠습니까?"

이수일은 곽재우의 의견에 반대를 표했다.

"그리한다면 금오산성을 지킬 병력이 모자라게 됩니다."

하지만 이원익 역시 그의 반대를 무릅쓰고 곽재우의 발언에 힘을 보탰다.

"정목사 휘하 기병은 과거 거창에서부터 기동전술로 왜군의 기세를 꺾는 데에 큰 역할을 했습니다. 이번에도 그 역할을 정목사가 해준다

---

52) 전시에 군 전체를 통솔하는 임시 관직. 문관의 최고관이 임명되어 군권을 부여받는다.

면 우리 조선군이 왜군의 북진을 저지하는 데에 좀 더 유리한 위치를 확보할 수 있을 것입니다."

이수일은 난처한 입장을 보였다.

"본시 군중 사안은 장군의 명령이 우선이고, 그게 설령 대명(大明) 황제의 어명이 있었다 하더라도 용인될 수 없습니다."

이렇게 명나라가 언급되자 권율은 모국기에게도 의견을 물어보았다.

"모장군께서는 어떻게 생각하십니까?"

모국기는 역시나 대국의 장군다웠다. 그는 거만한 눈초리로 정기룡을 위아래로 훑어보았다. 듬직한 그의 체구를 보고는 그도 이수일을 제외한 모두의 의견에 동의하였다.

"소장이 보건대 이자의 기골이 장대하니 능히 왜군과의 싸움에서 이길 것이라 생각되오."

모두의 의견이 하나로 모아지는 듯 보였다.

이원익은 권율에게 정기룡을 토왜대장(討倭大將)으로 임명할 것을 건의하였고 권율은 이를 승낙하였다. 자신을 믿어준 것에 대해 정기룡은 권율과 이원익에게 감사를 표했다. 정기룡은 권율로부터 고령현에서 왜군을 상대할 것을 명받았다. 회의가 끝나자 그는 진주성 전투 이후로 오랜만에 재회한 곽재우와 다시금 인사를 나누었다.

"그간 무탈하셨습니까, 방어사 영감. 지난번 조언은 잊지 않고 기억하고 있었습니다."

"경운공, 나도 반갑소이다. 사실 내 관직에는 뜻이 없었으나 어명이 있었던지라 전란 동안에만 이렇게 뜻하지 않은 자리 하나를 맡기로 했소. 경운공을 보니 내 안심이 되는구려."

정기룡은 어느 정도 곽재우와 대화를 나누자 그때서야 지난 상주에서의 일에 대해 그에게 토로할 수 있었다.

"그때 방어사 영감께서 하신 말씀이 맞았습니다. 상호군께서 어떻게 알고 왔는지 전투가 거의 끝날 무렵에 원군으로 나타나 우리 부대가 벤 적들의 수급을 적어도 7할은 거둬 갔습니다. 지금도 어떻게 그때를 알고 왔는지 이해가 잘되지 않습니다. 제 안위 때문에 방어사 영감께 이런 말씀을 드리는 게 아닙니다. 제가 거느리고 있는 부하들의 공적을 그가 모두 앗아가 버린 게 그저 참으로 억울할 뿐입니다."

곽재우는 정기룡의 얘기를 듣고는 뭔가 석연찮은 듯한 반응을 보였다. 이 말을 해야 할지 말아야 할지 망설이던 그는 겨우 자신의 속마음을 털어놓을 수 있었다.

"그럼 혹시⋯, 정목사 부대 내에 이시언의 간자(間者)[53]가 있는 것 아니오? 그게 아니고서야 그때에 그렇게 나타날 수가 없지 않겠소?"

정기룡은 이 이야기를 듣고는 놀랄 수밖에 없었다.

"그 말씀은⋯, 그때 제가 부하들과 작전을 짜고 나서 그 정보가 새었다는 겁니까?"

"그렇지 않고서야 어찌 일이 그리될 수 있었겠소?"

정기룡도 그런 의심을 안 한 것은 아니었다. 단지 자기 부하들 중에 이시언과 내통을 하는 자가 있다는 것을 믿고 싶지 않았던 것이다. 하지만 곽재우가 그의 말을 듣고 간자 이야기를 꺼내자 그도 더 이상 부정을 할 수 없었다. 게다가 그런 일이 있을 때마다 들린 부엉이 소리도 수상쩍게 여겨졌다. 그것도 이 일과 관련있는 것이 아닐까.

그렇다면 그때의 작전 회의에 참석했던 부하들 중 하나였다는 얘기

---

53) 간첩 활동을 하는 자.

인데 누구일까. 자신이 의견을 내놓을 때마다 번번이 반대 의사를 표하고 작전회의 결과와 전과를 기록해 놓고 숨기는 황찬용일까. 반면 자신의 의견에 묵묵히 따르며 궂은일을 마다하지 않던 장시중이 그럴리는 없어 보였다. 그 둘이 아니면 김광복이나 그 휘하였을까. 도무지 감이 오지 않았다.

그러나 만약 그들 중에 없다면? 만약 그렇다면, 자신이 쓸데없이 자신과 함께 싸워준 부하들을 의심한 게 된다는 생각이 들자 전투를 코앞에 둔 상황에서 눈앞이 캄캄해졌다. 부하들에게 마음속 의심이 싹텄는데 과연 제대로 싸울 수 있을지도 장담할 수 없었다.

정기룡이 혼란스러운 기색을 보이자 곽재우는 그의 얼굴을 찬찬히 살피더니 다시금 조심스레 의견을 내비쳤다.

"정목사, 이리하시면 어떻겠소? 출격 준비는 서두르되 출격 날짜를 미리 언급해 놓고 그 전에 곧바로 출격을 하면 전처럼 상호군에게 전공을 빼앗기는 일은 막을 수 있을 것이라 생각되오. 그자가 이번에도 장군의 공적을 노릴지도 모르니 조심하시오."

"묘안입니다. 허면 그리하겠습니다."

"무운을 빌겠소."

정기룡은 곽재우와 헤어지면서 마음속 한구석에 있는 찜찜함을 지울 수 없었다. 그렇게 해서 전공을 빼앗기지 않는다 하더라도 간자 색출은 피할 수 없었다. 언젠가는 맞닥뜨리고 해결해야 할 일이었다. 이 시언의 손아귀에 마냥 붙잡혀 있고 싶지는 않았다.

정기룡은 고령현 녹가전에 도착하자 진영을 설치하고는 전투 준비를 서두르라 지시했다. 그리고 주변 정탐을 맡기고 나서 왜군 정탐부대가 관죽전을 지날 것이라는 정보를 입수했다. 밤이 되자 그는 황치원과 이희춘을 보내 관죽전 사수를 명하였다. 관죽전은 각종 병기를 제작할 수 있는 대나무를 나라에서 일괄적으로 관리하는 대나무 밭이었기 때문에 반드시 사수를 해야만 했다.

비록 큰 전투는 아니었지만 이곳에서의 승리로 백여 명의 수급을 베었다. 그동안 정기룡은 장시중과 황찬용을 불러 왜군을 상대할 방법을 의논하였다. 일단 출병은 이틀 뒤에 하지만 상황이 어떻게 될지 모르니 미리 출정 준비는 해둘 것을 명령했다. 그리고 그날 새벽이 되자 정기룡은 150여 명의 기병과 800명 가량의 보졸들을 이끌고 출진을 명했다. 장시중과 황찬용은 정기룡의 명에 의아해했다.

"목사, 출병은 이틀 뒤라고 하시지 않았습니까? 어찌 이리 서두르는 것입니까?"

"이번 작전은 서둘러 기습을 해야 적을 능히 칠 수 있을 것이네. 그나저나 황참군."

"네."

"예전에 내 얼굴에 주먹질한 거 잊지 않고 있네."

황찬용은 뒷머리를 긁으며 고개를 살짝 떨구었다.

"예전 일이긴 합니다만…, 면목 없습니다."

"그건 이번 싸움이 끝나고 갚도록 하지. 진군하라!"

"네?"

그렇게 서둘러 진군한 정기룡이 왜군들의 진영을 맞닥뜨린 곳은 용담천(龍潭川)이라 불리는 작은 강 건너편이었다. 큰 편은 아니었지만 며칠 전 내렸던 폭우 때문에 물이 불어나 개천 정도에 불과했던 강이 적어도 허리까지는 물이 찰 정도로 불어났다. 어느 쪽이든 강을 건너는 순간 진군 속도가 느려지고 그렇게 되면 활이나 조총 같은 원거리 쏘기 무기의 표적이 될 것이 뻔했다. 어떻게 해서든 적이 넘어오게 만들 방법을 찾아야 했다.

정기룡은 우선 모가 난 방망이를 장비한 능정군(稜挺軍)을 강 근처 갈 대밭에 매복시켜 왜군들이 강을 건너오면 퇴로를 차단할 것을 명하고는 궁기병들에게 지시해 멀리서 활을 곡사로 쏘아 적들을 도발했다. 왜군들이 공격에 응전하기 위해 강 건너에서 조총을 응사하려 하자 빠르게 물러났다가 다시 와서 활쏘기를 반복했다.

그렇게 가벼운 원사공격을 몇 차례 감행하자 왜군들은 참지 못하고 결국 정기룡 군의 도발성 공격에 눈이 뒤집혀 강을 건너오기 시작했다. 정기룡은 왜군들 다수가 강을 넘어올 때까지 계속 후퇴했다.

그러던 중 넘어온 왜군들 사이로 흰 말을 타고 붉은색 비단에 화려한 문양이 어지럽게 수놓인 외투[54]를 갑옷 위에 걸쳐 입은 왜장 하나가 눈에 띄었다. 정기룡은 그 왜장이 강을 넘어오자마자 기병을 이끌고 그에게 달려들었다. 정기룡의 용마(龍馬)는 이번에도 놀라운 속도로 적들 사이를 파고들어가 그의 코앞까지 갔다. 그리고는 그를 편곤으로 후려쳐 낙마시킨 뒤 올가미로 발목을 묶고는 서둘러 자신의 진영으로 끌고 들어왔다.

왜장은 서둘러 칼을 뽑아 묶인 줄을 끊고 탈출하려고 시도했지만 정기룡이 편곤으로 손을 쳐 칼을 떨어뜨리게 해 빠져나갈 수 없었다. 그는 그렇게 버둥거리며 발목이 묶인 채 정기룡의 군영으로 질질 끌려왔다. 왜장을 사로잡자 정기룡은 긴 장대 끝에다 그를 산 채로 매달아 세

---

54) 진바오리[陣羽織]. 왜군 장수가 갑옷 위에 덧입는, 소매 없는 화려한 겉옷.

워 그가 잡혀 있음을 멀리서도 볼 수 있도록 했다. 왜장은 알아들을 수 없는 왜나라 말로 고래고래 소리를 질러댔다.

이 광경을 멀리서 본 왜군들은 자신들을 통솔하던 장수가 잡힌 탓에 사기가 꺾였는지 주춤거리다 너나 할 것 없이 퇴각하기 시작했다.

하지만 상당수가 거친 물살에 발이 묶여 있었기 때문에 재빨리 도망칠 수 없었고 정기룡의 군대는 이를 놓치지 않았다. 강을 건너지 않은 왜군들은 이를 보고 도주하려 했지만 때마침 안동부(安東府)에서 온 조선군 원군에게 발목이 잡혔다. 상당수의 왜군이 조선군에게 격퇴당했다.

맑은 물이 흐르던 강은 핏빛으로 물든 채 한참이나 흐를 정도로 많은 왜군들의 시체들로 강이 가득 메워졌다. 이윽고 전투가 막바지에 접어들었을 무렵, 수급을 거두어 보니 큰 토옥(土屋) 높이의 머리 더미가 여섯 개는 나올 정도로 상당했다. 대승(大勝)이었다. 정기룡은 전투가 끝나고 숨을 돌린 뒤 모두의 노고를 치하했다.

"다들 수고 많았네."

장시중은 어리둥절한 표정을 짓다가 이내 웃었다.

"장군, 고생 많으셨습니다."

김경노도 엄지를 추켜세우며 해맑게 웃어 보였다.

"역시 장군입니다요."

정기룡은 씩 웃어 보이더니 김경노의 입을 가볍게 손바닥으로 '툭' 치고 뒤돌아갔다. 그는 어리둥절해하며 몇 번 눈을 깜빡이다가 황찬용에게 물었다.

"아, 아니 장군을 친 건 참군님인데 왜 제가 맞는 겁니까요?"

그는 킥킥거리면서 김경노를 놀렸다.

"내 언젠가 네 녀석 주둥이가 매를 한 번 벌 거 같았는데 그게 오늘이 되었구나. 하하하."

이번에는 곽재우의 충고를 들은 대로 작전을 시행한 덕분에 이시언도 눈치채지 못해 원군을 보내지 않았다. 하지만 정기룡은 저 정도의 공적을 세웠다면 분명히 그의 기별이 있을 것이라는 것 정도는 예측하고 있었다.

그래서 정기룡은 체찰부에 보고하러 가는 일행 뒤를 말을 타고 따라나섰다. 아나나 다를까, 전의 그 부엉이 소리가 숲속에서 또다시 들려왔고 한참을 가다 보니 적의 수급을 실은 수레를 체찰부로 호송하던 중에 앞에서 다른 조선군들이 가로막았다.

"어디로 가는 길이오?"

"상주목사의 명으로 이번 전투에서 노획한 적의 수급을 체찰부에 보고하러 가는 길이외다."

"여기서부터는 전라병마절도사 관할 지역이오. 우리가 대신 인계를 받아 보고를 할 터이니 수레들을 맡기시오."

말을 하는 걸 보니 이시언의 부대인 것 같았다. 그때 수레 뒤에서 정기룡이 직접 나타나자 앞을 가로막던 자들은 우물쭈물하며 뒤로 물러났다. 정기룡은 칼을 꺼내고 호통을 쳤다.

"나 상주목사 정기룡이다. 보고를 해도 내가 직접 하겠다. 원군도 오지 않은 주제에 어디서 공적을 훔치려고 수작을 부리는 겐가! 물러서지 못할까!"

이때 군졸들 사이로 아나나 다를까, 이시언이 말을 타고 나타났다.

"오랜만이오. 정참군, 아니 이제는 목사라고 불러야겠지."

이시언은 마지못해 인사를 먼저 건네봤지만 정기룡이 자신을 바라보는 눈빛이 서늘한 것이 예전 같지 않다는 것을 느꼈다. 그는 말을 이어나갔다.

"정목사께서는 성주의 안전을 도모하시오. 여기서부터는 나 이시언의 관할 구역이니 우리 군사가 수급을 인계해서 체찰사에게 보고할 것이오."

"말씀은 고맙습니다만 마땅히 소장이 해야 할 일이라 사료됩니다. 길을 열어주시지요."

이시언은 역시나 가당찮은 핑계를 늘어놓았다.

"무슨 연유인지 전투가 일찍 벌어져 전보를 미처 듣지 못했소. 그래서 이번에는 내 원군을 이끌고 가지 못했소. 중간에 사고가 있었던 모양이오. 아무튼 나는 그저 정목사가 군영의 일을 소홀히 하지 않으면서 공적이 많아 군량을 챙길 수 있도록 도와주려고 하는 것뿐이오."

정기룡은 물러설 마음이 없었다.

"혹시 상호군 영감 본인의 공으로 보고하려는 건 아닙니까?"

이시언의 얼굴이 굳어졌다. 아마도 그런 계산이 있었던 것 같지만 그는 순순히 인정할 사람이 아니었다.

"무슨 그런 섭섭한 말을 하시오? 지금 이 이시언이 공적을 도둑질이나 하는 졸장이라 여기는 것이오?"

정기룡은 정곡을 찔러서 그의 입을 막아버려야겠다고 생각했다.

"진주성에서와 상주에서의 일을 이 정기룡, 똑똑히 기억하고 있습니다. 멀찍이서 관전하다가 상황이 정리될 즈음에 와서야 수급을 거두는 데에 열중하시더군요. 체찰부에도 그렇게 보고가 되어 있다지요? 상호군처럼 지체 높으신 분께서 저잣거리 개처럼 소장 옆에서 뭘 그렇게 주워먹으려고 발악을 하시는 건지 이 정기룡, 도통 모르겠습니다."

정기룡의 발언에 이시언은 발끈해 칼을 빼어 들고 그에게 칼끝을 겨누었다.

"보자 보자 하니까 이 애송이가 못하는 말이 없구나! 나도 조선의 녹을 먹는 장수이거늘 어찌 그런 망발과 모함을 함부로 입에 담는 겐가?"

정기룡도 한숨을 쉬고는 칼을 꺼내 이시언을 겨누었다.

"말씀 한 번 잘하셨습니다, 영감. 허면 저도 하나 여쭙죠. 어찌 같은 조선군끼리 이렇게 서로 의심을 하는 일이 있어야 합니까? 이번에는 체찰사에게 보고를 하더라도 소장이 직접 합니다. 말씀은 감사하오나 이번엔 영감께서 나설 때는 아니라고 생각됩니다. 그럼, 이만 길을 비키시지요."

정기룡은 칼을 다시 칼집에 넣고는 말에 올라 수레들을 이끌고 다시 가던 길을 갔다. 멀어지는 그의 모습을 보며 이시언은 눈을 흘겼다.

"저 녀석이 감히…!"

정기룡은 따라오길 잘했다는 생각이 들었다. 이제는 그와 돌이킬 수 없는 사이가 되었다. 그래도 같이 싸워준 부하들의 공적을 온전히 인정받을 수 있다는 생각에 안도감이 들었지만 한편으로는 그와 척을 진 것에 불안한 느낌도 들었다.

그리고 부엉이 소리가 들리고 나서 보고를 가는 길에 그가 직접 나온 것을 보니 이번 건에도 자신의 진중에 있는 간자가 이시언에게 밀서를 보냈다는 것이 자명한 듯 보였다. 정기룡은 또다시 고민에 빠졌다. 그렇다면 과연 그자를 어떻게 색출해 낸단 말인가.

성주에서의 승리로 왜군들은 잠시 물러났다. 고령, 합천, 초계, 의령 등에서 왜군들이 철수했다는 소식이 들리자 다시 고을들은 안정을 되찾았고 정기룡 부대가 고령현에 들어서자 피난민이었던 백성들이 돌아와 그를 열렬히 환영해 주었다.

"장군이 없었더라면 우리들은 진작에 왜적들의 밥이 되었을 것입니다."

정기룡은 사람들의 환대에 감사를 표했다.

성주에서의 승리에 체찰사 이원익(李元翼)은 조정에 정기룡의 승전보를 알리는 상소문을 보냈다.

'전하께 아뢰옵니다. 상주목사 정기룡이 왜군을 상대로 분전하여 성주를 비롯한 영남 일대가 안정을 되찾아 피난을 갔던 백성들이 다시 제 고을로 돌아오고 있으니 이를 치하하는 바입니다. 그가 없었다면 영남이 없었고 영남이 없다면 이 나라가 없었을 터이니 전하께서는 그의 공을 치하하여 그가 더욱 분전토록 하시옵소서.'

그리하여 선조는 정기룡의 이번 공적을 인정하여 공석으로 비어 있는 경상우병사 직무의 권한대행을 할 것을 명했다. 전 경상우병사 김응서(金應瑞)가 패주한 책임으로 논죄가 되는 동안 그 자리가 공석으로 비어 있기 때문이었다. 그래서 일단 정기룡은 그 자리 또한 맡게 되었다.

그의 부대는 고령현을 지나 성주에 이르러 진영을 설치하고 주변 정탐을 소홀히 하지 않았다. 그러던 중 충청도의 황간현(黃澗縣)과 영동현(永同縣) 사이에 왜적이 진을 치고 있다는 정보를 입수해서 이들을 격퇴하기 위해 진군했다. 정기룡이 움직였다는 이야기를 왜군들도 들었는지 대다수는 황간현으로 후퇴했고 영동현에 남은 왜군은 3백이 채 되지 않는 숫자였다. 정기룡은 이들을 포위 공격해서 몰살시켜 영동현의 안녕을 도모하였다.

영동현 이후 그의 다음 목표는 충청도 보은현이었다. 그곳에 들어서자 흐린 하늘에 짙은 안개가 사방에 깔려 있었고 천둥소리가 진동했다.

정기룡은 감사군 부장 이희춘을 시켜 정탐토록 해 보은현 적암(赤巖) 근처에 적장 가등청정(加藤淸正)[55] 휘하의 부대가 주둔해 있다는 보고를 들었다.

"적의 규모는 얼마나 되는가?"

염탐을 했던 이희춘은 안개가 너무 짙게 깔려 그것까지는 알 수 없었으나 상당수가 주둔해 있는 것 같다는 추측만을 남겼다.

정기룡은 부대를 이끌고 조심스럽게 적들에게 다가갔다. 안개 속을 헤쳐 나가자 왜군의 진영이 그 모습을 드러냈다. 그 수는 언뜻 봐도 한 만여 명은 되어 보였다. 그에 비하면 정기룡이 이끄는 부대는 이번에 충원된 군사들을 다 합쳐도 천 명이 채 되지 않았다. 이희춘은 다급한 마음에 정기룡에게 말했다.

"우리 군사로 저들을 상대하는 것은 무리입니다."

하지만 정기룡은 그의 의견에 반대 의사를 표했다.

"아닐세, 보시게. 안개가 이렇게 드리워져 있지 않은가? 비록 우리가 수는 적다 하나, 이 안개 속에 몸을 숨겨 허장성세(虛張聲勢)로 적을 제압하기에는 더없이 좋은 조건이지. 헌데 저들을 패퇴시키면 어디로 퇴각을 할 것 같은가?"

"상주로 가지 않겠습니까?"

---

55) 가토 기요마사.

"내가 우려하는 게 바로 그것일세. 즉시 파발을 보내 상주 인근의 사람들을 모두 피난시키게. 군량이 될 곡식들도 모두 함께 옮겨야 하네. 절대 왜군들이 그곳에서 군량을 조달하거나 사람들에게 해를 가해서는 안 될 것이네. 아무 소득 없이 보내서 저들의 숨통을 조여야 하네."

말을 마친 정기룡과 이희춘은 서둘러 군영으로 돌아왔다. 즉시 휘하 장수들을 소집하고는 이번 작전은 우리 군사의 수가 적을 압도할 정도로 많은 것으로 위장하고 철저히 원사로만 응전할 것을 모두에게 요구했다. 또한 상주로 파발을 보내서 인근 고을의 사람들에게 일시적으로 대피하라고 전했다. 모든 계획을 세우자 정기룡은 감사군을 비롯한 휘하 보졸들에게 되도록 많은 수의 깃발을 장비할 것을 명했다.

"이번 작전은 적의 수가 많으니 되도록 백병전은 피해야 한다. 고지를 확보하고 학익진으로 적을 에워싸서 우리 군사가 많아 보이도록 하는 것이 이번 작전의 관건일세. 왜군들이 퇴각하면 장시중과 황찬용은 기병을 이끌고 뒤쫓아가 되도록 많은 적들을 끝까지 섬멸하도록. 모두 전투 준비를 하라!"

그리하여 군사들은 원거리에서 활 겨누기가 용이한 고지대로 이동했다. 모두 제 위치에 자리를 잡자 정기룡은 깃발로 신호를 보내 왜군들에게 사격을 개시했다. 갑작스러운 기습에 왜군들은 당황하며 응사해 봤지만 짙은 안개 덕분에 어디서 화살이 날아오는지 파악조차 못했다. 또한 산개(散開)한 포진 때문에 조선군의 수가 많다고 판단이 됐는지 왜군들은 금세 퇴각했다. 이들은 정기룡의 예상대로 상주로 도주했지만 그가 미리 손을 써놓은 덕에 그들은 상주에서 군량미를 비롯한 그 어떤 소득도 얻지 못했다. 황찬용이 이끄는 기병들은 적의 수급 50여 개를 베어 왔다.

이날의 승리는 체찰사 이원익의 장계로 조정에 보고되었고 정기룡은 절충장군(折衝將軍) 겸 경상우도 병마절도사로 명을 받았다. 허나 문제는 따로 있었다.

군량미가 어느새 동이 나 부대를 먹여 살릴 방법이 요원해진 것이다. 엎친 데 덮친 격으로 정기룡을 절망에 빠뜨릴 만한 일이 또 하나 있었으니, 바로 이시언이 충청병사라는 사실이었다.

그는 비교적 후방 지역이라 할 수 있는 충청도에 주둔해 있었는데 그 때문에 전라도와 경상도에 주둔해 있는 조선군의 군량 수송 담당 역할도 맡게 된 것이다. 일전에 있었던 일 때문에 이시언과 척을 지게 되었으니 군량 공급에 차질이 생긴 것이다. 이 일로 정기룡의 군영은 술렁였고 대책 마련이 시급해지게 되었다. 특히나 이번 일로 장시중마저 난색을 강하게 표했다.

"장군께서 일전에 충청병사와의 일로 인해 군량을 공급받기 어렵게 됐으니 어떻게 하시렵니까?"

정기룡도 착잡하기는 마찬가지였다.

"대책을 마련할 시간을 좀 주게."

황찬용도 어이없다는 표정으로 정기룡을 윽박질렀다.

"아니, 기다리면 하늘에서 쌀이 쏟아지기라도 합니까? 지금 군영에 굶주리는 자들이 속출하고 있습니다. 장군, 장군께서도 요즘 끼니를 제대로 못 드시고 있지 않습니까?"

장시중이 그나마 황찬용을 옆에서 말렸다.

"황참군, 장군을 너무 탓하지 마시게. 장군께서도 어떻게 해보신다고 하지 않았나? 장군은 늘 어려운 일이 있을 때마다 이를 기적처럼 극복하는 모습을 우리에게 보여주셨네. 이번에도 그리할 것이니 장군을 믿어보시게. 장군, 장군께서 생각하고 계시는 일이 무엇인지는 모르겠으나 잘 성사되길 바라고 있겠습니다. 다녀오십시오."

"두 사람 다 고맙네. 그럼 군영을 잘 부탁하네."

정기룡은 착잡한 심정으로 말에 올랐다. 그는 말을 달려 어느덧 금오산 자락으로 향했다. 그동안 전란 때문에 잘 오지 못했는데 이제야 간만에 오는 것 같아 인수 형님께 너무나 죄송스러웠다. 형님의 무덤에 도착하자 정기룡은 형님께 절을 올리고 한탄하기 시작했다. 털어놓을 사람이 그 말고 누가 있겠는가.

"형님, 전란 때문에 이제야 형님을 다시 뵈러 왔습니다. 그동안은 형님의 가호가 있어서 어떤 문제가 있더라도 어찌저찌 잘 해결해 나갔습니다. 허나 지금 우리 군 모두가 굶주림에 지쳐 있고 군량을 후방에서 수송하는 자가 저와 척을 진 상황이니 어찌해야 할지 알 수가 없습니다. 이 아우, 형님의 가르침을 받고자 이렇게 찾아왔습니다. 형님, 보이는 칼은 능히 막을 수 있으나 보이지 않는 칼은 어찌 막아야 합니까? 굶주린 제 군사들은 어찌해야 합니까?"

정기룡이 이 말을 마칠 때 즈음 뒤에서 호통소리가 들렸다.

"종놈 정무수는 어명으로 오라를 받으라!"

'종놈?'

정기룡은 뒤를 돌아보았다. 군에 몸담은 뒤로는 줄곧 기룡이라는 이름으로 살아왔는데 자신을 종놈이라 부르고 그의 본명 무수를 아는 자는 단 한 명밖에 없었다.

"최민?"

그랬다. 어릴 때의 얼굴이 남아 있긴 했지만 그는 어느새 멋지게 수염이 자라난 어엿한 선비의 풍채를 갖추고 있었다. 그는 반가움의 미소를 가득 머금은 얼굴로 정기룡을 바라보았다.

"반갑네, 내 오랜 벗이여."

"이게 얼마 만인가!"

둘은 오랜만에 얼싸안았다. 형의 장례를 치른 이후로 그의 소식을 듣지 못했는데 이제야 보게 되다니 참으로 반갑기 그지없었다. 정기룡은 이렇게 그를 만나게 된 것도 형님의 덕이라 여겼다.

최민은 정기룡이 배고픈 기색을 보이자 서둘러 자신이 머무는 관청으로 그를 인도해 식사를 대접했다. 비록 전란 중이어서 진수성찬은 아니었지만 모처럼 식사다운 식사를 할 수 있게 되자 정기룡은 최민의 천천히 먹으라는 충고에도 아랑곳하지 않고 허겁지겁 음식을 입에 넣었다.

그렇게 허기를 채우고 나자 그때서야 둘은 서로의 안부를 물으며 술잔을 기울였다. 최민은 형조좌랑(刑曹佐郎)[56]을 맡아 자상(子常, 이항복의 호) 대감의 곁에서 수학(修學)하면서 그를 보좌하며 전시 행정을 돌보고 있었다.

"안 그래도 이시언 그자가 충청병사를 할 때부터 자네를 비롯해서 몇몇 무용이 출중한 장수들로부터 공적을 가로챈다는 얘기를 전해 들은 적이 있었네. 참 간악한 자야.

문제는 충청병사 뒤를 봐주고 있는 게 전 영의정 아계(鵝溪, 이산해의 호) 대감이라는 거지. 지금은 비록 벼슬을 잃고 낙향해 있지만 전란이 끝나면 다시 조정에 복귀할 것이네. 자네도 알다시피 주상께서 파천을 하셨을 때 왕세자께서 분조(分朝)[57]를 이끌지 않았나? 그때 이후로 북인

---

56) 법과 형벌을 담당하는 정6품 문관직.

들과 가깝게 지낸다고 하시는군. 아계 대감은 그 북인의 거두이시고 말일세."

"그러면 왕세자께서 보위에 오르시면 이시언이 북인의 비호를 받을 거다 그 말인가?"

"그리 생각되네."

정기룡은 최민의 예측에 감탄하면서도 한편으로는 전란이 끝나고 나서 이시언과 또 맞닥뜨릴 일에 한숨을 내쉬었다. 그래도 옛 벗이 이렇게 미리 대처할 수 있도록 알려주는 게 참으로 고맙게 느껴졌다.

"중연(仲淵, 최민의 호) 자네가 참판댁 손주여서 영특하다는 건 옛날부터 알고 있었네만 이 정도로 혜안이 있다니 참으로 감탄을 아니 할 수 없네."

최민은 옷매무새를 가다듬으며 너스레를 떨었다.

"뭐, 매헌 자네가 무예 연마하는 동안 나도 놀고 있지만은 않았네."

한참 대화를 나누고 나서 정기룡은 자신의 고민을 털어놓았다. 최민은 곰곰이 생각하다가 제안을 했다.

"합천군(陜川郡)에 순영미 4백 섬이 있을 것이네. 일단 그걸로 당장은 해결할 수 있을 것이야."

"거기 군수가 누군가?"

"오운(吳運)."

"오운이라면…, 내가 상주에서 판관으로 있을 때 가목사를 맡고 있었다네. 그가 과연 쌀을 순순히 내어주겠는가?"

"뒷일은 나한테 맡기고 쌀 실어 나를 수레나 준비하시게."

---

57) 임진왜란 때 선조가 파천을 하게 되자 광해군을 필두로 임시로 세운 또 하나의 조정.

합천군이라면 팔량현(八良縣)으로 가기 위해 안 그래도 거쳐 가야 하는 곳이었다.

현재 전라도는 왜군들로 가득했다. 이전의 칠천량 해전에서의 패배로 인해 임진년 때처럼 많은 왜군이 조선에 넘어와 있었던 것이다. 비록 이순신이 복귀하여 재차 통제사 직을 맡아 명량에서 대승을 거두어 왜군도 보급이 끊긴 것은 마찬가지였지만 그럴수록 굶주린 왜군들의 약탈은 더욱 거세졌다. 이에 전라도에 있는 왜군의 토벌은 필수적인 일이 아닐 수 없었다. 이를 계획하고 있을 때 즈음 왜군의 동태에 대해 보고를 들었다. 남원부(南原府)에 주둔한 왜군들이 진주에 주둔한 왜군들과 서로 왕래한다는 기별이 있어 보인다는 내용이었다. 그 사이에 있는 함양군(咸陽郡)은 이들이 지나다니는 길이었다. 이곳을 막기 위해서 정기룡은 팔량현으로 향해야 했다. 마침 좋은 기회였다.

둘은 그렇게 간만에 회포를 나누고는 날이 밝자 합천군으로 가 군수 오운을 만났다. 오운은 역시나 정기룡을 알아보았다.

"정판관 아니오? 실로 오랜만에 보는구려."

최민은 정기룡을 거들었다.

"말을 삼가시오. 여기 정장군은 병마절도사 자격으로 이곳에 왔소. 나는 형조좌랑 최민이라 하오."

"그래, 두 분께서는 어쩐 일로 오셨소?"

"현재 우리 군사들이 군량을 조달받지 못해 굶주림에 처해 있소. 하여 군수께서 현재 순영미 4백 섬을 보유하고 계시다길래 군수께 청컨대 가지고 계신 쌀 일부를 내어주시면 함양군에 있는 왜적들을 섬멸하는 데 큰 보탬이 될 것이오."

역시나 정기룡의 예상대로 합천군수 오운은 쌀을 내어주길 거부하였다.

"이 쌀은 상사(上司)의 물건이어서 순영에 우선 보고하고 회보를 기다려야 할 것이외다."

정기룡은 어이가 없었다.

"지금 한시가 급한데 어떻게 회보를 기다릴 수가 있습니까?"

"사정은 딱하나 나는 맡은 바 소임을 다할 뿐이외다."

정기룡은 낙담했다. 하지만 최민은 물러설 생각이 없었다. 그는 데리고 온 보졸들에게 명했다.

"여봐라, 군수 오운을 잡아 장형을 시행토록 하라."

"뭣이! 이보시오, 좌랑!"

오운은 눈이 동그래졌다. 그는 보졸들에게 잡혀 영문도 모른 채 형틀에 묶였다. 정기룡도 이건 너무하다 싶었는지 말려봤지만 최민은 단상에 올라 오운에게 곤장을 칠 것을 명했다. 오운은 상황이 다급해지자 정기룡에게 호소를 해보았다.

"정장군, 상주에 있었을 때를 기억하시오? 장군께서 판관이었을 때는 내가 상관이었고 그대가 하관이었잖소. 어찌 이렇게 인정 없이 이런 일을 하시는 것이오?"

"거 참 시끄럽다. 어서 매우 치지 않고 뭣 하는 것인가!"

최민은 오운의 호소가 듣기 싫었는지 귀를 후비며 하품을 하더니 다시 눈을 부릅뜨고 계속 곤장을 치라고 지시했다. 오운은 한 대씩 곤장을 맞을 때마다 멱 따이는 돼지처럼 연신 비명을 질러댔지만 그는 눈한번 깜빡하지 않고 계속 시행토록 했다. 하얗고 토실토실해 보이는 볼기에 검붉은 피멍이 들더니 이윽고 살이 터져 나갔다. 결국 오운은 고통을 참지 못하고 이들에게 복종할 수밖에 없었다.

"내어주겠소! 내어주면 될 것 아니오! 내어 드리리다!"

최민은 오운을 힐책했다.

"지금은 전란 중이다. 전란 중에는 군사(軍事)가 국법의 우선이거늘 그 국법을 폐기한다면 나라의 일을 어찌 수습할 수 있단 말이냐. 참수를 해야 마땅하나 그대가 과거 정장군과 면식이 있다 하니 내 장형으로 그치겠노라."

최민은 형을 멈추라고 명하고는 쌀가마들을 수레에 실어 담았다. 정기룡은 그에게 고마움을 표했다.

"중연, 자네를 오랜만에 만나서 기쁘기 그지없었는데 이렇게 또 신세를 지게 되다니 참으로 고맙네. 내 훗날 어떻게 해서든 이 은혜는 반드시 갚겠네."

"친구끼리는 그런 소리 안 하는 거라고 들었네."

최민도 기분이 좋았는지 웃어 보였다. 비록 처음에 그와는 악연으로 만났지만 그들은 어느새 벗이 되어 있었고 이렇게 서로 장성한 모습으로 다시 만났다. 최민은 말에 올랐다.

"정장군, 건투를 빌겠네. 부디 이 땅에서 왜적들을 몰아내 주게. 내 멀리서 자네의 승전보를 기다리고 있겠네."

"오늘 정말 고마웠네. 나중에 또 술 한 잔 하세."

최민은 다시 본인의 관청으로 떠났다. 정기룡은 멀어지는 그의 모습을 보면서 옛날 그가 형님의 장례를 도와준 것에 이어 다시금 발 벗고 자신의 고민을 덜어준 것에 대해 고마운 마음을 금할 길이 없었다. 쌀가마를 실은 수레가 정기룡의 군영에 도착하자 모두들 놀라워했다. 특히 그를 나무랐던 황찬용은 눈이 휘둥그레져서 그가 가져온 군량의 출처를 궁금해했다.

"장군, 대체 이걸 다… 어떻게 구하셨습니까?"

정기룡은 웃음을 보이며 대답했다.

"돌아가신 내 형님이 하늘에서 떨어뜨려 주었다네."

비록 앞으로의 일전을 준비하기에는 모자란 감이 있었지만 당장의 문제는 해결할 수 있었다. 다시금 모두는 힘을 되찾을 수 있었다. 정기룡은 하늘을 바라보며 형님에게 감사해했다.

'형님, 제가 이렇게 위기를 맞았을 때 옛 벗을 제게 보내시어 저를 돕게 하셨으니 이는 형님의 은덕입니다. 이 아우를 이렇게 도와주시니 그저 감사할 따름입니다. 나중에 또 여유가 되면 형님께 이 아우가 술 한 잔 올리겠습니다.'

이런 일로 정기룡의 군대는 다시금 사기를 되찾았고 그해 10월, 야로현에서 적병의 수급 40여 개를 베는 성과를 달성했다. 연이어 가조현에서는 수급 60개를, 거창현 현청(縣廳)에서는 30개를 베어 왜군들을 패퇴시키니 거창현감(居昌縣監) 한조(韓調)는 그에게 감사를 표했다.

이렇게 함양군으로 향하면서 정기룡은 왜군들을 몰아내었다. 연이은 패배로 인해 왜군들은 정기룡이 거느리는 병사의 수가 적음에도 불구하고 섣불리 공격할 수 없었고 팔량현에 주둔한 왜군들 역시 정기룡의 명성을 듣고 멀찍이 달아나 버렸다.

한편 난데없이 곤장을 맞고 가지고 있던 쌀을 잃어버리자 오운은 분할 수밖에 없었다. 머리는 헝클어지고 입고 있던 바지는 피로 물들었다. 그런 몰골로 넋이 나가 있던 판에 이시언은 합천군을 지나다 이 소식을 듣고 서둘러 오운을 만났다. 오운은 곤장을 맞아 거동이 불편한 상황이었고 이시언은 의원을 부르고는 술상을 내와 그를 달랬다.

"군수께서 그런 일을 당하셨으니 소장이 듣기에도 참 억울함을 금치 못하겠소. 정기룡 그자가 군수와의 친분을 저버리고 그리 경거망동을 하다니 참⋯."

오운은 자신에게 술을 따라주는 이시언에게 하소연을 했다.

"장군께서 알아주시다니 소인 그저 고마울 따름입니다. 난데없이 벌어진 일이라 어떻게 해야 할지 모르고 있었는데 장군이 아니었다면 이 몸 지금쯤 사경을 헤매고 있었을 것입니다."

"마땅히 해야 할 일을 하는 것뿐이외다. 자, 드시오."

이시언은 속으로 쾌재를 부르고 있었다. 일전에 정기룡에게 당한 수모를 그는 잊지 않았다. 그런데 이런 일이 생겼으니 그로서는 참으로 반가운 소식이었다. 그가 정기룡에게 군량 공급을 막은 덕분에 이런 일이 벌어지자 예전처럼 정기룡을 다시 손아귀에 쥐고 흔드는 것 같은 기분이 들었다.

'정기룡, 네놈이 경거망동했으니 예전에 내게 겨누었던 칼끝을 네놈이 되돌려 받을 것이다. 후후후⋯.'

또다시 겨울이 찾아왔다. 살을 에는 추위가 조선 반도에 몰아닥쳤다. 도원수 권율은 작전 회의를 하기 위해 조선과 명의 장수들을 경주(慶州)로 소집했다. 정기룡에게도 임금의 교지가 내려졌다. 교지에는 다음과 같이 적혀 있었다.

'명나라 장수가 남쪽으로 내려가는데 우리나라의 흥망은 이번의 싸움으로 결판이 나게 된다. 경이 거느리고 있는 군사는 반드시 수효가 적을 것이니 경상우도의 아주 적은 관아의 장관들도 마땅히 빠짐없이 한곳에 모아서 단속을 하여 경을 따르게 하고 다시 마음속에 깊이 새겨 몸소 받들어 실수가 없도록 하라. 군사의 기밀은 아주 숨겨야 하고 병사는 비밀을 소중하게 여겨야 하니 비록 경의 관하에 있는 관리일지라도 그들이 보고서를 알지 못하도록 하고 아주 비밀을 보장하도록 해야 할 것이다.'

교지를 받자 정기룡은 경주로 군을 이동시켰다. 조정에서도 남인의 거두이자 현재의 전란 속에서 분주히 움직이던 류성룡도 이 회의에 참석했다. 명나라 장수는 총 지휘관인 경리 양호를 필두로 해서 도독(都督) 마귀(麻貴), 부총병(副總兵) 이여매(李如梅), 이방춘(李芳春), 해생(解生), 고책(高策), 오유충(吳惟忠), 노계충(盧繼忠), 이절(李梲) 등의 장수들이 참여했다. 정기룡도 경상우병사의 자격으로 이 회의에 참석했다. 그 밖에도 경상좌병사 성윤문(成允文), 의병장 권응수(權應洙)는 물론이고 마주치기 싫었던 이시언도 다시 보게 되었다. 정기룡은 그와 마주치자 가볍게 목례를 하였지만 둘은 서로를 향해 싸늘한 시선을 보낼 뿐 말이 없었다. 모두 모이자 권율은 경주성을 탈환할 계획이라는 것을 모두에게 밝혔다.

"조선군은 총 세 영(營)으로 나누어 경주성을 포위할 것이오. 경상좌병사와 권장군은 경주부윤(慶州府尹) 박의장(朴毅長)과 함께 좌영을, 충청병사께서는 중영을 맡아주시오. 경상우병사 정장군은 고장군과 함께 우영을 맡아주시오. 대명국(大明國) 장수 여러분께서는 포격으로 후방 지원을 부탁드립니다."

회의가 끝나자 정기룡은 서둘러 일어섰다. 하지만 이시언이 그를 불러 세웠다. 또다시 보기 싫은 얼굴을 마주해야만 했다. 이시언은 정기룡을 아래위로 훑어보더니 말을 건넸다.

"어이, 정장군. 처음 봤을 때는 햇병아리 같더니 어느새 경상우병사 자리까지 올랐구만. 참으로 놀랍군그려."

"그동안 강녕하셨습니까, 상호군 영감."

"듣자 하니 합천군에서 오운을 패고 쌀을 훔쳐갔다지? 어찌 조정의 녹을 먹는 자가 도적떼나 할 만한 그런 망측한 일을 할 수가 있는가? 장수 된 자로서 부끄럽지도 않은 겐가?"

"영감께서 저희 쪽으로 수송되어야 할 군량미를 빼돌리는 마당에 저도 살 궁리는 해야 하지 않겠습니까?"

"허허, 이 이시언이 그랬다는 증거라도 있나?"

역시나 그다운 발뺌이었다. 정기룡은 절로 헛웃음이 나왔다.

"영감께서 충청병사를 왜 하셨는지 소장도 잘 압니다. 왜요? 이번에도 가만히 보다가 후방지원이라는 미명하에 저처럼 척을 진 장수들에게 군량 공급을 막는 걸로 모자라서 또 다른 장수들의 공적을 이번 전투에서도 주워먹을 심산이십니까? 참으로 배 많이 부르시겠군요."

"직급 좀 올랐다고 함부로 지껄이지 마라. 너 그러다 제 명에 못 살고 갈 수도 있어."

"소장, 어차피 나라를 위해 전장에 몸을 던지기로 각오해 그런 거 바라지도 않습니다. 허면 장군께서는 오래 살고 싶으신가 보군요? 당연히 그러시겠죠."

"너 이 자식!"

이시언은 칼을 잡고 당장에 뽑으려고 했지만 주변의 시선 때문에 차마 그럴 수 없었다. 정기룡은 그를 정면으로 째려보며 마지막 말을 남기고 돌아서기로 결심했다.

"영감, 감히 이 정기룡이 말씀드리옵건대 소장은 이제 영감이 노리

개처럼 함부로 할 수 있는 위치에 있는 사람이 아닙니다. 도원수께서 이번 전투를 지켜보고 있습니다. 부디 이번에도 저잣거리 개새끼처럼 어부지리를 획책하려 들지 마십시오. 그럼 이만."

이시언은 이번에도 정기룡한테 일침을 듣자 군영으로 돌아와 화가 치민 나머지 투구를 벗어 집어던졌다.

"에잇! 제깟 놈이 뭐가 어쩌고 어째? 뭐? 저잣거리 개새끼? 저놈의 자식이 관직 좀 얻었다고 아주 못하는 소리가 없구만!"

정기룡도 비록 일침으로 그를 제압해 후련하다 싶었지만 그 얼굴을 마주친 것만으로도 충분히 기분이 나빠졌다. 그나마 다행이라면 서로 다른 위치에 군영이 있는 것이랄까. 일단 군영으로 돌아온 정기룡은 자신과 함께 우영을 맡게 된 고언백(高彦伯)을 만나 세부 작전 회의를 했다.

그리고 다음 날 조·명 연합군은 경주성을 포위하고 작전을 실시했다. 명군이 가져온 무기는 참으로 놀라웠다. 특히 그들이 가져온 대포는 그 구조가 신기하기 그지없었다. 전면에 화약과 대포알을 넣고 발사하는 기존 방식이 아닌 뒤쪽에 미리 장전된 화약과 대포알이 든 자포(子砲)를 모포(母砲)에 끼워 발사하는 방식이었다. 미리 장전된 자포만 모포 뒤쪽에 갈아 끼우면 발사가 가능했기 때문에 발사 간격이 극도로 짧았다.

게다가 명군이 원거리에서 발사하는 화살도 매우 독특했다. 사수들 모두 미리 환약을 삼킨 뒤 연기가 나는 화살을 발사했다. 역시 대국이라 참으로 놀라운 기술을 가지고 있구나 하는 생각이 들었다.

왜군들은 마침내 성을 버리고 빠져나갔고 조선군은 삼면에서 포위

작전으로 적들을 일망타진했다. 이시언도 이날만은 권율의 시선을 의식했는지 나름대로 무장다운 면모를 보였다. 그렇게 모두의 노력으로 조선군은 경주성을 되찾게 되었다. 권율은 모두의 공을 치하하며 기뻐했다.

"조선은 물론 명나라 장수 여러분 모두 수고 많으셨소. 여러분의 분전으로 저 간악한 왜군들로부터 경주성을 탈환할 수 있었소. 모두의 노고에 감사드리오."

모처럼 만에 축연이 벌어졌다. 정기룡은 명 도독 마귀와 인사를 나누고 건배했다.

"조선의 명장으로 권율과 이순신이 으뜸이라 들었는데 오늘 귀공의 무용을 보니 그들과 진배없다 생각이 들었소. 조선에 이토록 대단한 명장이 있다니 소장, 참으로 감탄을 금할 길이 없었소."

"도독의 과찬에 송구스럽습니다, 도독이야말로 이렇게 타국에서의 싸움을 제 나라의 싸움처럼 임하시니 저야말로 탄복했습니다. 드시지요."

정기룡은 마귀에게 이번 전투에서 사용한 무기들에 대해 궁금했던 것들을 물었다. 그는 자신들의 대포는 불랑기포(佛郎機砲)라 불리는 무기로 서역에서 들여온 청동으로 만든 대포라고 소개해 주었다.

화살에 대해서도 의문이 풀렸다. 화살은 독연(毒煙)을 내뿜도록 특수하게 제작되었으며 사수들이 먹은 환약은 독연에 중독되는 것을 막기 위한 해독제 역할을 하는 것이라는 설명도 덧붙여 주었다. 정기룡은 감탄을 할 수밖에 없었다.

'그래서 왜군들이 그렇게 성을 서둘러 나오려고 발악을 한 것이었군. 대명국의 군사 기술은 참으로 놀랍기 그지없구나….'

경주성의 승리를 기점으로 조·명 연합군은 총공세를 벌였다. 정기룡은 선조 30년에는 명나라 유격장 파새(擺塞)와 연합하여 울산에 있는 왜적들을 섬멸해 수급 4백여 개를 취했고 왜군들은 밤을 틈타 도산(島山)으로 달아났다.

이어 이튿날에는 명 경리 양호가 직접 군대를 이끌고 와 이들과 연합하여 왜장 가등청정이 있는 도산성(島山城)을 동, 서, 남, 북 4면에서 포위하고 명장(明將) 모국기와 선봉에서 적병의 수급 6백여 개를 베었다. 상황은 연합군에게 점점 유리해져 갔다. 바다에서는 이순신이 왜군의 보급을 차단한 덕에 왜군도 식량난에 허덕이며 사기를 잃은 게 확연히 눈에 보이는 듯했다. 좋은 징조였다.

해가 지나 선조 31년 무술년(1598)이 되었다. 여전히 도산성은 조·명 연합군의 포위하에 있었고 그렇게 10여 일이 지났다. 도산성 내에는 우물이 없었기 때문에 가등청정은 말을 베어 그 피를 마셔가며 끈질기게 버텼다. 그는 근 시일 내에 항복할 것을 약속하였으나 기별이 없는 것이 왠지 일자를 끌고 있는 것 같아 몹시 수상쩍게 느껴졌다. 정기룡은 양호에게 상황이 어떻게 되어가고 있는지 물어보았지만 그가 알 수 있는 것은 여기까지였다. 다급한 마음에 재차 그를 찾아가 간청했다.

"저들은 아직 정식으로 항복하지 않았습니다. 뭔가 시간을 벌려는 듯합니다. 서둘러서 제압해야 됩니다."

양호는 그를 만류했다.

"저렇게 저자세로 나오는 자들을 어찌 그렇게 무참하게 도륙할 수 있겠소? 저들도 항복하기 위해서 내부에서 절차를 진행 중일 것이니 대명국의 너그러움을 보여 황상의 권위를 세워야 할 것이오."

겪어보니 양호는 자신들과 달리 전력으로 싸울 마음이 없어 보였다. 애초에 대명이 조선과 혈맹국이라고는 하나 어쨌든 타국 아니던가. 애초에 타국이 이 나라의 전쟁에 적극적일 것을 기대하는 게 아니었다. 그런데 정기룡이 우려하는 것은 따로 있었다.

"저들이 뭔가를 꾸미려고 시일을 버는 것 같단 말입니다. 만일 그게 원군을 지원받기 위한 지연 계책이라면 어쩌실 셈이십니까?"

"원군이 온다 한들 우리 대명국의 군대가 그깟 왜군 조무래기들을 못 해치울 것 같소? 지금 감히 우리 군을 얕보는 것이오?"

"아니오. 절대 그럴 뜻은 없습니다."

"아니면 기다려 보시오. 곧 항복을 받아낼 것이오. 이보시오, 정장군. 장군이 이 나라 전역이 왜군에게 유린당해서 복수심 때문에 저들을 베고 싶은 마음은 잘 알겠소. 허나 병법에도 나와 있듯이 싸우지 않고 승리를 얻는 것이 상책이라 하였소. 장군도 그 정도는 아시겠지요? 그럼 진영으로 돌아가 주시오."

정기룡은 착잡한 마음으로 군영에 돌아왔다. 그는 두 참군을 불러 포위 이외에도 왜군의 원군이 올지도 모르니 이를 대비하라 일러두었다. 만약 그들의 군세가 너무 많아 중과부적으로 보이면 후퇴할 것도 염두에 둘 것을 지시했다.

그리고 다음 날, 연합군이 도산성을 포위하고 있는 중 보고가 날아들었다.

"심안도(沈安道)[58] 휘하 평조신(平調信)[59]의 왜군 부대가 습격해 왔습니다!"

---

58) 왜장 도진의홍(島津義弘, 시마즈 요시히로)의 음차 표기.

59) 야나가와 시게노부(柳川調信). 성이 다이라(平)로 불리기도 한다.

정기룡의 예측이 들어맞았다. 이미 그들끼리는 은밀히 연락을 끝냈고 왜장 가등청정은 약조와는 상관없는 다른 무언가를 기다리느라 핑계를 대면서 항복 시일을 미룬 것이다. 갑작스러운 왜군들의 습격에 명군은 허둥지둥하였다. 특히 심안도라는 이름을 듣자 유난히 두려워하는 듯 보였다. 정기룡은 적의 군세를 보았다. 이 상황에서는 승산이 없어 보였다. 그는 결단을 내렸다.

"서둘러 퇴각한다!"

하지만 장시중은 형세를 파악하고서는 정기룡에게 외쳤다.

"적들이 이미 사방에서 포위를 하고 있습니다. 돌파하는 방법밖에는 없습니다."

정기룡은 편곤을 쥐고 굳게 다짐을 한 표정으로 모두에게 일렀다.

"내가 선봉에 서겠다. 기병들은 나를 따라 보졸들이 되도록 무사하게 빠져나갈 수 있도록 길을 열어나가야 한다. 희생을 최소한으로 해야 한다! 모두, 무사하길… 바란다."

정기룡과 그의 기병들은 선두에서 말을 내달리며 사방으로 편곤을 휘둘렀다. 왜군들이 어찌나 많았는지 그들의 삿갓과 깃발이 끝도 없이 빽빽이 늘어서 있었다. 정기룡이 필사적으로 편곤으로 후려치자 왜군들은 그의 용맹함에 주춤거리다가 머리가 투구째로 박살났다. 정기룡의 용마도 무서운 기세로 왜군들을 향해 울부짖으며 앞발을 들어 왜병들을 찍어 누르기도 했다. 희생자들이 속출하자 한쪽이 간신히 뚫리는 듯 보였다. 정기룡과 기병들은 더욱 크게 호를 그리며 맴돌아 편곤으로 적들을 계속 후려치며 보졸들이 빠져나갈 수 있도록 길을 더욱 넓게 틔워 나갔다. 그들이 모두 빠져나가자 기병들도 퇴각했다. 적들과 거리가 어느 정도 벌어지자 그도 모두를 둘러보며 물었다.

"모두 무사한가?"

황찬용은 가쁜 숨을 겨우 고르고 말을 할 수 있었다.

"최소 7할 정도는 무사히 나온 것 같습니다. 어디로 갈까요?"

"일단 경주로 가자. 거기에 진영을 설치한다."

정기룡은 마음속으로 한탄할 수밖에 없었다. 양호의 거만함과 안일함이 일을 이 지경으로 망쳤기에 다 잡은 대어를 놓친 것 같은 허망함이 몰려왔다. 그래도 일단 군을 재정비하고 휴식을 취해야 했기에 그의 부대 모두는 경주로 향했다.

그가 패장 양호를 다시 본 것은 한참이 지나서였다. 양호는 잔뜩 화가 난 얼굴로 정기룡을 찾아왔다.

"어찌 우리를 돕지 않고 퇴각을 명한 겁니까?"

정기룡은 콧방귀를 뀌며 양호에게 반박했다.

"제 진언을 듣지 않은 건 장군입니다. 적들이 원군을 기다리는 것일지도 모른다고 일전에 소장이 말하지 않았습니까? 저는 그저 불필요한 희생을 막고 후일을 도모하고자 한 것이었습니다. 만일 장군께서 제 말을 따라 저들을 모두 없애고 수성전으로 심안도의 부대와 대처했다면 이번 같은 일은 없었을 것입니다. 대명국 운운하시면서 안일한 태도를 취하셨던 건 바로 장군이지 않습니까?"

"뭣이!"

비록 반박을 하고 싶었지만 정기룡의 말이 너무나도 명백한 사실이었기에 양호는 분을 억지로 참을 수밖에 없었다. 그런데 한 가지 걸리는 점이 있었다. 명군이 심안도라는 이름을 유난히 두려워하는 게 이상하게 여겨졌다.

정기룡은 일단 자신이 실언을 한 것에 대한 사과를 해 그가 화를 누그러뜨리길 기다렸다 그가 숨을 가다듬자 조심스레 물었다.

"헌데 심안도가 대체 누구길래 대명국의 군사들조차 그리 두려워하는 것입니까?"

양호는 인정하기 싫었지만 그가 다른 왜장들과는 질적으로 다르다는 것을 순순히 인정할 수밖에 없었다.

"심안도는… 우리 말로 귀석만자(鬼石曼子), 즉 귀신과 다름없는 자라고 불리는 맹장이오. 저들이 이끄는 부대는 열도 남단에서 왔다고 하오. 거기는 왜구들의 본거지로 유명한 곳이지. 즉 심안도의 부대는 해적들이오. 그만큼 훈련이 다른 부대 이상으로 잘되어 있는 부대라는 거지."

양호는 분을 삭이고는 말을 이었다.

"일단 별다른 기별이 있을 때까지 정장군께서는 경주를 지키시오. 나도 군을 재정비할 시간을 좀 벌어야겠소."

"먼길 오시느라 고생하셨습니다. 살펴 가십시오."

정기룡은 양호를 배웅하고는 근심에 빠졌다. 명군의 안일함과 싸우고자 하는 의지가 없는 것이야 그렇다 치더라도 아직도 밝혀내지 못한 이시언의 첩자가 군영 내에 존재하는 것, 또한 군량이 또 서서히 바닥을 드러내는 것도 걱정이 되었다.

이전에 옛 벗 최민의 도움으로 간신히 위기는 모면했지만 앞으로를 생각해 볼 때 현재 남은 군량만으로는 버티기가 어려워 보였다. 게다가 경상도와 전라도에 군량을 공급하고 후방을 지원하는 자가 바로 이시언이 아니던가. 정기룡은 또다시 형님에게 마음속으로 한탄할 수밖에 없었다.

'형님, 적이 왜군만 있는 게 아닙니다. 조선 내부에도 있고 어쩌면 원군으로 온 명군 또한 적이나 다름없는 존재일지도 모릅니다. 참으로 사방에 적들뿐인 것 같아 이 모자란 아우 근심을 떨칠 길이 보이지 않습니다. 제가 이 난관을 극복할 수 있도록 부디 생전의 그때처럼 제게 혜안(慧眼)을 주시길 바랍니다.'

정기룡이 근심을 하고 있는 동안 장시중이 서찰 하나를 보내왔다. 영의정 류성룡의 서찰이었다.

'경상좌도와 경상우도의 형세가 모두 위급한데 이번 도산성에서의 패배로 우도의 형세가 더욱 위급해졌소. 그래서 도원수와 의논한 결과 경은 경상우병마사의 소임을 다하시어 적군이 침공하는 길목을 끊을 계책을 마련해 주시기 바라오.'

장시중도 서찰을 보고는 한숨을 쉬었다.

"거 먹을 쌀이나 좀 내주고 이거 해라 저거 해라 할 일이지 참…. 영상 대감께서 이런 분이실 줄은 몰랐습니다."

정기룡은 장시중에게 물었다.

"장참군, 현재 군량미가 얼마나 남았는가?"

"아무리 아껴 먹는다 쳐도 열흘 치 정도뿐입니다."

"그러한가…. 알겠네. 들어가 보게."

정기룡은 또다시 혼자서 헤쳐 나가야 할 난관에 봉착했다. 어떻게 해서든 군량 문제를 해결해야 이번에 영의정으로부터 온 전갈이든 그 이후에 있을 일이든 치를 수 있을 것 같은 생각이 들었다. 우선은 명령을 받았으니 그것부터 일단 따르고 후일을 도모할 수밖에 없었다.

왜군들이 금산군과 상주로 진격해 왔다는 보고가 들어오자 정기룡도 서둘러 군을 이끌고 나가보았다. 이희춘에게 정탐토록 한 결과 아산촌

(牙山村)에 왜군들이 진영을 설치했다는 정보를 입수했다. 정기룡은 상주로 가는 남청리(南靑里)에 복병을 위치시키고는 본인은 언덕 너머에 직접 기병을 이끌고 잠복한 뒤 보졸들을 시켜 왜군들을 도발하고 패한 척하면서 유인하여 기병들로 섬멸하겠다는 계책을 세우고는 이를 시행토록 했다. 조선군이 보졸들로만 덤벼오자 왜군들은 조선군보다 백병전에서 월등했기에 기세등등하게 쫓아왔다.

어느덧 왜군들은 정기룡의 보졸들을 쫓아 능선과 능선 사이에 오게 되었고 정기룡은 기병들에게 신호를 보내 적들을 격퇴했다. 패주하는 적들은 당연한 듯 상주로 향하다가 남청리에 미리 매복한 군사들에게 재차 기습을 당했다. 왜군들은 이번에는 화령현(化寧縣)으로 향했으나 모두 보졸들뿐이었기에 정기룡이 이끄는 기병에게 발목이 잡혀 모두 몰살당했다.

이날 수급 200여 개를 베었다. 또다시 부엉이가 울었다. 수급 무더기가 쌓이는 것을 한참 보다가 정기룡의 머릿속에서 기발한 생각 하나가 별똥별처럼 스쳐 지나갔다.

현재 이시언은 경주 수복전 이후 별다른 공적을 내지 못하고 있었고 그자에게는 충분한 군량이 있을 것이 자명하였다. 자신의 진영 내에는 그게 누구든 간자가 있는 것도 생각이 났다. 잘만 하면 그런 상황을 역이용할 수 있는 방법이 떠오를 것 같았다.

생각을 잠시 정리한 뒤 정기룡은 우선 부하들에게 체찰사에게 보고를 할 것이니 수레에 수급을 미리 실어두라고 지시했다. 그리고 밤이 되자 정기룡은 수급을 수레에 담고 있는 병졸들을 보다가 김경수를 불렀다. 지금 간자로 의심되는 자는 휘하 참군 두 명 중 한 명이었기에 이 계책을 그들 몰래 실행하기 위해서는 그가 필요했다.

"나리, 이 야심한 때에 어쩐 일이십니까요?"

정기룡은 가벼운 차림을 하고 수레 하나에 벌렁 눕고는 옆에 환도를 두고 김경수에게 지시했다.

"자네, 나를 거적으로 덮고 이 위에 머리들을 실어 덮어주게."

김경수는 귀를 의심할 수밖에 없었다.

"네?"

"시간이 없다. 서둘러 주게."

김경수는 뒷머리를 긁적거리고는 정기룡을 거적으로 덮고 머리를 수레에 담으며 중얼거렸다.

"아니, 무슨 잘 데가 없어서 왜놈들 대가리 속에서 잔다고 참…."

"너는 병졸들 열 명 정도를 이끌고 몰래 내 뒤를 따라오도록 해라. 시간이 없으니 서둘러라."

매우 이상하게 들렸지만 김경수는 그대로 시행했다. 정기룡을 덮은 거적들 위로 잘린 왜군의 머리가 수북이 덮였다. 날이 밝자 수레들은 일제히 출발하였다. 역시나 중간에서 이시언의 부대가 가로막았다. 이번에는 정기룡이 따라온 것을 몰랐기 때문에 수급을 호송하는 부대는 순순히 이시언에게 수레를 내주었다.

정기룡은 피비린내를 참으며 입으로 숨을 쉬고 수레에 몸을 맡기고 있었다. 가는 방향을 보아 하니 체찰부로 향하는 게 아니었다. 역시나 그의 예상대로 이시언의 부대로 향하는 듯 보였다. 이윽고 수레가 멈추자 이시언의 목소리가 들렸다. 이시언은 수레들을 살피며 약간은 불만족스러운 듯한 기색을 보였다.

"정기룡에게서 받은 건 이것뿐인가?"

"예, 이게 전부입니다."

"수고했다. 내일 날이 밝는 대로 체찰부로 가 이것들을 보고하라."

그 순간 수레 하나가 움찔거리더니 왜군들의 머리가 우수수 땅바닥으로 떨어지며 누군가가 수레에서 불쑥 일어나 모습을 드러냈다. 정기룡이었다.

"아, 잘 잤다. 내 살다 살다 왜놈들 대가리 속에서 잠을 자보는 경험을 하게 되다니 참 신기하기 그지없군."

갑작스럽게 벌어진 일에 이시언을 비롯한 모두가 눈이 휘둥그레졌다. 설마 거기에 누군가가 숨어 있을 거라고는 생각조차 못했기 때문이었다. 어떤 자가 잘린 왜군 머리통이 수북하게 쌓인 그런 피비린내가 진동하는 더러운 곳에 몸을 숨긴단 말인가.

이시언이 넋을 놓고 있는 동안 정기룡은 몸을 일으켜 천천히 걸어왔다. 흰 옷에 온몸이 피로 얼룩져 있고 피비린내가 나는 게 꼭 귀신 같은 모양새였다. 그는 뒷걸음질을 치며 자신의 눈을 의심해 연신 눈을 껌뻑이며 재차 살펴봤지만 틀림없이 정기룡 그였다.

"네놈이 어떻게…."

"영감, 영감께서 제 군영에 간자를 심어놓아 저를 염탐하고 계셨다는 거 소장도 일찍이 알고 있었습니다. 하여 저도 머리를 좀 써본 것뿐입니다. 역시 제 추측이 사실이었나 보군요. 영감, 제가 왜군이 아닌 같은 조선군을 상대로 이렇게 간계(奸計)나 쓰게 하셔서야 되겠습니까?"

정기룡의 당당한 모습과 발언은 그의 눈에 괘씸하게 보이지 않을 리가 없었다. 분노가 치밀어 오르자 이시언은 결국 칼을 빼 들었다.

"너 이 자식!"

"지금 같은 조선군에게 칼을 겨누는 겁니까? 영감께서 이런 일이 한두 번이 아니라는 사실을 체찰사 대감이나 영상 대감께 고해 볼까요?

주상전하께서 과연 이를 좌시만 하실 거라 여기십니까? 상호군이나 되는 분께서 부하 장수들 상대로 공적 노략질이나 하고 말입니다.”

정기룡의 이런 청산유수(靑山流水) 같은 반론에 이시언은 분노를 못 이기고 몸을 부들부들 떨었다. 그는 이미 이성을 잃은 채 도끼눈으로 자신을 능멸한 자를 노려보며 나지막이 말했다.

“정기룡이 너…, 칼 뽑아.”

“자, 장군….”

이시언의 부장들은 난데없는 상황에 그의 뒤편에서 그저 불안해하며 눈치만 살피고 있었다. 정기룡도 지지 않을세라 그를 노려보았다.

“상호군 영감, 부디 경거망동을 삼가십시오. 보는 눈이 많습니다.”

“잔말 말고 뽑으라니까! 네놈이 얼마나 잘났는지 내 이번에 똑똑히 보겠다!”

“하는 수 없지요. 허면 소장, 상대해 드리겠습니다.”

정기룡은 한숨을 한 번 쉬고는 환도를 칼집에서 뽑아 양손으로 쥐고 방어 자세를 취했다. 이시언은 핏발이 선 눈으로 정기룡을 벨 듯 달려들었다.

“이야아아아아아아앗!”

– 쳉!

정기룡은 여유 만만한 얼굴로 그의 칼을 막으면서 한쪽 입꼬리를 올렸다.

“영감, 음서로 관직을 시작하신 분 치고는 무예가 제법이시군요. 소장, 조금은 놀랐습니다.”

“닥쳐라! 이 건방진 자식!”

이시언은 연신 있는 힘을 다해 칼을 휘둘러 정기룡에게 맹공을 퍼부었다. 하지만 정기룡은 태산처럼 꿈쩍하지 않고 그의 칼을 받아내기만 할 뿐이었다. 오히려 밀리고 있는 것은 이시언 자신이었다. 그도 여태껏 비겁한 술수로 공적을 올렸다고는 하나 조선의 어엿한 장군임을 증명하기 위해 현란한 움직임으로 칼을 여러 방향으로 휘둘러 베며 정기룡을 압박하려 들었다. 그 움직임은 웬만한 왜장 하나쯤은 쉽게 베어 넘어뜨릴 정도였다. 하지만 정기룡은 결코 만만한 상대가 아니었다. 아무리 칼춤을 춰봐도 이시언 자신만 지칠 뿐 정기룡의 피 얼룩이 진 옷고름 하나 베어내지 못했다. 그렇게 수십 합을 부딪치고 나서 그는 이내 제 풀에 지쳐 어느덧 가쁜 숨을 몰아쉬었다. 정기룡도 이미 그것을 눈치채자 그의 칼을 걷어내고 자신의 칼집에 도로 칼을 넣었다.

"영감, 즐거우셨습니까? 그럼 더 이상의 추태는 부리지 마십시오."

이시언 그 역시 이제는 어쩔 도리가 없었다. 그로서는 이 상황을 어떻게든 모면하는 수밖에 없다 여겨졌다. 저놈이 원하는 것이 있으니 이렇게 한 게 아니겠는가.

"헉… 헉… 그래, 원하는 게 뭐냐?"

"저희 군이 오래도록 군량미를 지급받지 못했습니다. 저 왜놈 대가리들과 쌀을 좀 바꿔주신다면 이 정기룡, 이번 일에 대해서는 철저히 함구할 것을 약조 드립니다."

이시언에게는 더 이상 빠져나갈 구멍이 없었다. 그는 길게 한숨을 쉬고는 부장에게 명했다.

"군량미를… 내어와라."

왜군의 수급을 실어왔던 수레는 다시 쌀로 가득 찼다. 정기룡은 수레가 찬 것을 확인하자 신호를 보내 밖에서 미행을 하던 김경수와 군졸들로 하여금 수레를 본인의 부대로 호송토록 명했다. 그는 마지막으로 이시언에게 감사의 인사를 했다.

"영감의 은덕 잊지 않겠습니다. 앞으로는 이렇게 보는 일은 없었으면 합니다. 무운을 빌겠습니다. 모두 가자."

정기룡이 떠난 뒤 한 방 제대로 먹었다는 생각이 들자 이시언은 분을 참지 못했다. 수레를 가지고 온 부하 장수 모두를 일렬로 세우고 차례로 귀싸대기를 한 대씩 날리며 갖은 욕을 다 했다.

"대체 네놈들 정신머리는 어디다 두고 다니는 거야!"

그래도 그는 화가 안 풀렸는지 군영으로 들어와 갓을 집어던지고 탁자에 있는 지필묵을 손으로 확 쓸어버린 뒤 씩씩거리면서 혼잣말을 뱉었다.

"빌어먹을! 정기룡인지 정개똥인지 이 썩을 놈의 자식이 감히 나 이시언을 능욕해?! 이 개자식을 그냥….."

부장들은 이시언의 폭언을 듣자 감히 들어올 엄두를 못 내고 한참을 망설이다가 들어왔다. 한 명은 말없이 깨진 벼루 조각을 치웠고 탁자에 얼룩진 먹물을 닦았다. 다른 장수 한 명은 조심스레 그에게 다가가 물었다.

"정기룡이 간자가 있다는 걸 어떻게 알았을까요?"

"그걸 내가 어떻게 알아! 인마."

아직도 화를 주체 못하던 이시언은 소리를 고래고래 지르다가 갑자기 문득 뭐가 생각났는지 조용해졌다. 부장들은 하나같이 꿀 먹은 벙어리들이 되어 그 적막함에 몸을 떨며 그를 주시했다.

"잠깐, 아직… 몰라…."

"무, 무슨 말씀이십니까?"

"정기룡 저 녀석, 자기 진영 내에 간자가 있다는 것까지만 알아냈지,

그게 누구인지는 아직… 밝혀내지 못했어."

부장들은 어리둥절한 채 이시언을 주목했다.

"아는데 모르는 척하는 건지도 모릅니다."

"아냐, 아직은 말미가 있어….'

이시언은 자리에서 벌떡 일어나 곰곰이 생각을 해보더니 부장에게
물었다.

"우리 군영 내에 항왜(降倭)[60] 가 얼마나 있지?"

"한 300명이 좀 안 됩니다."

"그래?"

그는 그제야 입꼬리를 올리며 웃는 기색을 보였다. 부장들은 한바탕
난리를 겪느라 가슴이 철렁 내려앉았지만 그가 다시 웃는 모습을 보이
자 다행이다 생각되었다. 그런데 왜 그런 웃음을 짓는지는 다들 어리
둥절해할 수밖에 없었다.

"어쩌실 계획이십니까?"

이시언은 다시 냉랭한 표정으로 돌아와 명을 내렸다.

"지금 그 항왜 부대를 가조촌(加祚村) 쪽으로 은밀히 이동시켜라. 정기
룡 그 녀석이 모르게 진행해야 한다."

"알겠습니다!"

명령이 떨어지자 이시언은 다시금 홀로 남아 섬뜩한 웃음을 지어 보
였다. 정기룡이 했던 말을 되뇌면서 오늘의 수모를 갚아줄 방법이 떠
올랐기 때문이었다.

'간계라고? 내 진짜 간계가 뭔지 똑똑히 보여주지.'

---

[60] 왜란 당시 왜군이면서 조선군 측에 귀순한 자.

한편 이시언과의 협상으로 군량 확보에 성공하자 다시 정기룡의 군영은 힘을 얻었고 그의 기지를 칭송했다. 특히 김경수는 이번 일을 직접 눈으로 보았기에 정기룡에 대한 칭찬을 마치 전설 속 얘기처럼 신나서 군졸들 앞에서 떠들어 댔다. 그도 이시언을 싫어했기에 더욱 신나했다.

"글쎄, 장군이 왜군들 대가리 속에서 산송장처럼 벌떡 일어났더니 상호군 영감이 무슨 귀신 본 것처럼 눈이 막 휘둥그레져 가지고 벌벌 떨었지 뭔가? 헤헤."

정기룡은 창피했는지 김경수를 말렸다.

"그 얘기는 이제 그만 좀 해라. 아직도 왜놈들 선지 냄새가 몸에서 빠지질 않네. 아으…."

"대단하십니다, 장군. 아니 어떻게 왜놈들 대가리 속에 숨어 계실 생각을 다 하셨습니까요? 소인은 아으… 생각도 하기 싫을 것 같은데 말입니다."

그때쯤이었다. 정찰을 나갔던 장시중으로부터 왜군들이 거창군의 연송촌(延送村)으로 향한다는 보고가 들어오자 정기룡은 출정 준비를 서두르라고 지시했다. 다행히 적의 수가 많지 않아 손쉽게 그들을 몰아붙일 수 있었고 남은 적들은 산꼭대기로 도망쳤다. 하지만 이미 정기룡의 포위망에 걸려들자 왜장으로 보이는 자가 앞으로 나와 칼을 바닥에 던지고 손을 들었다. 정기룡은 경계를 늦추지 않으면서 그자의 의도가 궁금하여 물었다.

"무엇이냐?"

자신의 이름을 사지지(沙只之)라고 밝힌 왜장은 자초지종을 털어놓았다. 지금 왜군들 중에 조선 침략에 반하는 자들도 꽤 있었지만 왜국의 수장 풍신수길의 협박에 못 이겨 오게 된 자들이 태반이었으며 그들끼리도 결코 사이가 좋거나 하지는 않다는 것이었다. 특히 왜장의 필두인 가등청정과 소서행장의 사이는 불구대천의 원수라고 봐도 될 정도라고 했다.

심안도 역시 수길이 봉토를 몰수한다는 협박에 못 이겨 정유년이 되어서야 조선에 오게 된 것 등을 상세히 말했다. 정기룡은 사지지가 항복을 표명하자 일단은 받아주기로 하고 그에게 인근 지역에 왜군이 있는지를 문초했다. 사지지는 대답했다.

"이 앞으로는 주둔한 왜군이 없습니다."

정기룡은 다시 진군을 명하고 일단 자신은 기병들을 데리고 선두에서 정탐을 했다. 하지만 가조촌 서쪽에 이르렀을 때 그가 말한 것과는 다른 광경이 보였다. 왜군들이 진군 중이었던 것이다. 정기룡은 일단 서둘러 말을 돌려 군사들에게 진군을 멈출 것을 지시한 뒤 사지지의 뺨을 주먹으로 갈기고 멱살을 잡고 윽박질렀다.

"네 입으로 분명히 이 앞으로는 왜군이 없다고 말했다. 그런데 이게 어찌된 것이냐!"

사지지도 어리둥절하기는 마찬가지였다.

"그, 그럴 리가 없습니다. 저도 거기에 대해서는 들은 바가 없습니다."

"네놈이 어디서 감히 간계를 부려 우리 군을 해하려 드는 것이냐! 역시 네 말을 믿는 게 아니었다."

정기룡은 칼을 빼어 들고 사지지를 비롯해 항복한 왜군들 모두의 목을 쳤다. 그때였다. 주변 정탐을 나갔던 장시중으로부터 믿을 수 없는 보고가 들어왔다.

"장군! 우리가 잘못 알았습니다! 가조촌에서 우리가 마주친 왜군은 충청병사 휘하 항왜 부대였다고 합니다!"

정기룡은 눈이 휘둥그레졌다. 항왜라 하면 조선군에게 항복하여 조정에 복속된 왜군이 아니던가. 결국 아군을 적군으로 오인하고 그들을 죽인 셈이 된 것이었다.

정기룡은 순간의 실수로 인한 자신의 경솔한 행동을 자책하며 한참을 멍하니 서 있었다. 이시언을 상대로 이전에 군량을 얻어내는 기지를 발휘했지만 그것이 다시 자신에게 되돌아온 것 같은 기분이었다. 보이지 않는 칼날이 그의 심장을 후벼 팠다.

정기룡이 사지지 일당이 항왜를 자처했음에도 그들의 목을 쳤다는 소식은 이시언에게도 들어왔다. 이시언은 그때 당한 일에 복수를 했다는 기쁨에 화통하게 웃어 보였다.

"하하하하하! 멍청한 녀석 같으니라고. 정기룡이, 뛰는 놈 위에 나는 놈 있는 법이야."

이시언은 곧바로 임금께 장계를 올렸다. 정기룡이 항왜를 죽여 전공을 속여 보고하려 했다는 내용이었다. 선조는 이시언의 장계를 받고는 매우 혼란스러워했다. 그가 그럴 리가 없을 텐데 하고 생각했지만 오랜 전란으로 인해 선조는 판단력이 매우 흐려져 있었다.

이시언의 장계 때문에 조정은 한 차례 떠들썩했다. 하지만 류성룡을 비롯한 여러 대신의 만류로 정기룡의 삭탈관직만은 겨우 막을 수 있었다. 현재 그의 뒤를 이어 경상우병마사를 맡을 사람이 마땅치 않기 때문이었다. 선조는 그에게 전공을 세워 속죄할 것을 명했다.

정기룡 역시 착잡함을 금할 수 없었다. 그는 며칠간 혼자 군영에서 술을 마시며 모습조차 비추지 않았다.

'형님, 이 못난 아우가 경거망동하여 일을 그르치고 말았습니다. 일전에 우리 군사들 먹일 식량을 조달하기 위해 나름 기지라고 발휘해서 벌인 일을 이렇게 되돌려받게 되었으니 제 자신이 참으로 한심하기 그지없습니다. 형님, 이 못난 아우를 꾸짖어 주십시오.'

그렇게 형님을 기리며 며칠 동안 한탄을 하고 나서야 겨우 진영을 돌볼 수 있었다. 모두들 그래도 정기룡에 대한 신뢰가 두터웠기에 다들 괜찮다며 그를 두둔했지만 언제까지 이렇게 서로 보이지 않는 칼날을 같은 조선인끼리 겨누어야만 하는가. 참으로 야속한 세월이 아닐 수 없었다.

연이은 고난 속에
엇갈리는 희비

연이은 고난 속에 엇갈리는 희비

명군 경리 양호의 요청으로 정기룡은 함양군(咸陽郡)의 사근역(沙斤驛)으로 진군했다. 양호는 휘하 장수인 부총병(副摠兵) 이절(李梲)을 정기룡에게 소개하고는 사근역에서 조·명이 협공으로 왜군을 물리칠 것을 제안하였다. 두 장수가 이끄는 군은 좌우를 맡아 왜군을 에워싸며 협공을 벌였다. 이로 인해 정기룡은 적병의 수급 200여 개를 베고 명군도 100여 개를 베었다.

그러나 전투가 끝나고 나서야 정기룡은 이절이 왜군이 쏜 조총에 맞아 숨을 거두었다는 사실을 알게 되었다. 갑작스럽게 그 휘하의 명나라 군사들이 지휘관을 잃게 된 것이었다.

양호는 장수들을 불러 모아 이들을 지휘할 사람이 있는지 물어보았지만 명군의 장수들 모두가 거절했다. 그는 난감한 상황에 처했다. 보아하니 본인도 책임지고 싶어 하지 않는 듯 보였다. 정기룡은 이를 보고는 자신이 나서기로 했다.

"소장이 저들을 맡아도 되겠습니까? 안 그래도 보졸이 부족한 찰나였습니다."

그는 정기룡의 제안을 듣고 얼굴에 화색이 돌았다.

"오오, 장군께서 그리하신다면 더없이 좋을 듯싶소. 그리하려면 황상 폐하께 주문하여 장군에게 대명국의 관직을 부여해야 함이 마땅하다 생각되오. 소장이 황상께 장계를 올릴 테니 잘 부탁드리겠소."

양호는 보졸들에게도 물었다.

"그대들도 정장군을 따르길 원하는가?"

보졸 모두도 하나같이 그렇게 하길 청했다. 그리하여 정기룡은 양호의 청으로 명나라 황제로부터 어왜총병관(禦倭總兵官)이라는 직위를 받았는데 이런 경우는 조선 장수 중에는 최초였다. 명장 사세용(史世用)은 그를 칭찬하는 시구(詩句) 하나를 지어 바쳤다.

상서로운 구름과 빛나는 햇빛은 본래 모양이 없는데
맑은 하늘에 마침 상서로운 기운이 모였다네.
봉황새와 난새[61]가 아득히 날아가고
금지옥엽은 넓게 퍼진다네.
높은 하늘은 수많은 바위 위로 우뚝하고
넓은 하늘은 높게 펼쳐져 있다네.
온 나라의 사람들이 은택을 우러러보니
잠시 후 많은 비에 용을 따라간다.
마음과 몸에 있어 태양이라 부르는데
일을 할 때 빛을 발하였다네.
밝은 빛이 어떻게 팔방을 비추는가.

---

61) 난조(鸞鳥). 중국 전설에 나오는 상상의 새. 나타나면 세상이 편안해진다고 한다.

마음이 한 지역에 약이 되는 것 같구나.

가정이 평안하여 가난 걱정 없고

몸은 건강하여 야윈 몸 방해받지 않는다네.

서울에서 소리 내어 시 읊고 크게 웃으니

인간사 모두 보느라 손발이 바쁘다네.

정기룡은 시구가 적힌 족자를 받아들고 양호를 비롯한 명나라 장수 모두에게 감사를 표했다.

"영광스러운 관직이 본분에 지나쳐서 황제의 사랑이 한이 없는데도 몸이 먼 지방에 있기 때문에 황제의 조정에 가서 공손히 사은의 예를 올릴 수가 없으니 심히 송구스럽습니다."

양호 또한 정기룡을 독려하였다.

"한결같은 마음으로 왜적을 토벌하는 것만이 우리 황상 폐하의 큰 은혜에 보답하는 길일 뿐이오."

"소장 최선을 다하겠습니다."

역시나 황찬용은 먹일 입이 늘은 것도 모자라 말도 안 통하는 명나라 병졸들과 어찌 같이 싸우겠냐고 투덜거렸고 정기룡은 그런 그를 만류하기 바빴다. 하지만 이 와중에도 김경수는 정기룡을 두둔했다.

"장군은 정말 대단하십니다. 명나라 황제한테까지 관직을 받고 말입니다."

그날 밤이 되자 정기룡은 진영에서 잠을 청해 보았지만 뭔가 꺼림칙한 기분이 들어 잠이 오지 않았다. 밖에 나가보니 보초를 서는 군졸들 일부만 보였다. 그는 서둘러 군졸들에게 물었다.

"혹시 군영을 나간 자가 있는가?"

"방금 장참군께서 주변 정탐을 하신다고 나가셨습니다."

보졸은 사근역 근처 야산을 가리켰다. 정기룡은 활과 화살통을 메고 서둘러 뒤를 밟았다. 아니나 다를까 늘 들리던 그 부엉이 소리가 들렸다. 하나는 정말 부엉이 소리였지만 다른 하나는 역시나 사람이 부엉이 소리를 흉내 낸 것이었다.

이제 모든 궁금증이 풀렸다.

부엉이가 날아오르자마자 정기룡은 당기던 활시위를 놓았다. 밤이었음에도 그의 눈은 그 어느 때보다 날카로웠다. 손을 떠난 화살이 부엉이의 몸을 꿰뚫었다. 그리고 그 의문의 주인공은 어둠 속에서 정체를 드러냈다.

부엉이를 부른 사람은 바로 장시중이었다. 갑작스럽게 날아든 화살에 놀란 기색을 보이자 어둠 속에서 정기룡이 천천히 모습을 드러내었다.

"하마터면 자네를 맞출 뻔했군. 장시중 참군. 자네, 매를 길렀다더니 실은 부엉이를 기르고 있었구만."

정기룡은 칼을 빼어 들어 장시중의 목에 겨누었다. 장시중은 몸을 벌벌 떨면서 정기룡을 천천히 바라보며 말했다.

"왜, 왜 이러십니까?"

"언제부터였는가? 상호군 영감께 나에 대해 밀고한 것이."

"소, 소인은 그저….''

"대체 왜 그런 것인가? 왜! 나는 자네를 가족이나 진배없이 여겼건만 어떻게 나한테 이럴 수가 있는가!"

"충청병사께서 우리 군의 군량 지원을 해주는 대신 장군의 일거수일투족을 감시하고 대승을 거둘 기별이 있으면 제 새 부리는 재주를 통해 전하라 명하셨습니다…. 사실 말이 명이지, 협박이나 진배없는 일이 었죠. 허나 장군께서 모종의 일로 충청병사와 척을 지신 까닭에 이제 그마저도 어려워졌습니다. 저로서는… 다른 선택의 여지가 없었습니 다. 장군, 군량이 없이 어찌 싸울 수 있겠습니까….”

비록 간자가 누구였는지 알아내기는 했으나 그게 하필 자신의 말을 고분고분 따르던 장시중이었다니….

믿고 싶지 않았지만 직접 눈앞에서 목격한 사실이었다. 게다가 간자 노릇을 한 이유도 자신이 이끄는 군을 위해서 한 행동이니 만감이 교차할 수밖에 없었다. 정기룡은 장시중의 목에 칼을 겨눈 채 앞으로 다가갔고 그는 뒷걸음질을 치며 서서히 물러났다. 이제 그가 간자임을 알게 된 이상 자신의 군영에 있게 할 수는 없었다. 배신과 모략으로 얼룩졌던 전장에서의 지난 세월들이 몹시도 야속하게만 느껴졌다. 정기룡은 마지막으로 확인해 보고 싶은 것이 있어 칼끝을 그의 목에 댄 채 물었다.

“그럼, 설마… 가조촌의 일도 미리 알고 있었나?”

장시중은 말끝을 흐렸다.

“말씀드리려고 했습니다만 장군께서 이미 사지지를 베어버리셔서 ….”

“지금 그걸 말이라고 하는 겐가!!”

“…죄송합니다….”

“내 마음 같아서는 배신감 때문에라도 네 녀석의 목을 쳐도 분이 풀리지 않을 것 같다. 허나, 그대가 부대를 탈영한 것도 아니고 군법을 어긴 것도 아니니 어찌 벨 수가 있겠는가. 더 이상 꼴 보기 싫다. 네 주인 이시언에게로 가라, 그리고 다시는 내 눈앞에 나타나지 마라. 내가 베풀 수 있는 마지막 자비다."

"장군."

"내 말이 안 들리나! 어서 꺼져 버리라고!"

장시중은 그렇게 도망치듯 정기룡의 곁을 떠났다. 이제야 간자도 색출했고 자신을 옭아매던 이시언으로부터 자유로워진 셈이었지만 그와 동시에 마음속에 커다란 구멍 하나가 깊게 패인 듯했다. 그는 그렇게 충직한, 아니 충직하다고 여겨졌던 과거의 부하 하나를 그런 식으로 떠나보내야만 했다. 정기룡은 그렇게 멀어지는 그의 모습을 보며 눈보라 속에서 말을 잃은 채 한참을 서 있었다.

그가 군영으로 돌아오자 황찬용도 자다가 깼는지 어느새 밖으로 나와 있었다. 정기룡이 다급히 나갔다는 말을 전해 듣고 서둘러 깬 것 같았다. 그는 정기룡의 착잡한 표정을 천천히 살폈다. 정기룡도 그와 눈이 마주치자 조금은 미안한 마음이 들었다. 한때나마 그까지 싸잡아 의심했던 것에 대한 죄책감 때문이었다.

"무슨 일이 있으셨던 겁니까? 장군."

"우리 군영에 상호군의 간자가 있었다."

황찬용도 그의 표정을 보자 짐작한 바는 있었지만 그 역시 설마 하며 믿고 싶지 않은 듯한 반응을 보였다. 당연했다. 같은 군영, 같은 장군 휘하에서 한솥밥을 먹으며 전장을 누빈 사이 아니던가. 게다가 두 사람은 직급도 같았고 연배도 한두 살 차이밖에 안 나는 벗이나 다름없는 사이였기에 그는 더욱 대경실색할 수밖에 없었다.

"그, 그럼 설마….."

"그래, 그 설마가 맞았다."

"아니 그 친구가 왜 그런….”

정기룡은 황찬용을 보기가 민망해졌다. 하지만 그가 자신에게 늘 불만을 토로하면서도 충실하게 명령에 따르는 모습을 보였기에 부하 하나는 건졌구나 생각하니 안심이 되었다. 아무튼 지금은 이 복잡한 심정을 털어내고 싶었다.

"황참군! 나하고 술이나 한 잔 하세.”

정기룡은 어깨동무를 하고 황찬용과 술잔을 기울이며 밤을 보냈다. 그렇게 해서라도 그를 의심했던 자신의 마음속 죄를 덜어내고 싶었던 것이다.

한편 장시중도 며칠 동안 눈밭을 헤집으며 나아갔다. 그는 손발이 꽁꽁 얼어 부르트는 것도 모를 정도로 한참을 걸어 간신히 이시언의 군영에 다다랐다. 그가 직접 온 것을 보자 이시언은 실눈을 뜨고 그를 보며 말없이 고개를 두어 번 끄덕였다. 뭔가 일이 틀어졌음을 그도 이미 알고 있었다.

"여기까지 오다니… 들킨 게로군, 정기룡 그 녀석에게.”

장시중은 서둘러 고개를 숙였다.

"면목 없습니다… 영감.”

장시중을 바라보는 이시언의 눈빛은 날카로운 칼에 비친 달빛처럼 싸늘하고 냉랭했다. 섬뜩한 기운이 서릿발처럼 장시중의 온몸을 얼어붙도록 감싸고 돌았다. 그 역시 이시언의 간악함을 알고 있었다. 그러기에 그는 더욱 눈보라 속 사시나무처럼 떨고 있었다. 이시언은 소리 없이 자리에서 일어나 한쪽 입꼬리를 살짝 올린 채 장시중을 노려보며 그의 앞으로 천천히 다가갔다.

"새가 죽었다…. 그럼 이제 자네는 쓸모가 없어진 것 아닌가?"

장시중은 그 순간 아무 말도 내뱉을 수 없었다. 쓸모가 없어졌다는 말, 그 한 마디가 차가운 어둠 속에서 소리 없는 파문으로 울려 퍼지는 듯했다. 자신의 목숨이 마치 세차게 부는 바람 속 꺼져 가는 등불과도 같이 느껴졌다. 그러기에 그의 낯빛은 서리처럼 더욱 허옇게 질려가고 있었다. 얼굴에 흐르는 땀이 차디차게 느껴질 정도로 그는 그 공포의 추위 속에 완전히 갇혀 버렸다. 뒤로 한 발짝씩 물러날 때마다 그 오싹함은 점점 눈덩이처럼 커져 갔다. 땀은 더욱더 흘렀고 맥은 주체할 수 없을 만큼 세차게 날뛰었다. 장시중은 자신에게 다가오는 이시언을 향해 마지막으로 발악이라도 하는 심정으로 뒷걸음질을 치며 얼어붙었던 입을 간신히 떼었다.

"제발… 사, 살려만 주십시오…."

이시언은 걸음을 멈추더니 살짝 웃어 보이며 그를 다시금 찬찬히 쳐다보았다.

"아냐, 쓸모가 있겠어."

그의 말에 장시중은 긴장을 풀고 안심할 수 있었다. 아직도 불안함에 떨고 있었지만 그는 살 수 있을지도 모른다는 생각에 눈을 크게 뜨고 조금은 화색이 돌아온 표정으로 그에게 물었다.

"정말이십니까?"

하지만 이시언의 대답은 그가 듣고 싶었던 것이 아니었다.

"네놈 모가지."

"네?!"

순간 장시중은 이를 부서져라 꽉 깨물었다. 복부에 강한 통증이 왔다. 생전 처음으로 느껴보는, 말로 표현할 수 없는 아픔이 몸 한가운데서 시작되어 온몸으로 퍼지는 것 같았고 눈앞이 흔들렸다. 서서히 고개를 떨구어 내려다보니 번쩍거리는 무언가가 자신의 배에 박혀 있었다. 그것은 이시언의 검이었다. 검은 그의 배를 지나 등 밖으로 날카롭게 뻗어 있었다. 붉은 선혈이 칼날을 타고 흘러내려 옷 주름을 타고 흐르더니 이내 바닥에 한 방울씩 떨어졌다. 장시중은 핏줄이 곤두서도록 이시언의 옷소매를 꽉 붙잡고 매달려 봤지만 이미 그의 운명은 기름이 다해 꺼져 가는 등불처럼 서서히 사그라들고 있었다. 이시언은 표정 한 번 바뀌지 않은 채로 칼날을 이리저리 비틀며 장시중의 몸에 난 구멍을 마구 헤집어 넓혔다. 장시중은 입과 배, 등에서 피를 쏟으며 눈을 부릅뜨고 잠깐의 떨림과 함께 손을 떨구며 움직임을 멈추었다. 칼이 몸에서 빠지자 그는 눈을 까뒤집은 채 앞으로 털썩 고꾸라졌다.

이시언은 장시중의 갓을 벗기고 상투를 잡았다. 그는 백정이 소의 멱을 따듯 칼을 여러 번 움직였다. 잘려진 핏덩이 사이로 허연 목뼈가 드러났다. 이시언은 머리를 들어올려 그와 눈을 마주치려 했다. 몸을 잃은 그의 머리는 자신이 왜 죽었는지도 모른다는 듯 입을 벌린 채 멍한 표정으로 몸을 잃고 피만 뚝뚝 흘릴 뿐 자신의 죽음에 대한 억울함을 토로하는 말 단 한 마디조차도 내뱉을 수 없었다. 이시언은 그런 그의 얼굴을 보며 얼음장처럼 차디찬 미소를 지었다.

"안 그래도 요즘 우리 부대의 기강을 바로잡을 필요가 있었거든. 군영을 이탈하면 어떻게 되는지 마침 본보기가 필요했어. 고맙군, 장시중이. 흐흐흐흐흐…."

다음 날, 이시언의 군영에는 장시중의 머리가 여전히 멍한 표정에 까뒤집은 눈을 하고 장대 끝에 매달려 걸려 있었다. 한겨울의 매서운 바람에 헝클어진 죽은 자의 머리카락이 매달린 채 휘날렸다. 그게 생명을 잃은 자의 유일한 움직임이었다. 창백한 그의 목 밑으로는 글귀가 써진 나무판이 매달려 있었다.

'죄인 장시중은 군법을 어기고 전란 중에 자신의 목숨을 부지하고자 탈영을 시도하였다. 이에 참하여 목을 효수해 본보기로 삼으니 모두 명심토록 하라.'

장시중의 죽음은 정기룡에게도 알려졌다. 배신감과 허탈함 뒤로 애석한 마음이 그를 짓눌렀다. 그때 내친 것이 조금은 후회되기도 했다. 차라리 그때 그가 이시언의 군영으로 도망치는 것을 말려야 했을까 싶었다. 아니, 꼭 그곳이 아니어도 그는 탈영을 한 것, 아니 정확히는 정기룡에 의해 내쳐진 것 때문에 저승 이외에는 갈 곳이 없었다. 그렇게 생각하니 그가 몹시도 측은하게 느껴졌다. 군영 내에서는 그가 간자로서 최후를 맞이한 것에 대해 잘 죽었다고 수군대고들 있었지만 정기룡은 이미 지난 일이니 고인에 대해 언급조차 하지 말 것을 명했다. 그래도 한때는 자신의 명령을 잘 따르던 부하였기에 더 이상 그의 이름이 거론되는 게 듣기 싫었다.

그렇게 며칠이 지났다. 한 장수가 말을 타고 정기룡의 군영을 찾아왔다. 올곧아 보이는 황톳빛 두정갑 차림새에 허리춤에는 왜군에게서 노획을 했는지 왜도(倭刀)를 차고 있었다. 그는 말에서 내려 정기룡 앞에 양손을 모으고 무릎을 꿇었다. 정기룡은 그가 누구인지 궁금했다.

"파발인가?"

"아닙니다. 경상우별장(別將) 한명련(韓明璉)이 경상우병사 정장군을 뵙습니다. 소장, 도원수 대감 휘하에서 근무하다가 영상 대감의 명으로 충청병사 영감의 추천을 받아 장군을 보좌하기 위해 이렇게 왔습니다."

김경수는 충청병사라는 말을 듣자 비아냥거렸다.

"그 인간이 간자로 모자라서 이제는 아주 대놓고 사람을 보냈네그려."

"닥쳐라!"

정기룡은 김경수의 실언에 그를 꾸짖고는 군영으로 그를 데려왔다. 모습을 살펴보니 강건하고 충직해 보이는 모습이 참으로 무장다운 면모였다. 정기룡은 그에 대해 여러 가지를 물었다.

그는 황해도 문화현(文化縣) 출신으로 비천한 집안에서 홀어머니를 모시면서 자랐다고 했다. 무과에 합격한 뒤 곽재우와 합세해 적을 물리쳤고 김덕령과도 활동한 바가 있었다. 이후 도원수 권율 휘하에 있으면서 이시언과도 조우했었다 했다.

들어보니 자신과 상당히 비슷한 길을 걸어온 것 같은 생각에 조금은 반가운 마음마저 들었지만 역시나 이시언의 명을 받고 자신에게 왔다는 게 조금은 꺼림칙하게 느껴졌다. 하지만 장시중을 잃은 지금 그를 대신해 자신을 도와줄 사람이 충원되기도 했고 인상을 보아 하니 간자처럼 느껴지지도 않았다. 물론 장시중이라고 첫인상이 수상쩍어 보이진 않았었던 건 사실이지만 말이다.

문제는 이자가 이시언의 명으로 여기에 왔다는 것이고 정기룡의 부대 내에도 당연히 그에게 반감을 가지고 있는 병졸들이 많다는 것이었다. 이들과 잘 규합할 수 있을지가 정기룡은 걱정되었다. 그는 한명련에게 당부의 말을 하며 격려코자 했다.

"자네가 무장 된 도리를 다하여 모범을 보인다면 여기 있는 군졸 모두가 자네를 따를 것이네. 부디 나라를 위해 아낌없이 무용을 보여주길 바라네."

"명심하고 따르겠나이다, 장군."

정기룡은 한명련을 데리고 가서 군졸들 모두에게 소개시켰다. 역시나 이시언과 정기룡 간의 사연을 알고 있는 자들은 그를 당연히 고운 눈초리로 보지 않았다. 정기룡을 수년간 보좌해 온 황찬용이 특히 그랬다. 한명련은 어찌된 영문인지 그에게 물어보았지만 대답 대신 냉대만 돌아왔다. 그렇게 한동안 한명련은 정기룡만을 제외하고 군영에서 마치 없는 사람 취급을 받았다.

2월이 되자 임금으로부터 전지(傳旨)가 날아왔다.

'지금 군량을 조치 준비하는 방법은 둔전 한 가지 일만이 있을 뿐이니 마땅히 군대를 주둔하는 곳에서는 둔전을 설치하고 경작하면서 한편으로는 수비에 대한 계책을 세워야 할 것이다. 경은 이러한 농사짓는 시기에 맞추어 시급히 조치토록 하라.'

정기룡은 군사들을 모아 밭을 갈라 명령하고 자신도 옷차림을 가볍게 하고 쟁기를 들어 밭을 갈았다. 아직은 추위가 채 가시지 않아 언 땅에 쟁기가 제대로 들지는 않았지만 어명이니 따를 수밖에 없었다.

둔전 작업은 밤낮으로 진행되었다. 한명련도 같이 밭을 가는 작업에 나섰다. 그렇게 시일이 지나고 나서야 겨우 몇몇 군졸들과 말을 트는 것을 시작으로 그는 정기룡과 이시언 사이에 있었던 일들에 대해 알게 되었다. 그는 이시언을 봤을 때 그런 사람이 아니라고 여겼는데 들리는 여러 얘기들은 참으로 어이가 없었다. 작업을 한창 하고 나서 저녁 식사를 할 때가 되자 한명련은 정기룡에게 이전에 이시언과 있었던 일들에 대해 물었다.

"그런 분이었다니 소장은 꿈에도 몰랐습니다. 한 나라의 장수라는 자가 어찌 그럴 수 있단 말입니까? 장군께서 얼마나 고충이 많으셨는지 소장 이제야 좀 알 것 같습니다. 그리고 소장이 처음 장군에게 왔을 때 다들 왜 저를 보는 눈초리가 그랬는지도 이해가 갑니다. 전 그저 장군을 보좌하라는 명만 받고 왔을 뿐입니다. 믿어주십시오."

정기룡은 개의치 않는다는 표정으로 밥을 떠먹었다.

"나도 자네가 그리 보이지는 않네. 하지만 신뢰라는 게 하루아침에 이루어지는 게 아닐세. 저기 황참군은 내가 계책을 세울 때마다 아직도 날 못 믿어서 맨날 반대한다네. 그러면서도 누구 못지않게 작전에 충실히 임하고 있지. 참으로 꼼꼼한 친구지, 그래서 믿고 있다네. 안 그런가? 황참군!"

근처에서 밥을 먹던 황찬용도 이에 답했다.

"장군 계책을 들을 때마다 가슴이 철렁거립니다만 그래도 매번 성공했으니 여기까지 온 게 아닙니까?"

"들었나? 한별장. 나를 부디 믿고 따라주시게. 내 병졸들을 불구덩이에 밀어넣는 한심한 짓을 할 정도로 멍청한 사람은 아니니 신뢰가 있다면 우리가 적들보다 세가 부족해도 능히 이길 수 있네. 허나 나도 사람인지라 실수가 없을 수는 없으니 그런 부분은 한별장이 짚어주었으면 싶네."

정기룡이 상관임에도 이렇게 소탈한 모습을 보이자 한명련은 무안함에 그를 두둔했다.

"아닙니다. 장군의 연승에 대해서는 소장, 추호의 의심도 없습니다. 저는 장군을 믿습니다."

"다음 전투에서 자네의 무용을 보여주게."

정기룡은 말을 마치고는 밥알을 마저 입에 털어 넣었다.

28일이 되자 왜군들이 거창군에서 진군하여 지례현으로 향하고 있다는 정보가 들어왔다. 그리하여 3월 초가 되자 정기룡의 부대는 거창군에 다다랐다. 그는 처음 자신이 공을 세웠을 때를 떠올렸다. 패기 하나만 믿고 의외의 성과를 거두었던 일, 그리고 자신이 비록 벼슬이 가장 낮았음에도 기지를 발휘해 소수의 병력으로 객관을 탈출하고 조경을 구출한 일 등이 생각났다. 그러고 보니 조경이 다시 회복하여 도원수 휘하에서 활약 중이라는 이야기를 들었다. 실로 다행이었다.

"여기 다시 오게 되다니 참⋯."

한명련도 거창에서의 정기룡의 활약에 대해서는 들은 바가 있었다.

"거창에서의 승리는 우리 조선군이 육전에서 치른 첫 승리라 들었습니다. 그때 장군의 활약상은 정말 놀라웠습니다. 특히 소장은 조경 장군 구출 이야기를 듣고 감탄을 금할 길이 없었습니다."

정기룡은 멋쩍은 듯 웃음을 지어 보였다.

"부끄럽군. 아무튼 이곳에서 왜군을 물리쳐야 우지현(牛旨縣)의 안녕(安寧)도 도모할 수 있을 것이네. 삼가현(三嘉縣) 기슭에 복병을 배치하고 나와 한별장이 선봉에 서서 적을 몰아 공격하세."

정기룡은 군을 정비하고 날이 밝자 한명련과 말에 올랐다. 일제 신호와 함께 정기룡은 기병을 이끌고 적들을 습격했다. 그는 적들을 물리치면서 한명련의 무용 또한 지켜보았다. 그 역시 기민한 움직임으로 적과의 거리를 유지하면서 현란한 칼놀림을 보였다. 한명련이 적을 스칠 때마다 왜군들은 속절없이 쓰러졌다. 거의 자신과 대등하다 할 정도의 용맹한 모습이었다. 정기룡도 감탄할 수밖에 없었다.

"훌륭한데."

"장군에 비하면 별것 아닙니다. 수가 많으니 조금 더 베어야 적들이 삼가현 쪽으로 움직일 것 같습니다."

그렇게 두 사람이 이끄는 기병들의 분전으로 적들은 삼가현 쪽으로 이동하였다. 그곳에는 유언량(柳彦良)이 이끄는 보졸들이 몸을 숨겨 매복하고 있었고 적들은 보기 좋게 걸려들었다. 상당수의 적들을 베고 나자 적군은 산으로 올라 도주했다. 그 이후부터는 산세가 험해 추격하기 어려워 정기룡은 일단 진군을 멈추게 했다. 이 전투에서 그는 한명련의 진가를 확인할 수 있었다. 역시 그는 제 몫을 해낼 줄 아는 장수였다. 정기룡은 다시 지시를 내렸다.

"산을 돌아 삼가현으로 향한다!"

산을 넘어 겨우 삼가현에 다다른 왜적들은 또다시 정기룡의 기병을 보자 달아나기 바빴다. 그곳에서 노략질을 하던 왜군들 역시 정기룡의 군대가 온다는 소식을 들었는지 진주로 도주했다. 진주는 여전히 왜군의 군세가 대단했고 급히 뒤쫓느라 일단은 삼가현의 안전을 도모하고 군을 재정비하는 게 우선이라 여겨져 정기룡은 진군을 멈추고 휴식을 취한 뒤 재정비할 것을 명했다. 그는 이번 전투에서 한명련의 진가를 확인하고는 칭찬했다.

"아까 싸우는 모습을 지켜봤는데 한별장 무예가 보통이 아니더군."

한명련도 정기룡의 무용을 직접 보고 놀라기는 마찬가지였다.

"장군도 역시 들은 대로 대단하셨습니다."

정기룡은 한명련의 어깨를 가볍게 두드렸다.

"이제 시작일세. 이렇게 한별장이 솔선수범하는 자세로 무용을 보인다면 병졸들 모두가 자네를 신뢰할 수 있을 것이네. 수고했네."

그렇게 모두는 힘든 전투를 치르고 휴식을 취했다. 하지만 한명련은 불을 밝히고 글을 쓰고 있었다. 그는 오늘의 전투를 회상하면서 담담하게 한 자 한 자 써 내려갔다. 정기룡은 한명련의 침소에 불이 밝혀져 있자 무슨 일인지 궁금해졌다. 천막을 걷자 한명련은 일어나 인사를 올렸다. 정기룡은 그가 무슨 글을 쓰고 있었는지 궁금했다.

"뭘 쓰고 있었나?"

한명련은 담담한 표정으로 얘기했다.

"상호군 영감께 보낼 서찰을 쓰고 있었습니다."

역시나 그가 이시언의 명을 받고 왔기에 그런 글을 쓰는 것이라 생각은 되었지만 이상한 것은 그의 태도가 너무도 담담하다는 것이었다. 정기룡은 문득 그 연유가 궁금해져 곁으로 가 그가 쓴 글을 보았다.

'소장 한명련, 충청병사 영감께 감히 아룁니다. 일전에 소장에게 경상우병사 정장군의 휘하로 가서 그의 일거수일투족을 감시하고 보고하도록 명하신 바 있었지만 소장, 그의 무용을 직접 보고 나라에 대한 그의 충심과 영감께서 그럼에도 그에게 행하셨던 것들을 이곳에서 들은 바 더 이상 영감의 뜻을 행할 수 없게 되었음을 용서하시기 바랍니다.'

정기룡은 글의 내용을 읽고 한명련의 얼굴을 쳐다보았다. 그가 이곳으로 온 이유는 명백히 알고 있었지만 글의 내용으로 미루어 볼 때 그가 앞으로 이시언의 명을 거역할 것임이 명백했다. 그러기에 그가 그토록 담담한 모습을 보였던 것이다.

그러나 한편으로는 자신처럼 그 역시 이시언과 척을 진다는 뜻이었다. 정기룡은 걱정스러운 마음이 들어 글을 읽고는 한명련의 얼굴을 다시 쳐다보았다.

"한별장, 괜찮겠는가? 이걸 보내고 나면 자네는 앞으로 나처럼 그와 대적하게 되는 것일세."

한명련은 역시나 흔들리지 않는 모습으로 실토했다.

"소장도 출신이 빈궁하여 출세를 위해 무과에 급제하고 전공을 세웠습니다. 그리고 여기 적힌 것처럼 소장 역시 충청병사 영감께 그런 지시를 받은 것 또한 사실이옵니다. 허나 장군과 함께 싸워보니 장군처럼 참된 무장을 욕되게 하는 짓을 차마 못하겠습니다. 그래서 더 이상 영감, 아니 그자의 명을 듣고 싶지 않아 이 서찰을 보내려 합니다."

말이 끝나자 한명련은 파발을 시켜 이시언에게 서찰을 보냈다. 정기룡은 그의 손을 덥석 잡았다.

"날 믿어줘서 고맙네."

한명련도 고개 숙여 답례를 했다.

"저야말로 믿고 거둬주셔서 감사드립니다."

며칠이 지나 한명련의 서찰을 받게 된 이시언은 분노를 못 이긴 나머지 씩씩거리며 서찰을 구겨서 내던져 버렸다. 그의 부장은 한숨을 쉬고 종이 뭉치를 주우며 난감함을 표했다.

"한별장이 저리 나오니 이제 정기룡에게서 수급을 얻는 건 요원해진 것 같습니다."

이시언은 낯을 찌푸리며 오른손으로 머리를 감싸 쥐었다.

"그딴 벽창호 같은 놈을 애초에 보내는 게 아니었어…."

하지만 그에게는 여전히 충청병사라는 직책이 있었다. 후방지원과 경상, 전라 양(兩)도에 주둔 중인 조선군에게 군량을 공급하는 것은 그의 담당이었기 때문에 그는 여전히 정기룡에게 군량으로 압박을 가할 수 있었다. 문제는 그가 원한 것은 전란에서의 공적을 얻는 일이었다. 상대적으로 후방에 있기 때문도 있었고 그는 되도록 안전한 방법으로 적의 수급을 얻고 싶었다. 그러나 이제는 더 이상 그럴 수가 없게 되었다. 이시언은 초조한 표정으로 손톱을 물어뜯었다.

한편 정기룡은 삼가현 일대를 평정하는 일을 게을리 하지 않았다. 문제는 그곳에 있는 왜군 부대가 비록 소수였지만 험준한 산 중턱에 있어서 말은 물론 사람도 다니기 힘든 곳에 머무르고 있다는 점이었다. 정기룡은 명군 총병 해생이 합천군에 있다는 소식을 듣고는 그에게 원병을 청했다. 하지만 해생은 이에 의문을 표했다.

"적군이 이미 그리 험준한 곳을 점거하고 있는데 어떻게 맞선단 말이오?"

정기룡은 준비해 온 계책을 내보여 그를 설득코자 했다.

"이곳에 있는 적군은 며칠 후에는 반드시 도주를 시도할 것입니다. 하여 군사를 두 부대로 나누어 한 부대는 북을 요란하게 울리며 전면으로 진군하고 다른 부대는 적의 도주 예상 경로에 매복해 있다가 적이 지날 때 기습을 하면 적병을 모두 죽일 수 있습니다."

해생은 발뺌을 하려다 정기룡의 이토록 명확한 계책을 들으니 빼도박도 못할 입장에 놓여 결국 군사를 이끌고 작전에 동참했다. 정기룡은 한명련에게 삼가현 읍내에 매복할 것을 지시하고는 자신은 그와 함께 율원(栗院)으로 향했다.

북소리와 함께 연합군은 산 위에 위치한 왜군들을 향해 화살과 대포알을 날렸다. 계속되는 공격에 왜군들은 삼가현 읍내로 내려왔지만 이미 그곳에는 한명련이 이끄는 부대가 있었다. 합동 작전으로 몰아세웠으나 왜군의 수급은 고작 70여 개밖에 획득하지 못했다. 이후 해생은 갖은 불만을 토로하다 양호의 명이라며 경상좌도로 가버렸다.

4월이 되자 왜적들이 산음현, 안음현, 장수현을 침범했다는 회보가 들어왔다. 정기룡은 성주(星州)에 명장 모국기와 노득룡이 주둔해 있다는 것을 알고 그들에게 원군을 요청했지만 그들은 갖은 핑계를 다 대면서 원군에 응하지 않아 단독으로 작전을 수행할 수밖에 없었다.

이어 진주, 사천, 단성, 창원, 진해, 고성, 곤양 등 여러 고을에서 왜군들과 국지전을 벌였으나 또다시 군량 문제가 발목을 잡았다.

이전에는 옛 벗의 도움도 있었고 그가 이시언을 상대로 기지를 발휘한 덕에 어느 정도 군량을 확보할 수 있었지만 이제는 별다른 방도가 없었다.

결국 정기룡의 부대에서도 탈영자가 나왔다. 밤을 틈타 군관(軍官) 정린(鄭璘)과 최인립(崔仁立) 등이 도망쳐 버린 것이었다. 정기룡은 서둘러 임금에게 그들을 잡아들이라는 계문을 몇 차례나 올렸지만 이시언의 방해로 군량 공급 장계도 제대로 전달되지 않아 식량난에 허덕이는 마당에 계문이 조정에 온전히 전해질지는 요원해 보였다. 오히려 군량 대신 돌아온 것은 임금으로부터 온 밀부였다.

'경은 한쪽 방면의 모든 위임을 받았으니 몸소 살필 임무가 가볍지 아니할 것이다. 무릇 군대를 내보내어 기회에 대응할 뿐만 아니라 백성들을 편안하게 하고 적군을 제압하는 일체의 평상적인 일은 스스로 혼자의 생각대로 결단하여 처리할 수가 있는 까닭으로 비상한 명령을 내리니 경은 그것을 받들지어다.'

황찬용도 밀부를 보더니 투덜거렸다.

"거 달라는 쌀은 안 주고 밀부라니… 주상전하 정말 너무하시는 거 아닙니까?"

정기룡도 기가 차기는 마찬가지였지만 군을 통솔하는 자로서 그가 할 수 있는 것은 부하를 만류하는 일뿐이었다.

"전하께서 여기 사정을 어찌 아시겠는가. 그리고 나와 충청병사 영감 간의 관계도 모르실 테니 그냥 그렇게 이해하는 게 좋겠네."

"예, 뭐 여부가 있겠습니까."

정기룡은 그동안 정탐한 사항들을 임금에게 계문하였다.

'여러 곳에 있는 적군의 진을 여러 차례 정탐해 보니 김해주와 거제현 등지에서 산발적으로 주둔해 있으나 자세히 알 수는 없었습니다.

사천현에 있는 왜장 심안도는 적군의 대진인데 지금은 전일에 비해서 절반 정도만 있을 뿐이고 또 병이 들어 누워 있는 적병과 늙고 약한 병졸이 많기 때문에 7월이 지난 후에는 병졸을 요청하고 더 진격하여 장차 우리 한성을 침범하려고 한다 합니다.

예측하건대 이 적군의 형세는 꺾어진 듯하니 이 시기에 이르러 무찔러 죽일 수 있는 적기입니다. 만약 그들이 병졸을 보태어 먼저 행동한다면 다 죽이기는 어려운 형세이오니, 삼가 원하옵건대 도원수 대감에게 명을 내리시어 빨리 적군을 공격하도록 하소서.'

한편 왜군들은 조선군에게 맞서기 위해 왜성(倭城)을 축조하고 있었다. 포로로 잡아들인 조선인들을 강제로 노역을 시켜 여기저기에 왜성이 만들어지고 있었다. 특히 심안도가 건설 중인 망진성(望晉城)이 문제였다. 그 성은 진주 촉석루 건너편에 있는 망진봉에 지어지고 있었다. 심안도는 그곳을 기점으로 농성전을 벌일 심산이라 짐작되었다.

게다가 심안도는 다른 왜장들과 달랐다. 그는 그곳에서 농사를 지으며 자급자족을 획책하고 있었다. 만약 이 성이 지어진다면 진주 인근을 탈환하는 것이 어려워지게 된다. 상황이 다급해지자 정기룡은 명장 모국기와 노득룡에게 급하게 달려갔다.

"지금 심안도가 망진봉에 왜성을 건설 중입니다. 만약 그 성이 완공되면 우리 연합군이 진주를 탈환하는 데 큰 어려움이 있을 것입니다. 아직 성이 건립 중이라 하니 두 장군께 감히 청컨대 저희 군에게 군량과 원군을 내어주신다면 은혜는 절대 잊지 않겠습니다."

하지만 두 장군의 반응은 너무나도 소극적이었다.

"장군의 딱한 사정은 잘 알겠소. 허나 저희 두 유격장은 마땅히 상관인 경리와 도독의 분부(分付)가 있기 전까지는 함부로 군사를 움직여서는 아니 될 것이오. 우리 대명국도 마땅히 군율이란 게 있거늘 어찌 그것을 저버리고 독단적인 행동을 할 수 있단 말이오? 그리하면 우리는 군령을 위반하게 되어 목을 잃게 될 것이오."

"그러면 군량이라도 원조를 좀 부탁드리겠습니다."

"우리도 이곳 경상도에 남하한 지 얼마 되지 않아 식량이 부족하오. 현지에서 조달을 할 수 있을까 싶어 은전을 가져와 봤지만 그 어느 곳에서도 군량을 조달할 수가 없었소. 거 아쉽게 됐구려."

정기룡은 아무것도 얻지 못하고 힘없이 명군의 군영을 나왔다. 아직 성이 축조되지 않은 이 절호의 기회를 잃게 되다니 너무 원통하기 짝이 없었다. 급한 대로 임금에게 계문을 써 올려보고 싶었지만 중간에서 막힐 것이 뻔했다.

상황은 계속 악화되었다. 삼가현과 단성현 등에는 일전에 정기룡이 왜군을 격퇴한 까닭에 왜군이 사라졌지만 아직 피난민들이 귀향을 하지 않았다. 그 때문에 주인 없는 보리밭이 온전히 남아 있다는 첩보를 듣고 인근에 위치한 단성현으로 진군을 했다. 하지만 그곳에서 듣게 된 의령현감(宜寧縣監) 김전(金銓)의 보고는 너무나도 절망적이었다.

"적병은 이미 모의동을 거쳐 벽견산성(璧肩山城)으로 달아났습니다."

"아직 보리밭이 남아 있습니까?"

"보리와 밀은 이미 왜적들이 모두 거둬가 버렸소."

시시각각으로 왜군들에 관한 정보가 들어왔지만 정기룡은 이제 아무것도 할 수 없었다. 굶어죽는 말들이 속출했다. 그걸로 병사들은 버틸 수 있었지만 기병이 거의 무용지물이 되어버려 정기룡의 특기인 기동전을 발휘할 수 없게 된 것이었다. 결국 감사군을 위시한 보졸들만 늘어날 뿐이었다.

게다가 문제는 또 있었다. 이전에 어왜총병관 직을 맡으면서 정기룡군에 합류한 명나라 병사들 또한 식량난 때문에 서서히 불만을 토로하는 자들이 늘어났다. 비록 처음에는 정기룡의 무용에 감탄하여 그를 따르고자 자청한 자들이었지만 거듭되는 식량난에 지쳐 그들은 어느새 군인으로서의 본분을 잃어버린 지 오래였다. 명군 사이에서는 탈영자도 속출했다. 남은 자들도 조선말이 제대로 통하지 않았기 때문에 통제도 되지 않았다. 한번은 이들이 인근 민가를 약탈하려고 도모한 적이 있었다. 다행히 정기룡이 사전에 이를 알아차리고 만류한 까닭에 사태는 막을 수 있었지만 그건 어디까지나 임시방편에 불과했다.

당시 명군 장수 중에서도 그 부대를 거두려는 자가 없었기 때문에 탈영한 명군 병사들이 어디서 무슨 짓을 하는지 가늠조차 할 수 없었다. 결국 군량 조달의 유일한 방법은 왜군을 쳐서 빼앗는 것뿐이었다.

15일 새벽, 5백여 명의 왜군이 영산현(靈山縣)을 습격했는데 마침 정기룡의 군영 근처였다. 서둘러 달려가 그들과 맞서 봤지만 성과는 수급 50여 개에 30여 명 가량의 조선인 포로를 구출한 게 고작이었다. 하지만 이 작은 승리에도 불구하고 승전보를 듣자마자 모국기가 친히 찾아 왔다. 정기룡은 다급한 마음에 그에게 부탁했다.

"군량 원조를 요청하는 바입니다."

"그렇다면 공이 취한 적병들의 수급을 좀 나누어 준다면 생각해 보 겠소."

기가 막혔다. 본인들이 스스로 취하지도 않은 공적을 만들어서 보고 하려는 명장(明將)들의 뻔뻔함이 참으로 한심하게 느껴졌다. 하지만 앞으로의 작전을 수행함은 물론 당장의 병영 내의 문제를 해결하기 위 해서는 이들과 거래를 할 수밖에 없었다. 모국기의 태도는 거만하기 짝이 없었다.

"어차피 체찰사에게 보고하여 군량을 얻으나 우리에게 양도하여 군 량을 얻으나 매한가지 아니겠소? 장군도 사정이 급하실 텐데 뭐 싫다 면 할 수 없고."

"아닙니다. 여기 산 채로 포로로 잡은 왜장도 있으니 데려가십시오. 대신 군량을 조금 더 부탁드리겠습니다."

모국기는 상당히 기뻐하였다. 그는 그러한 상황 속에서도 분전하여 승리를 거둔 정기룡의 무용을 온갖 화려한 미사여구로 칭찬했지만 그 것들은 그저 허울처럼 들렸다. 그래도 공짜로 공적을 얻었으니 정기룡 은 그가 기쁨에 젖어 있는 지금이야말로 자신의 뜻을 관철시킬 절호의 기회라고 여겼다.

"모장군께 청이 하나 더 있습니다."

"아, 뭐… 좋소, 어디 말씀해 보시오. 소장이 할 수 있는 일이라면 힘 닿는 데까지 도와드리리다."

"일전에 망진성을 치자는 청을 드린 적이 있습니다. 기억하십니까?"

망진성 이야기를 듣자 모국기의 낯빛이 어두워졌다. 그도 역시 심안도의 명성을 들은 바가 있어서 그것만큼은 꺼려하는 기색이었다.

"으음…, 또 그 얘기요?"

정기룡은 이미 자존심 따위는 내친 지 오래였다. 그는 시일의 다급함으로 모국기를 재촉해 보기로 했다. 오랜 설득 끝에 모국기도 이번에는 청을 거절하기 힘들었는지 마지못해 순순히 응했다.

"아, 알겠소. 그러면 20일에 망진성으로 진군하여 왜군들을 소탕하는 걸 도와드리겠소."

"장군만 믿고 있겠습니다. 저희는 너무도 오래 굶주려서 함께 출발은 할 수 없사오나 원기를 차리는 대로 군영을 재정비해서 뒤를 따르겠습니다."

허나 산 넘어 산이라고 했던가. 하필 20일에 굵은 장대비가 폭포수처럼 쏟아져 내렸다. 모국기는 역시나 이런 빗속에서는 화기를 사용할 수 없을뿐더러 말도 진창에 빠지면 다리가 부러지게 되어 기병의 안전을 도모하기 위한다는 핑계를 대며 성주부로 돌아가 버렸다. 정기룡은 애가 탔다. 이렇게 속수무책으로 망진성이 지어지는 것을 봐야 한단 말인가. 한명련도 답답했는지 한숨을 쉬기는 마찬가지였다.

"대명국이라고 그렇게 으스들 대더니 행색들이 참으로 졸장이라 아니 할 수 없습니다."

정기룡도 답답해하기는 마찬가지였다.

"어쩌겠는가. 이 싸움은 어차피 그들의 싸움이 아닌 것을…. 그나마 군량이라도 좀 얻은 걸 다행이라고 생각하시게."

"이걸로 얼마나 버틸 수 있다고 여기십니까?"

"그들에게 준 수급이 고작 50개밖에 안 되지 않았나. 그래도 그만하면 많이 쳐준 것일세."

　무수한 빗줄기를 쏟아내는 검게 뒤덮인 먹구름처럼 그들의 마음속에서도 시커먼 비가 내렸다. 그렇게 근심의 나날은 계속되었다. 정기룡은 하늘이 너무나 원망스러웠다. 이런 상황에 마지막 기회마저 놓쳐버린 것 같아 그는 검은 하늘을 바라보며 형님에게 하소연을 했다.

　'형님, 어쩌면 마지막일지도 모르는 기회에 어찌 이런 비를 이 아우에게 떨구도록 내버려 두셨습니까. 만약 이대로 망진성이 완성되면 그때는 또 어찌 성벽을 뚫는단 말입니까. 이 아우 지금은 아무것도 할 수 없어 너무나도 원통합니다. 형님께 청컨대 부디 옥황상제를 뵈어 이 아우가 나라를 지키는 일을 도와달라고 말씀드려 주소서.'

　한편 이시언도 전전긍긍하기는 마찬가지였다. 이제 꼴 보기 싫은 정기룡에게 군량을 끊어 그가 공적을 쌓는 것을 저지했지만 현재의 정체된 상황에서는 그도 전공을 쌓을 방도가 딱히 없었기 때문이었다. 그역시 그렇게 초조함에 세월을 보내고 있을 때였다. 헌데 그런 그에게 뜻밖의 보고가 날아들었다.

　"보고 드립니다! 동갑회 의병 한현(韓絢)과 이몽학(李夢鶴)이 의병을 모집한다는 핑계로 반군을 조직하여 홍산현을 습격해 홍산현감(鴻山縣監) 윤영현, 임천군수(林川郡守) 박진국 등이 사로잡혔으며 청양, 정산 등 총 6개 고을을 공격했다고 합니다! 또한 곽재우, 김덕령, 정인홍, 홍계남, 박인서 등 의병장들이 이덕형과 도모해서 왜란을 막지 못한 주상 전하와 조정을 전복하고 새로운 임금을 내세운다는 격문을 각지에 퍼뜨리고 있다고 하옵니다."

　보고를 받은 이시언은 자신의 귀를 의심했다. 하지만 보고를 듣고 생각에 잠기더니 어느새 그의 입가에는 미소가 감돌았다. 반면 그의 눈은 서릿발 같은 살기를 내뿜고 있었다. 그렇지 않아도 의병이란 족속들을 평소 탐탁지 않게 생각했었는데 그 의병들 중에 반역자가 생겼다니 이를 제압하는 것은 그에게 일석이조의 효과를 안겨줄 것이라는 생각이 들었다.

이시언은 주먹을 굳게 쥐고 기쁨에 취해 부들부들 떨고 있었다. 그의 이런 반응은 부장들이 봤을 때 이상하기 그지없었다.

"장군, 왜 그러십니까?"

그는 자리에서 벌떡 일어나 중얼거리기 시작했다. 그 모습을 본 그의 부장들은 고개를 갸우뚱거렸다.

"이건… 기회야."

"네?"

"하늘이 나 이시언에게 준 천재일우의 기회!"

계속되는 어이없는 그의 모습에 부장 하나가 결국 궁금함을 참지 못하고 그에게 물었다.

"어찌 의병의 반란을 기회라 말씀하시는 겁니까?"

이시언은 그에게 일갈하듯 대답했다.

"이 나라를 지키겠다는 명분으로 사병을 조직해서 조정에 반기를 드는 역적들이 창궐하고 있다! 이들은 우리가 필히 무찔러야 할 왜군들에게 겨눠야 될 칼날을 감히 이 나라의 조정과 주상전하께 겨누고 있다! 역적을 토벌하는 것이야말로 전하의 성은에 보답하고 나라를 위하는 길일 것이다. 그것이야말로 나라의 녹을 먹는 우리 무장들의 사명이 아니고 무엇이겠는가! 전군 모두 출정 준비를 한다! 서둘러라!"

"네!"

이시언은 부장들을 스윽 둘러보았다. 그의 높은 계급이 말해 주듯 거느리는 군사의 수나 무장의 질은 조선군 내에서도 높은 측에 속했다. 이 정도의 인원이면 무장이 제대로 되지 않은 반란군의 진압은 손쉬운 일이라 여겼다. 게다가 언급된 의병장 곽재우와 김덕령은 혁혁한 전과로 인해 민심의 지지를 얻고 있었고 이덕형은 그의 입신양명에 방해가 되는 남인계 인사들 중 하나였다. 이들을 한 번에 제거할 수 있다면 이 얼마나 좋은 기회라 아니 할 수 있겠는가.

이시언은 부장들에게 출정 준비를 지시하고 자신도 역시 갑옷을 갖춰 입고 허리띠를 매면서 진군 준비를 했다. 명령이 떨어지자 모두가 분주하게 준비를 하느라 군영에는 그 혼자만이 남아 있었다. 그는 이미 알고 있었다. 사실 여부를 떠나 이 나라의 임금이 무엇을 더 두려워할지, 무엇에 더 분노할지를 말이다.

그는 칼집에서 환도를 빼어 들고 천천히 바라보았다. 날카로운 칼날이 희미한 빛을 반사하면서 반짝거리고 있었다. 그의 눈동자에도 칼날이 내뿜는 빛이 비쳤다. 그는 자신이 들고 있는 칼에게 속삭이듯 중얼거리며 시시덕거렸다.

"원래 남이 배신하는 것보다 가족이 배신하는 게 더 뼈가 아픈 법이거든…. 흐흐흐흐흐…."

이시언은 다시 칼집에 칼을 넣고는 지필묵을 서둘러 주문하고 선조에게 보고할 글을 써 내려갔다.

'신 이시언 주상전하께 보고 드리옵나이다. 한현과 이몽학이 의병을 모집한다는 핑계로 반군을 조직하여 홍산현과 청양, 정산 등 총 6개 고을에서 왜군처럼 학살과 약탈을 일삼고 있다 하옵니다. 또한 항복한 자들은 물론 전하와 조정에 등을 돌린 피난민들을 상대로 왜란을 막지 못한 책임을 감히 전하와 조정에 물어 전하를 폐위하고 새로운 임금을 내세우겠다는 격문을 각지에 퍼뜨리고 있다고 들었습니다.

거기에는 곽재우, 김덕령, 정인홍, 홍계남, 박인서 등의 의병장들은 물론 병판 이덕형도 자신들과 뜻을 함께하고 있다 하옵니다. 특히 곽재우와 김덕령은 그 위세가 결코 무시할 수 없는 수준에 이르렀으며 이덕형은 조정에서 전하를 모셔야 하는 본분을 망각하고 이 일에 가담하였으니 이 어찌 통탄하지 않을 수가 있겠습니까.

신은 진작부터 의병이라는 사조직들이 나라를 지키기 위해 모였다는 점을 이용해서 자신들의 군세를 늘리고 전하의 어명을 무시하는 독자적인 행동을 일삼으며 훗날 이런 역모를 도모할 것을 미리 예견해 그들을 주시하고 있었나이다. 결국 이런 일이 터졌으니 신은 이 나라 장수 된 자의 도리를 따르고자 휘하 군사를 이끌고 이들을 토벌해서 주상 전하의 안위를 위해 목숨 바쳐 지키겠나이다. 사정이 몹시도 다급하여 진군을 먼저 하고 이를 늦게나마 보고 드리오니 전하께서 윤허하여 주시옵소서.

또한 격문에 이름이 올라와 있는 자들도 이몽학과 연루되어 전하께 잠재적 위협이 될 수 있다고 여겨지는바, 부디 이들을 잡아들이시고 진위 여부를 확인하시어 역모 확산의 여지를 사전에 막으시옵소서.'

이시언의 보고는 조정에 전달되었다. 선조는 의병들이 자신에게 감히 칼을 겨누었다는 사실에 그 어느 때보다 분노할 수밖에 없었다. 글을 읽어 내릴수록 그의 눈동자는 그 어느 때보다도 격렬하게 진동했다. 글을 모두 읽자마자 선조는 종이를 구겨버리고 목에 핏대를 세우며 외쳤다.

"당장 김덕령과 곽재우 등을 잡아들여 고신을 해서 이몽학의 역모에 가담하였는지 여부에 대해 반드시 자백을 받아내도록 하라! 그리고 이덕형을 포박하여 과인의 눈앞에 대령토록 하라! 과인이 직접 문책할 것이다."

그렇게 조정에는 난데없는 칼바람이 불었다.

이덕형은 병조판서로서 군사 정책을 수행하던 중 연행되어 선조에게 직접 심문을 받았으나 남인의 수장인 영의정 류성룡의 간청과 명나라에 사신으로 가 원병을 얻어온 공적이 감안되어 목숨을 부지할 수 있었다. 하지만 이로 인해 전시행정을 주도하던 남인 모두가 선조의 질시를 받게 되었다.

곽재우는 체찰사 이원익의 격서에도 병을 핑계로 응하지 않고 은거하고 있어 선조에게 신뢰를 잃은 지 오래였기 때문에 김덕령과 같이 잡혀가 고신을 받았으나 이전에 성주목사로서 일한 공적을 인정받고 겨우 풀려났다. 하지만 김덕령은 윤두수의 재촉과 과거 송유진의 난에도 이름이 언급된 적도 있었고 관계자들의 잇따른 증언들 때문에 궁지에서 벗어날 수 없었다. 류성룡도 그의 비호를 포기할 수밖에 없었다. 결국 김덕령과 박인서 등 의병장 몇 명이 모진 고문을 견디지 못하고 결국 세상을 떠나고 말았다.

정인홍도 의병장으로서 명망이 높아 이 살생부에 이름이 오를 뻔했지만 그를 지지하는 자들이 많은 까닭에 가까스로 목숨을 부지할 수 있었다.

한편 이시언이 이끄는 부대는 이몽학의 반군을 파죽지세로 도륙해 나갔다. 그의 부대는 비록 비교적 후방인 충청도를 지키는 후방지원

부대로서의 성격이 강했지만 부대를 이끄는 그의 계급만큼 규모도 제법 있었을뿐더러 훈련의 정도는 조선 육군 최정예라 할 만큼 이몽학의 부대와 상대가 되지 않을 정도였다.

이시언의 부대에 위세가 눌린 반군들은 결국 이몽학을 배신하고 그의 머리를 베어 바쳤다. 이로써 그는 뜻밖의 공적을 얻을 수 있었다. 이는 적어도 임금한테만은 왜군을 상대로 올린 전과보다 더욱 값진 전과라고 할 수 있었다.

박인서의 죽음은 정기룡에게도 알려졌다. 그가 구금되었다는 소식을 듣자마자 정기룡은 그를 구명하기 위해 서둘러 장계를 올려봤지만 결국 그는 스승을 지키지 못했다.

박인서는 형과 더불어 지금의 자신을 있게 만들어 준 사람이었다. 어려운 마당에 그런 비보까지 듣게 되다니 참으로 가슴이 찢어질 만한 일이었다. 산 자는 산 자의 도리를 다해야 했기 때문에 마냥 슬퍼하고 있을 수만은 없었다. 여전히 그에게는 관군으로서 나라를 지켜야 하는 의무가 있기 때문이었다.

한편 모국기와 노득룡은 채초관(蔡硝官)으로부터 왜군 천여 명이 합천군의 이사역(伊土驛)에 진을 치고 있다는 보고를 받았다. 그들은 서둘러 지도를 펼쳐놓고 작전회의를 했다. 노득룡은 지도를 가리키며 적과 대처할 방도를 내놓았다.

"소장 생각에는 이사역은 고령현으로 향하는 직로에 있어 여기 있으면 우리가 위험해집니다."

"솔직히 조선과 왜의 전쟁인데 우리가 나서서 싸울 필요가 있겠소?

우리는 그저 안전을 도모하다가 본국으로 돌아가면 될 뿐이오."

역시나 이 두 장수의 생각은 일치할 수밖에 없었다. 모국기는 노득룡에게 제안을 했다.

"소장도 그리 생각합니다. 허면 경상우병사 정기룡을 우리 쪽으로 오게 하여 그가 싸우도록 하면 되지 않겠습니까? 전에 봤는데 무용이 참으로 뛰어나더군요."

"그러면 정장군에게 즉시 고령현으로 올 것을 요청하겠소."

정기룡은 전갈을 받고 출병을 했다. 어느새 거느리는 병졸들이 절반 이상이나 줄어 있었고 특히 기병은 눈에 띄게 줄어든 게 보였다. 참으로 자신이 초라하게 느껴졌다. 게다가 명나라 장수들이 자신을 부르는 이유도 뻔히 알고 있었다. 하지만 안정적으로 군량을 취하면서 왜적들과 대처하기 위해서는 그에게 다른 선택의 여지가 없었다. 정기룡은 말을 타고 가면서 한명련에게 물었다.

"우리 군에 온 게 후회되지는 않는가? 도원수 쪽이나 충청병사 쪽에 계속 머물러 있었다면 지금보다는 훨씬 호의호식(好衣好食)했을 텐데."

"장군이 열심히 싸우시는 걸 이 두 눈으로 직접 봤는데 장수 된 자로서 어찌 그럴 수 있겠습니까. 그저 소장은 장수 된 자의 소임을 다하면 그뿐이라 생각됩니다."

"자네는 나하고 참 닮은 데가 많구만."

"그리 봐주시니 영광일 따름입니다."

한참을 가 고령현에서 정기룡의 부대는 명나라의 군대와 합류하였다.

어느덧 7월이 되자 무더위가 찾아왔다. 황찬용은 서찰 하나를 정기룡에게 내보였다.

"합천군수 이숙(李潚)과 초계현령 한언겸(韓彦謙)으로부터 온 회보입니다."

내용을 보니 합천군과 초계현 인근에는 적군이 없고 숭산(崇山)에 있는 적들마저도 모두 삼가현으로 철군하고 없다는 것이었다. 정기룡은 서둘러 명군 진영으로 가 모국기와 노득룡을 찾았다. 마침 또 다른 명나라 장수가 와 있었다. 모국기는 그를 소개했다.

"아, 정장군 오셨소? 여기는 우리 대명국의 포유격(暴遊擊) 장군이오. 선산부에 있다가 이번에 합류하게 되었소. 포장군, 혹시 오시면서 왜군의 기별을 보셨소이까?"

포유격은 고개를 가로저었다.

"아니오. 다행히도 못 보았소."

정기룡은 두 지방관에게서 받은 서찰을 꺼내 보여주었다.

"이 회보에 따르면 합천군과 초계현에는 적이 없고 숭산의 적도 철군했다고 합니다. 소장, 장군들의 명을 받고 서둘러 왔는데 어찌된 것입니까? 분명 합천군 이사역에 왜군들이 있다고 하지 않았습니까?"

모국기는 당황한 기색이었다.

"그럼 채초관의 일전의 회보는 거짓이란 말인가?"

포유격도 황당하다는 표정을 짓는 건 마찬가지였다.

"이보시오, 모장군. 어찌된 것이오? 분명히 합천군에 왜군이 있다고 협공을 요청하지 않았소?"

'저들끼리도 손발이 맞지 않다니, 개판이 따로 없군.'

정기룡은 명나라의 군세가 어느 정도 모이자 다시금 예전에 했던 제안을 재차 꺼내 보기로 했다.

"그러면 속히 진주를 탈환해야 합니다. 지금 우리 조·명 연합군의 군세라면 충분히 승산이 있습니다."

하지만 역시나 명나라 장수들은 진주라는 이야기를 듣자마자 모두 헛기침을 하며 말없이 서로의 눈치만 살폈다. 특히 포유격은 정색을 하며 모국기와 노득룡을 격하게 나무랐다.

"이보시오, 장군들. 이게 어찌된 것이오? 합천군의 왜군을 협공하자더니 정보는 거짓이었고 무슨 군사(軍事)를 이따위로 처리하시는 거요! 소장은 이만 철군하겠소."

포유격은 말이 끝나자마자 군대를 거두었다. 모국기는 난색을 표하며 정기룡에게 머리를 조아렸다.

"정장군, 참으로 면목 없게 되었소. 허나 전에 말씀드렸듯이 우리 대명국의 군사는 함부로 진군할 수 없소."

정기룡은 이번에도 거절당하자 모국기를 째려보았다.

"말씀대로 그 대명국의 장수라는 분들께서 일개 왜장 심안도 하나 가지고 어찌 그리 두려워들 하십니까?"

노득룡은 발끈하며 정기룡에게 삿대질을 했다.

"이보시오, 정장군! 우리 대명국의 군사들을 뭘로 보고 그런 망언을 일삼는 것이오! 우리가 어찌 심안도 같은 일개 왜장을 두려워한단 말이오?"

"그럼 어찌 제 요청을 매번 거절하시는 겁니까?"

"말했잖소! 우리 대명국도 군율이란 게 있다고! 장수 된 자가 어찌 군율을 함부로 어기고 단독행동을 한단 말이오!"

"그러면 저희라도 진주로 진군할 수 있도록 군량을 나누어 주십시오."

"글쎄, 우리도 군량이 넉넉지 않다고 몇 번이나 말했소! 그리고 장군께서도 함부로 군사를 움직이지 마시오. 왜군이 또 어떻게 어디서 나타날지 모르니 이럴 때일수록 함께, 그리고 신중하게 움직여야 할 것이외다, 으흠."

정기룡은 더 이상 이들과 말이 통하지 않는다는 것을 느끼고 명군 진영을 나왔다. 자신의 군영으로 돌아오자 그는 분을 삭이지 못하고 갓을 벗어 집어던졌다.

"겁쟁이 놈들 같으니라고!"

황찬용은 그의 고함을 듣고 서둘러 달려와 그를 말렸다.

"장군, 고정하십시오. 우리 군은 지금 당장 저들이 아니면 군량을 조달할 방법도 없지 않습니까? 게다가 우리 부대만으로는 진주에 있는 심안도의 부대와 맞설 수 없다는 것 잘 아시잖습니까."

황찬용은 참으로 신중했다. 그게 가끔 지나쳐 무장치고는 겁이 많아 보였지만 그만큼 그는 섣부른 행동은 하지 않는 사내였다. 정기룡도 분하지만 그의 말을 인정할 수밖에 없었다. 대체 심안도가 얼마나 그렇게 대단한 장수기에 저들은 늘 꼬리를 내리는 것일까. 그리고 진주는 언제 탈환할 수 있을까. 정기룡이 걱정하고 있는 것은 그뿐이었다.

"나도 안다. 안다고. 그래, 황참군 자네 말이 맞다는 거 내 모르는 게 아니네. 그런데… 그런데…."

황찬용은 그가 왜 그토록 진주를 탈환하려고 하는지 잘 알고 있었다. 그때 그 일로 정기룡의 면상에 주먹까지 날려가면서 그를 말렸었지 않은가.

"저도 압니다, 장군께서 왜 그토록 진주를 탈환하고 싶어 하시는지…. 말씀드리기 송구스럽사오나 장군 부인께서 변을 당하셨고 심안도가 망진성을 완공하기 전에 치시려는 것 저도 모르는 게 아닙니다. 허나, 아시잖습니까? 우리는 지금 명군 없이는 아무것도 할 수 없습니다. 그게 현실입니다."

정기룡은 힘없이 주저앉았다. 죽은 강씨를 생각하니 또다시 눈물이 흘렀다. 이런 상황에 자신을 위로해 주는 황찬용이 참으로 고맙게 느껴졌다. 정기룡은 그의 손을 맞잡고 흐느꼈다.

"미안하네, 그리고 늘 고맙네."

"장군을 보필한 지 벌써 다섯 해를 넘겨 어느덧 여섯 해쯤 되었죠. 그러면서 늘 장군의 계책이 무모하다고 만류만 했었고요. 저도 이런 거말고는 장군에게 지금 아무런 도움이 못 된다는 게 그저 한심스러울 따름입니다."

황찬용은 분위기를 바꿔보고자 농을 던졌다.

"그나저나 장군, 안 그렇게 봤는데 의외로 참 많이 우십니다. 군영내에 '우리 병사 영감은 울보'라고 한번 소문이라도 내볼까요?"

정기룡도 너털웃음을 지으면서 눈물을 닦았다.

"허허, 그 소문 정말로 내면 황참군 자네 죽을 줄 알아."

둘은 간만에 소리 내며 웃었다. 이렇게 웃어본 지 정말 얼마나 됐는지 모를 일일 정도로 다사다난한 세월을 보냈구나 싶었다. 비록 계급의 차이는 났지만 오늘 밤만큼은 6년간의 세월을 함께한 벗이나 다름없는 모습이었다. 그렇게 정기룡 군영의 밤은 흘렀다.

6일 밤, 잠을 청하려는 정기룡에게 척후장 박취(朴鷲)로부터 첩보가 들어왔다.

"많은 병졸을 동원한 적군이 몰래 급히 와서 맨 앞에 선 군대 천여명은 이미 고령현과 합천군의 경계인 낙현(落峴)의 아래에 도착하였습니다. 허나 해가 저물고 날이 어두워서 자세히 살펴볼 수가 없었습니다."

정기룡은 한명련과 황찬용을 서둘러 불렀다. 황찬용은 여기 군영과 거리가 얼마 되지 않음을 들어 우려를 표명했다.

"낙현이면 여기서 30리도 안 되는 거리입니다. 어떻게 하시겠습니까?"

정기룡은 모두에게 지시를 했다.

"경계를 교대로 하되 더 강화하여 우리가 경계심을 풀지 않고 있음을 보여주어야 한다. 우리가 경계를 늦춘 기색을 보이면 적들은 밤을 틈타 기습을 행할 것이다. 한별장은 날이 밝는 대로 고령현감(高靈縣監)에게 가서 고령현에 왜군의 기색이 있는지 묻고 그 일대를 정탐토록 하라."

다행히도 얼마간은 경계를 강화한 덕분에 적군은 근처에 얼씬도 하지 않았다. 그러는 동안 한명련이 돌아와 왜군의 선봉대가 고령 읍내에 도착하였다는 첩보를 전했다.

정기룡은 군을 이끌고 서둘러 고령현 북쪽에 있는 관동리(館洞里)라는 마을에 도착해서 적들과 대처할 방안을 논의했다.

선봉장으로는 한명련을 임명하고 우후 박대수(朴大秀) 휘하 궁수 30여 명 가량을 농부로 가장하게 하고 신호하면 불화살을 쏘아 적의 진영을 흐트러뜨려 놓을 것을 지시했다.

공격 신호가 떨어지자 불화살이 왜군의 주둔지를 뒤덮었다. 갑작스러운 기습에 왜군은 처음에는 당황하였으나 화살의 수가 많지 않자 적은 수의 조선군의 기습이라 여기고 불화살이 날아온 진원지를 향해 진격했다. 이때 정기룡과 한명련이 좌우로 기병을 나누어 대기하고 있다가 한꺼번에 에워싸 공격했다.

기세에 눌린 왜군은 둔덕산(屯德山)으로 후퇴하고 산세의 험함을 방패 삼아 조총을 장전하고 응전했다. 지형 때문에 더 이상 기병이 들어갈 수 없자 보병이 들어가 활과 조총으로 응전했으나 적이 고지대를 선점 한 덕에 조선군은 서서히 밀려났다. 상당수의 정기룡 휘하 보졸들이 조 총에 쓰러져 갔다. 정기룡은 상황이 안 좋게 돌아가자 서둘러 말에서 내려 보졸들에게 지시했다.

"천천히 퇴각하면서 응사하라!"

하지만 보졸을 이끄는 별장 박대수는 이 명령을 듣지 않고 자신이 이 끌던 보졸들이 죽어나가자 홀로 분을 못 이긴 채 돌진했다. 그는 산을 타고 오르면서 연달아 활을 쏴 왜군들을 하나씩 잡아나갔지만 결국 조 총에 몸이 꿰뚫려 쓰러지고 말았다. 정기룡은 보졸들을 물러나게 한 뒤 이 기세를 몰아 산으로 내려온 왜군들을 기병을 이끌고 패퇴시켰다. 왜 적들은 승산이 없자 퇴각하기 시작했다.

추격전은 계속되어 어느덧 내곡리(乃谷里)를 지나 미숭산(美崇山)으로 이어졌다.

그러던 중 하늘에서 빗방울이 조금씩 내리다가 어느새 소나기로 변 해 천지를 뒤엎었다. 정기룡은 추격을 하다가 멈추었다. 한명련은 가 쁜 숨을 몰아쉬며 그에게 다가와 상황을 보고했다.

"미숭산은 절벽이 험하고 덩굴줄기도 많아 말은 물론 보졸로도 진격 하는 것은 무리입니다. 더군다나 비까지 이렇게 내리다니…."

정기룡도 이미 상황을 파악하고 있었다.

"그래, 여기까지인 것 같구나. 모두 철군한다."

비록 예전만큼 군세가 많지는 않았지만 간만에 치른 전투다운 전투 였다. 하지만 이 전투에서 박대수를 위시한 보졸들을 다수 잃고 말았다. 정기룡은 수적으로 적군에게 밀리는 것이 걱정되었다. 언제 왜군들이 고령현으로 다시 들이닥칠지 모르는 일이었다.

결국 그는 또다시 명장 모국기와 노득룡에게 찾아가 고령현에 진을 치고 원군을 해줄 것을 간청했지만 모국기는 역시나 그답게 발뺌하기 바빴다.

"적군이 너무도 교활하여 우리 군사가 움직이는 것을 보면 번번이 산으로 올라가 도망치고 있소. 만약 적병이 와서 침범한다면 장군이 거짓으로 물러나 달아나는 체하면서 적병을 꾀어서 이곳으로 데려오시오. 그러면 우리들은 마땅히 대군을 거느리고 가서 적병을 섬멸할 것이외다."

"귀장들께서 저와 함께 먼저 나서서 적들을 섬멸한다면 가능성이 있지만 장군께서 제안하신 그 작전을 수행하기에는 지금 현재 우리 군사의 기동력이 받쳐주지 못합니다."

노득룡도 정기룡을 만류하기는 마찬가지였다.

"그러면 일단 가만히 계시면서 적의 동태를 파악하는 것이 좋을 것이오."

역시 이들을 찾아간 성과는 군량과 수급의 거래뿐이었다. 한명련은 상황이 계속 이렇게 돌아가자 우려를 표할 수밖에 없었다.

"장군, 수급을 군량과 계속 맞바꾸게 되면 장군과 우리의 공적은 다 어떻게 되는 것입니까?"

정기룡은 착잡한 표정을 지으며 고개를 저었다.

"굶고 싸울 수는 없지 않은가. 지금 우리 군만 이런 문제를 겪고 있는 것도 아니니 너무 상심 말게나."

"장군, 충청병사께서 이몽학이 일으킨 난을 제압한 것은 알고 계십니까? 후방에서 머물러 가만히 있다가 어부지리로 취한 것이나 다름 없잖습니까?"

"이미 알고 있네. 그때 그 소식을 듣자마자 서둘러 내 스승님과 덕원(德遠, 정인홍의 자) 영감의 선처를 청하는 장계를 주상전하께 올렸었지. 뭐 그것도 그저 그자의 복이려니 싶네."

이후 12일 해질녘, 왜적이 성주의 화원현을 침공해 오자 성주에 주둔한 명군으로부터 원군 요청이 들어왔다. 역시나 이를 따르지 않을 수 없어 정기룡은 서둘러 군을 이끌고 정탐을 한 결과 적들은 강 건너 무계진(茂溪津)이라는 강나루 서쪽에 진을 치고 있었다.

그는 매복 작전으로 적을 공격하려 했으나 명장 송호한(宋好漢)의 부대가 적들을 정탐하던 중 그만 왜군에게 모습을 들키고 말았다. 작전이 실패하자 서둘러 뒤쫓아 보았지만 적들은 이미 나룻배에 모두 올라타 강을 따라 현풍현(玄風縣)으로 도주하고 말았다.

정기룡은 분개하여 송호한을 질책했지만 명장들은 그를 두둔하며 뻔뻔하기 그지없는 행동을 보였다. 명군과 정기룡은 불편하지만 그렇게 서로 오월동주(吳越同舟)의 관계를 유지할 수밖에 없었다.

고령현에서도 그 불편함은 계속되었다. 다행히 고령현이 성주와 가까운 덕에 모국기와 노득룡도 군사를 이끌고 왔지만 거기서도 역시나 그들은 소극적이었고 또 재주는 곰이 넘고 실속은 사람이 부리는 상황이 반복되었다.

정기룡의 부대는 군량을 공급받지 못해 계속 명군에게 빌붙을 수밖에 없었고 명군은 성주 인근 이외의 일에 대해서는 계속 소극적인 태도를 취했다. 함양군과 안음현, 거창군에 연이어 왜군들이 출몰한다는 보고가 들어왔지만 모국기와 노득룡은 성주 인근 일이 아니면 군사를 내어주길 한사코 거부했고 그렇게 속절없이 세월은 흘러만 갔다. 상황이 이러하니 정기룡이 매번 무슨 명나라 장수들에게 구걸이나 하는 거지꼴이나 다름없어 보였다.

그렇게 정기룡이 명군 진영을 오가며 원군 요청을 계속하던 중 뭔가 이상한 낌새가 느껴졌다. 명군이 왜군과 비밀리에 서신을 주고받는 듯한 느낌이 들었다. 그러던 중 모국기가 은전이 든 상자를 보고 기뻐하는 모습을 보자 정기룡은 의아해하면서 출처를 물었다.

"웬 은전입니까?"

"심안도가 화의(和議)를 요청하려고 보내었소. 그들도 더 이상 군량이 없어서 전쟁을 지속하는 것에 회의적인 것 같소. 이는 전쟁이 곧 끝날 기색이니 잘된 일 아니겠소? 더 이상 조선 백성들이 고통을 받는 일도 없게 될 것이니 말이오."

정기룡은 분개할 수밖에 없었다.

"화의라니오! 이 나라 이 땅을 유린한 저자들과 어찌 화의를 말할 수 있단 말입니까? 왜적은 우리에게 있어서 한 하늘 아래에서 같이 살 수가 없는 불구대천의 원수가 되었거늘 비록 머리를 부수어 수치를 씻지 못하더라도 어찌 그들과 화의를 할 수가 있단 말입니까? 아니 됩니다. 절대로 아니 됩니다!"

"허허, 장군. 어찌 그리 사사로운 복수심에 사로잡혀 계시오? 부디 대국(大局)⁶²⁾을 살피시오. 전란으로 인해 고통받고 있는 그대들의 백성

---

62) 일이 벌어져 있는 형편이나 사정 또는 큰 판국.

들이 무엇을 원할 것 같소이까?

게다가 병법에 이르기를 싸움 없이 취하는 승리가 최상책이라 하였소. 우리 측 전파총(田把摠)이 곧 좋은 소식을 가져올 터이니 기다려 보시오."

"국가에서는 소장으로 하여금 이 경상우병영 병사(兵事)의 전권을 맡겼습니다. 왜적을 토벌하는 것이야말로 소장의 책임입니다. 이런 대사를 어찌 장군들께서 독단적으로 처리를 한단 말입니까. 반드시 우리 조선 조정의 처분이 내려질 것이니 소장, 이를 좌시할 수 없습니다. 절대 아니 됩니다."

모국기도 이에 질세라 고함을 질렀다.

"공은 조선의 장수로서 이 나라 백성의 안녕을 도모해야 함이 당연하거늘 어째서 이 전쟁을 멈추지 않으려고 하시는 것이오! 화의가 성사되면 저들이 물러갈 것은 자명한 일이거늘 어찌 사사로운 감정으로 나랏일을 처리하시려는 거요! 정장군, 혹시 공적에 눈이 멀어서 이러시는 겁니까?"

"공적에 눈이 먼 건 모장군이 아닙니까? 일전에 그러면 군량과 수급은 왜 교환하신 겁니까?"

"어허, 정장군 군영이 굶주리고 있어서 황상폐하를 대신하여 공에게 은덕을 베풀었거늘 어찌 그 일을 마음에 담고 언급을 하시는 것이오! 이 모국기, 황상의 명을 받고 이곳 조선 땅에 와서 당신네들을 돕고 있는데 장군의 지금 말은 우리 대명국 조정을 모독하는 실로 불경한 말이오!"

모국기는 실로 말이 통하지 않는 장수였다. 이런 명군이나 이시언이나 대체 뭐가 다르단 말인가. 착잡한 마음으로 정기룡은 군영으로 돌아와 명군 진영으로 오가는 자가 누구인지 살펴보기로 했다.

조사해 본 결과 사천현 출신이며 서원(書員)[63] 일을 하는 김영례(金榮禮)라는 사람이라는 소식이 들어왔다. 조선인이 왜군의 사신으로 오가다니, 분명 순왜임이 틀림없었다. 그렇다고 함부로 잡아들이자니 명군 쪽에서 화의가 틀어진 책임을 물을 것이 뻔했다. 일단은 계속 형세를 주시하는 게 최선이라 여겼다. 그러나 풀리지 않는 의문 하나가 있었다. 왜 자신들이 오지 않고 순왜를 시킨 것일까?

정기룡은 이를 수상하게 여겨 왜군이 그를 시켜 화의를 구실로 오가고 있지만 실은 명군을 정탐하는 목적으로 연락을 취하는 것일지도 모른다고 모국기와 노득룡에게 간언해 보았다. 하지만 이들은 전에 있었던 말다툼으로 인해 정기룡과의 대화에 응하지 않는 것처럼 보였다. 오히려 심안도와 주고받은 서신을 숨기며 그가 관여하지 말 것을 재차 종용했다. 그렇게 왜군과 명군은 서신과 서찰, 그리고 말 등의 공물을 계속 주고받았다.

물론 전쟁이 끝나야 한다는 것에는 모두 동의하고 있었다. 하지만 그렇다고 이렇듯 허무하게 끝내는 것은 원치 않았다. 저들이 조선 팔도에서 간악한 짓을 얼마나 셀 수도 없이 일삼았는가. 우리 백성들이 흘린 피눈물을 저들도 흘려야 함이 마땅하지 않겠는가. 적어도 조선의 장수인 정기룡은 그리 생각했다.

하지만 상황의 주도권은 그에게 없었다. 이것이 약소국의 장수로서 필연적으로 겪을 수밖에 없는 수모이던가. 정기룡은 답답한 마음을 참고 억눌러야만 했다. 그는 임금께 두 명장의 행적을 보고하는 장계를

---

63) 조선시대에 중앙과 지방의 각 관아에서 행정실무를 담당하던 관직.

쓰면서 인수 형님께도 마음속으로 한탄을 했다.

'형님, 이 아우도 장수 된 자로서 이 전란이 빨리 끝났으면 하는 마음
은 매한가지입니다. 허나 우리 백성들이 겪은 고초를 생각하면 이리
끝내서는 아니 된다 믿습니다. 하지만 지금의 형국을 보니 우리나라가
참으로 힘이 없는 약소국이라는 것만 실감할 뿐이니 실로 통탄을 하지
아니할 수 없습니다. 왜 저들이 끝내고 싶으면 아무것도 못하고 끝내
야 합니까. 서러운 마음 금할 길이 없습니다.'

7년의 전란이 종식을 고하다

7년의 전란이 종식을 고하다

'신 경상우병사 정기룡, 가만히 헤아려 보건대 적군은 속여서 전쟁을 그치고 화의를 한다고 하면서 우리나라의 허실을 엿보려고 하는 것이니 이는 반드시 우리 군의 허술한 틈을 타고서 깊이 쳐들어오기 위함일 것입니다. 원컨대 명나라 장수들의 말을 믿지 마시고 다시 전쟁에 대비하도록 하소서.'

임금에게 장계를 올리는 글을 다 쓰고 파발에게 전달하면서 정기룡은 돌아가는 상황이 너무도 답답하게 느껴졌다. 아무리 대명국이 조선에게 있어 상국(上國)이기로서니 어찌 이런 전횡을 일삼는단 말인가. 그렇게 현재의 상황에 개탄만을 하던 그에게 보고가 들어왔다.

"왜군인가?"

"아닙니다. 안득(安得)이라는 자가 이끄는 순왜입니다."

"순왜임이 확실한가?"

"자신을 단성현감(丹城縣監)이라 칭하고 순왜 3백여 명을 이끌면서 토적처럼 약탈을 일삼고 조선인들을 잡아다 왜적에게 바친 일이 비일비재하다 하옵니다."

"같은 조선인을 상대로 그런 천인공노할 짓을 하다니, 내 꼭 잡아들여야겠다. 출정 준비를 하라. 매복해 있다가 적을 포위하고 난 뒤 문초를 통해 그가 순왜인지 혹은 의병인지를 알아내야 하기 때문에 장창과 조총으로 위협은 하되 최대한 살생이 없도록 하라. 이번에는 보졸들로만 작전을 수행할 것이다."

정기룡의 부대는 진주와 단성현 사이에서 잠복해 있었다. 이번 작전은 비록 순왜이긴 하지만 같은 조선인이라는 점 때문에 차림새로만 적인지 혹은 의병들인지 판별하기가 어렵다는 난점이 있었다. 그래서 행동을 보고 판별을 할 수밖에 없었기 때문에 그 어느 때보다 조심스러웠다. 특히 예전에 이시언에게 속아 항왜를 섣불리 벤 일이 떠올라서 정기룡으로서는 더욱 신중하게 처신해야만 했다.

한참을 기다리자 몽둥이와 창으로 무장한 조선인들이 마을로 몰려왔다. 정기룡은 그들을 주시했다. 이들은 마을을 구석구석 뒤지면서 식량을 탈취했다. 마을 사람 하나가 이것만은 안 된다고 울면서 호소했지만 그들은 단성현감의 명이니 내놓으라며 걷어차 버렸다. 이희춘이 이를 듣고 정기룡에게 얘기했다.

"단성현감이란 관직명을 운운하는 걸 보니 저놈들인 것 같습니다, 장군."

"내 보기에도 맞는 것 같다. 전군! 포위하라!"

사방에서 정기룡이 지휘하는 보졸들이 일제히 나타나 이들을 에워싸고는 창과 조총을 겨누었다. 포위진이 완성되자 노략질을 하던 자들은 항복의 뜻으로 모두 무기를 버렸다. 정기룡은 이들을 향해 외쳤다.

"안득이 누구냐!"

그러자 겁에 질린 순왜 무리들이 한 사람을 일제히 가리켰다. 정기룡은 이들을 모두 포박하여 군영 한쪽에 무릎 꿇도록 하고 안득은 형틀에 묶어 장형을 집행했다. 그는 몇 대 맞더니 멈출 것을 급하게 요청했다.

"자, 잠깐만요! 장군께 고, 고할 것이 하나 있나이다!"

"멈춰라."

정기룡은 단상에서 제지를 하고 내려왔다.

"무엇을 고하려는 것인가?"

안득은 벌벌 떨면서 실토하기 시작했다.

"소인이 순왜 짓을 한 건 사실입니다. 허나 왜군들이 협박을 해와서 어쩔 수 없었습니다. 아무튼 그것보다도 지금 왜군의 기별에 대하여 들은 바가 있으니 부디 자비를 베풀어 주십시오."

"그래, 무엇을 말하고자 하는 겐가?"

"왜왕 수길이 죽었다고 합니다. 그래서 철수 준비를 한다 합니다."

그에게 들은 정보는 매우 충격적이었다. 이 전란을 일으킨 왜군의 총지휘관 풍신수길이 죽었다니. 하지만 이자의 말만 믿고 아직은 속단을 내리기에는 어렵다 판단되었다. 일단 정기룡은 안득의 무리들을 체찰부로 보내고 난 뒤 또 다른 순왜 노릇을 하던 사천현 출신 공생(貢生)[64] 반자용(潘自鎔)과 왜군의 포로였다가 가까스로 도망쳐 온 김은수(金銀守) 등으로부터도 같은 이야기를 들었다. 다들 같은 소식을 표하니 정기룡도 일단은 임금께 계문할 필요가 있다 생각이 들어 서둘러 글을 써 올렸다.

'어제 왜적에게 항복하였다가 잡혀온 사람 안득의 말은 사실인지 거

---

64) 지방 향교나 서원에 다니는 유생.

짓말인지를 믿을 수가 없으므로 바야흐로 간절히 의심하고 있는 중인 데 오늘 아침에 사천현의 공생인 반자용이 왜적의 진영으로부터 와서 또한 풍신수길이 죽었다는 기별을 전하고 있습니다. 반자용은 오랫동안 왜적의 지시대로 행동했기 때문에 왜적의 신임을 받았으니 반드시 그런 일을 알고 있었을 것입니다.

그 밖에 사로잡혔다가 도망쳐 돌아온 사람 김은수 등이 말한 것도 모두 안득의 말과 같으니 수길이 죽은 것은 거짓이 아닌 듯하지만 왜적의 흉악한 계획은 예측하기가 어려우며 세상만사의 변화는 한정이 없습니다.

신은 날랜 병졸을 뽑아 가려서 다시 적군의 형세를 정탐하도록 하고 군대와 마필을 정돈하여 조정의 명령을 기다리고 있습니다.'

수길이 죽었다는 소식을 듣자 정기룡의 군졸들도 이 놀라운 사실에 기뻐하며 안도를 표했다. 한명련 역시 기뻐하기는 매한가지였다.

"수길이 죽었다니 이제 전란도 끝나나 봅니다, 장군."

하지만 정기룡만은 이에 대해서 모두를 불러 모아 주의를 주었다.

"관백이 죽었다고는 하나 아직 왜군들은 이 땅을 떠나지 않았다. 그리고 우리는 조선의 무장으로서 저들을 한 놈도 살려 보내지 않도록 만전을 기하여야 할 것이다. 그리고 예측하건대 왜군들도 더욱 필사적으로 응전할 수 있으니 왜군이 이 세상에서 사라지는 그날까지 절대 방심하지 마라!"

"네!"

정기룡 휘하 군졸과 장수 모두가 외쳤다.

한편 풍신수길이 죽었다는 소식은 이시언에게도 알려졌다. 그는 황급히 평해로 달려갔다. 문 밖에서 그가 기별 인사를 올리자 이산해는 너털웃음을 지었다.

"이런 누추한 곳에 오늘따라 참 손님이 많군. 들어오게."

이시언은 버선발로 방에 들어섰다. 헌데 이산해 말고도 손님이 두 명이나 있었다. 둘 다 젊은 사람이었는데 그중 한 명은 그가 깜짝 놀랄 만한 사람이었다. 그는 서둘러 고개를 조아리고 절을 했다.

"추, 충청병사 이시언이 세자 저하를 뵈옵니다! 그동안 얼마나 노고가 많으셨습니까! 소장, 멀리서나마 이 전란을 수습하려는 저하의 분전과 노력을 익히 전해 들었나이다. 저하의 공은 만인의 치하를 받으심이 실로 마땅한 줄로 아뢰옵니다."

그랬다. 그는 다름 아닌 분조를 이끌고 있으며 장차 왕위를 이어받을 세자 광해군이었다. 그는 담담한 표정으로 이시언을 보며 그의 공을 치하하였다.

"장군의 충심과 무용은 일찍이 내 여기 아계 대감께 들었소. 여러 전투에서 전과를 올리셨고 이몽학의 반란을 진압하는 데에도 크게 일조하셨다지요? 참으로 대단한 일을 해내셨소. 이 전란이 끝나면 장군의 공은 높이 치하될 것이오."

"성은이 망극하옵니다, 저하."

이시언은 절이 끝나자 또 다른 사람을 주목했다. 이산해는 또 한 명의 젊은이를 소개했다.

"여기 이 친구는 광주 이씨로 이름은 이첨(爾瞻)이라 하오. 왜군이 한양 땅을 밟을 때에 그 분란 속에서도 능참봉(陵參奉)[65]으로서 세조 왕릉의 위패와 어진(御眞)을 불길을 뚫고 무사히 가져온 공로는 물론 여기

세자 저하께서 분조를 이끄실 때에도 세자를 보필한 바가 있는 자이오. 의병장 정인홍의 제자이기도 하지."

정인홍의 이름이 언급되자 이시언은 순간 가슴이 철렁 내려앉았다. 이몽학의 난 때 임금에게 장계를 올릴 때 정인홍을 모함한 적이 있기 때문이었다. 혹시나 그 사실을 저자가 알지 몰라 두려웠다. 이시언은 계속 눈치를 살필 뿐 아무 말도 할 수 없었다. 이산해는 그런 그를 보더니 물었다.

"이장군, 헌데 무슨 일로 왔는가? 무슨 전할 말이라도 있어서 온 게 아닌가? 저하, 이장군이 뭔가 기별이 있어 온 듯하니 고하도록 윤허하여 주시옵소서."

광해군도 이시언을 주목하였다.

"나는 괜찮으니 어디 장군, 심려치 말고 말해 보시오."

이시언은 그제야 겨우 말을 꺼낼 수 있었다.

"신 저하와 아계 대감께 희보를 전달하고자 이렇게 급히 찾아왔습니다."

광해군은 놀라는 표정으로 이시언에게 물었다.

"그래, 그 희보라는 것이 무엇이오?"

"왜국 관백 풍신수길이 죽었다고 하옵니다."

역시나 모두들 놀라워했다. 광해군도 매우 기뻐하며 물었다.

"허면 이제 전란이 끝난다는 말입니까?"

"소장이 감히 예측컨대 이제 왜군은 수장이 죽었으니 군사를 물리려 할 것이옵니다. 허나 이 이시언, 장수 된 자의 도리를 다하여 이 나라

---

65) 종9품의 가장 말단 버슬. 왕릉을 지키는 역할을 수행했다.

만백성을 유린한 저 간악한 왜적들에게 마지막이 되는 그날까지 철퇴를 가하여 주상전하와 세자 저하를 욕보인 일에 대한 대가를 치르도록 분전하겠나이다."

이시언은 말이 끝나자 이이첨을 계속 살폈다. 과연 이자가 그것을 알고 있는지 불안했다. 하지만 그런 기색을 보이면 안 되었기에 그는 침을 삼키며 모두를 번갈아 보려고 노력했다. 다행히 이이첨은 조용히 앉아만 있을 뿐 그 어떤 말도 하지 않았다. 광해군은 미소를 머금으며 모두에게 이야기했다.

"잘됐습니다, 참으로 잘됐습니다. 전쟁이 끝날 기미가 보인다니 말입니다. 허나 이제 전란을 수습하고 조정의 위신을 다시 세워야 합니다. 사실 내가 오늘 여기에 온 것은 내가 세자이긴 하나 아직 대명국 황상의 윤허를 받지 못하여 분조를 이끌면서도 늘 불안하고 답답하기만 했습니다. 하여 이 자리에서 말하건대 공들이 나를 도와 이 나라를 바로잡는 데에 약조해 주신다면 나는 마음속의 불안함을 덜어낼 수 있을 듯싶소이다."

이산해는 고개를 가볍게 끄덕이더니 광해군에게 물었다.

"감히 여쭙건대 저하께서는 소신이 조정 일을 다시 맡기를 원하시는 것이옵니까?"

"그렇소, 아계 대감께서 조정에서 나를 도와주신다면 큰 힘이 될 것이라 사료되오."

"허면 저하께서 윤허하셔야 할 것이 있사옵니다."

"무엇을 윤허하란 말입니까?"

이산해는 그 순간 눈을 번뜩였다. 말은 담담하게 하고 있지만 그의 날카로운 눈빛은 서릿발처럼 희고 냉랭했다.

"외람된 말씀을 드리오나 그리하려면 저하께서 현 영상 서애(西厓, 류성룡의 호)를 내치셔야 하옵니다. 현재 득세하고 있는 남인의 위치를 우리 북인이 대체하여야 한단 말입니다."

이산해의 말이 끝나자 광해군은 눈을 동그랗게 떴다. 하지만 다시금 눈을 내리깔면서 생각에 잠겼다. 류성룡이 전란 중에 영의정 직에서 분전하여 엄청난 성과를 이룬 것은 사실이었다. 그런 충신을 내치라니 놀랄 수밖에 없었다.

하지만 자신의 입지가 너무나도 불안했고, 분조를 이끌면서 백성들의 지지도 받았지만 그럴수록 아버지인 선조의 질시를 받았다. 그 때문에 선조는 여러 번 선위를 언급했고 그럴 때마다 얼마나 마음을 졸이며 세자에서 폐해 달라고 이마가 터지도록 땅바닥에 머리를 찧으며 절을 한 적이 수십 번은 되지 않았던가.

그에게 필요한 것은 조정 내 지지 세력이었다. 그것도 아주 탄탄한 세력이 필요했고 이산해는 그에 걸맞은 탁월한 능력을 가진 자였다. 그리고 분조 내내 자신을 보좌했던 이이첨 또한 겪어보니 상당히 영민한 자였기에 이들만 있다면 그의 안위는 보장될 것이라 보였다.

광해군도 류성룡을 필두로 한 남인 세력이 현재 조정에서 전시행정을 이끈 공로를 모르는 것이 아니지만 자신의 위치를 공고히 하기 위해서는 이들 북인의 비호가 필요하다는 계산이었다. 하나를 취하기 위해 하나는 버려야 한다는 게 이런 뜻이 아니겠는가.

한참을 고심한 끝에 광해군은 결론을 내비쳤다.

"그리하겠습니다."

이시언도 놀라는 건 마찬가지였다. 그도 서둘러 이산해에게 의중을 물어보았다.

"대감께서 다시 조정에 드시는 겁니까?"

이산해는 고개를 끄덕였다.

"세자 저하께서도 뜻을 내비치셨으니 그리될 것이네. 허나 그러려면 현 남인의 영수인 서애가 삭탈관직 되어야 할 것이네. 그는 그 고지식한 성품 탓에 늘 자신이 옳다고 여겨 나와는 일찍이 척을 지어 다시는 돌아올 수 없는 사이가 되어버렸다네. 그가 영상으로 있는데 내가 어찌 여기 계신 저하께 힘을 보탤 수 있겠는가? 저하를 보필하려면 내가 먼저 힘을 가져야 할 것이네."

그렇게만 된다면 자신의 입지도 굳건해질 것은 불을 보듯 뻔한 일이었기에 이시언 역시 광해군에게 동조하는 뜻을 내비쳤다.

"만일 그리된다면 소장 역시 여기 아계 대감과 함께 저하를 보필하여 내부, 외부의 적 가릴 것 없이 그들로부터 저하를 지키겠나이다."

광해군은 한쪽 입꼬리를 올리고는 모두를 둘러보았다. 이들만 있다면 자신은 더 이상 세자로 책봉된 이후 받은 끊임없는 설움을 면할 수 있겠다라는 계산이었다. 그는 탁자를 한 번 치며 만족스럽다는 표정을 지어 보였다.

"좋소! 오늘은 참으로 기쁜 날이구려. 여기 계신 분들이 모두 나를 지지해 주신다니 마음이 든든합니다. 또한 적의 영수가 죽었다는 소식도 들었으니 내 어찌 오늘을 잊겠소. 모두들 전란이 끝나는 마지막 날까지 최선을 다해 나라를 지켜주시오. 그런 다음에는 이 세자를 지켜주시오. 그럼 날이 늦었으니 나는 이만 돌아가 보겠소."

광해군은 먼저 일어나 말에 올랐다. 모두들 기립하여 그를 배웅하고는 다시 자리에 앉아 논의를 했다. 이시언은 다시금 이이첨의 눈치를 살폈지만 이야기를 나눠본 결과 그는 그 일을 다행히도 아직은 모르는 듯 보였다. 그리고 무엇보다 이산해가 영의정에 오르게 되면 자신의 영화(榮華)는 따놓은 당상이었다. 그는 앞으로 벌어질 일을 생각하니 몹시도 흡족해했다. 그들은 그렇게 이 전쟁 이후의 또 다른 전쟁을 준비하고 있었다.

한편 방해어왜총병관으로 임명되어 조선으로 파병된 이여송의 동생 참장 이여매(李如梅)가 본국으로 돌아가게 되어 경상우도에서 명군을 지휘할 지휘관이 필요해졌다. 이에 명나라에서도 새롭게 명군을 이끌 인물로 제독(提督) 동일원(董一元)을 부임시켜 경상도로 이동토록 명했다. 이번에는 양호와는 달리 좀 제대로 된 인물이었으면 하는 바람도 들었지만 명나라 장수들에게 이런 타국에서 제대로 싸우기를 바라는 것도 다소 무리라는 노파심도 들었다.

정기룡은 일단 동일원의 사람 됨됨이를 직접 만나서 파악해 보기로 했다. 그는 전투에 임하는 자신의 포부를 늘어놓았다.

"일찍이 경략(經略) 형경께서는 황상폐하의 명을 받고 조선군을 도와 이 땅에서 왜적들을 일망타진하라고 했는데 양경리께서 제대로 시행하시지 못하였소. 또한 울산성에서는 우리 조·명 연합군이 큰 피해를 입은 바 있었소. 그리하여 경리는 본국으로 송환되어 문책을 받게 되었소. 게다가 지금 유격장 모국기와 노득롱이 심안도와 화친을 하려고 도모하고 있다니 소장이 직접 나서서 공을 성실히 도와줄 것을 명하겠소. 이 동일원, 일찍이 영하지역(寧夏之役)을 평정한 바 있소이다.[66] 그러니 공께서는 너무 걱정하지 않으셔도 될 것이오."

---

66) 1590년 영하 지역에서 몽골인 보바이가 일으킨 반란.

동일원에게서 얻은 대답은 그래도 조금이나마 위안이 되었다. 모국기와 노득룡이 졸장스러운 행태를 보여 진주성을 탈환할 기회를 번번이 놓치지 않았던가. 정기룡은 그에게 감사의 뜻을 표하고는 목표인 진주성 탈환 계획을 털어놓았다.

"그렇게만 해주신다면 소장은 마음이 한결 놓일 것 같습니다. 저들을 움직여 진주성을 탈환할 수 있겠습니까?"

동일원은 자신만만한 표정으로 승낙했다.

"지금 우리 대명국의 경략께서는 육상의 삼로군과 수로군을 동시에 병진하게 하여 왜군을 공격하는 사로병진(四路竝進)을 도모하고 있소. 하여 소장 역시 그 뜻대로 하여 우리 대명국의 기치를 저들에게 보여 줄 것이오.

서로군은 제독 유정이 도원수 권율 장군과 전라병사 이병악의 조선군과 연합하여 순천 왜교성을 공격할 것이고 수로군은 진린의 지휘하에 통제사 이순신의 조선 수군과 연합해 바다에서 퇴각을 도모하는 왜군을 격퇴하려고 하오. 소장도 공을 도와 진주성을 탈환할 것이오."

확실히 동일원의 말은 정기룡의 가슴에 대못을 박던 졸장들과는 사뭇 달랐다. 정기룡에게 있어 망진성 공략은 국운은 물론이거니와 사적인 이유로도 필연적인 과제였기에 그의 말은 마치 가뭄의 단비와도 같이 들렸다. 정기룡은 이때다 싶어 자신의 부대가 처한 궁핍한 상황을 호소하였고 동일원은 이에 수긍했다.

"어허, 그런 상황에 있었다니 공도 참으로 고심이 많았겠구려. 알겠소, 우리도 넉넉하지는 않으나 일단 도와드리리다."

"제독과 황상폐하의 성은에 감사드립니다."

정기룡은 동일원에게서 군량 지원 약조를 받고는 서둘러 군영으로 돌아와 부장들을 모아 대책회의를 했다. 한명련은 정기룡의 말을 듣고 매우 놀라는 기색이었다.

"정말 동제독이 모국기와 노득룡을 이번 진주성 탈환 작전에 나서게 하겠다고 약조하셨습니까?"

"일단은 그렇다고 했네. 허나 그렇다고 해서 너무 많은 것을 기대하지는 말게. 이건 일단 왜와 우리의 싸움이니 말일세."

이윽고 며칠 되지 않아 그가 약조했던 군량이 정기룡의 군영에 도착했다. 기아에 허덕이던 정기룡의 휘하 장수들과 군졸들은 가까스로 배를 채우고 난 뒤 곧바로 진주로 향했다.

그리하여 20일 새벽, 연합군은 망진봉(望晉峰)에 진을 치고 있는 왜적들과 대치했다. 성은 참으로 견고했고 왜군 역시 필사적으로 응전했으나 정기룡과 그 부하들은 매서운 기세로 몰아붙였고 동일원의 명군 역시 그들이 자랑하는 불랑기포의 연사 속도로 성벽을 허물기 시작했다. 결국 왜군들은 연합군에게 대패하여 성을 버리고 사천현으로 모두 도주해 버렸다. 6년이 지나서야 드디어 진주를 탈환하게 되었다. 황찬용을 비롯한 모두가 기뻐하였다.

"장군, 드디어 진주를 취했습니다. 장군께서 가지셨던 한을 이제야 풀게 되었습니다."

"모두들 고생 많았다."

정기룡은 남강의 푸르른 강물을 바라보았다. 다시금 부인이 몸을 던졌던 그곳에 서서 이제는 고인이 된 그녀의 마지막 모습을 떠올려 봤다. 비록 이제 그녀는 가고 없지만 그래도 이렇게 원혼이라도 달랠 수 있지 않을까 정기룡은 말없이 하늘을 바라보았다.

'부인, 6년이 지나서 이제야 이곳 진주를 수복할 수 있었소. 너무 늦게 오게 되어서 미안하오. 비록 부인은 이제 없지만 하늘에서 이 못난 낭군이 이제야 여기를 되찾은 것을 보시고 조금이라도 가실 때의 한을 풀길 바라겠소.'

정기룡은 그때의 혈서를 위패삼아 부인의 원혼을 달래기 위해 조촐하게 제사를 지냈다. 그래도 이제는 마음의 짐을 한 꺼풀 덜은 듯한 기분이 드니 조금은 홀가분해졌다.

이 기세를 몰아 10월, 정기룡의 연합군은 영성현과 곤양군을 공격하여 왜적들이 만든 성채와 목책을 모두 없애버렸다. 이 과정에서 심안도의 부장 이선도(李先道) 휘하 왜군들을 참살하는 쾌거를 이루기도 했다. 남은 심안도 휘하 왜군들은 사천현으로 향했다. 마침 그곳의 적군들은 이 명분 없는 전쟁에 더 이상 싸울 의지가 없어 보였다. 오로지 자신들의 목숨을 부지하기 위해 철수 준비를 부지런히 하느라 여념이 없을 뿐이었다.

이때를 틈타 정기룡이 이끄는 조선군과 명장 팽신고(彭信古)가 이끄는 명군은 밤에 기습을 감행했다. 왜군들은 당황하여 사천성 성문을 열고 연합군의 포위망을 돌파하려다가 많은 희생자를 내고 사천성 내로 철수해 농성전에 들어갔다. 전쟁은 또다시 고착 상태로 접어들었다. 정기룡은 못내 분해하며 숨을 헐떡였다.

"다 잡은 고기를 그만 놓쳐버렸습니다."

동일원은 역시나 대국의 장수 아니랄까 봐 자신만만해했다.

"걱정 마시오. 곧 저 성도 진주성처럼 우리 대명국의 불랑기포 앞에 무릎 꿇게 될 것이오. 보시오, 지금 저들은 꽁지가 빠지게 도망갈 궁리만 하고 있잖소. 승기는 우리 연합군에게 있음을 나 동일원, 믿어 의심치 않소."

동일원의 이러한 자신감에도 불구하고 정기룡은 왜성을 찬찬히 살펴보았다. 사천선진리성(泗川船津里城), 그곳은 일찍이 선조 30년 12월에 왜군 모리길성(毛利吉城)[67] 이 퇴군의 거점으로 삼고자 급히 축성한 것을 이듬해 심안도가 증축한 것이었다. 이 지역이 암석이 귀한 관계로 이 성 역시 토석을 혼용해 성곽을 급조한 것으로 보였다. 하지만 이상한 점이 있었다. 심안도의 병력이 성에 들어온 이후 이상할 정도로 조용했다. 정기룡은 필히 무언가가 있다라는 생각이 들어 일단 군을 정비하는 동안 동일원과 작전 회의를 할 것을 요청했다.

"동제독, 왜군이 필시 무언가를 꾸미는 것 같습니다. 좀 더 동태를 살핀 후 공격하는 것이 맞다 사료됩니다."

하지만 동일원은 여유를 부렸다.

"아니오, 지금 왜군의 기세가 한층 꺾여 있는 때야말로 우리 연합군에게 있어 절호의 기회일 것이오. 공께서 선봉에 서시면 우리 측의 조승훈(祖承訓) 장군이 후군으로 지원을 하겠소. 보병에는 유격장(遊擊將) 모국기, 팽신고(彭信古), 섭방영(葉邦榮), 남방위(藍方威)가, 기병에는 유격장 학삼빙(郝三聘), 마정문(馬呈文), 사도립(師道立), 시등과(柴登科)가 동양창(東洋倉)과 죽도(竹島)의 대진(大陳)으로 진군해 사면에서 적을 포위해 일망타진할 것이오. 그 무엇이 두렵겠소?"

정기룡은 우려를 표하며 너무 섣불리 판단하지 말 것을 또다시 종용했다.

---

67) 모리 요시시로.

"제독의 기개는 참으로 하늘을 찌를 듯합니다. 허나 위급한 경우의 짐승은 힘이 센 상대를 향하여 싸우려고 하고 궁지에 몰린 외적은 죽기를 각오하고 반항하기 때문에 핍박하지 말아야 하니, 만약 사면에서 포위 공격한다면 적군은 반드시 생사를 돌아보지 않고 싸워서 죽을 곳에서 도망갈 길을 찾아낼 것이니 그 한 방면을 틔어서 그들의 달아날 길을 열어주는 것이 오히려 나을 것입니다. 그렇게 하면 열흘이 지나지 않아서 물길이 말라버려 저절로 물러나 도망갈 형세가 있을 것이니 만약 그들이 성에서 나오는 것을 기다려 왼쪽과 오른쪽 양쪽에서 들이친다면 반드시 이기게 될 것입니다."

"장군, 지금 우리 대명국의 힘을 의심하시는 게요? 아니면 혹시 이제 와서 모장군이나 노장군처럼 심안도에게 겁이라도 먹으신 겝니까?"

"아닙니다. 이 정기룡, 추호도 그럴 마음이 없습니다. 허나 이 왜성 역시 견고해 보이는 데다 좀 더 신중을 기해 작전을 세우고 저들을 치자는 것입니다."

하지만 동일원은 여전히 속전을 강행할 기세였다.

"두고 보시오. 귀국이 전란으로 입은 피해에 대한 복수를 우리 대명국이 도와 이룩할 것이오. 장군도 그리되기를 바라는 것 아니오? 곧 저 성도 모래로 쌓아올린 것처럼 속절없이 무너지게 될 것이오."

정기룡은 마음속 불안함에도 불구하고 속전속결에 대한 동일원의 확신을 따를 수밖에 없었다. 군량도 바닥을 드러내고 오로지 악만으로 버티고 있는 휘하 군졸들의 상황을 생각하니 일단은 맡은 임무에 최선을 다하면서 왜군들의 동태에 따라 움직여보자는 생각도 들었다. 그렇게 정기룡이 동일원의 군막을 떠나고 난 뒤 그는 그제야 본색을 드러냈다.

"왜군이 전리품으로 조선에서 도기를 비롯한 상당수의 보물을 노획했다고 들었다. 만일 그걸 우리가 저들에게 빼앗을 수 있다면 우리가 원치 않음에도 여기까지 온 것에 대한 충분한 보상은 되겠지."

하지만 후방 지휘를 맡은 명장(明將) 팽신고는 고개를 저었다.

"정장군 말이 맞습니다, 제독. 저들은 수성의 위치이고 우리는 공성을 해야 하는 입장입니다. 공성에는 신중을 기해야 할 것입니다. 게다가 저들은 자신들의 목숨을 부지하기 위해서라도 무슨 짓이라도 할 것입니다."

하지만 동일원은 반쯤 드러눕듯 앉은 채 손을 가로저어 만류했다.

"저 왜군들에게는 이제 이 전쟁을 이끌어야 할 명분도, 사기도 없다. 오직 제 몸 챙겨 도망치는 것만이 저들에게 마지막으로 남은 유일한 명분일 테지. 그런 오합지졸을 우리 대명국 군사가 못 이긴다고? 그게 말이 될 거라 생각하는가?"

그리하여 결국 동일원은 제대로 적진 탐색도 하지 않은 채 날이 밝자 진격에 나섰다. 하지만 역시 동일원이 지휘하는 명군은 이미 왜군들의 전리품 확보에 눈이 멀어 있었다. 그가 진중에서 한 말과 달리 오히려 오합지졸은 그들이었지만 수적 우세를 바탕으로 밀어붙였다. 수성을 하는 심안도 휘하 왜군들은 비록 군세는 연합군에 비해 열세였지만 결사항전의 각오로 응했고 동일원의 장담과는 달리 전세(戰勢)는 어느 한쪽으로도 기울지 않고 팽팽하게 장기전의 양상을 보였다.

그때 명군 측에게 청천벽력 같은 소식이 날아들어 왔다.

"제독, 왜군이 우리 식량창고에 불을 질렀습니다! 기습입니다!"

"뭣이! 지금 우리가 성을 에워싸고 있는데 어떻게 저들이 우리 포위망을 뚫고 기습을 할 수 있었단 말인가!"

정기룡도 당황하기는 마찬가지였다. 하지만 여기까지 온 마당에 지체할 수는 없었다. 식량이 떨어졌으니 남은 방법은 단시간에 총력전으로 밀어붙이는 방법뿐이었다. 동일원은 명령을 내려 불랑기포를 배치해 포진을 만들고 왜성을 향해 발사할 것을 명했다. 정기룡도 팽신고 휘하 명군과 함께 왜성의 동문 근처 성타(城垜)[68] 대여섯 곳을 부수었다. 연합군은 사방에서 왜성을 향해 발포를 멈추지 않았다. 조금만 더 성벽을 파괴한다면 성내로 진입할 수 있는 길도 뚫리고 그리하면 사천성도 공략하고 심안도도 생포할 수 있는 절호의 기회가 눈앞에 다가오는 듯했다.

하지만 모국기가 지휘하는 명군 포병부대의 불랑기포 하나가 발사되기는커녕 난데없이 폭발을 일으켰다. 그러자 갑자기 불기둥들이 여기저기서 굉음을 일으키며 마구 치솟았다. 설상가상으로 불은 화약 더미에 옮겨 붙었다. 명군 진영은 순식간에 화마(火魔)에 휩싸였다. 갑작스런 사고에 명군은 우왕좌왕하더니 겁에 질려 전장을 이탈하기 시작했다.

그러자 왜군들 모두 이것을 신호로 조총 일제 사격을 가했다. 사방에서 총탄이 날아왔다. 노득룡도 가슴에 총을 맞고 피를 토하며 말에서 떨어지고 온몸이 불에 휩싸였다. 연합군은 갑자기 지옥 불구덩이 한복판에 놓인 꼴이 되었다. 상황이 어려워지자 정기룡은 일단 퇴각말고는 다른 방법이 없다고 판단했다.

"전군! 후퇴하라!"

조선군은 정기룡과 한명련의 지휘에 따라 일사천리로 철수를 감행

---

68) 성벽의 살받이.

했다. 그러나 조선군이 왜군의 사정거리로 대부분 물러났을 때 즈음 왜군이 쏜 탄환 하나가 한명련이 탄 말의 목을 꿰뚫었다. 그는 균형을 잃고 말에서 떨어져 나뒹굴었다.

정기룡은 이를 보자 다시 말을 돌려 그에게로 달려갔다. 한명련이 비틀거리면서 겨우 일어섰고, 그는 자신에게로 달려오고 있는 정기룡을 보았다. 정기룡은 몸을 숙여 그에게로 팔을 뻗었다. 그러자 정기룡이 쓰고 있던 투구가 바닥에 떨어졌다. 상투를 튼 그의 머리가 훤히 드러났다.

그가 한명련을 잡고 자신의 말에 태우려던 찰나의 일이었다. 왜군들이 일제사격으로 쏘던 조총 한 발이 말에 오르려던 한명련의 어깨를 꿰뚫고는 정기룡의 머리에 명중했다.

– 탕!

그는 갑자기 정신이 멍해지더니 의식이 바람을 맞은 등불처럼 순식간에 꺼져버렸다. 한명련도 어깨에 조총을 맞고 피를 흘리고 있었지만 그 역시 정기룡이 머리에서 피를 흘리고 있는 모습을 보자 그가 말에서 떨어지지 않도록 받치고 말에 올라 한 손으로는 그를 꽉 잡고 나머지 한 손으로는 서둘러 말고삐를 잡은 뒤 그곳을 빠져나왔다.

조선군은 삼가현으로 퇴각했다. 한명련은 그곳 군영으로 돌아오자 정기룡을 부축하며 말에서 내리고는 외쳤다.

"어서 의원을 불러라! 정장군이 총에 맞았다!"

지휘관인 정기룡이 총을 맞고 의식을 잃었다는 말에 모두들 대경실색했다. 그렇지 않아도 난리를 피해 퇴각하느라 다들 몰골이 말이 아닌 마당에 비보까지 접하게 되었으니 군영 전체가 술렁였다. 마침내 황급히 의원이 도착하여 정기룡의 머리를 살폈다. 한명련은 의원을 다그쳤다.

"어떻습니까?"

의원은 한참을 살피다가 고개를 가로저었다.

"조총 탄환이 박힌 거 같은데… 너무 깊숙이 있어서 보이지 않습니다. 이걸 억지로 빼내려고 했다가는 장군께서 돌아가실 수도 있습니다. 일단 피가 나오는 건 멈추게 했지만 제가 할 수 있는 일은… 여기까지입니다. 당분간은 안정을 취하시는 게 좋을 것 같습니다."

말을 듣자마자 옆에서 지켜보고 있던 이희춘이 중얼거렸다.

"다, 당신 때문이야…."

한명련은 이 말을 듣자 당황을 금치 못했다. 그때 황찬용이 한명련의 멱살을 잡고 윽박질렀다.

"장군이 저리된 건 다!… 당신 때문이라고!"

황찬용이 한명련에 비해 계급이 낮았음에도 불구하고 이런 모습을 보였지만 모두들 그를 두둔할 뿐 아무도 말리려 하지 않았다. 서로 앞다투어 그를 비난하거나 외면했다.

한명련도 정기룡이 총을 맞은 이유가 자신 때문인 것 같은 자책감에 아무 말도 할 수 없었다. 그렇게 그가 모두에게 욕을 먹을 때 즈음 의식을 잃었던 정기룡이 겨우 입을 열었다.

"무슨 일이길래… 이리들 소란이냐?"

황찬용은 한명련을 붙들고 있다가 정기룡이 말문을 열자 서둘러 그의 앞으로 다가왔다.

"장군, 정신이 드십니까?"

정기룡은 몸을 일으키려 했으나 황찬용이 그를 서둘러 제지하였다.

"장군, 더 누워 계십시오. 안정을 취하셔야 합니다."

그때쯤 패장인 동일원이 정기룡의 진영으로 왔다. 워낙 그도 불길 속에서 서둘러 퇴각을 하느라 몰골이 말이 아니었다. 번쩍이던 금빛 갑옷은 사방이 그을려져 그 광채를 잃었다. 그는 숨을 헐떡이며 정기룡을 찾았다.

"정장군은 어디 있나?"

동일원의 목소리가 들리자 정기룡은 몸을 일으키려 했으나 머리에 심한 통증이 느껴져서 움직일 수 없었다. 동일원은 정기룡이 머리에 피 묻은 흰 천을 감고 있는 것을 보자 그가 다쳤다는 것을 짐작할 수 있었다. 걱정스러운 마음에 동일원도 정기룡에게 안부를 물었다.

"장군, 괜찮으시오?"

정기룡은 몸을 일으키려 했으나 움직일 수 없었다. 그는 어쩔 수 없이 자신이 총상을 입은 것을 시인했다.

"갑자기 의식을 잃고 지금 막 깨어났으나 움직일 수 없어 이렇게 누워서 제독을 응대해야 하니 이 무례함을 양해해 주시기 바랍니다. 명군 피해는 얼마나 됩니까?"

동일원은 한숨을 쉬었다.

"한 5천은 넘게 죽은 것 같소. 부상자도 너무 많고…. 마정문과 학삼빙은 심지어 군졸도 버리고 제 목숨 부지하겠다고 탈주해 버렸소. 사천성 탈환은 실패한 듯싶소이다. 허나 장군, 그렇게 조선군만 의리 없이 퇴각을 감행하다니 너무하신 것 아니오? 장군의 지금 부상을 봐서 소장 이런 얘기를 하지 않으려 했으나 지금이 아니면 얘기할 수 없을 거 같아서 말씀드리니 양해를 부탁하겠소. 우리 대명국에서 조선을 도우러 왔으니 그대도 조선군의 장수 된 자로서 우리 명군의 퇴각을 도우시는 것이 이치를 따져 마땅하지 않소?"

정기룡도 어이가 없다는 듯 반박하였다.

"애초에 불랑기포만 믿고 큰소리치셨던 건 동제독이 아니십니까? 소장이 볼 때에도 명군 포진에서 먼저 폭발이 있었습니다. 그 뒤에 땅에서 불길이 일제히 치솟았고요. 아마도 심안도가 성 인근에 화약을 심어놓은 것이겠지요. 하지만 오폭(誤爆)이 없었다면 심안도가 바닥에 묻어놓은 화약도 터지지 않았을 것입니다. 불랑기포 점검을 하지 않으신 제독의 실책입니다. 그랬으면 심안도도 진작에 잡혀서 목이 베였을 텐데 말입니다."

정기룡의 일침에 동일원은 분개했다.

"뭣이! 이보시오! 정장군!"

하지만 조선군에서 일제히 정기룡이 안정을 취해야 한다는 이유로 동일원을 내보냈다. 그가 떠나자 정기룡은 부장 모두를 불러 모아 명했다.

"밤낮으로 큰 기대가 이번 한 번의 싸움에 있었는데 지금 보고를 들으니 두려운 마음을 차마 말할 수가 없다. 허나 병가의 승부는 일정하지가 않으니 한 번 패전한 일로써 스스로 기세가 꺾이지 말고 병기를 수리하고 흩어져 도망간 병졸을 수합하여 마음을 단단히 먹고 부지런히 힘써서 후일의 공로를 도모하도록 하라 하였다. 명나라 군대가 뒤로 물러났으니 변방의 일이 매우 어려운 편이다. 우리의 방비에 있어서는 조금도 늦출 수가 없으니 여러 곳의 무사들은 마땅히 미리 정돈시켜 다가올 전투에 대비하라."

그렇게 일주일이 지나서야 정기룡은 병상에서 겨우 일어날 수 있었다. 아직 상처가 다 낫지는 않았지만 그래도 전란을 치르는 중인데 지금처럼 누워 있을 수만은 없었다. 정기룡은 병상에서 일어나자마자 다시금 군을 정비하고 심안도를 추격하기 위해 11월에 단성현으로 진군하여 진영을 설치했다. 역시나 사천성에서의 연합군의 뼈아픈 패배로 인해 심안도는 사천 왜성에서 무사히 빠져나올 수 있었다. 정기룡은 그를 추격해서 섬멸할 것을 연신 제안했지만 사천성의 패배로 동일원도 처음의 기세는 다 어디 갔는지 여느 명나라 장수들처럼 직접적인 전투를 피하려고 온갖 궁색한 변명을 늘어놓았다.

"그 전투 때 군량 창고가 전소되어 우리도 이제 군량이 부족하게 되었소. 군량 없이 어찌 군대가 움직일 수 있단 말이오?"

"제가 선봉에 서겠습니다. 부디 원군을 청하는 바입니다."

"정장군, 부디 경거망동을 삼가시오. 사천성에서 심안도를 겪어보니 참으로 교활한 자가 아닐 수 없소. 소장도 이를 헤아릴 수 없어 사세용 상공(相公)을 통해 적을 탐색하고 있소. 그는 적의 허실에 대해 정확한 견해가 있을 터이니 마땅히 그가 돌아와 보고한 것을 기다려 공격할 터전을 만들어야 할 것이외다."

정기룡은 동일원에게 몇 번이고 원군을 간청해 보았지만 돌아오는 건 궁색한 변명뿐이었다. 결국 그는 화를 참지 못하고 실언을 내뱉었다.

"소장이 보건대 제독께서는 앉아 있는 장군이지, 싸우거나 전략을 짜는 장군은 아닌 듯합니다."

동일원은 머뭇거리듯 격앙된 말투로 말했다.

"정장군, 무릇 손자가 말하길 적을 이기는 데에는 싸워서 이기는 방법이 있고 싸우지 않고서도 이기는 방법이 있는데 그중 싸우지 않고 이기는 방법이 상책이라 했소. 내 장군과 상의를 하지 않는 까닭이 뭔지 아시오? 장군이 그 호전적인 기질을 버리지 못하고 경거망동하려 들기 때문이외다. 그러니 잠자코 소장이 하자는 대로 따르시오. 장군은 내 명령에 복종해야만 할 것이오."

정기룡은 눈을 부릅뜨고 노려보았다.

"제독, 정녕 제독께서 적을 물리치려 하는 것이 맞소이까? 오히려 우리를 빼놓고 저 간악한 자들과 화의를 맺으려고 하시는 것 아닙니까?"

동일원은 얼굴을 붉히더니 탁자를 치며 그에게 삿대질과 함께 호통을 쳤다.

"이보시오! 지금 이 대명국 제독 동일원을 능욕하려 드는 것이오! 당장 돌아가시오!"

전란을 겪고 있는 소국의 장수로서 감수할 수밖에 없는 치욕스러움을 뒤로한 채 정기룡은 동일원의 군영을 나왔다. 역시 그의 생각대로 동일원은 사세용과 맹통사(孟通事)를 통해 강화 협상을 하려는 듯했다. 그 이후로도 정기룡은 몇 차례나 명군 측에 원군이나 지원을 요청했지만 모국기를 비롯한 장수들 모두 갖은 변명을 늘어놓으며 발뺌하기 바빴다. 그가 할 수 있는 일은 아무것도 없었다. 그렇게 답답한 시간은 계속 흘렀다.

그러던 중 11월 16일, 정기룡이 사천현 인근을 정탐하고 있을 때 죽도로부터 온 명나라의 맹통사로부터 소식을 들었다. 소서행장 휘하 왜군들이 죽도에서부터 탈출을 감행해 본국으로 귀환하려 한다는 내용이었다. 어쩌면 이 전쟁에서 그가 마지막으로 왜군들에게 복수를 할 수 있는 기회였다. 게다가 죽도는 정기룡에게 있어 의미가 남다른 곳이었다. 정기룡이 태어나고 자란 하동 땅에 위치한 섬이었기 때문이다. 고향에서 그는 사력을 다한 이 길고 긴 전쟁에 종지부를 찍고 싶어 했다. 어찌 보면 하늘이 그에게 준 기회가 아닐 수 없었다.

"죽도로 간다! 왜군을 무조건 살려서 돌려보낼 수는 없다. 우리끼리라도 적들의 배후를 친다. 바다로 나가지 못하게 말이다. 우리가 최대한 적들을 물리쳐야 바다를 지키고 있는 통제사 공의 부담을 덜어드릴수 있을 것이다."

황찬용은 이를 말렸다.

"아무리 저들이 퇴각을 꾀하고는 있다고 하나 우리 수는 저들에 비하면 중과부적입니다. 게다가 군량도 바닥이 났습니다. 더 이상은 무리입니다. 명군의 지원 없이 어찌 저들을 친단 말입니까?"

정기룡도 그의 말이 이해가 가는 건 당연했지만 이번이 왜군에게 공격을 가할 수 있는 마지막 기회임과 동시에 고향 땅을 유린한 그들에게 복수를 하기 위해 단호해질 수밖에 없었다. 무거운 마음으로 그는 입을 열었다.

"안다, 우리가 지금 지치고 굶고 힘든 것을. 게다가 이번 전투는 명나라 군대의 지원도 없을 것이다. 허나 왜놈들 역시 우리와 마찬가지다. 저 왜군들도 우리처럼 굶고 지쳤으며 타국의 원군도 없다. 오로지 우리와 저들의 마지막 일전이 될 것이다."

휘하 장수들과 군졸들은 힘없이 떨구고 있던 고개를 서서히 들고 정기룡의 말에 귀를 기울이기 시작했다. 그의 말대로 그동안 얼마나 많은 조선의 백성들이 가족을 잃고 굶주림에 시달렸으며 산송장이나 다름없는 삶을 살았던가. 정기룡은 일어나 환도를 빼어 들고 서슬 푸른 칼날을 높게 들었다. 잘 닦인 검신이 그의 결연한 의지만큼이나 밝게 햇볕을 받아 빛났다.

"그러니 하늘이 내린 이 마지막 기회에 우리가 힘을 다하지 못한다면 설령 목숨을 부지한다 한들 죽는 날까지 우리의 안일한 선택에 땅을 치고 후회하며 편히 눈을 감지 못할 것이다. 강요는 하지 않겠다. 허나 내 말에 수긍한다면 지금 당장 일어나라. 일어나서 무기를 잡고 나와 함께 저들에게 우리 백성들이 당한 복수를 해주자!"

"장군을 따르자!"

별장 한명련도 칼을 빼어 들고 고함을 질렀다. 군졸들 모두가 배를 곯는데도 불구하고 몸 속 마지막 기운을 짜내며 목이 터져라 함성을 외쳤다. 이 모습을 본 황찬용도 아까의 만류는 잊은 채 지시를 내렸다.

"전투 준비를 하라!"

"와아!"

태산이 떠나갈 듯한 함성이 정기룡의 군영에 울려 퍼졌다. 백여 명의 기병을 필두로 정기룡의 부대는 죽도를 향해 진격했다. 그가 죽도 근처 해안에 다다랐을 때 이미 상당수의 왜군이 승선해 있었고 육지에 있는 자들도 다행히 전투 태세인 자들보다는 전리품을 실어나르느라 바빠 보였다. 정기룡은 편곤을 굳게 쥐고 머리 위로 빙빙 돌리며 적들을 향해 달려갔다.

"한 놈도 살려 보내지 마라!"

승선하지 못한 왜군들은 정기룡의 부대를 보자 이미 살기에는 글렀다고 생각했는지 결사항전의 자세로 칼과 창을 조선군 쪽으로 겨누었다. 정기룡의 조선군 역시 이번이 마지막이라는 각오로 오랫동안 굶주렸음에도 불구하고 성난 맹수처럼 소서행장 휘하 잔당 왜군들을 향해 달려들었다. 해안가 모래사장이 피로 벌겋게 물들 정도로 치열한 육박전이 펼쳐졌다. 정기룡도 말에 오른 채 편곤을 쥔 오른손이 저리도록 왜군의 머리통을 후려쳤고 양쪽 모두 피칠갑을 한 채 뒤엉켰다.

묻에 있는 왜군들이 조선군과 대치하는 동안 이미 배에 올라탄 이들은 육지에 남은 아군을 포기한 채 서둘러 바다로 나아갔다. 정기룡과 그의 휘하 장수 및 군졸들은 남은 사력을 다해 출항하려는 배를 저지해 보려고 했지만 미처 배에 타지 못한 왜군들의 저지가 워낙 거센 까닭에 멀어지는 배를 멈출 수는 없었다. 마침내 왜군들을 모두 격퇴했을 때에는 이미 왜군들의 배는 해안가에서 멀어져 버렸다. 정기룡은 가쁜 숨을 고르며 황찬용에게 물었다.

"적의 수급이 얼마나 되는가?"

"대략 50여 개 정도입니다."

정기룡은 사방을 둘러보았다. 사방에는 목이 잘린 왜군들의 시체와 조선군의 시체가 뒤엉켜 널브러져 있었고 그들이 미처 배에 싣지 못한 전리품들이 쌓여 있었다. 그는 부하를 시켜 삼가현감에게 그것들을 챙기도록 파발에게 지시하고는 바다 너머 점차 사라져가는 왜군의 수많은 배들을 바라보았다. 몹시도 분해 참을 수 없는 마음이 파도처럼 밀려들었다. 자신이 할 수 있는 일이 여기까지라는 생각을 하니 못내 아쉬웠다. 하지만 자신을 비롯한 모두가 없던 기운마저 짜내서 싸웠다, 최선을 다했다는 생각에 만족해야만 했다. 정기룡은 한숨을 크게 쉬더니 모두를 돌아보며 말했다.

"모두 철수한다. 나머지는 통제사 공께서 분전해 주실 것이다. 다들 고생 많았다. 이제 전쟁이 바야흐로 끝난 것 같다."

"와아!!"

그제야 황찬용을 비롯한 모두는 이제 고향으로 돌아갈 수 있다는 생각에 환호하고 기뻐했지만 정기룡은 마음속에서 착잡함을 지울 수 없었다. 그래도 자신과 함께 전장을 누빈 모두에게 감사하며 앞으로도 황폐화된 모두의 고향 땅을 재건할 것을 부탁했다. 특히 황찬용에게 는 그 의미가 각별했다. 정기룡은 앞으로 그가 무엇을 하고 싶은지 물 었다.

"고생 많았네, 황참군. 아마 공적이 인정되면 자네 고향 마을의 판관 으로 임명될 것이네. 나중에 또 볼 수 있으면 좋겠군. 그때까지 무탈 하시게."

"장군도 정말 노고가 많으셨습니다. 아, 이제는 이걸 전해 드려도 되 겠군요."

황찬용은 품속에서 여러 개의 작은 대나무 통을 꺼내어 그에게 건네 주었다.

"이것 모두… 자네가 전장에서 기록한 것들인가?"

황찬용은 뒷머리를 긁으며 쑥스럽다는 듯한 표정을 지었다.

"네, 그동안 제가 전투에서의 장군의 작전들과 그 시행 성과들을 간 략하게 정리해 보았습니다. 장군의 공적이 장군의 후손들에게도 계속 전승되어야 하는 것이 마땅하다 여겨 이제껏 이것들을 쓴 것이니 헤아 려 주십시오."

정기룡은 그의 어깨를 다독이며 웃었다.

"고맙네. 이 기록들은 앞으로 우리 가문의 가보로 보관될 것이네. 이 걸 모두 쓴 자네의 공로도 내 평생 잊지 않겠네."

이후 얼마 지나지 않아 정기룡은 큰 부고를 전해 들었다. 노량에서 심안도의 해군은 조선 땅을 탈출하여 조선 수군과 대치 중인 소서행장 을 구하기 위해 원군으로 뛰어들었다. 그 과정에서 연이은 해전을 승리로 이끌며 왜군의 해상보급 차단에 큰 공을 세웠던 통제사 이순신 장군이 심안도 휘하 졸병이 쏜 조총에 맞아 그만 눈을 감고 말았다는 소식이었다.

그 천하의 심안도 역시 대패하여 간신히 목숨만을 건진 채 본국으로 돌아가게 되었다. 보고를 듣자 정기룡은 개탄을 금할 길이 없었다. 희대의 명장의 죽음을 어쩌면 자신이 막을 수 있었을지도 모른다는 후회 때문이었다.

그래도 한 가지 위안이 되는 사실이라면 조선 팔도를 전란의 불구덩이로 몰아넣은 왜란이 비로소 일단 막을 내리게 되었다는 점일까.

수많은 기라성 같은 인물들이 목숨을 바쳐 나라를 지키기 위해 싸웠다. 정기룡도 그중 한 명이었다. 그는 항상 비록 4, 5백 명에 지나지 않는 소수의 병력을 이끌었지만 위기의 순간마다 기지를 발휘하고 육상전에서 셀 수 없을 만큼 많은 승리를 거두었다.

전란 중에 부인을 잃고 조카를 빼앗겼으며 같은 조선군과 대치하기도 하였고 나중에 가서는 군량난 때문에 명나라 장군들에게 자존심도 버리고 구걸하듯 원조 요청을 하는 굴욕도 겪었지만 그 모든 시련에도 그는 초연함을 잃지 않고 목숨을 바쳐 싸웠다. 또다시 전쟁이 있을지는 모르지만 그는 언제고 장수 된 자의 도리를 다하기 위해 이 나라를 지킬 것이라 굳게 다짐했다.

하지만 정기룡은 새로운 싸움과 맞닥뜨리게 되었다. 그가 맞이하게 될 싸움은 왜군을 상대로 하는 것이 아니었다. 그것은 보이는 칼을 맞대는 싸움이 아닌, 보이지 않는 칼이 오가는 싸움이었다. 그리고 그 싸움의 상대는 이미 정해져 있었다.

이산해가 선조의 명으로 영돈령부사로 조정에 다시 돌아오자 이시언은 그를 치하하기 위해 찾았다. 역시나 이시언은 언제나 그랬듯 깍듯하게 인사를 하고 축하의 말을 올렸다.

"대감, 다시 관직을 받게 되시어 경하 드립니다. 소장 후방에서 아군을 지원하느라 이렇게 늦게 찾아뵙게 되었습니다."

"허허, 경하라니. 표현이 너무 과하군. 그래, 전란 동안 병마사 자네도 고생이 많았네. 허면 이제 전란이 끝났으니 앞으로 무엇을 하고 싶은가?"

이시언은 이산해가 깔아준 멍석에 넙죽 엎드리듯 자신의 마음속에 있던 포부를 밝혔다.

"대감께는 속내를 말씀드릴 수밖에 없겠군요. 사실 소장은 조선의 무인 된 자로서 그간 나라를 위협하는 자들을 향해 칼을 휘둘러 조정의 기치를 높여왔습니다. 허나 이제는 소장도 나이가 들어 그러한 일은 팔팔한 후배들에게 맡기고 저는 이 경험을 살려 새로운 일을 도모코자 합니다."

이산해는 고개를 끄덕였다.

"판서(判書)⁶⁹⁾가 하고 싶다, 그렇게 이해하면 되겠는가?"

이시언은 이산해가 자신의 속뜻을 알아채자 재차 납작 엎드려 감사의 뜻을 표했다.

"그리만 된다면 여부가 있겠습니까! 소장, 대감의 은덕에 늘 감사하는 마음으로 대감을 모시겠습니다."

---

69) 현재 장관에 해당하는 벼슬. 총 6명이 있으며 각 분야에 따라 이조, 호조, 예조, 병조, 형조, 공조 등으로 나뉜다.

이산해는 담담한 표정을 하며 미소를 지었다. 무슨 독심술(讀心術)[70] 이라도 부리는 것인지 그는 상대방이 무엇을 바라고 무엇을 말하고자 하는지 이미 모두 아는 눈치였다.

이시언은 그런 그가 무섭기는 했지만 한편으로는 그가 자신의 편이었기에 든든한 감도 있었다. 그러하기에 그런 그에게 더 머리를 조아릴 수밖에 없었다. 이산해는 민망해하는 듯 그를 살짝 다그쳤다.

"허허, 두 번이나 절을 하다니. 그러면 내가 꼭 죽은 사람 같지 않은가? 자네 뜻은 내 잘 알겠네만 그리되려면 무관직에서 자네가 정점을 찍어야 할 것이네. 그리해야 자네가 칼을 놓고 붓을 쥘 수 있지 않겠는가?"

정점(頂點). 그렇다. 무관에서 정점을 찍어야 판서직을 맡을 명분이 생길 것이라는 이산해의 의견을 그 역시 충분히 이해할 수 있었다.

"정점이라 하심은…. 통제사를 말씀하시는 것입니까?"

이산해는 이시언의 어깨를 가볍게 두드렸다.

"이 전쟁으로 인해 많은 명장들이 공적을 남기고 희생되었지. 특히나 이 전쟁에서 가장 많은 공을 세운 여해(汝諧, 이순신의 호)가 노량에서의 대승을 뒤로하고 목숨을 잃었지. 참으로 복이 없는 자야. 어쨌거나 자네도 알다시피 왜군이 지금은 물러났다고는 하나 전하께서 계속 왜국을 경계할 것임이 자명한바, 전란 중에 만들어진 통제사라는 관직은 계속 남아 있을 것이네. 그리고 지금 마침 도원수 자리와는 달리 그 자리는 비어 있지.

어떤가? 그 자리라면 자네가 원하는 그 판서직을 도모하기가 훨씬

---

70) 마음을 읽는 기술.

수월해지지 않겠는가? 듣자 하니 이번 전란에서 자네의 공적도 상당하고 현재 충청병마사 겸 전라병마사를 맡고 있으니 그 자리는 따놓은 당상 아니겠나?"

이시언은 재차 감사를 표했다.

"참으로 황공하옵니다. 명장의 뒤를 잇는다면 소장의 위신을 세우는 데에도 부족함이 없을 것으로 사료됩니다."

"그런데 자네는 왜 그리 칼을 놓고 싶어 하는 겐가?"

"대감께서는 워낙에 학식이 높으신 분이시니 그럼 소장, 솔직히 말씀드리겠습니다.

아시다시피 이 나라의 역사를 보건대 조선이라는 나라는 고려를 허물고 칼로 세워진 나라가 아닙니까? 하여 지금껏 임금님들께서는 칼을 쥔 자들을 늘 경계해 왔습니다. 실제로 과거 연산군께서 그러한 일을 겪은 바가 있지요. 그런 연유로 소장, 지금까지 일평생을 무인으로서 살아왔으나 이제는 그런 삶에서 벗어나고자 할 따름입니다. 소장이 감히 여쭙건대 대감께서는 이제 조정이 어찌될 거라 보십니까?"

이산해는 다시금 서늘한 눈빛을 보였다. 그가 입을 열 때마다 특유의 한기가 몰아닥치는 듯했다.

"이 나라가 전란에 휩싸인 책임을 질 사람이… 아마도 필요하겠지."

이시언은 그의 발언에 흠칫 놀라는 눈치를 보였다.

"책임이라면…, 그때 세자 저하께 말씀하셨던 남인들을 숙청하실 계획이신 거군요. 사실 책임이야 나라를 등지고 피난을 가신 전하께서 가장 크시겠지만 감히 누가 그리할 수 있단 말입니까? 저도 사실 진작부터 그들이 마음에 들지 않았습니다."

"자네, 참으로 영특하군그래."

그들은 그렇게 다가올 그들만의 세상을 꿈꾸고 있었다. 문 밖으로 11월의 눈보라가 그들이 꾸미는 새로운 전쟁을 이야기하듯 바람을 가르며 무섭게 휘몰아쳤다.

전쟁은 어찌하여
또 다른 전쟁을 낳는가

전쟁은 어찌하여 또 다른 전쟁을 낳는가

●

임진년에 시작해서 무려 7년간 조선 반도를 뒤흔든 전쟁은 왜군의 패배로 막을 내렸다. 처음에는 파죽지세로 조선군의 방어망을 보란 듯이 뚫어버리고 한양으로 진격해서 선조는 파천(播遷)[71]을 감행했고 평양성 탈환을 기점으로 왜군의 세는 꺾여 전쟁은 고착 상태를 보였었다. 중간에 명나라의 사신인 심유경이 왜장 소서행장과 강화를 시도하는 과정에서 각 나라의 수장인 명 황제 만력제(萬曆帝)와 관백 풍신수길(豊臣秀吉)의 입장 차이가 생겨 강화 성사가 난황에 빠졌다.

심유경과 소서행장은 이를 만회코자 서로의 주군에게 거짓을 고했지만 그것이 거짓임이 탄로가 나자 풍신수길은 정유년에 재차 난을 일으켰다.

하지만 임진년 때와는 달리 조·명 연합군의 분전과 풍신수길의 죽음으로 전쟁의 목적을 잃은 왜군들은 모두 군사를 되돌리고 말았다.

조선은 승리를 거두긴 했지만 전란으로 조선 전역은 황폐화되었고

---

71) 임금이 본궁을 떠나 다른 곳으로 난을 피하는 일.

모든 문무백관은 재침에 대한 방비와 각 지역 구휼 및 수복에 힘을 쏟았다.

선조는 전란이 끝나자 대신들을 불러 모았다. 모든 문무백관이 궁으로 들어섰다. 정기룡도 모처럼 만에 궁으로 들어섰다. 그는 그곳에서 옛 벗인 최민을 다시 만날 수 있었다. 그는 정기룡의 손을 덥석 잡았다.

"고생 많았네. 매헌, 몸은 괜찮은가? 자네가 총상을 입었다는 소식을 듣고 내 걱정이 이만저만이 아니었네. 그래도 이렇게 다시 보게 되어서 다행이네."

"아닐세. 자네야말로 고생이 많았네."

반가운 얼굴은 또 있었다. 과거 정기룡이 목숨을 걸고 구했던 조경(趙儆)도 보게 되었다. 그 역시 정기룡을 보자 몹시 기뻐하며 승진과 전과를 치하했다.

"오, 경상우병사. 참으로 오랜만일세."

정기룡도 그를 보자 무척이나 반가웠다.

"소장, 장군을 뵙습니다. 몸은 좀 어떠십니까?"

조경은 소매를 걷어 손을 보여주었다. 비록 잘렸던 흉터 자국은 크게 남아 있었지만 상처는 아물어 있었다. 그는 손가락을 움직여 자신이 완전히 치료되었음을 정기룡에게 보여주었다.

"자네가 분전해 준 덕분에 이렇게 다 나았다네. 하여 도원수 대감을 보좌하면서 있었지. 그때 자네가 아니었으면 나는 이미 이 세상 사람이 아니었네. 이렇게 생명의 은인을 다시 보게 되어 참으로 기쁘기 한량없네. 게다가 멀리서 자네의 전과를 전해 들었지. 거기다 이렇게 경상우병사까지 오르다니 자네 참으로 장하군. 자네를 처음 봤을 때부터 자네가 이렇게 큰일을 할 거라고 생각했었다네."

"장군께서 그렇게 봐주시다니 소장, 몸 둘 바를 모르겠습니다. 무탈해 보이셔서 참으로 다행입니다."

조경은 정기룡의 든든한 모습을 보자 활짝 웃어 보였다.

"자, 어서 조정으로 드세."

백관 모두가 모이자 선조는 기뻐하며 노고를 치하했다.

"다들 이 전란을 수습하느라 고생이 많았소. 수길의 죽음으로 인해 왜군들이 이 땅에서 모두 물러났다고는 하나 백성들이 이로 인해 많은 고통을 받고 유린을 당하였으며 국토는 황폐화되어 민심이 혼란하니 모쪼록 분전들 하시어 나라를 재건하는 데 힘을 기울여 주셨으면 하오.

또한 이번 전란에 생사를 불문하고 공을 세운 모든 자들의 노고를 치하하는 뜻에서 선무공신(宣武功臣)과 선무원종공신(宣武原從功臣)을 책봉하려 하오."

"성은이 망극하옵니다."

그리하여 전란 동안 분전한 문무백관의 공적과 정산을 따져 보고되고 공을 세운 인물들에게 공신으로 책봉하여 치하하는 작업, 이른바 선무공신을 가리는 일이 궁에서 진행되었다. 그 과정에서 놀라운 일이 일어났다.

우선 이산해가 다시 조정에 복귀하면서 전시행정을 주도했던 남인의 영수 류성룡이 실각했다. 명나라 경략 정응태가 과거 조선과 왜가 결탁해 명 조정에 무고한 사건이 있었는데 조선으로서는 이 일에 대해 해명을 할, 그것도 학식과 덕망이 있는 자가 가야 한다 하여 그가 거론

되었다. 하지만 노모를 돌봐야 한다는 핑계로 그 일을 사양했었고 이후 왜국과의 화친을 주도했다는 누명을 뒤집어씌워 대신들 모두가 류성룡에게 등을 돌리게 되었다.

하지만 정작 이유는 따로 있었다.

류성룡은 전시행정을 돌보는 과정에서 모자란 자금 및 군량 확보를 위해 양반들에게까지 과세를 부과하려 했고 그 때문에 그는 사방에 적을 만들고 말았다. 그가 전란 동안 각 분야에서 유능한 능력을 보여 혼란을 수습하는 데에 공이 큰 것은 사실이었지만 모난 돌이 정을 맞는다 하지 않았던가.

결국 그는 이 모든 책임을 떠안고 삭탈관직되어 풍산 서미동(豊山西美洞)으로 가 칩거 생활을 하게 되었다. 류성룡의 실각을 시작으로 남인들의 세가 약해지다 못해 다시는 조정에서 실권을 쥐지 못할 정도로 쇠락하게 되었다. 하지만 놀랄 만한 일은 그뿐만이 아니었다. 이산해의 날카로운 혀는 칼춤을 멈추지 않고 조정을 자신의 굿판으로 만들었다. 그리고 그의 이번 주청은 정기룡의 뒷목을 잡게 만들기 충분했다.

"신 이산해 전하께 주청 드리옵니다. 비록 백관 풍신수길의 죽음으로 전란이 끝났다고는 하나 이는 일시적일 수 있으며 이순신이 전사하여 수군 통제가 요원해진바, 전과가 풍부하고 어느 정도 대규모의 병력을 통솔한 경험이 있는 무장을 그의 죽음으로 인해 공석이 되어 있는 삼도수군통제사 직에 올리심이 마땅하신 줄로 아뢰옵나이다."

선조는 이산해가 누구를 선택할지 알 수 없었다. 왜란을 치르면서 무사히 살아남은 사람들 중에 선별을 해야 하는 것은 마땅했지만, 그러기에는 적어도 병마절도사 정도의 관직을 가진 자는 되어야 한다는 조건이 필요했다. 선조는 정기룡을 언급했다.

"정기룡은 어떻소? 비록 나이는 젊으나 거창과 상주에서의 대승은 물론, 여러 곳에서 국지전을 치러 왜적에게서 연승 행보를 이어가지 않았소?"

하지만 이산해는 류성룡도 떠난 지금, 이 조정을 자신의 것으로 만든 것이나 다름없었다. 그는 이제 그만의 세상을 만들기로 했다.

"전하, 경상우병마절도사 정기룡이 무예가 출중하다고는 하나 그는 상주를 제외하고 대병력을 통솔한 적이 없으며 나이도 너무 젊고 더군다나 수급을 통해 보고한 공적이 턱없이 적은바, 통제사라는 중직을 부여하기에는 아직은 시기상조라고 사료되옵니다. 그보다는 좀 더 많은 군사를 거느린 경험이 있고 과거 이몽학의 난 때 평정을 주도했으며 충청병마절도사와 전라병마절도사를 역임한 바 있는 이시언 장군이 적격이라고 여겨지옵니다."

선조는 아직도 왜국에 대해 불안한 감정을 가지고 있었다. 몇 번이나 파천을 하는 굴욕을 겪었으니 당연한 것이었다. 게다가 선조는 이순신을 초대 통제사로 올렸지만 그에 대한 질시가 지나쳐 그를 내치고 원균을 그 자리에 올리는 실수를 범했다. 결과는 그의 전사와 조선 수군의 대패였다.

그는 그래서 자신의 감정을 억누르고 내쳤던 이순신을 다시 그 자리에 세웠다. 이로 인해 선조는 임금으로서의 신망을 많이 잃었고 자신도 그것을 알고 있었다. 그 때문에라도 통제사 직에 더욱 신경을 안 쓸 수가 없었다. 확실히 정기룡은 아직은 그 자리에 미치는 사람은 아니라 여겼다. 그는 이산해의 말을 받아들일 수밖에 없었다. 게다가 이시언은 이몽학의 난을 진압하지 않았던가. 그 일로 선조는 그에 대한 기대가 매우 컸다.

"좋소. 이시언이라면 과인도 믿을 수 있겠소. 이시언은 앞으로 나오시오."

이시언은 모두의 환영을 받으며 선조의 앞에 섰다. 모든 것이 그의 계획대로 진행되고 있는 듯 보였다. 선조는 그에게 통제사 직을 맡을 것을 명했다.

"과인은 경을 삼도수군통제사 직으로 명하니 모쪼록 있을지 모르는 왜침에 대비하도록 수군을 정비하고 이 나라의 기틀을 잡는 데에 전념하길 바라오."

그는 명을 받자 임금에게 머리를 조아렸다.

"성은이 망극하옵니다."

그러나 이 진행되는 상황을 가로막는 자가 있었다. 바로 정기룡이었다.

"전하, 이시언은 결코 아니 되옵니다!"

갑작스러운 정기룡의 난입에 모두가 눈이 휘둥그레졌다. 선조는 정기룡을 주목했다.

"병사, 경은 어찌 과인의 결정에 반박을 하시는 게요?"

정기룡은 담담하게 말을 이었다.

"충청병사 이시언은 충청도라는 후방에 위치한 지역을 맡는다는 핑계로 소장과 같은 신참 장수들 중의 일부가 올린 전과를 원군의 형식으로 어부지리로 가로채면서 제 몸을 사리기를 일삼았습니다. 이는 이 나라의 녹을 먹는 무장의 도리를 거스르는 행위가 아니고 무엇이겠습니까?"

그 말을 듣자 이시언도 질세라 반박했다.

"전하, 경상우병사 정기룡은 전란 중에 소장에 대한 사사로운 악감정을 품고 있지도 않은 사실을 운운하면서 전하와 이 조정을 농락하고 있습니다. 경상우병사는 과거 거창과 상주를 비롯한 여러 전투에서 승전을 보고한 것은 사실이오나 전투의 규모에 훨씬 미치지 못하는 적은 양의 수급을 체찰사에게 보고한 바 있으니 이는 조정에 대한 기만이라 할 수 있습니다. 당시 체찰부를 담당하셨던 오리(梧里, 이원익의 호) 대감에게 자문을 구하시면 명백한 증거를 보실 수 있습니다.

지금 경상우병사는 제정신입니까? 어찌 전하 앞에서 이 이시언을 능멸하려 하는 것입니까?"

정기룡은 어이가 없었다. 하지만 지금이 아니면 이시언의 만행을 고할 기회가 없다고 생각한 그는 필사적으로 항변했다.

"충청병사 이시언은 소장에게 여러 차례 수급을 가로채다가 소장이 응하지 않자 사적인 앙심을 품고 후방에서 저희 군에 필요한 군량 공급을 차단하였고 상주 수복 당시 황폐화된 성내 시설과 백성들의 구휼을 도모하고자 수급과 노획물을 상인들과 교환했기 때문에 보고한 수급이 적을 수밖에 없었습니다. 부디 숙고하여 주시옵소서."

하지만 뛰는 자 위에 나는 자가 있다고 했던가. 이시언은 역시나 평범한 무장들보다 뛰어난 언변력을 과시했다. 정기룡은 당시 수급을 팔아서 연명하는 것 말고는 다른 도리가 없었던 사실을 선조에게 고해 봤지만 그의 반격은 그가 허리춤에 찬 칼 이상으로 날카로웠다.

"그렇다는 증거가 어디 있는가?"

정기룡은 섣부른 말 한 마디로 서서히 궁지에 몰리는 기분을 느꼈다. 하지만 그는 떳떳했기에 자신의 상황을 한 치의 흔들림도 없이 항변하려고 노력했다.

"…물물교환으로 거래하였기에 문서를 따로 남기지 못하였고 상황이 워낙 긴급했던지라 증거는… 없습니다. 허나 제 수하에 있던 황찬용 참군과 한명련 별장, 그리고 이희춘 감사군 부장에게 계문하시면 아실 것이옵니다."

이시언은 코웃음을 쳤다.

"경의 부장들이 경과 한패가 아니라고 어찌 반문할 수 있겠소? 전하, 지금 경상우병사 정기룡은 자신의 공적 이상으로 허언을 일삼아 소장을 깎아내리려 하고 있습니다. 허면, 소장이 우병사에게 직접 묻겠소이다. 일전에 항왜를 참살하고는 적을 섬멸했다고 거짓 보고를 한 적이 있습니까? 없습니까?"

역시나 이시언은 실제 전장에서는 몰라도 조정 내에서는 정기룡보다 몇 수 위였다. 정기룡은 눈앞이 캄캄해졌다. 그는 정기룡이 말문이 막힌 순간을 놓치지 않았다. 그는 먹잇감을 잡은 호랑이처럼 화려한 언변으로 멍하니 있는 정기룡을 인정사정없이 물어뜯었다.

"전하, 또한 우병사 정기룡은 백성들 일부를 토적으로 간주하여 참살하는 등, 충청 지역에서 조선인을 상대로 만행을 저질렀습니다. 신은 이런 고로 정기룡 장군의 공에 거짓이 있었음을 아뢰는 바입니다.

우병사는 보시오. 조정의 녹을 먹는 자가 어찌 거짓으로 일관하여 조정을 어지럽히는 것이오! 주상전하 앞에서 부끄럽지도 않으시오!"

이시언이 정기룡을 몰아붙이자 이를 지켜보던 도원수 권율(權慄)이 정기룡을 두둔하고 나섰다.

"전하, 충청병사의 말대로 정기룡의 보고가 적었던 것은 사실이오나 전란 중에 백성을 구휼하고 모자란 군량을 확보하고자 수급과 물물교환을 한 것은 장수마다 군영의 사정이 달랐기에 필연적인 일일 수 있습니다. 항왜 문제의 경우는 그들이 정말로 항왜인지 혹은 간자(間者)

인지 알 수 없는 상황에서 시행한 일일 수도 있으니 이는 신이 볼 때 경상우병사가 그만큼 사려가 깊었다는 뜻이 될 수도 있다 생각되옵니다. 전하, 이 점을 숙고하여 주시옵소서."

이시언도 권율의 말에는 가만히 있을 수밖에 없었다. 그는 육군의 총 책임을 맡은 도원수였기 때문에 더 이상 정기룡을 깎아내리는 발언을 했다가는 막강한 위세를 가진 그와 척을 질 수도 있다는 계산 때문이었다. 선조는 장수들의 갑론을박을 듣고는 한숨을 길게 내쉬었다.

"경들의 뜻은 잘 알겠소. 전장에서 왜군들을 상대하느라 서로 신경이 날카로워져 있기에 서로의 입장이 다른 상황에서 언쟁이 오고갈 수 있다는 점, 과인이 참작하겠으니 앞으로 다시는 과인 앞에서 이런 일이 없도록 하시오. 그리고 현재 남아 있는 무장들 중에서는 충청병사 이시언이 경험과 식견이 있는 것으로 과인도 판단되니 경상우병사는 이 일을 더 이상 운운하지 않았으면 하오."

선조가 이렇게까지 당부를 하니 정기룡은 속으로는 분했지만 자신의 발언이 경솔했다는 생각도 들었고 임금이 자신의 경거망동에도 이정도면 충분히 봐줬다 싶어 더 이상 언쟁을 하는 것은 무리라 판단되었다. 결국 그는 임금께 머리를 조아리는 것으로 울분을 감내해야 했다.

"성은이 망극하옵니다…."

정기룡은 분한 마음을 이끌고 조정을 나섰다. 머리에 총을 맞은 자리가 다시금 지끈거리는 것 같았다. 그는 기둥에 몸을 기댄 채 간신히 고통을 이겨내려 했다. 그때 이시언이 다가왔다. 조정에서 벌어진 일에 대해 뒤끝이 남아 있기 때문에 그에게 뒷말을 할 것이 틀림없었다.

"정장군, 얼굴 꼴이 말이 아니군…."

"상호군 영감…."

그는 정기룡에게 다가와 나지막이 속삭였다.

"한 번만 더 헛짓거리를 했다가는 네놈을 가만두지 않겠다. 아니, 도원수가 아니었으면 네놈은 벌써 죽은 목숨이야. 허나 이것만은 명심해라. 이 이시언의 앞길은 그 누구도 막지 못해. 장시중이 알지? 네놈도 그렇게 만들어 버릴 수 있어. 오늘은 내 너그러이 자비를 베풀어 넘어가도록 하지. 두 번은 없어. 처신 똑바로 하시게.

그리고 잘 알아둬라. 이 몸은 이제 삼도수군통제사다. 네놈의 상관이라고. 자네가 참된 무장이라면 하극상 같은 짓은 하지 않을 거라 믿네, 알겠는가?"

말을 마치자 이시언은 기분 나쁜 웃음소리와 함께 사라졌다. 정기룡은 분을 못 이기고 멀어지는 그의 뒷모습을 노려보기만 할 뿐 그 어떤 것도 할 수 없었다. 그가 그렇게 무력함을 느끼고 있을 때 최민이 다가왔다.

"자네, 아까 주상전하 앞에서 실언한 것은 실로 경솔한 짓이었네. 도원수 대감이 아니었으면 어찌할 뻔했는가?"

정기룡은 한숨을 내쉬고는 기둥에 등을 대고 주저앉았다.

"막고 싶었어… 그냥…. 그렇게라도 하지 않으면 안 된다 생각했었거든. 자네 말대로 내가 경거망동했네."

최민은 그를 부축했다.

"자네, 괜찮은가? 안색이 너무 안 좋네. 어서 들어가서 쉬게. 전하나 다른 대신들께는 내가 잘 얘기하겠네."

"고맙네. 자꾸 자네한테 신세만 지는 거 같아서 미안하기 그지없네."

전쟁이 끝났다고 생각했다. 아니, 또 왜군이 쳐들어올지 섣불리 판단할 수는 없었지만 그래도 일단 그의 싸움은 끝났다고 생각되었다. 하지만 또 다른 싸움이 있을 줄 정기룡은 미처 생각하지 못했다.

그는 집으로 향하면서 아까의 경솔함에 대한 자책 때문에 내내 고개를 들지 못한 채 말에 몸을 내맡기고 있었다. 집에 도착하자 부인 권씨가 정기룡을 보고 놀랐다.

"서방님, 괜찮으십니까? 안색이 너무 안 좋으십니다."

"좀 쉬고 싶소. 아이들은 잘 있지요?"

"네, 심려 마시고 어서 의관을 벗고 쉬십시오."

그래도 이렇게 집에 와서 편히 쉴 수 있다니 참으로 다행이었다.

정기룡이 새로 맞은 부인 권씨는 전란이 소강 상태에 있었을 때 상주성 내에서 처음으로 알게 되었다. 자신의 아이와 남의 아이를 가리지 않고 돌보며 죽을 먹이는 모습이 참으로 어여쁘게 보였다. 정기룡이 강씨를 잃고 슬픔과 외로움에 힘겨워하고 있을 때 그녀를 알게 되었고 그 이후로 그녀는 자신의 곁에서 죽은 강씨를 대신해 자신이 흔들리지 않도록 지켜주었다. 정기룡도 강씨한테 생전 잘 해주지 못한 죄책감에 괴로웠는지 이제는 전쟁도 끝났으니 부인과 아이들에게 좋은 낭군이자 좋은 아비가 되자고 마음을 먹었다.

그런데 전란이 끝나고 조정에 든 첫날부터 이런 일을 겪다니, 참으로 부인에게 면목이 없었다. 권씨는 서둘러 의원을 부르고 정기룡의 상태를 돌보도록 지시했다. 정기룡은 멍한 눈으로 천장을 바라보며 앞으로 닥칠 일에 대한 불안감을 떨치려고 노력했다. 그렇게 그는 힘겨운 밤을 보냈다.

한편, 최민도 정기룡이 걱정되었는지 대책을 찾기 위해 같은 서인계파이자 그의 스승인 병조판서[72] 이항복을 찾았다. 그도 남인의 실각으로 북인이 득세한 현재의 상황에 개탄을 하고 있었다. 최민은 자신의 벗이 곤경에 처해 있다는 것과 어떻게 하면 그를 곤경에서 벗어나게 할 수 있을지 스승의 혜안을 듣고자 그의 집으로 찾아갔다. 마침 그는 자신처럼 그의 밑에서 동문수학 중인 정충신(鄭忠信)과 얘기를 나누고 있었다.

최민이 오자 그는 반가워하며 맞이했다.

"오, 중연 왔는가? 여기 이쪽은 성은 정이요, 이름은 충신이라 하며 호는 만운(晩雲)이라고 하네. 원래는 평민이었으나 무과에 뜻이 있어 내가 요 근래 문하생으로 받아주기로 했네. 앞으로 나라를 지킬 큰 재목이 될 거라 보고 있네."

"정충신이라 합니다. 중연 영감의 학식에 대해서는 스승님께 익히 들어 알고 있었습니다. 하동 출신이시라지요? 오늘 이렇게 뵙게 되어 반갑습니다."

최민도 인사를 하고는 정충신에게 부탁했다.

"반갑습니다. 허나 소인이 급한 일로 이렇게 스승님을 찾아오게 되었는데 실례가 안 된다면 자리 좀 비켜주실 수 있을런지요? 단둘이서 나눌 얘기가 있습니다."

"당연히요, 여부가 있겠습니까."

정충신이 방을 나서자 이항복은 다급해하는 최민의 얼굴을 보고 걱정이 되어 어찌된 일인지 연유를 물었다.

"중연, 무슨 일이길래 그렇게 호들갑인가?"

---

72) 병과에 관한 모든 직무를 도맡는 관직으로 현재의 국방부장관에 해당한다. 이조판서 다음의 실권을 가지고 있다.

최민은 마치 석고대죄(席藁待罪)하는 사람처럼 이항복 앞에 엎드려 절을 하며 사정을 토로했다.

　　"스승님, 제 벗을 부디 살려주십시오!"

　　"벗이라니? 아, 혹시 경상우병사 정기룡 장군을 말하는 것인가? 허허… 안 그래도 그자가 지금 조정의 실정도 모르고 실언(失言)을 했으니 나도 안타깝게 생각하고 있네. 안 그래도 이시언 그자는 장수로서 용맹하긴 하나 탐욕스럽기가 실로 승냥이 같은 자인데 어찌 그렇게 전하 앞에서 그와 척을 진 것으로 모자라 제 살 깎아먹는 얘길 했는지 원…."

　　최민도 고개를 끄덕이며 이항복의 말에 맞장구를 쳤다.

　　"그렇습니다. 이시언은 권력과 탐욕에 눈이 먼 간악한 자입니다. 스승님 말씀대로 정장군이 경거망동하여 실언을 한 것은 사실이오나 스승님도 아시지 않습니까? 정장군은 청렴한 자세로 전란 동안 무인의 도리를 다한 자입니다. 비단 그가 제 죽마고우(竹馬故友)여서 그를 두둔하는 것이 아닙니다. 그가 이시언의 손아귀에 놀아나 정치적인 희생양으로 전락하지 않고 장수 된 도리를 다할 수 있도록 전하께 진언을 해주시거나 계문이라도 해주셨으면 하는 바람입니다."

　　이항복은 가만히 눈을 감고 생각에 잠겼다. 역시나 그도 정기룡이 훌륭한 장수임은 알고 있었다. 그런 자가 날개도 못 펴보고 북인 세력에 의해 파직이라도 당하는 것은 나라의 손실이라고 여기고 있었다. 허나 지금 상황에서 그를 비호하는 것이 옳은지는 그도 망설여졌다. 최민은 비장의 수단이 필요하다고 판단되었다.

　　"스승님, 이몽학의 난을 기억하십니까?"

　　"기억하고 있네. 그때 그자가 내 오랜 벗 한음(漢陰, 이덕형의 호)의 이름을 언급한 격문을 각지에 보내서 하마터면 한음이 죽을 뻔했었지. 헌데 그 얘기는 갑자기 왜 꺼내는가?"

"주상전하께 한음 대감을 모함한 장계를 올린 자가 이시언이라는 것도 혹시 아십니까?"

이항복은 그 말을 듣는 순간 갑자기 눈이 휘둥그레졌다.

"그, 그게 무슨 말인가? 격문 자체는 이몽학과 한현이 쓴 것이 아닌가?"

최민은 이때다 싶어 자신의 스승을 몰아붙이기로 결심했다.

"격문을 쓴 것은 한현과 이몽학이 주도한 것이 맞습니다. 하지만 그걸 전하게 보고하고 모함을 한 것은 이시언이 맞습니다. 그가 왜 그랬겠습니까? 전하가 왜군보다 더 증오하는 게 뭐였는지 아십니까? 바로 이 나라의 백성들이 전하께 감히 칼을 겨누는 것입니다. 그러니 이시언으로서는 전하의 비호를 받을 더없이 좋은 기회가 아니었겠습니까? 주상전하가 이시언의 장계를 보고 격노하셔서 찢었을 때 소인이 그걸 가지고 있었습니다."

이항복은 잠시 시선을 어디다 둘지 몰라했다. 이야기를 듣는 순간 그는 이미 흔들리고 있었다. 그게 최민이 바라는 바였다. 그런데 자신의 제자가 그 장계를 보관할 정도면 단순히 자신의 벗을 지키려는 것 이상의 무언가가 있다고 생각되었다. 이시언에 대한 원한이었을까. 거기까지 생각이 미치자 이항복은 최민에게 그 문서를 보관한 이유를 물었다.

"자네, 혹시 이시언에게 무슨 원한이라도 있는 겐가?"

최민은 멈칫하다 고개를 가로저었다.

"아닙니다. 그저 벗을 지키고자 할 따름입니다."

이항복은 뭔가 찜찜함을 지울 수 없었지만 그는 최민과 정기룡의 됨됨이를 이미 알고 있었다. 거기까지 자신이 물어보는 것도 무리가 있다 싶었다. 결국 그는 결심을 했는지 최민에게 당부의 얘기를 남겼다.

"자네와 정장군의 우애는 마치 나와 한음을 보는 것 같네. 헌데 나는 그때 힘이 없어 칼바람으로부터 내 벗에게 도움이 되는 일을 아무것도 하지 못했네. 다행히 그 친구가 현명하게 처신한 덕에 서애(西厓, 류성룡의 호) 대감을 비롯한 남인들 일부가 실각한 마당에서도 우의정을 지내고 있지만 그도 벼랑 끝에 내몰렸었지. 허면 그리하세. 내 조만간 전하와 독대를 하여 정장군의 억울함을 풀어주도록 힘써 보겠네. 허나, 이시언에게는 사사로운 감정이 있다 하더라도 자네조차 복수에 눈이 멀어 경거망동하는 짓은 부디 삼가도록 하게."

"스승님께 감사드립니다. 스승님 분부대로 절대 그런 일은 없도록 하겠습니다. 소인, 이만 물러가겠습니다. 야심한 시각에 송구하였습니다."

말을 마치자 최민은 물러났다. 그가 떠나자 이항복은 곰곰이 생각했다. 하지만 이유야 어찌됐건 정기룡을 두둔해야겠다는 생각에는 한 치의 흔들림이 없었다. 게다가 자신의 벗이 위기에 처했을 때 이시언이 그것을 이용했다는 점은 참으로 괘씸하기 짝이 없었다. 이항복은 자신이 무엇을 해야 할지 이미 알고 있었다.

정기룡과 이시언이 궁중에서 언쟁을 한 이후로도 조정에서는 선무공신을 선발하는 과정이 계속되었다. 누구의 공이 더 큰지, 공적보다는 서로의 친분 관계와 당색을 우선으로 한 대신들 간의 싸움이 끊이지 않았다. 그걸 그저 지켜만 볼 수밖에 없는 선조는 하루하루가 답답하기 그지없었다. 그러던 중 선조를 독대하고자 찾아온 이가 있었다.

바로 이항복이었다.

그는 선조가 파천할 때에도 항상 곁에서 선조를 호종하였고, 선조가 명나라 요동으로 망명을 청원할 때에도 사신으로 갔었다. 명나라에 지원군을 요청하고 병조판서를 다섯 번이나 역임하여 전란 중의 군무에도 소홀함이 없었다. 전란으로 인해 큰형과 조카 부부, 심지어 딸마저 목숨을 잃는 참담한 일을 겪으면서도 그는 늘 임금을 웃게 해주려고 노력한 사람이었다. 선조는 임금으로 있는 동안 육체적으로나 정신적으로 너무나도 많은 고통을 겪었다. 그런 그에게 유일하다 싶을 정도로 웃음을 주었던, 재치가 넘치는 인물이었다. 그런 그가 왜 독대를 하자고 한 것일까 선조는 궁금해졌다.

"경이 이 야심한 시각에 어인 일이오?"

"전하, 전하께서 요즘 공신을 책봉하는 일로 많은 고초를 겪으시는 것을 아는바, 전하의 근심을 신이 조금이나마 덜 수 있을까 해서 와 보았사옵나이다."

선조는 본론이 나오기도 전에 벌써부터 그에게 흥미와 기대를 갖고 있었다.

"그래, 오늘은 또 무슨 농을 준비하시었소? 실로 기대가 되는구려, 병판."

"전하께서 아시다시피 신은 그 행실이 청승맞아 이 사람 저 사람 만나고 다니면서 만담을 하는 것을 낙으로 여기는 사람이옵니다. 엊그제는 사냥을 즐기는 사람을 만나서 이야기 하나를 들었습니다. 헌데 그게 이상하게 잊혀지지 않아서 전하께 꼭 말씀을 드리고 싶어 이리 급히 오게 되었사옵나이다. 부디 윤허하여 주시옵소서."

"어디 얘기해 보시오."

"흔히 범을 일컬어 산중호걸(山中豪傑)이라고들 합니다. 헌데 그 산중호걸이라 불리는 범이 어떻게 사슴을 사냥하는지 혹시 아시옵니까?"

"그냥 범 스스로가 사슴한테 달려가서 잡는 게 아니었소?"

이항복은 웃음을 띠며 고개를 저었다.

"아니옵니다. 범은 이리떼가 무리를 지어 사슴을 한쪽으로 몰고 사슴이 포위되는 것을 멀리서 지켜봅니다. 그렇게 사슴을 몰아 더 이상 빠져나갈 수 없을 때 이리 하나가 목을 물고 다른 하나가 도망치지 못하게 다리를 물고 협동해서 간신히 사냥에 성공을 하게 됩니다. 이때에도 범은 이리들이 사슴의 숨통을 끊어놓을 때까지 기다립니다."

선조는 이항복이 왜 이런 이야기를 하는지 저의가 궁금해졌다. 분명 현안인 공신 책봉과 관계된 누구를 빗대어 표현하는 것이 분명해 보였다. 그러나 일단은 더 들어보기로 했다. 이항복은 말을 나지막이 계속 이어갔다. 그의 목소리가 점점 낮아졌다. 선조는 어느새 이 이야기에 빠져들고 있었다.

"그러다가 이리들이 사슴 숨통을 다 끊어놓았을 때 천천히 살금살금 다가가다가…."

이항복은 별안간 양 손가락을 구부린 채 힘을 주고 눈을 크게 뜬 채로 궁이 떠나가라 외쳤다.

"어흥!"

선조는 별안간 튀어나온 그의 큰 호랑이 울음소리 흉내에 깜짝 놀라 눈을 동그랗게 뜬 채 몸을 움찔거렸다가 가슴을 쓸어내리며 숨을 가다듬었다.

"어허, 병판. 이 무슨 짓이오. 간 떨어지는 줄 알았잖소."

이항복은 환하게 씩 웃어 보이고는 계속 말을 이어나갔다.

"그렇게 호랑이는 이리들에게 위협을 주고 이리들이 다 잡은 사슴을 가로챕니다. 이리 하나하나는 호랑이보다 힘이 약해서 자기네들이 호랑이를 이길 수 없다는 걸 알고 줄행랑을 친다 합니다. 만약 사람이 이 광경을 봤다면 호랑이 스스로가 사슴을 잡은 줄 알겠지요. 이리들이 계획도 짜고 몰이도 하고 각자 맡은 바 충실하게 해서 사슴을 사냥한 지도 모르고 말입니다. 이리들 입장에서는 얼마나 억울하겠습니까? 그런데 호랑이가 사슴을 먹어버리면 이리들의 이빨 자국이 없어질 것이니 그것들이 분전하여 사슴을 사냥했다는 증거가 어떻게 남겠사옵나이까."

"그럼, 호랑이는 누구고 이리는 누구를 말하는 것이오?"

그제야 이항복은 속내를 드러내었다.

"호랑이는 신이 감히 추정하건대 현 삼도수군통제사 이시언을 말한 것이고 이리는 경상우병사 정기룡을 말한 것이옵니다."

선조는 아직도 의아해했다.

"그러면 경의 말대로라면 통제사가 방어사의 공적을 가로챘다 이 말이오?"

이항복은 고개를 한 번 끄덕였다.

"전하, 정기룡이 부과에 급제하고 종8품 훈련원 봉사가 되고 나자 전란이 일어났습니다. 군량도 부족하였고 본인의 벼슬도 낮아 많은 병력을 거느릴 수 없었음에도 계속해서 승전을 할 수 있었던 것은 그의 기지가 출중했기 때문이옵니다. 그럼에도 체찰사 등을 통해 보고된 수급이 턱없이 부족한 것은 그런 연유가 있었기 때문이 아니었을까 신은 사료되옵나이다.

반면 통제사 이시언은 정기룡을 비롯한 여러 장수가 분전해서 거둔 수급을 자신의 벼슬을 이용해 가로채어 보고하였기에 공적이 높다 인정된 것입니다. 게다가 정기룡은 상주성을 탈환하고 가판관으로 있으면서 적의 수급을 팔아 피난민을 구휼하고 상주성을 재건하였기에 수급의 보고가 더욱 미미할 수밖에 없었사옵니다. 이후 정유년 전란 때에도 군량이 모자랐으나 명나라 장수들에게까지 수급을 팔아 충당하면서 왜군과 싸웠으니 이는 인정받아야 마땅한 일이라 아뢰옵니다.

비록 외관상으로만 보면 정기룡이 제 장인이신 도원수 대감이나 전 통제사 이순신만큼 많은 군사를 거느리지 못하여 그들만큼 지대한 성과를 거두지 못한 것은 사실이오나 무릇 장수가 목숨 바쳐 나라를 지키는 일이 매한가지일진대 어떻게 크고 작음을 논할 수 있겠사옵나이까?

게다가 그런 어려운 상황 속에서도 계속 패배 없이 승전을 이어갈 수 있었던 것은 그 규모는 다를지언정 전 통제사 이순신이 이룬 성과와 진배없다 사료되옵니다. 하여 정기룡을 선무원종공신(宣武原從功臣)으로 책봉하시어 전하께오서 그의 노고를 잊지 않으셨음을 알리시길 감히 청코자 하옵니다."

역시 이항복의 이야기는 언제나 들을 때마다 시작은 가볍게 들릴지언정 그가 말하고자 하는 내용의 무게는 결코 가볍지 않았다. 선조는 그제야 그의 진언을 이해했다.

"알겠소. 내 이를 숙고해 보겠소. 경은 언제나 참 의미 있는 이야기로 과인을 생각하게 해주는구려. 때가 야심하니 경도 어서 가 쉬시오."

"성은이 망극하옵나이다."

이항복은 선조에게 인사를 하고는 떠났다. 선조는 자신이 손수 이름까지 지어준 장수가 왜 그리 보고된 공적이 적었는지 실망한 감이 없지 않아 있었다. 하지만 그런 이유가 있었다니 참으로 안타까운 일이 아닐 수 없었다. 선조는 생각을 해보았다. 이항복의 말이 사실이라면 이시언의 공적은 상당히 과장되어 있는 것이 자명해 보였다. 그러나 그 역시 전란에서 군을 이끌고 나라를 지킨 장수 중 하나이긴 하지 않았는가. 그렇다면 둘 다를 원종공신록에 올리는 것이 현명한 처사인 듯싶었다. 선조는 눈을 감고 말없이 고개를 끄덕거렸다.

그리고 몇 달 후, 마침내 모든 선무공신이 책봉되었다.

1등인 효충장의적의협력 선무공신(孝忠仗義迪毅協力 宣武功臣)으로는 이순신(李舜臣), 권율(權慄), 원균(元均)이, 2등인 효충장의협력 선무공신(效忠仗義協力 宣武功臣)으로는 신점(申點), 권응수(權應銖), 김시민(金時敏), 이정암(李廷馣), 이억기(李億祺) 등 5명이, 효충장의 선무공신(效忠仗義 宣武功臣)으로 권준(權俊), 권협(權鋏), 고언백(高彦伯), 기효근(奇孝謹), 류사원(柳思瑗), 이광악(李光岳), 이순신(李純信), 이운룡(李雲龍), 정기원(鄭期遠), 조경(趙儆) 등이 책봉되었다. 나머지 9,060명은 모두 선무원종공신(宣武原從功臣)으로 책봉되었다. 이리하여 정기룡은 비록 18명의 선무공신(宣武功臣)에는 들 수 없었지만 원종공신에는 들 수 있었다.

반면 이시언은 현 삼도수군통제사임에도 불구하고 역시 선무공신에 들지 못하고 선무원종공신에 든 것에 대로하였다. 현 통제사인 자신이 선무공신으로 책봉되어도 모자랄 판에 왜 선무원종공신 정도에 머물렀는지 도대체 이해할 수 없었다.

"무어라? 내가 선무공신에 들지 못했다니! 그렇게나 많은 수급을 싸다 바쳤는데, 대체 왜!"

이시언의 부장들도 어이없기는 마찬가지였다.

"누군가 수를 쓴 것 같습니다."

이시언은 고민에 빠졌다. 정기룡이 경상우병사이긴 하나 조정에서 그 정도의 힘은 없을 거라 여겼다. 허면 그 말고 또 누군가가 자신에게 칼을 갈고 있단 말인가. 혹시 의병 출신일까.

이시언은 과거 이몽학의 난 때 의병들을 모조리 쓸어버리지 못한 것에 대해 쓸쓸해했다. 특히나 제일 염려가 되는 사람은 덕원(德遠) 정인홍(鄭仁弘)이었다. 지금 그가 북인의 영수인 이산해의 비호를 받고 있지만 정인홍 역시 북인이었다. 그리고 지금 이산해를 도와 북인의 세력을 자리 잡도록 물심양면으로 힘쓰고 있는 자는 그의 제자인 이이첨이었다. 그러기에 그도 지금은 분하지만 속으로 그 분을 삭일 수밖에 없었다.

'그때 그 쥐새끼 같은 의병장 놈들 주상전하께서 모조리 없애버렸으면 좋았으련만….'

이시언은 마음을 가라앉히고 부장 모두를 돌아보았다.

"그래도 전하께서 이 이시언을 신임하시어 통제사 직을 명하셨으니 그걸로 된 거 아니겠는가? 일단 내가 이순신 장군의 뒤를 이어 통제사가 되었으니 이 전쟁에서 가장 큰 그의 공을 높이 치하하기 위해 진해루를 복구하여 그의 위세를 드높이도록 하겠다."

부장 중 하나가 의견을 내놓았다.

"진해루는 왜군들에 의해 소실되었으니 이참에 좀 더 증축하면 좋지 않겠습니까?"

"그렇지, 아예 이름도 새로 짓는 것이 좋겠다. 진남관(鎭南館)으로 말이지. 초대 통제사 여해(이순신의 호) 장군의 치적을 널리 알려 동요된 민심을 이끄는 본보기로 삼을 것이야."

이리하여 이시언은 진해루가 불탄 자리에 진남관을 새로 건립했다. 명분상으로는 백성들의 지지를 한 몸에 받았던 이순신을 기린다는 이유였지만 그 내면에는 통제사로서의 입지를 공고히 하겠다는 실리적인 이유가 숨어 있었다. 한편 정기룡은 이항복의 재치 어린 발언으로 조정에서 있었던 실수를 만회할 수 있었다.

기해년(1599)이 되자 선조는 정기룡에게 경상방어사 직을 수여하면서 혹시나 재차 침입할지도 모르는 왜군에 대비할 것을 명하고는 전란으로 피폐해진 백성들의 구휼에 모쪼록 신경을 써줄 것 또한 당부했다. 그리하여 정기룡과 한명련은 임금이 하사한 당미(糖米)와 소미(小米) 4천여 섬을 운반하면서 창원부로 향했다.

한명련은 가는 길에 그의 선무원종공신 책록을 치하하며 그를 두둔해 주었다. 하지만 그럼에도 불구하고 그는 마음속의 착잡함을 지울 수 없었다. 물론 조정에서 이시언과 언쟁을 한 것에 대한 후회도 있었지만 더 큰 이유는 형의 유일한 혈육인 조카 상린의 생사를 아직도 알수 없었기 때문이었다. 가는 내내 계속 그 아이가 무사할까 하는 생각만이 그의 머릿속에 자꾸 맴돌았다. 인수 형님에 대한 죄스러움만이 가득했다.

이윽고 그들이 창원(昌原)에 도착했을 때는 이곳 역시 왜군들이 쓸고 지나간 뒤라 번창했던 마을 터는 폐허와 잿더미로 변해 있었다. 정기룡은 우선 군영을 설치하고 상주에서 했던 것처럼 창원의 구휼과 복구 작업을 맡았다. 들판에는 왜군들에게 목숨을 잃은 백성들의 시체가 널려 있었고 까마귀들과 구더기들이 들끓고 있었다. 정기룡이 부하들과 함께 새들을 몰아내자 처참한 광경이 눈앞에 펼쳐졌다. 사방에서 시체

썩는 냄새가 코를 찔렀다. 하나같이 썩어 문드러진 얼굴에 코나 귀가 잘려나가 있었고 눈알들은 새들이 파먹었는지 휑한 구멍만 남아 있었다. 병졸들 일부가 이를 보고 구토를 할 정도였다.

정기룡은 얼굴에 천을 동여매고는 관군들과 함께 시체를 치우고 장례를 치러주었다. 그 일이 끝난 뒤에는 전답을 복구하고 굶주린 자들에게 죽을 손수 먹여주기까지 하는 등 그의 군영은 언제나 분주했다.

게다가 정기룡의 심기를 긁는 일이 또 있었다. 이시언이 진남관 건립을 위해 병력의 일부를 차출하라는 명을 내렸다. 안 그래도 자신이 돌보는 지역의 재건과 구휼에 필요한 일손도 모자란 마당에 그런 어이없는 명이 떨어진 것이다. 한명련도 이에 대해 정기룡에게 불만을 표했다.

"아니, 지금 이쪽도 일손이 모자란 마당에 그딴 건물 하나 짓는다고 관군을 내달라니 너무 어이가 없습니다. 듣자 하니 수군에 필요한 배 한 척 안 만들고 있다고 합니다. 언제부터 통제사라는 직위가 군함은 안 만들고 건물 짓는 일을 하던가요?"

정기룡도 답답하다 못해 화가 치밀어 오르기는 마찬가지였다. 그는 왜 그가 그토록 진남관 건립에 목을 매는지 이미 알고 있었다.

"여해 장군의 치적을 팔아 자신의 세를 높이려는 것이지. 허나 어쩌겠는가, 상관의 명이거늘…. 오위장은 즉시 통제사에게 보낼 인원을 차출하도록 하게."

정기룡도 어이는 없었지만 그가 삼도수군통제사, 즉 경상도, 전라도, 충청도의 삼도를 관장하는 직책이었고 자신은 그 밑의 직책에 있었던지라 그의 명에 따를 수밖에 없었다. 전란이 끝났다고 악연까지 끝난 것이 아니었다.

답답한 마음에 정기룡은 잠시 어머니의 기별을 확인코자 윤허를 받고 고향 하동으로 내려왔다. 푸른 바다가 펼쳐졌다. 그는 고향집으로 가는 길목에서 멈추어 멍하니 왜국이 있는 쪽을 바라보았다. 다시금 조카 상린의 안부가 걱정됐다. 그렇게 한참을 멍하니 바다를 바라보다 정기룡은 어머니를 만나 안부를 살피고는 인수 형님의 무덤으로 가서 절을 하고 미안함을 토로했다.

"형님, 전란이 끝났는데도 할 일이 너무도 많아 이제야 찾아뵈었으니 용서해 주십시오. 아직도 형님의 혈육인 상린이의 생사를 알지 못하였으니 이 아우, 형님을 뵐 면목이 없어 그저 죄송스러울 따름입니다. 그동안 너무 많은 일이 있었습니다. 참으로 이해가 가지 않습니다.

왜군이 물러나니 이번에는 통제사가 자신의 권력으로 저를 짓누르고 있습니다. 이 못난 아우, 형님께 이런 하소연을 하는 게 죄스럽지만 답답한 마음에 형님이 아니면 토로할 사람이 없어 이렇게 말씀드리오니 형님께서 너그러이 이해해 주시고 다음에 또 시간이 나면 찾아뵈어 인사 올리겠습니다. 그때까지 평안하십시오."

그렇게 정기룡은 다시 자신이 집무를 보던 창원의 군영으로 향했다. 예전 같으면 이 정도 거리를 말로 달려도 지친 기색을 보이지 않았건만 사천성에서 총상을 입은 이후로는 예전만큼 기운이 나지 않았다. 예전에 비해 훨씬 빨리 지쳐서 침소에 들 때는 정말 쓰러지듯 누웠고 그런 그의 모습을 보면서 부인 권씨는 안타까워했다.

꿈에서는 인수 형님과 상린이 자꾸 보였다. 그는 꿈에서조차 두 사람에게 늘 용서를 빌었다. 그런 생각을 떨쳐보려고 자신이 맡은 임무에 더욱 매달려 봤지만 휴식을 취할 때에는 늘 조카 생각이 났다.

최민에게도 왜국의 형세가 어떤지, 포로가 송환될 기별이 있는지를 수시로 서찰을 통해 물어보았지만 그도 아는 것이 없어 답답한 마음으로 하루하루를 보냈다. 그는 그렇게 정3품 관직인 김해도호부사(金海都護府使), 밀양도호부사(密陽都護府使)를 역임하여 경상도 이곳저곳을 오가며 군영 정비와 백성의 구휼에 계속 힘을 기울였다.

그러면서 그는 선조에게 그 능력을 재차 인정받아 용양위부호군(龍驤衛副護軍) 직에 임명되고 중도방어사(中道防禦使) 관직을 겸무했다. 하루하루 바쁜 나날을 보내던 중 정기룡에게 전에 없던 일이 일어났다. 그는 밥을 먹다가 몇 숟갈 뜨지 못하고 숟가락을 내려놓았다. 부인 권씨는 심상치 않음을 느끼고 물었다.

"서방님, 왜 그러십니까? 찬이 입에 맞지 않습니까?"

"아, 아니오. 갑자기 입에서 쇳가루 맛이 도는 거 같소. 잠시 바람을 좀 쐬러 나갔다 오고 싶소."

정기룡은 그렇게 가벼운 옷차림을 하고 밖으로 나섰다. 저잣거리는 비록 전란을 맞기 전처럼 번창한 느낌은 아니었지만 그래도 이제는 피난민들이 자리를 제법 잡은 듯 보였다. 그렇게 된 것이 참으로 다행이라 여기며 정기룡은 거리 구석구석을 살피며 다녔다.

그러던 중 사슬에 묶여 힘없이 엎드려 있는 개 한 마리가 눈에 들어왔다. 제법 나이를 먹은 듯한 용모에 전란 동안 제대로 먹지 못해서인지 일어날 기력조차 없어 보였다. 군데군데 털도 빠지거나 흙먼지와 뒤섞여 헝클어져 있는 게 참으로 몰골이 말이 아니었다. 흐리멍덩해 보이는 눈동자는 과거의 패기를 잃은 채 그저 멍하니 그를 주시하고만 있었다. 정기룡은 그 개와 눈을 한동안 마주치다가 이것에 딸린 사연이 궁금해졌다.

"이 개 주인이 누굽니까?"

정기룡의 물음에 비쩍 마른 중년의 남자가 돌아보며 물었다. 그는 마침 가마솥에 물을 끓이고 있었다.

"왜 그러십니까? 나리."

"나는 방어사 정기룡이라고 하오. 바람을 쐬러 잠시 저잣거리를 거닐다가 이 개가 보내는 눈빛이 너무도 측은하여 어찌 이리 묶여 있는 것인지 궁금해서 묻게 되었소."

"이 개는 원래 사냥개였습니요. 헌데 이제는 늙어서 토끼 한 마리 쫓을 힘조차 잃어버렸습죠. 마침 전란 때문에 먹을 것이 없어서 아끼던 녀석인데도 어쩔 수 없이 이 녀석이라도 고아 먹으려고 하던 중이었습니다요."

정기룡은 개 앞에 한쪽 무릎을 꿇고 앉아 개의 머리를 쓰다듬었다. 어느덧 자신도 불혹(不惑)을 넘겨 흰 머리가 하나 둘씩 나는 중이었다. 특히나 전장에서 수십 차례나 목숨을 내걸고 싸웠던지라 하루하루를 긴장하며 살았고 그래서인지 그도 이제는 얼굴에 팔자주름이 크게 자리 잡았다. 게다가 총상을 입은 이후로는 차츰 몸이 예전 같지 않다는 것도 느끼고 있었다. 과거 전장에서 기세등등한 모습으로 왜군에게 편곤을 날리던 그의 모습은 그렇게 서서히 쇠락해 가고 있었다.

그런 자신의 모습이 이 개처럼 느껴졌다. 지난날에 이 사냥개도 사냥감을 쫓아 산비탈을 힘차게 뛰어다니며 자신의 무용을 뽐냈을 텐데. 하지만 지금은 뼈에 가죽만 붙은 앙상하고 늙은 모습으로 죽음만을 기다리는 것이 참으로 불쌍해 보였다. 정기룡은 한참을 그렇게 개와 눈을 마주하며 머리를 쓰다듬다가 이끌리듯 입을 열었다.

"주인장, 그저 과객(過客)[73]인 내가 할 소리는 아닌 것 같지만 이 개 그냥 천수를 누리게 하면 안 되겠는가? 보아하니 앙상한 것이 살점 하나 없어 보이는데 이런 거 고아 먹어봤자 어디 간에 기별이나 가겠는가?"

개 주인은 고개를 가로저었다.

"나리, 전란 때문에 오죽 먹을 게 없으면 이런 걸로라도 요기를 취하려고 하겠습니까요?"

말을 마친 사내는 개를 두들겨 잡기 위해 목을 매고 있는 사슬을 끌고 마당 구석으로 향했다. 개는 여전히 측은한 눈으로 정기룡을 바라보면서 아무런 저항도 못하고 질질 끌려갔다. 마치 자신의 운명을 알게 된 듯 정기룡에게서 눈을 떼지 않은 채 개는 힘없는 울음소리를 내었다. 저 사슬에 묶인 채 끌려가는 개의 모습을 보며 그는 이시언에게 묶여 있는 자신의 모습을 보는 것 같은 기분이 들었다. 이윽고 사내가 깡마른 팔로 호미를 들어 개를 내리치려는 찰나에 정기룡은 손을 뻗으며 외쳤다.

"잠깐!"

정기룡은 서둘러 달려가 남자의 손에서 호미를 빼냈다. 비록 약해졌다고는 하나 그의 힘은 아직은 굶주린 보통 사람보다는 훨씬 셌다. 남자는 어리둥절해했다.

"왜 이러십니까, 나으리!"

정기룡은 남자를 가까스로 말리고는 허리춤에 찬 주머니에서 은전(銀錢)을 하나 꺼내어 남자의 손에 쥐어주었다. 그것은 임금으로부터 공으로 받은 것들 중 하나였다. 남자는 은전을 생전 처음 보는지 눈이 휘둥그레졌다. 정기룡은 개의 목을 감고 있는 사슬을 풀었다. 묶이기

---

73) 지나가던 나그네.

전에 저항이라도 했는지 개의 목에는 선명한 상처 자국이 남아 있었다. 그는 개를 쓰다듬고는 남자에게 말했다.

"내가 이 개 사는 데 그 정도면 되겠소이까?"

남자는 손에 은전이 들리자 너무 놀란 나머지 연신 부들부들 떨다가 정기룡의 말을 듣자 그에게 연신 고개를 숙였다.

"아, 암요. 여부가 있겠습니까요!"

정기룡은 개가 걸을 기력조차 없는 것 같아 보이자 안고 그렇게 집으로 들어왔다. 권씨는 눈을 깜빡이며 물었다.

"서방님, 어디서 이런 개를 데려오셨습니까?"

정기룡은 저잣거리에서 개를 만나게 된 사정을 얘기하면서 개에게 줄 먹을 것을 부인에게 부탁했다. 개를 데려왔다는 얘기를 방 안에서 들었는지 정기룡의 아들 익린이 신나하면서 마당으로 뛰어나왔다.

"와, 개다! 개! 아버지, 이 개 우리 겁니까?"

정기룡은 익린의 머리를 쓰다듬으며 인자한 미소를 머금었다.

"그래, 이 녀석도 이제 우리 식구이니라. 무릇 금수(禽獸)의 목숨이나 사람의 목숨이나 중한 것은 매한가지일 것이니 네 동생처럼 소중히 돌보도록 해라. 우선 먹을 것을 주어 원기를 차리게 하고 씻겨야겠다."

익린은 신나 들떠하면서 고개를 끄덕였다.

"알겠사옵니다!"

그 무렵 이시언은 기방(妓房)에서 술을 진탕 마시고 아침이 되어서야 그곳을 나서 통제영으로 가고 있었다. 아직 술이 덜 깬 까닭에 그는 굳이 말을 타지 않고 자신을 수행하는 부장들과 함께 길을 걸어가고 있었다.

그때 이시언 일행 앞에 행색이 이상한 남자 하나가 길을 가로막았다. 백발이 섞인 머리는 헝클어지고 이는 다 빠져 있었고 오랫동안 씻지 않은 듯 온몸에 냄새가 진동했다. 옷고름은 풀어 헤쳐져 있었고 바지는 이미 소피를 지린 듯 누런 얼룩이 져 있었다. 남자는 제정신이 아닌 듯 말을 중얼거리고 그를 향해 삿대질을 하며 욕설이 섞인 고함을 쳤다. 이시언은 코를 소매로 훔치며 인상을 찌푸린 채 물었다.

"뭐냐, 저 녀석은?"

"아마도 전란 때문에 정신이 나간 사람인 듯합니다. 너무 심려치 마십시오."

이시언은 코를 막은 채 그를 지나치려 했다. 하지만 뒤돌아서 가는 그를 향해 광인(狂人)이 연신 육두문자를 날리며 떠들어 댔다. 비록 정신 나간 사람이 해대는 헛소리였을 테지만 술기운이 남은 턱에 이시언도 올라오는 화를 더는 주체할 수 없었다.

그는 부장의 환도를 칼집에서 빼어 들고는 도끼눈을 부릅뜨고 남자에게 다가갔다. 광인은 계속 인사불성인 상태로 한동안 고함을 치다가 곧이어 말을 멈추었다. 이시언이 내민 칼이 배를 뚫었기 때문이었다. 그는 두어 번 정도 칼을 비틀어 광인의 숨통을 끊더니 칼을 빼내며 쓰러진 그에게 침을 뱉었다.

"어디서 미친 버러지 같은 게 감히…."

순식간에 일어난 일에 수행하던 부장들은 물론, 길을 걷고 있던 사람들 모두가 이 광경을 보고 할 말을 잃었다. 사람들은 모두 놀라서 비명을 지르며 도망쳤고 이시언도 그제야 자신이 취기 오른 상태에서 실수를 저질렀다는 사실을 깨달았다. 하지만 이미 때는 늦었다.

"이런 제길…."

이 일은 곧바로 선조에게 보고되었다. 선조는 백주(白晝)에 일어난 이 살인사건에 대해 이시언에게 문초를 했고 그는 광인이어서 자신을 해하려는 기미가 있어 보였기 때문에 신변에 위협을 느꼈고 또한 그가 무장이어서 자신도 모르게 반사적으로 한 행동이었다고 연신 선조 앞에서 머리를 조아리며 구차할 정도로 구구절절 변명을 늘어놓아 파직만은 겨우 면할 수 있었다.

하지만 그때부터 사람들은 길에서 그를 보면 눈을 돌렸다. 그 역시도 한동안은 그 일이 마음에 걸렸는지 고개를 제대로 들고 다니지 못했다.

한편 왜군이 잠잠해지자 북방에서 침략을 일삼던 여진족이 또다시 고개를 들기 시작했다. 이에 선조는 통제사로 있던 이시언을 함경도순변사(咸鏡道巡邊使)로 임명하여 북방을 지키게 했다. 사실 그는 수전에 능한 자가 아니었다. 아니, 그는 수군에 대한 이해가 전무했다고 보는 게 맞았다. 그저 그 자리가 이순신의 죽음으로 공석이 되어 있었기에 이산해의 비호로 그 자리에 올랐을 뿐, 그는 통제사로서의 역할보다는 진남관 건립 등에만 전념하고 군함 한 척 만들지 않았다. 게다가 일전의 실수에 대한 소문이 파다한 때문에라도 그 역시 통제영을 벗어나 변방으로 가기를 주청했다. 그렇게 그는 도망치듯이 삼도수군통제사 직에서 물러났다. 정기룡도 이제는 그로부터 자유로울 수 있었다. 그나마 다행이라면 다행이랄까.

그로부터 얼마 되지 않아 선조가 세상을 떠났다(1608). 그는 적장자(嫡長子)가 아니었기에 보위에 오르면서도 입지가 불안한 임금이었다. 그렇기에 그는 그 불안함에 재위 내내 시달렸고 임진왜란, 정유재란이라는 조선이 건국된 이후 최악의 고난을 맞이했다. 그는 나라를 이끄는 군주로서 많은 활약을 했지만 성품만은 그 능력만큼 되지 못한 까닭에 실책도 많이 있었다. 그가 가지고 있던 불안함이 야기한 결과였다.

그리고 그 불안감은 왕위를 이어받은 광해군(光海君)에게 보이지 않는 유산으로 전해졌다. 광해군은 세자 때부터 그 총명함을 조정 대신들에게 인정받았으나 늘 선조의 질시를 받았고 선조가 양위 이야기를 꺼낼 때마다 노심초사(勞心焦思)하며 하루하루를 작두를 탄 것처럼 위태롭게 보냈다. 과연 조선은 새 임금을 맞아 어디로 흘러갈 것인가.

저무는 햇살 뒤로

칼날 같은 달빛

저무는 햇살 뒤로 칼날 같은 달빛

●

광해군이 즉위하고 얼마 되지 않아 정기룡의 방어영으로 최민이 찾아왔다. 그는 얼마 전 궁으로 왜장 종의지(宗義智)[74]가 왜국의 사신으로 찾아온 일에 대해서 정기룡에게 얘기해 주었다.

그의 말에 따르면 왜국에서 관백 풍신수길의 최측근이었던 석전삼성(石田三成)[75]이 이끄는 서군과 덕천가강(德川家康)[76]이라는 장수가 이끄는 동군, 이렇게 두 진영으로 나뉘어 전쟁을 벌였고 결국 덕천가강이 승리를 했다고 한다.

동군 측은 전쟁이 끝나고 포로로 잡은 서군 측 장수들을 모두 숙청했지만 종의지만은 서군 진영의 인물이었음에도 살려주었다. 그 이유는 그가 대마도의 대명(大名)[77]이었던 덕분에 조선에 사신으로 여러 번 오간 적이 있었고 조선 사정에 비교적 밝아서 양국을 오가는 사신으

---

74) 소 요시토시.

75) 이시다 미쓰나리.

76) 도쿠가와 이에야스.

77) 다이묘. 일본의 행정구역은 조선의 도(道)와 달리 번(藩, はん)으로 나뉘는데 해당 번의 영주를 일컫는 말.

로는 그가 적격이라 여겨졌기 때문이었다. 덕천가강은 임진왜란으로 인해 악화된 조선과 화친을 하고 국교를 재개하기를 희망하고 있었던지라 그만은 겨우 목숨을 건질 수 있었던 것이다.

덕천가강은 화친의 뜻으로 과거 포로로 잡혔던 조선인들을 송환코자 했고 종의지로 하여금 자신의 의지를 전하게 했다. 광해군은 일단 그를 숙소로 보내고 왜국과의 국교 재개의 여부를 두고 조정 대신들과 의논했다. 신하들은 하나같이 10년 전 조선 일대를 쑥밭으로 만든 왜국을 용서할 수 없다는 의견을 피력했다. 하지만 광해군은 생각이 달랐다. 그는 본인의 견해를 신하들에게 피력했다.

"지금 대명국의 기세가 예전 같지 않은 틈을 타 여진족의 움직임이 심상치 않소. 과거 여진족들은 끊임없이 약탈을 일삼으며 우리를 괴롭혀 왔소. 하여 이런 시기에 또 다른 적을 등 뒤에 두는 것은 매우 위험한 일이라 사료되니 국교는 하되, 그들이 우리에게 했던 잘못에 대해서는 이치를 따져 물음이 마땅하다 생각되는데 경들은 어떠하오?"

신하들은 광해군의 제안에 대해 의견들을 내놓았다.

"덕천가강으로 하여금 과거 왜란에 대한 사죄의 내용이 담긴 국서를 정식으로 보낼 것을 청하옵나이다."

"왜군들이 선왕의 묘를 해하였으니 이는 전하와 이 나라의 종묘사직을 능멸한 중죄라 할 수 있습니다. 마땅히 덕천가강이 왜국으로 도망친 그 범릉적(犯陵賊)[78]들을 데려오도록 분부를 내리시어 이 나라의 국법으로 다스림이 마땅한 줄로 아뢰옵니다."

---

78) '왕릉을 범한 적'이란 뜻으로 임진왜란 때 성종의 능인 선릉(宣陵)과 중종의 능인 정릉(靖陵)을 파헤치고 시신을 훼손했던 왜군을 말한다.

"또한 그들이 잡아간 우리 조선의 피로인(被虜人)[79]들을 사죄의 뜻으로 송환토록 해야 할 것입니다."

광해군은 대신들과 상의하고는 종의지에게 이를 전달하였다. 그는 이 내용을 듣자마자 얼굴이 허옇게 질렸지만 이내 머리를 연신 조아리며 최선을 다해 시행할 것이라 약조하고는 왜국으로 돌아갔다.

정기룡은 최민에게 이 모든 것을 전해 듣자 화색이 돈 얼굴로 그에게 재차 물었다.

"그러면 내 조카 상린이도 살아만 있다면 다시 송환되는 것인가?"

"그러하다네. 부디 그 아이가 무탈하기를 나도 바라고 있네. 헌데 여진족의 동태가 심상치 않아. 지금은 부족을 이루며 뿔뿔이 흩어져 있지만 그들끼리 국지전을 벌이며 규합하고 있다는 소문을 들은 적이 있네."

정기룡도 그런 작은 싸움들이 무엇을 의미하고 어떤 결과로 귀결될지 조금은 알 것 같았다.

"허면 그것은 여진족들끼리 규합하여 나라를 세울 수도 있다는 말 아닌가?"

최민은 맞장구를 쳤다.

"바로 그거네. 지금 대명국의 기세가 예전 같지 않으니 이들을 경계함이 마땅할 것이네. 헌데 북방을 지키고 있는 자가 하필이면 이시언이라는 게 문제인 거지. 통제사로 있을 때 배 한 척 안 만들고 기방이나 드나들던 위인(爲人)인데 변방에서라고 어디 그 책무를 다하겠는가?"

"그렇다고 우리가 그들을 먼저 칠 수 있는 것도 아니지 않은가? 명분

---

79) 왜란 때 왜국으로 끌려간 조선인 포로.

이 없으니 말일세. 게다가 주상전하도 끔찍한 전란을 몸소 겪었는데 또 전쟁을 하려 하겠는가?"

"이대로 보고만 있어야 하다니….."

"아무튼 고맙네. 피로인 송환에 관한 소식이 재차 있으면 부디 꼭 알려주시게."

최민은 걱정스러운 표정으로 정기룡을 바라보았다.

"그리하겠네. 그나저나 자네 얼굴이 많이 야위었네. 몸 좀 돌봐 가면서 일하게."

피로인이 송환될 기미가 있다니 참으로 반가운 소식이었다. 종의지가 얼마나 일을 잘해 줄지 아직은 알 수 없지만 만약 그리만 된다면 인수 형님에 대한 마음의 짐을 조금이나마 덜 수 있을 것 같다는 생각에 정기룡은 기대감을 갖고 하루하루를 기다렸다.

그리고 이듬해, 정기룡은 종4품 용양위대호군(龍驤衛大護軍)을 거쳐 정3품 상호군(上護軍)에 임명되었고 겸직으로 오위도총부(五衛都摠府)[80]를 관장하는 도총관(都摠管)에 임명되었다. 실로 오묘한 기분이었다.

정기룡이 이시언을 진주성에서 처음 만났을 때 그는 이미 상호군이었고, 반면 정기룡은 정7품 참군이었다. 이는 정기룡이 주상전하와 조정으로부터 공로를 인정받았다는 뜻도 있었지만 그만큼 왜란 때 활약했던 사람들의 상당수가 이 세상을 떠나갔다는 뜻도 되었다.

권율과 이순신을 비롯해 김성일, 윤두수, 류성룡 등의 유능한 대신들도 이미 세상을 떠났다. 곽재우는 북인의 득세에 환멸을 느껴 속세

---

80) 조선시대에 중앙군인 오위(五衛)를 총괄하던 최고 군령기관.

와의 인연을 끊고 사라졌다.

정기룡도 왜란을 처음 맞을 때에는 애송이 취급을 받던 종8품 훈련봉사(訓鍊奉事)였으나 이제는 그도 원로 장군 대접을 받을 정도가 되었으니 참으로 무상한 세월이었다.

마침내 왜국으로부터 피로인을 송환한다는 소식이 날아들자 정기룡은 서둘러 말을 달려 부산포로 향했다. 그는 그 어느 때보다 들뜬 기분으로 고삐를 내치면서 말을 달렸다. 하지만 그의 용마도 나이를 먹었는지 이제는 달리는 게 더딘 것이 느껴졌다. 예전 같았으면 한 번에 내달렸을 거리를 채 가지 못하고 그의 말은 벌써 지쳤는지 뜀박질이 서서히 걸음으로 변했다.

정기룡은 잠시 쉬기 위해 말에서 내리고는 소나무 아래 드리워진 그늘로 용마를 데려가 자신도 바위에 앉은 채 말머리를 쓰다듬으며 속삭였다.

"너도 나처럼 이제 나이를 먹었구나. 하긴, 내가 너를 처음 강공 댁에서 본 덕에 공의 따님과 혼인도 할 수 있었지. 거창 객관에서는 그 높은 담을 용감히 넘었고 왜군 진영 한복판에서 참수를 당할 뻔한 조장군도 구했고 그렇게 너와 내가 전장을 함께 누볐는데…. 벌써 시간이 이렇게 무상하게도 흘렀구나. 그동안 고생이 참으로 많았다. 내 조카를 볼지도 모른다는 생각에 네가 늙은 걸 몰라봤으니 미안하기 그지없다."

정기룡은 그렇게 휴식을 취하면서 용마와 대화를 나누었다. 비록 사람과 말이어서 말이 통하지는 않았지만 함께 세월을 보낸 탓에 우애라고 일컬을 만한 친근함이 느껴졌다. 반 시진 정도 지나서 정기룡은 다시 말에 올랐다.

그렇게 몇 번을 쉰 끝에 부산포에 도착해 보니 헤어진 가족을 다시 찾으려는 사람들이 인산인해를 이루고 있었다. 그만큼 전란이 이 땅에 가져다준 상처가 너무나도 깊었던 것이다.

정기룡도 그런 조바심을 안고 왜국으로부터 오는 배를 기다렸다. 물론 그게 왜구일지 아니면 정말로 피로인을 싣고 오는 배인지 확실치 않기 때문에 조총과 창으로 무장한 관병들이 서 있었다. 이들은 가족을 보기 위해 온 사람들의 혼잡함을 통제하고 있었다.

마침내 몇 척의 왜국 선박이 지평선 너머에서 모습을 드러냈다. 정기룡도 다가오는 배들을 보고 벅차오르는 기대감에 하늘을 올려다보며 형님에게 기별을 고했다.

'형님, 만약 하늘에 계신 형님께서 상린이를 지켜주셨다면 다시 한 번 성심성의껏 그 아이를 잘 보살피겠노라 이 아우가 약속 드리겠습니다. 부디 그 아이가 무탈하길 바랍니다.'

이윽고 배가 닻을 내리자 사람들이 줄지어 내렸다. 발을 동동 구르던 사람들은 하나씩 자신의 가족들을 찾고는 얼싸안고 재회의 기쁨을 누리며 감격 어린 통곡을 했다. 그중에는 물론 정기룡도 있었다. 그가 말을 타고 있던 탓에 다른 사람들보다 더 멀리까지 그 광경을 내다볼 수 있었다. 그도 사람들이 기뻐하는 모습을 보자 흡족해하며 다시 한 번 전쟁이 끝났음을 실감할 수 있었다.

부산포는 재회의 눈물바다로 온통 떠들썩했다. 관군들은 일단 재회를 한 가족들을 밖으로 내보내면서 항구 주변을 정리하느라 분주했다. 기다리는 사람들이 서서히 줄어들자 정기룡의 기대는 더욱 부풀어올랐다.

그렇게 한참을 기다린 끝에 갓 아이 티를 벗어나 혼기가 찬 젊은이 하나가 내렸다. 그는 어리둥절해하며 오랜만에 밟는 조선 땅이 낯설었는지 연신 두리번거리기만 하고 있었다. 여러 사람이 재회하는데도 그 젊은이는 그저 멍하니 있는 것을 정기룡은 눈여겨보면서 혹시 상린이 아닐까 싶었다. 마침내 어느 정도 사람들이 빠져나가자 정기룡은 어릴 적의 얼굴이 그 청년에게 남아 있는지 찬찬히 살폈다. 청년도 자신을 바라보는 사람이 뭔가 낯이 익었는지 빤히 쳐다보았다. 정기룡은 말에서 내려 천천히 그에게 다가가 조심스레 물어보았다.

"혹시 이름이… 무엇이냐?"

하지만 오랜 기간 왜국에 머물러 있던 탓인지 청년은 귀머거리처럼 제대로 된 말을 하지 못하고 있었다.

"어… 어버… 어…."

정기룡은 계속 살펴보며 상린이가 맞는지 재차 물어보았다. 몰라보게 크긴 했지만 계속 보고 있으니 어릴 적의 얼굴이 남아 있는 것도 같았다. 정말 그가 맞는지 정기룡은 다시 확인해 보고 싶어 그를 다그치며 물었다.

"상린이냐?"

상린이라는 이름을 듣자 청년은 비록 제대로 말은 못 했지만 고개를 천천히 끄덕였다.

"어… 으… 으으…."

정기룡은 청년의 어깨에 손을 올리고 눈을 크게 뜨며 흔들었다. 자신을 알아보게 하고 싶었다.

"상린아, 내가 네 숙부다! 알아보겠느냐?"

"스… 수… 부?"

청년은 숙부라는 말을 제대로 하지 못하였지만 서서히 자신을 알아보는 것 같았다. 청년이 상린이라는 확신이 들자 정기룡의 눈시울이 붉어지며 소리 없는 눈물이 흘렀다.

정기룡은 어깨를 붙잡던 손으로 그를 꽉 끌어안고 통곡을 하며 주저앉았다. 청년은 그를 내려다보며 멍하니 서 있다가 그제야 알아봤는지 그도 정기룡의 등에 손을 살며시 올렸다. 회한의 눈물이 그칠 줄을 몰랐다.

"상린아! 고맙다! 살아 있어줘서 고맙다! 그리고…, 미안하다. 이 못난 숙부가… 너를… 지켜주지 못했다…. 미안하다…. 정말 미안하다! 으흐흐흑….″

청년도 정기룡을 알아보았는지 이내 눈물을 흘렸다. 그렇게 한참을 울고 나서야 그는 하늘을 바라보며 형님에게 감사의 인사를 올릴 수 있었다.

"형님! 상린이가 살아 있었습니다! 형님, 고맙습니다. 참으로 고맙습니다!"

정기룡은 상린을 말에 태우고는 자신도 말에 올라 그가 자신의 허리를 잡고 떨어지지 않게 깍지를 끼우고는 말을 달렸다. 행여나 조카가 떨어질까 봐 오른손으로 고삐를 잡고 왼손으로는 상린의 손을 꽉 움켜쥐었다. 상린은 배를 타고 오느라 피곤했는지 어느새 그의 등에 기댄 채 코를 골고 있었다. 정기룡의 만면에는 함박웃음이 가득했다.

이제야 돌아가신 형님에 대한 마음속의 죄를 씻은 것 같은 기분이 들어서 홀가분하기도 했고 자신이 죽기 전에 그를 거둘 수 있어서 참으로 다행이라 여겼다.

몇 번을 쉬었다 가며 집에 도착할 때 즈음 상린은 잠에서 깼다. 멀리서 개가 짖는 소리가 들렸다. 예전에 목숨을 구해 줬던 그 개는 부인 권씨와 아들 익린이의 간호를 받아 이제 원기를 회복한 듯했다. 정기룡과 상린을 태운 말이 마당으로 들어서자 개는 신이 난 듯 꼬리를 흔들며 그들을 맞아주었다. 마당에는 이미 권씨가 마중을 나와 있었다.

정기룡은 상린을 말에서 내리게 하고 부인에게 그를 소개해 주었다.

"부인, 이 아이가 내가 그토록 찾던 하나뿐인 내 조카요."

권씨도 상린을 보자 눈물을 흘리며 그의 머리를 쓰다듬고는 손을 잡으며 그의 얼굴을 바라보았다.

"너로구나. 네 숙부께서 꿈을 꿀 때마다 여러 번 너를 찾았느니라. 무사해 보여서 다행이구나. 나는 네 숙모다."

권씨는 옷고름으로 눈물을 닦고는 정기룡을 바라보았다. 어찌나 울었는지 그의 눈시울에는 눈물 자국이 희미하게 묻어 있었다. 그녀는 피식 웃어 보이며 옷고름으로 그의 눈물 자국을 지웠다.

"서방님은 참으로 눈물이 많으신 분이십니다. 얼마나 기쁘셨으면 닦을 생각도 안 하고 이리 급하게 오셨습니까. 저야 아녀자이지만 서방님은 상호군이나 되시는 분이 어찌 이러십니까…."

정기룡도 뒷머리를 긁으며 머쓱해했다.

"면목이 없소. 비록 이 아이가 부인의 배로 낳은 아이는 아니지만 부디 잘 돌봐 주었으면 하오. 왜국에 오래 있느라 지금은 말을 잘 못하니 말문이 트일 수 있도록 도와주시오. 아, 익린이는 어디 있소?"

"동네 아이들하고 논다고 나갔습니다. 이제 돌아올 때가 됐는데…."

권씨의 말이 끝나기가 무섭게 익린이 문을 왈칵 열고 나타났다.

"어머니! 소자 왔…! 아, 아버지. 오셨습니까!"

익린이는 자신을 닮아 나이가 어린데도 참으로 기백이 힘찼다. 옷에 묻은 흙들이 마치 자신의 어릴 적 모습과 너무나도 닮아 있었다. 정기룡은 익린의 머리를 쓰다듬고는 그에게도 상린을 소개했다.

"이 아비가 전에 얘기했었지? 네 사촌형 상린이다. 왜국에 오래 있어 아직 말을 잘 못하니 형이 빨리 좋아질 수 있도록 너도 행동거지에 신경을 써주어야 할 게야. 우선, 형에게 인사 올리거라."

익린은 참으로 똘똘했다. 상린에게 절을 올리며 인사를 하는데 패기인지 뭔지 모를 과장된 말투로 소리쳤다.

"상린 형님! 아버지께 오래도록 들었사옵니다! 왜국에서 그동안 얼마나 고생이 많으셨습니까! 이 아우 익린이의 절을 받으시옵소서!"

정기룡과 권씨는 그런 모습이 어찌나 우습던지 너털웃음을 지으며 자지러졌다. 상린도 멍하니 있다가 익린의 모습이 우스웠는지, 아니면 동생을 알게 된 게 기뻤는지는 몰라도 더듬거리며 웃었다.

"헤… 헤헤…."

마침내 가족 모두가 재회했다. 그렇게 정기룡은 마음속으로 간절히 염원하던 소원 하나를 또 이룰 수 있었다.

정기룡이 잃어버린 가족을 되찾고 있던 이때 조정은 걷잡을 수 없는 격동의 세월을 보내고 있었다.

우선 이시언의 뒤를 봐주던 이산해가 세상을 떠났다. 그가 이끌던 북인은 과거 선왕 선조 시절 그의 뒤를 이어 보위에 오를 적임자로 광해군이냐, 영창대군이냐를 놓고 당쟁을 벌이다 결국 광해군을 지지하는 대북(大北)과 영창대군을 지지하는 소북(小北)으로 나뉘었다.

광해군이 즉위하자 당시 영의정 직에 있던 유영경(柳永慶)을 영수로 둔 소북은 정인홍(鄭仁弘)과 그의 제자 이이첨을 중심으로 한 대북의 정치적 공격을 면치 못하고 박살이 나 버렸다. 유영경은 결국 유배를 가는 것으로 모자라 자결을 명받고 죽은 뒤에도 부관참시를 당하는 비참한 최후를 맞이했다. 이 일로 이이첨은 정운공신(定運功臣)에 녹훈되면서 서서히 자신의 권력을 공고히 하게 되었다.

득여(得輿) 이이첨(李爾瞻). 그의 가문도 일찍이 연산군 즉위 시절 일어난 갑자사화를 계기로 멸문되다시피 해서 편모 슬하에서 어렵게 자랐고, 조상이 지은 죄 때문에 그는 과거에서 번번이 낙방하고 힘들게 벼슬을 얻어도 파직되기 일쑤였다. 그렇게 고난을 겪다가 왜란 때 종9품 능참봉(陵參奉)이라는 말단 관직에 있으면서 불타는 봉선사 내에 봉안되어 있던 세조의 영정을 지켜낸 공을 인정받아 주목을 받게 되었다. 전란이 끝난 이후에는 정인홍의 사사를 받게 되면서 대북의 핵심 인물로 떠오르게 되었고 시강원 사서로 재직하면서 당시 세자였던 광해군과도 이해를 같이하는 관계를 맺었으니 참으로 새옹지마(塞翁之馬)요, 입지전적(立志傳的)이라 아니 할 수 없었다. 그는 광해군과 자신의 입지를 공고히 하고자 임금 대신 본인이 칼을 쥐고 휘둘렀다.

첫 번째 희생양은 선왕 선조의 서장자이자 광해군의 형인 임해군(臨海君)이었다. 그는 왕자였음에도 불구하고 워낙 행실이 부도덕하여 선조 시절부터 처벌에 대한 상소가 끊이지 않았고 광해군과도 사이가 좋지 못했다. 이에 이이첨은 그에게 역모 혐의를 씌워 유배를 보냈다.

이어 광해군의 조카인 진릉군(晉陵君), 진산군, 진천군도 마찬가지 방법으로 제거하기에 이르렀다. 물론 명분은 전란으로 인해 그 위세를 잃은 임금의 권위를 강화한다는 것이었지만 그 형국 자체는 누가 봐도 그가 광해군에게서 칼을 빼앗아 대신 휘두르는 것처럼 보였다. 그의 칼바람은 멈출 줄을 몰랐다. 봉산옥사와 계축옥사를 통해 연이어 대북에 걸림돌이 될 만한 정적들은 죽음을 맞이해야만 했다.

설상가상으로 선조의 막내아들이었던 영창대군(永昌大君) 이의(李璜) 역시 신하들의 만류에도 불구하고 계축옥사에 연루되어 불과 아홉 살의 나이로 유배지에 보내졌다. 아무것도 모르는 어린아이는 좁디좁은 방에서 홀로 밤을 보냈다. 그런데 방바닥이 서서히 따뜻해지다 못해 데일 정도로 몹시 뜨거워지기 시작했다. 놀란 그는 일어나 문을 열려고 애써 봤지만 이미 문은 굳게 잠겨 있었다. 방바닥이 발을 디딜 수도 없이 뜨거워지고 방바닥에서는 어느새 연기가 피어올라 방을 채우고 있었다. 이의는 문지방에 까치발을 한 채 통곡과 공포로 가득한 비명을 질렀다.

"어마마마! 아무도 없습니까! 살려주십시오! 너무 뜨겁습니다! 제발 저 좀 살려주십시오! 어마마마!"

그렇게 며칠 동안 아이의 울부짖음이 끊지 않다가 넘어지는 소리가 들리더니 이내 울부짖음을 멈추었다. 방을 열어보자 참혹함이 이루 말할 수 없었다. 아이의 시신은 사방이 벌겋게 데인 자국으로 얼룩져 있었고 반쯤 뜬 채 뒤집혀 흰자위만 보이고 생명을 다한 눈에는 자신의 죽음에 대한 원통함과 두려움이 아직도 어려 있는 듯 보였다. 아홉 살 아이가 겪기에는 너무도 비참한 죽음이었다. 그리고 그 죽음 뒤에는 이 나라의 왕과 이이첨이 있음은 자명한 것이었다.

당시 영의정 이덕형(李德馨)은 그의 무고를 주장했지만 그는 이미 광해군의 눈 밖에 나 있었던 터라 진노를 피하지 못하고 삭탈관직 되었다. 그리고 얼마 후 그는 고향집에서 상심을 이기지 못하고 애를 끊다가 세상을 떠났다. 그와 절친한 사이였던 서인의 영수 이항복은 이 소식을 듣자마자 버선발로 달려가 그의 차디차게 식은 몸을 손수 염습해 주면서 회한의 통곡을 했다.

"한음(漢陰, 이덕형의 호). 이 무정한 세월에 어찌 그런 말을 전하게 올려 오늘의 화를 초래하였는가···. 내 자네와 몇십 해 동안 우애를 나누었으나 그때 이리 될 것을 알고 자네 말을 차마 따를 수 없었네. 내가 죄인일세···. 내 자네를 벗으로서 지켜주지 못하였네···. 부디 구천에서 이 못난 나를 용서해 주게···."

그렇게 이항복은 전란을 함께했던 옛 벗을 무기력하게 떠나보낼 수밖에 없었다. 상실감이 너무 컸는지 이덕형의 장례를 치르고 얼마 되지 않아 그도 몸져누웠다. 서인의 영수였던 그가 병을 얻었다는 소식을 듣고 제자들이 앞다투어 그에게 문안을 드리러 갔다. 최민도 서둘러 스승의 안부를 살피기 위해 그의 집을 들렀다. 이항복은 그를 보자 일어나려 했지만 몸을 움직일 수 없어 그에게 미안함을 표명했다.

"중연, 내 몸을 일으킬 수 없어 이렇게 누워 있을 수밖에 없는 점 이해해 주시게."

"아닙니다, 스승님. 한음 대감께서 떠나셨는데 얼마나 상실감이 크시겠습니까. 소인도 이해하고 있으니 심려치 마시고 심신을 돌보소서."

이항복은 최민을 보자 과거 정기룡이 조정에서 이시언의 모함을 받았을 때 그를 구명하기 위해 봤던 이시언의 장계가 생각났다. 그도 이제는 친구의 죽음을 계기로 큰 결심을 했는지 그 글의 내용을 떠올렸다.

"중연 자네 아직도 그 이시언의 장계, 가지고 있지?"

"그렇습니다."

"자네가 그에게 어떤 원한이 있는지는 모르겠지만 어쩌면 그 문서가 자네 벗을 살림과 동시에 이 나라 조정을 쥐고 뒤흔들고 있는 대북과 그의 사이를 벌려놓아 그의 앞길을 막을 수 있을지도 모르겠네. 자네,

그 생각으로 그걸 그리도 깊이 간직하고 있는 게 아닌가?"

최민은 자신의 속내를 이미 알고 있는 스승님의 식견에 감탄해 머리를 조아렸다. 하지만 그 일을 실행에 옮기는 것을 허락해 줄지는 모르는 일이었다.

"이시언은 지금 판서직을 원하는 것 같습니다. 저도 그 점이 심히 우려가 되어 그 장계를 어떻게 사용할지 고민하고 있었습니다. 허나 이 자리에서 스승님이 이행치 말라 하시면 제자 된 도리를 지키기 위해서라도 그리하겠습니다."

그러나 이항복은 뭔가 결심을 굳힌 듯했다.

"아닐세. 음… 그래, 내암(來菴, 정인홍의 호) 대감이 좋겠군. 그는 성품이 고지식하여 조정에서 친분이 있는 자가 별로 없어 전하의 부름에도 응하지 않고 초야에 있다 하지. 그러면서 자네도 알다시피 그 제자가 그의 이름을 팔아 지금의 칼부림을 멈추지 않고 있네. 어쩌면 그 사제 사이를 흔들 수도 있을 것 같군…."

"참으로 스승님다운 혜안이십니다. 허면 소인 스승님 말씀대로 그리하겠습니다."

"자네와 매헌의 사이가 마치 한음과 나의 사이 같아서 허락한 것이네…. 그럼 묻겠네. 자네, 이시언에게 무슨 원한이 있는 겐가? 이제는 말해 줄 수도 있지 않은가?"

최민은 더 이상 스승을 속일 수 없었다. 사실대로 고하자 이항복은 크게 기침을 했다. 그는 자신이 실언을 하지 않았나 하는 우려에 서둘러 사죄했다.

"죄송합니다. 제가 스승님을 더 위중케 한 것 같습니다."

"허허, 아니야. 아닐세. 그런데 그런 연유가 있었다니…. 그래도 이유를 알았으니 내 이제는 어떻게 자네를 더 말리려 하겠는가. 그저 이 늙은이는 떠난 벗을 다시 만날 날만 기다릴 수 있을 것 같네."

"스승님의 은덕에 감사드립니다. 그리고 그런 불경한 말씀은 하지 마십시오. 부디 하루빨리 쾌차하시길 빌겠습니다."

최민은 이항복에게 감사의 인사를 올리고는 자리를 떠났다. 이항복은 홀로 누운 채 나라의 앞날을 걱정했다.

"이 나라는 어찌 흐를꼬…. 한 치 앞을 내다볼 수 없으니 마치 그믐달 아래 밤길처럼 어둡구나…."

다음날 최민은 정기룡을 찾아갔다. 그는 갑작스러운 벗의 방문에 의관 매무새를 고치고 최민을 마주했다. 헌데 최민의 표정이 뭔가 심상치 않게 어두웠다.

"그래 중연. 어인 일로 왔는가?"

그는 씁쓸한 표정으로 정기룡을 바라보았다.

"매헌. 몸은 좀 어떤가? 안색이 많이 안 좋아 보이네만."

"가끔씩 머리가 좀 아프고 뭘 먹어도 입맛이 없네. 손가락도 점점 저리는 듯하고…. 아무튼 예전 같지는 않네."

"큰일이구만. 내 의원에게 부탁해서 탕약을 좀 가져왔으니 다려 드시게. 통증을 가라앉히는 데에는 도움이 될 것이네."

정기룡은 아까부터 최민의 표정이 몹시 신경 쓰였다. 그가 손에 들고 온 목판이 뭔가 있는 듯 보였다.

"헌데 자네, 손에 들고 있는 그건 뭔가?"

최민은 잠시 고개를 숙이고 머뭇거리다가 눈을 부릅떴다. 뭔가를 결심한 듯한 그의 표정에서는 살기가 느껴졌다. 친구의 이런 모습에 정기룡은 속으로 놀랐지만 '뭔가 있구나' 하는 심정으로 그가 본론을 꺼내기만을 기다렸다.

최민은 목판을 탁자 위에 올려놓았다. 그것은 이몽학의 난 때 이시언이 임금에게 올렸던 장계였다. 갈기갈기 찢어진 종이를 목판에 붙여서 보관하고 있던 것이었다. 거기에는 여러 의병장을 모함하고 처단해야 된다는 내용이 적혀 있었다.

기억이 났다.

그때 스승님인 박인서도 모함을 받아 구금되었고 고신을 이기지 못해 결국 돌아가셨다. 내용을 보자 정기룡도 이시언에 대한 분노가 치밀어 올랐다. 최민은 계속 말을 이어나갔다.

"이걸 덕원(德遠, 정인홍의 자) 대감께 보여줄 것이네. 매헌, 자네도 알다시피 영상도 이때 화를 당할 뻔했었지. 이것만 있으면 이시언이 대북의 비호를 받아 판서직에 오르는 일도 더 이상 없을 것이네. 자네도 알다시피 그는 무인 생활을 벗어나 판서직을 따내려고 발버둥을 치고 있지."

"이것 때문에 스승님께서 돌아가셨군…. 나쁜 자식…."

정기룡은 그런데 이걸 왜 최민이 가지고 있는 것일까 궁금해졌다.

"자네, 그런데 이시언에게 무슨 원한이 있어서 이걸 이렇게 보관하고 있었던 것인가? 내가 물어도 되겠는가?"

최민은 분노에 찬 표정으로 겨우 말을 이었다.

"자네 무예 스승…. 인(仁) 자, 서(書) 자 되시는 분. 실은… 내… 친부(親父)였다네."

정기룡은 최민의 얘기에 너무 놀라 당황했다.

"자네, 그게 무슨 말인가? 스승님이 자네 친부라니!"

최민은 그제야 자신이 숨겨온 사실을 술술 털어놓았다.

최참판은 아들이 병으로 죽은 까닭에 후사가 없었다. 그때 관직을 잃은 박인서를 그가 거두어 자신을 경호할 수 있도록 해주었고 거기까지는 정기룡도 알고 있었다. 그러나 박인서는 파직된 일 때문에 자신의 어린 아들의 앞길에 해가 될까 봐 염려했었고 최참판은 박인서의 아들을 자신의 죽은 아들의 자손으로 해서 본인의 호적에 올려주었다. 그 아이가 바로 최민이었다.

즉, 최민은 최참판의 양손(養孫)이었던 것이다. 얘기를 하자 최민의 눈이 슬픔과 분노로 붉게 물들었다. 자신의 친부를 죽인 자는 임금이었지만 그렇게 되도록 모함한 자가 바로 이시언이었기 때문이었다. 놀라운 사실이었다. 최민의 친부가 스승님이었다니. 정기룡이 놀라는 기색을 보이자 그는 그제야 자신의 포부를 밝혔다.

"이제 알겠는가? 이시언 그자는 내게 있어 친부를 돌아가시게 한 불구대천의 원수라네. 비록 아버지를 돌아가시게 만든 건 선왕이시나 그렇게 되도록 모함을 한 건 바로 그자일세. 놈이 파멸을 맞을 수 있다면 나는 그게 어떤 것이라도 불사할 것이네. 물론 자네의 스승님이 내 친부이기에 자네도 그자를 용서할 수 없음을 알고 있네. 허면, 의병장이었던 덕원 대감이 이걸 보고도 이시언 그자를 계속 감싸고 돌 수 있을까?"

정기룡도 고개를 끄덕였다. 스승님의 원수이자 옛 벗의 원수를 절대로 내버려 둘 수 없다는 생각이었다. 정기룡은 목판 귀퉁이를 손으로 쥐고 들어올리고는 최민을 바라보았다.

"이거, 내가 하겠네."

최민은 눈을 크게 뜨며 정색했다.

"아니 되네. 자네는 그저 지금처럼 청렴한 무관으로 계속 살아가게. 이런 사사로운 일을 자네한테 맡길 수는 없네. 내가 하겠네. 게다가 자네는 지금 몸도 성치 않지 않은가?"

정기룡은 다른 손을 뻗어 최민을 제지했다.

"예전에 내 형님께서 가셨을 때 자네가 내게 얼마나 큰 은덕을 베풀었는가. 또 내가 군량미 문제를 겪고 있을 때 자네가 나서서 해결해 주지 않았는가. 게다가 이게 어디 남의 일인가? 내 스승님의 일일세. 비록 작은 일이긴 하나 이런 것만이라도 내가 하고 싶네. 부탁이네."

최민도 더는 정기룡을 말리지 못했다. 대신 그의 손을 맞잡고 복수의 맹세를 했다.

"그럼 같이 덕원 대감께 가세."

광해군이 보위에 오르면서 북인, 특히 대북은 조정의 핵심 세력으로 떠올랐다. 하지만 이산해가 광해군 즉위 초에 세상을 뜨면서 대북의 주도권은 이이첨이 틀어쥐게 되었다. 그리고 그 뒤에는 그의 스승인 덕원 정인홍이 있었다.

그는 성품이 대쪽 같고 다혈질인 까닭에 조정 내에 많은 정적이 있었지만 이산해와 뜻을 같이하여 숙적인 류성룡을 조정에서 내쫓는 데 성공했다. 게다가 제자인 이이첨이 워낙 정치적으로 유능하여 대북이 지배하는 판을 잘 깔아놓은 덕분에 비록 벼슬은 없었지만 조선 내에서 그의 기세는 나는 새도 떨어뜨릴 정도였다. 하지만 그의 성품 탓에 주변에 적이 많다는 것을 알고 있어서 관직을 한사코 마다하고 있었다. 그런 그에게 어인 일로 정기룡이 찾아온 것일까.

"상호군 정기룡이 덕원 대감을 뵙습니다."

정인홍은 그가 무슨 일로 자신을 보자고 했는지 궁금해졌다.

"아, 정장군. 요즘 몸이 좋지 않다 들었는데 불철주야 고생이 많으십니다. 헌데 어찌 이런 야심한 시간에 나를 찾아오셨소이까?"

역시나 정인홍을 보니 경계하는 눈치였다. 비록 이산해가 세상을 떠난 지 수년이 흘렀지만 이시언은 여전히 대북의 비호를 받고 있었고 정기룡이 그런 그와 사이가 좋지 않다는 사실은 병조와 관련된 쪽의 일을 하는 대신들은 대부분 알고 있었다. 그리고 정인홍은 그런 이시언을 비호하는 대북 세력의 핵심이었다. 한마디로 정기룡은 호랑이 굴에 제 발로 걸어 들어온 셈이었다. 그럼에도 그의 눈은 흔들림이 없었다.

"대감께서는 일전에 있었던 이몽학의 난을 기억하실 것입니다."

정인홍도 그때를 생각하니 아득하게나마 옛날 생각이 났다. 그때 정인홍도 의병장 신분이었기 때문에 선조의 표적수사의 대상이 되었었고 목숨이 달아날 판이었다. 하지만 무슨 연유인지는 몰라도 그는 화를 면할 수 있었다. 그러기에 지금 이 자리에 있는 것이 아닌가. 정인홍은 왜 정기룡이 그때의 이야기를 꺼냈는지 계속 들어보기로 했다.

"기억하오. 그때 나도 목이 달아날 뻔했지. 헌데 그 얘기는 왜 지금에 와서 언급하시는 거요?"

"대감께서 그때 그 마음을 혹시 잊으셨는가 해서 상기시켜 드리고자 말씀드리는 것입니다."

정인홍은 정기룡의 이 말이 괘씸하게 느껴졌는지 불편한 기색을 보이며 그에게 일갈을 했다.

"정장군, 어찌 그리 말씀을 하시는 겝니까?"

정기룡은 정인홍의 이런 점을 놓치지 않았다. 마치 왜란 때 왜군들을 상대할 때처럼 적이 흔들리는 기색을 보이면 그 약점을 포착하여 달려드는 기세는 여전히 남아 있었다.

"허면 김덕령 장군께서 억울하게 죽음을 당한 것을 벌써 잊으신 것입니까? 덕원 대감께서도 한때는 의병장으로 왜군에 맞서 싸우셨잖습니까? 헌데 어째서 대감을 비롯한 대북인은 전 함경순변사 이시언을 판서직에 올리려고 하는 것입니까?"

하지만 정인홍도 역시나 만만찮았다. 그는 현재 유학자의 신분이었지만 그도 역시 한때는 나라를 지키기 위해 칼자루를 쥐었던 자가 아니겠는가. 뼛속 깊이 무골의 기질이 남아 있어선지 이 언쟁에서 지고 싶어 하지 않았다.

"장군께서 그와 사이가 좋지 않음에 대해서는 내 그에게 들어 아는 바가 있소. 허면, 그를 내 앞에서 모함하려 드는 것이오? 장군, 그렇게 안 봤는데 말이지…."

"모함이 아니라 그저 사실을 고하고자 할 따름입니다."

정기룡은 최민에게서 받은 목판을 정인홍에게 보여주었다. 정인홍은 당황한 표정으로 목판에 있는 내용을 읽어 내려갔다.

'신 이시언 주상전하께 보고 드리옵나이다. 한현과 이몽학이 의병을 모집한다는 핑계로 반군을 조직하여 홍산현과 청양, 정산 등 총 6개 고을에서 왜군처럼 학살과 약탈을 일삼고 있다 하옵니다. 또한 항복한 자들은 물론 전하와 조정에 등을 돌린 피난민들을 상대로 왜란을 막지 못한 책임을 감히 전하와 조정에 물어 전하를 폐위하고 새로운 임금을 내세우겠다는 격문을 각지에 퍼뜨리고 있다고 들었습니다.

거기에는 곽재우, 김덕령, 정인홍, 홍계남, 박인서 등의 의병장들은 물론 병판 이덕형도 자신들과 뜻을 함께하고 있다 하옵니다. 특히 곽재우와 김덕령은 그 위세가 결코 무시할 수 없는 수준에 이르렀으며 이덕형은 조정에서 전하를 모셔야 하는 본분을 망각하고 이 일에 가담하였으니 이 어찌 통탄하지 않을 수가 있겠습니까.

신은 진작부터 의병이라는 사조직들이 나라를 지키기 위해 모였다는 점을 이용해서 자신들의 군세를 늘리고 전하의 어명을 무시하는 독자적인 행동을 일삼으며 훗날 이런 역모를 도모할 것을 미리 예견해 그들을 주시하고 있었나이다. 결국 이런 일이 터졌으니 신은 이 나라 장수 된 자의 도리를 따르고자 휘하 군사를 이끌고 이들을 토벌해서 주상전하의 안위를 위해 목숨 바쳐 지키겠나이다. 사정이 몹시도 다급하여 진군을 먼저 하고 이를 늦게나마 보고 드리오니 전하께서 윤허하여 주시옵소서.

또한 격문에 이름이 올라와 있는 자들도 이몽학과 연루되어 전하께 잠재적 위협이 될 수 있다고 여겨지는바, 부디 이들을 잡아들이시고 진위 여부를 확인하시어 역모 확산의 여지를 사전에 막으시옵소서.'

정인홍의 동공이 크게 흔들렸다. 그의 눈은 배신감과 분노로 가득 찼고 이내 울분을 터뜨렸다.

"이 쳐 죽일 놈이…! 나도 모자라 감히 내 벗이나 다름없는 망우당(忘憂堂, 곽재우의 호)과 경수(景樹, 김덕령의 호)를 모함해! 이 장계가 이시언이 선왕전하께 올린 장계가 정녕 맞소이까! 헌데, 이걸 누가 가지고 있었던 것이오?"

정기룡은 최민을 들어오도록 했다.

"형조참의 최민이 대감을 뵙습니다."

"참의, 말해 보시오. 어떻게 이걸 갖고 있었소?"

최민은 담담하게 말을 이어갔다.

"선왕전하께서 이 장계를 보고 몹시 진노하시어 그 자리에서 보자마자 찢으셨을 때 제가 거두었습니다."

정인홍은 역시나 성품이 불같다는 세간의 말대로 길길이 날뛰었다. 정기룡과 최민이 그의 마음에 불을 지르는 데에 성공한 것이다.

그는 격분한 나머지 곧바로 사람을 시켜 제자인 이이첨을 불렀다. 이이첨은 자신의 입신양명을 가져다준 스승을 거역할 수 없어 소식을 듣자마자 급하게 그에게로 달려갔다. 가서 보니 그는 몹시나 분노하는 표정을 짓고 있었다. 이이첨은 일단 어떻게 된 일인지 알아보고자 했다.

"어인 일이십니까?"

"부원군, 이것 좀 보시게. 이시언이 감히 선왕전하께 나를 모함했었다네."

정인홍은 최민으로부터 받은 목판을 이이첨에게 건네주었다. 그도 내용을 찬찬히 읽어보더니 인상을 찌푸렸다.

"스승님과 돌아가신 아계 대감이 친분이 있으셨는데도 불구하고 그분만 믿고 이런 일을 꾸몄었다니… 참으로 어이가 없군요. 제가 직접 그를 만나 문책을 해보겠습니다."

정인홍은 아직도 화가 가시지 않은 듯 소리를 고래고래 질러댔다.

"문책이고 뭐고 할 필요가 뭐가 있는가? 이렇게 그가 직접 쓴 증거가 있는데? 더 볼 것도 없어. 관송(觀松, 이이첨의 호) 자네가 알아서 처리하게."

"알겠습니다."

이후 얼마 되지 않아 이이첨은 이시언에게 독대를 하자는 서찰을 보냈다. 마침 그는 자신이 거느리는 부대를 이괄에게 맡겨 북방을 감시토록 하고 자신은 초야에서 지내면서 판서 임용을 기다리고 있었는데 이이첨의 서찰을 받고는 이내 그의 집에 당도했다. 검은 철릭 차림이 무관 때와 다름없이 여전했다.

"무탈하셨습니까, 부원군 대감."

"예, 장군도 강녕하시었소? 앉으시지요."

이이첨은 술상을 내오라고 한 뒤 목판을 꺼냈다. 이시언은 자신의 눈을 의심했다. 그것은 자신이 과거 이몽학의 난을 선조에게 보고할 때 올렸던 장계였다. 그가 놀라는 눈치를 보이자 이이첨은 그를 째려보면서 문초하기 시작했다.

"이거 장군께서 쓰신 게 맞지요?"

이시언은 자신이 쓴 글씨를 보자 심장이 그 어느 때보다 격하게 뛰었지만 마음속으로 진정하려고 숨을 가다듬으면서 천천히 대답했다.

"그, 그렇소만."

이이첨은 계속 말을 이어갔다.

"거두절미하고 장군께 묻겠소이다. 어찌하여 제 스승이신 덕원 선생의 함자를 이 장계에 적으신 겝니까?"

이시언도 숨을 가다듬자 여유가 생겼는지 살짝 웃으며 변명을 늘어놓았다.

"과거 이몽학과 한현이 여러 의병장의 이름을 팔아 세를 불리려 한 것은 기억하시지요? 운이 나쁘게도 그때 덕원 대감도 포함되어 있다는 보고를 받았소. 허나 보고를 올렸던 장시중이라는 자가 참군이나 되면서 하필 탈영을 하여 순왜가 되려는 기별을 보이자 소장, 군기를 어지럽히는 그자의 목을 베어 군의 기치를 드높이려 하였소. 어찌 제가 덕원 대감의 충의를 역모로 꾸미어 모함하려 하였겠소? 오히려 이몽학과 한현이 덕원 대감을 모함하려 한 것이외다."

그의 변명을 듣자 이이첨도 그가 순순히 이실직고하지는 않을 것이라고 예상을 한 듯 고개를 끄덕이며 되물었다.

"그러합니까…. 보고받은 대로 장계를 선왕전하께 올리셨다 이 말씀이시군요. 헌데 그런 장계는 신중하게 올리셨어야 맞지 않습니까? 모든 정황을 파악하고 증거를 확충한 뒤 올리셨어야지요. 혹시 의병들에게 사적인 감정을 품고 벌이신 일이 아닙니까?"

"이것 보시오, 부원군. 역도들이 선왕전하를 억지로 폐위하려 드니 촌각을 다투는 시급한 마당에 그럴 시간이 있었다 여기십니까? 게다가 그 부분에 대해서는 앞에서 말씀드렸듯이 보고를 올린 자에게 책임을 물으려 했으나 그자가 순왜의 기척이 보여 목을 베어 효수했다고 말씀드렸을 텐데요."

"어쨌거나 장군께서 하신 일은 나라를 위해 목숨을 바치고자 일어난 의병들을 해하려 함이 명백하다 여겨집니다. 게다가 장군께서는 일전에 기방에서 나와 백주에 칼부림을 벌여 사람 하나를 죽인 일이 있었지요? 그 일 때문에 아직도 장군이 판서직에 맞는 사람인지 운운하는 자들이 상당히 많소. 하여, 장군의 판서 임용 이야기는 없던 걸로 하는 것이 좋겠다 싶습니다."

그가 단호하게 굴자 이시언은 짧게 한숨을 한 번 내쉬고는 재차 제안을 해보았다.

"좋소. 내 전란 때 대명국 경리 양호 장군으로부터 군량 공급 및 자재 확보를 위해 받던 은전 500냥이 있는데 그 정도면 어떻소이까?"

이이첨은 이시언의 얘기를 듣자 벌떡 일어나며 일갈했다.

"이보시오, 장군! 이 이이첨을 뭘로 보고 그런 얘기를 하시는 거요! 내가 고작 뇌물이나 받고 죄를 덮어주는 그런 탐관오리로 보이시는 것이오! 안 되겠소. 내 전하께 장군의 됨됨이를 낱낱이 고하여 장군의 악행에 대한 대가를 치르게 할 것이니 그리 아시오!"

"하는 수 없지…."

순간 이시언의 눈이 섬뜩한 살기를 띠었다. 그는 일말의 망설임도 없이 갑자기 칼을 꺼내 칼끝을 이이첨의 목에 겨누었다. 그가 조금만 더 앞에 있었어도 그의 목은 베어질 찰나였다. 이이첨은 휘둥그레진 눈으로 이시언을 바라보며 영문을 물었다. 아까의 일갈과는 달리 다소 떨리는 목소리였다.

"이… 이 무슨 짓이오, 장군! 경거망동을 삼가시오!"

이시언의 칼은 미동도 없이 이이첨의 목을 정확히 겨눈 채 달빛을 받아 서슬 푸르게 번쩍였다. 그는 이이첨이 아까와는 억양이 달라지자 이왕 이렇게 된 거, 좀 더 세게 몰아붙이기로 마음먹었다.

"부원군. 당신 말이 맞소. 나는 왜군들부터 시작해서 반역자들, 그리고 당신이 말한 저잣거리의 그 미친놈까지 내 앞길을 막으면 거리낌없이 무조건 베어댔지. 지금은 내가 이끌던 정예 부대를 이괄에게 맡겼지만 그들 중에는 항왜도 있어. 그자들 중에 고관직 암살에 능한 자가 있거든. 내 명령 하나면 너는 물론이거니와 네 가족들, 식솔들, 그리고 네 스승 덕원까지 쥐도 새도 모르게 죽여버릴 수 있어. 물론 나도 문책을 받을 수도, 처벌을 받을 수도 있겠지만 내가 판서직을 따내지 못하면 어차피 이 이시언, 죽은 목숨이야.

게다가 덕원은 사람됨이 옹졸하고 경망스러워 조정에 적이 아주 많지. 자네도 그와 아계 대감의 권세에 기대어 입신양명해 부원군에 봉해졌지만 자네 역시 자네 스승인 덕원을 탐탁잖게 생각하는 거, 나도 알고 있어. 좋은 게 좋은 거 아니겠나? 이봐, 관송. 가까스로 잡은 기회를 목숨을 버림으로써 이리 허망하게 놓칠 텐가?"

이이첨은 목에 칼이 들어오자 선택의 여지가 없었다. 게다가 정인홍이 본인의 행실 때문에 대사헌에서 물러나 초야에 묻혀 지내는 것도 사실이었고 그도 어떻게 보면 이시언의 말대로 스승의 굴레에서 벗어나고픈 생각도 있었다. 이이첨은 결국 아까의 기세와는 달리 목에 들어온 칼날 앞에 굴복할 수밖에 없었다.

"벼… 병판은 일전의 일 때문에 어렵겠으나… 고, 공판(工判)[81] 정도는… 가능하다 여겨지외다…."

"뭐? 공판? 이거 보시오, 부원군. 공판은 모든 판서 중 가장 낮은 서열이 아닌가? 비변사 회의에도 참여할 수 없는 그런 시답잖은 자리를 내가 원할 거라 보는가? 칼이 목에 들어온 마당에 농이 좀 심하구만."

이이첨은 이시언의 기세에 눌려 더욱 조심스러운 기색으로 그를 달랠 수밖에 없었다.

"장군께서도 잘 아시겠지만… 지금 주상전하께서는 왜군들과 폭도들로 인해 소실된 궁을 재건하여 임금으로서의 기치를 드높이고자 큰 규모의 토목공사에 유념하고 계시오. 그러기에 아마 장군께서… 공판직에 오르시면 그로 인해서 얻으실 것이 많을 것이오. 그리고 장군이 그 자리에서 물러나시면 소인이 전하께 고하여 장군을 부원군에 책봉

---

81) 공조판서. 건축, 토목, 도기, 병장기 제조 등을 관할하며 정2품 판서직 의전서열에서도
   이-호-예-병-형-공 순으로 6조 중 가장 경시되었다.

될 수 있도록 하겠소. 소인이 할 수 있는 일은… 여, 여기까지요. 더 이상은 무리외다….”

이시언은 그제야 칼날을 거두어 칼집에 넣었다. 아주 만족스럽지는 않았지만 그래도 광해군이 궁궐 등을 재건하는 작업을 매우 중히 여기고 있다는 것 정도는 그도 알고 있었다. 게다가 재건을 위한 비용을 마련하기 위해 조세를 걷는 일도 그가 도모할 것이기 때문에 그로 인해 얻는 이익도 적지 않을 것이라는 판단이 들었다. 그는 이쯤에서 만족해야만 했다.

“좋아, 그리하지. 부디 약조를 지키시길 바라겠소. 소장, 기다리고 있겠소.”

그로부터 얼마 후, 이시언은 공조판서에 임명되었다. 하지만 이이첨도 당대 최고의 세도가답게 그의 협박에 마냥 무력하게만 끌려다닐 리만무했다. 그는 재야에 머물러 있던 스승 정인홍을 재차 천거하여 일인지하 만인지상(一人之下萬人之上)[82] 인 영의정직에 올렸다. 그리고 그 두 사람은 입을 모아 정기룡을 천거하여 무장 최고위직인 삼도수군통제사에 명하고 경상우수군절도사를 겸직할 것을 광해군에게 청하니 이로써 정기룡은 비로소 15대 통제사 직에 오르게 되었다.

비록 최민과 정기룡 모두 이시언이 판서 자리에 오른 것을 탐탁잖게 생각할 수밖에 없었지만 그래도 무관으로서 가장 높은 자리에 오른 것으로 만족해야 했다. 이에는 광해군이 왜란을 겪어서 아직도 왜국을 경계하는 이유가 컸고 게다가 이제 왜란을 경험한 장수들 중 남아 있는 자들이 얼마 없었기 때문이었다.

---

82) 한 사람을 모시고 밑으로는 여러 사람을 거느린다는 뜻, 즉, 영의정을 말한다.

이리하여 조선의 군은 젊은 나이에도 출중한 무용으로 칭송받던 이괄(李适)이 함경도 병마절도사에 오르면서 북방을 맡게 되고 5도 도원수로는 강홍립(姜弘立)이, 남방 3도는 정기룡이 맡는 것으로 체계는 잡혀갔다.

이들 중 강홍립은 명의 요청으로 전부터 심상찮은 기미를 보였던 여진족이 노이합적(努爾哈赤)[83] 휘하로 규합되어 후금(後金)을 건국하고 명과 전쟁을 벌이자 원군으로 참여했으나 후금군의 기세에 눌려 항복하고 포로로 잡힌다.

후금이 강성해지자 조정은 잡음이 끊이지 않았다. 이들과 화친을 맺자고 주장하는 자들도 있었으나 대다수의 대신들은 이를 반대하였다. 어찌 아버지 국가인 명나라를 버리고 오랑캐로 여겨왔던 여진의 국가와 친교를 맺는다는 말인가 하는 논지였다. 이로 인해 조정은 바람 잘 날이 없었다.

민생은 전란 때보다도 더욱 나빠졌다. 파천을 두 번이나 함으로써 백성들에게서 신망을 잃은 선왕인 선조 때 바닥에 떨어진 왕권을 강화하고자 광해군은 궁궐을 재건하는 공사에 주력했다. 문제는 그게 병적이라 여길 정도로 너무 과도했다는 데 있었다.

이 때문에 국고가 바닥을 드러내자 포목과 세금을 마구 거둬들였다. 민생은 극도로 피폐해지고 여기저기서 굶어죽는 사람들이 속출하였다. 사람이 사람을 잡아먹는다는 흉흉한 소문이 여기저기서 들려왔다.

게다가 한동안 잠잠했던 왕실의 피바람이 또다시 불거졌다. 광해군

---

83) 누르하치. 후금[청] 태조.

은 전란을 겪으면서 그의 아버지에게서 물려받은 병이 있었으니 바로 자신의 불안한 입지에서 비롯된 의심병이었다.

그로 인해 또 희생자가 생겼으니 바로 광해군의 형제이자 선조의 다섯 번째 아들 정원군(定遠君)의 아들인 능창군(綾昌君) 이전(李佺)이었다. 그는 문무에 능하여 현공자(賢公子)라고 불리었다. 하지만 익산진사 소명국(蘇明國)의 농간으로 시작된 작은 문제는 옥사라는 큰 사건으로 또다시 불거져 버렸다. 역모의 조짐이 보인다는 이유로 여러 사람이 줄줄이 끌려가 고신을 당했다. 그리고 그들이 자백하여 새로 옹립하려는 왕족이 능창군이라고 고하게 되어 광해군은 정황조차 따지지도 않고 그를 귀양 보내었다.

귀양지의 환경은 너무나도 처참했다. 집 둘레는 가시나무로 에워싸져 있었고 그는 그것으로도 모자라 항상 목에 칼을 차고 살았다. 하루에 두 끼만 먹는 밥도 석회 섞인 물로 지은 것이라 도저히 사람이 먹을 수 있는 게 아니었다. 이를 딱하게 여긴 주변 사람들이 밥을 몰래 가져다주었지만 곧 발각되어 그는 다시 회반죽 밥을 먹어야만 했다.

그는 결국 이런 참담한 생활을 견디지 못하고 열일곱이라는 젊은 나이에 자결을 하고 말았다. 아버지인 정원군 역시 가택을 빼앗기고 아들을 잃은 화병으로 얼마 못 가 세상을 뜨게 되었다. 여기에 광해군은 보란 듯이 그 집을 허물고 경희궁을 지으라는 금수나 다름없는 짓을 서슴지 않고 명했다. 또한 이로도 모자랐는지 과거 어린 나이에 죽은 영창대군의 생모인 인목대비(仁穆大妃)를 폐서인(廢庶人)[84] 해 버렸으니 참으로 왕이라는 자가 모자(母子)에게 못할 짓을 한 것이었다.

---

84) 벼슬이나 신분적인 특권을 빼앗아 서민이 되게 하는 일, 혹은 그렇게 된 사람을 일컬음.

이에 이항복은 광해군에게 반대하는 상소를 올렸으나 이로 인해 광해군의 진노를 사게 되어 귀양을 가게 되었으니 그의 나이 예순하고도 하나에 중풍까지 얻어 편치 않은 몸으로 함경도 북청으로 함박눈을 맞아가며 죽음의 여정을 떠나게 되었다. 그는 벗을 떠나보내고 세월에 대한 통한으로 궁궐을 바라보며 시구 하나를 남겼다

철령(鐵嶺) 높은 봉(峰)에 쉬어 넘는 저 구름아
고신원루(孤臣寃淚)[85]를 비 삼아 떼어다가
임 계신 구중심처(九重深處)[86]에 뿌려본들 어떠리.

서인의 영수 이항복의 실각과 대북의 전횡, 갈수록 강성해지는 후금, 연이은 궁중 공사와 그로 인해 피폐해진 민생 등 조선은 전란 때보다 더욱 혼탁하게 빛을 잃어갔다.

이시언은 공조판서에 오르자 궁을 짓는 일로 세금을 거둬가면서 백성들의 재산을 마구 가로챘다. 물론 그렇게 거둬들이는 것들이 궁을 건설하는 데 온전히 쓰이지 않았음은 당연했다. 그는 임금을 등에 업고 도적패와 다름없을 만큼 백성들을 상대로 착복을 일삼고 있었다.

그렇게 그는 자신이 원하는 바를 이루었지만 그 과정에서 일어난 이이첨과의 일 때문에 오월동주(吳越同舟)나 다름없는, 다소 불편한 관계를 유지할 수밖에 없었다. 게다가 정인홍이 잠깐이나마 영의정직을 맡게 되어 입궐했을 때 이시언이 공조판서에 임명된 것을 알게 되자 분

---

85) (임금으로부터 버림받아) 외로운 신하가 흘리는 통한의 눈물.
86) 아홉 겹으로 둘러싸인 깊은 곳, 즉 궁궐을 말함.

개하며 제자에게 따지고 들었다.

"관송, 이 어찌된 일인가! 이시언이 어째서 공판직을 맡고 있는 것인가!"

이이첨은 이를 해명하려고 갖은 애를 썼다. 자신이 문책을 해보았지만 모함을 한 것은 그가 아니라 그의 부장 중 한 명이었고 순왜 기별이 있었기에 처형을 했다라는 이유로 두 사람 사이를 중재하려 노력했다. 한창 대북의 영수 둘을 잠시나마 뒤흔들었던 그의 장계 일은 그렇게 어느 정도 유야무야 넘어갔고 이시언도 별 탈 없이 전흥부원군(全興府院君)에 책봉되었다.

하지만 그와 정인홍의 불편한 관계는 여전히 계속되었고 그 역시 미쳐 돌아가는 지금의 조정에 대해 불만이 많은 사람들이 늘어가고 있다는 것을 알 수 있었다. 자신이 잡고 있는 동아줄이 썩어가고 있는 것을 느낄 정도로 그는 무장 출신임에도 정치 감각이 탁월한 인물이었다. 그의 판단으로도 주상과 대북은 이미 민심을 잃었다. 만일 누군가가 나선다면, 그리고 성공을 한다면 자신은 현재 대북과 껄끄러운 사이임에도 불구하고 싸잡아 대가를 치를 것이 자명했다. 이시언은 일단 상황을 지켜보기로 마음먹었다.

한편, 광해군과 대북의 횡포를 못마땅하게 여기며 이항복의 문하에 있던 서인계 인사들은 틈이 나면 삼삼오오 모여 불만을 토로했다. 특히 김류(金瑬)와 신경진(申景禛)은 과거 왜란 때 탄금대 전투에서 전사한 신립과 부장 김여물의 자손이었다는 이유로 친분을 가졌다. 이들은 뜻을 함께할 사람으로 서인계에서 명망 높은 평산부사(平山府使) 이귀(李貴)를 찾아갔다. 세 사람은 현 시국의 그릇됨에 대한 불만을 토로했다.

"이이첨 저자가 전하를 등에 업고 아주 미쳐 날뛰고 있습니다. 이 나라가 이이첨의 나라인지, 전하의 나라인지 당최 알 수가 없습니다."

"게다가 민생을 돌보아도 모자랄 마당에 지금 저렇게 궁궐을 마구잡이로 지어대다니 백성들이 도탄에 빠진 형국이 전란 때보다 더하면 더했지 덜하지 않습니다."

이귀는 둘의 말을 듣고 한참을 생각하다 자신과 뜻이 맞는다고 판단했지만 일단은 상황이 상황인지라 조심스럽게 운을 떼었다.

"허면, 그대들은 어찌하여 나를 찾았는가? 이렇게 불만만 토로하려고 나를 보자고 한 건 아닐 테고 말일세."

김류는 기회가 왔다 싶어 자신의 속내를 털어놓았다.

"소인 김류, 과거 인목대비 마마 폐모에 반대 상소를 올렸으나 전하의 진노를 사 탄핵을 받았습니다. 게다가 누군가가 격문을 올려 저 또한 목이 달아날 뻔했습니다. 다행히 그 일로 교산(蛟山, 허균의 호)이 역모에 연루되어 형을 당했기에 이렇게 목숨을 부지하고 있는 것이지요. 하여 소인, 결심을 하게 되었습니다. 영감, 영감께서도 영상을 비난하는 상소를 올리셔서 파직되시지 않았습니까? 영감은 이걸 좌시하고만 계실 겁니까?"

이귀는 조금 더 그를 떠보기로 했다.

"허면, 어찌하자는 것인가? 나라를 뒤엎기라도 하자는 말인가?"

김류의 눈이 번뜩였다.

"그렇습니다, 주상을 바꿔야지요."

이귀는 잠깐 놀라는 기색을 보이다가 문을 열어 밖을 한 번 살펴본 뒤 다시 문을 닫고 헛기침을 두어 번 하고는 말을 이어갔다.

"허면, 북저(北渚, 김류의 호) 그대는 누구를 마음에 두고 있는가?"

"능창군이 역모에 연루되어 스스로 목숨을 끊었지요. 게다가 그걸로 모자라 아비 되시는 정원군도 가택을 몰수당했고 주상이 거기에 궁을 또 짓고 있습니다. 누가 가장 원통해하겠습니까?"

"당연 능창군의 형, 능양군(綾陽君)이겠지."

"그렇습니다."

신경진도 김류의 말을 거들었다.

"소장도 능양군과 사냥 등을 하면서 친분을 쌓은 덕에 그분의 의중을 파악하고 있습니다. 허나 혼자서는 거사가 불가하니 뜻을 함께할 자들을 파악하고 있습니다."

이귀도 그제야 자신의 속내를 드러냈다.

"내 아들 시백이, 시방도 같은 뜻을 가지고 있네. 허나 우리만 가지고는 안 될 것이야. 군세가 필요해."

신경진이 나섰다.

"함경병마절도사 이괄 장군의 휘하 부대가 적절할 것으로 생각됩니다. 항왜까지 있으니 그들이 나서면 관군은 상대도 안 되어 한 줌의 재로 변할 것입니다."

이들의 논의는 서인들 사이에서 암암리에 퍼져 나갔다. 최민도 스승인 이항복이 유배지로 떠났다는 소식을 듣고 개탄했는데 참으로 좋은 기회라는 생각이 들었다. 그의 생각에도 지금의 임금과 이이첨의 행각은 광인들의 그것이나 다를 바가 없었다. 게다가 최민 역시 당색이 강하게 행동하지는 않았지만 이항복의 문하에 있던 터라 그도 뜻을 함께하기로 했다. 하지만 그는 뜻밖의 소식을 들었다. 이괄의 군을 포섭한다는 계획을 듣자 다시금 생각나는 사람이 있었다. 이시언이었다.

"항왜군을 포함한 이괄의 군사는 상당수가 전흥부원군 휘하에 있던 자들입니다. 부원군이 비록 무인에서 물러나 있지만 여전히 그 군에 대한 그의 영향력은 남아 있을 것입니다. 고로 그가 필요합니다."

김류와 신경진은 이런 이야기를 듣자 최민에게 그의 견해를 물어보았다.

"허면, 부원군이 나서서 우리와 함께하실 것이라 보십니까? 대북 세력과 결탁하여 지금의 자리를 꿰차고 있는 것이 아니오? 섣불리 움직였다가 그가 대북에게 우리의 계획을 고하기라도 하면 우리는 모두 끝장날 것이오."

최민은 이미 정인홍과 이시언의 불편한 관계를 알고 있었다. 아니, 그일로 인해 대북과 이시언은 남들이 봤을 때 조용히 지낼 뿐, 이미 갈등을 빚고 있는 것까지도 파악하고 있었다. 그것을 도모한 것이 자신이었기 때문이다. 그는 자신의 생각을 계속 얘기했다.

"이미 그는 영상의 신망을 잃었습니다. 그도 우리가 먼저 접촉해 오길 바라고 있을 것입니다."

최민의 예상은 적중했다. 정인홍이 영의정에 오르면서 이시언은 자신의 장계로 인해 그와의 갈등을 빚게 되자 자신이 갈아타야 하는 배를 물색했다. 그리고 그것이 서인과 능양군이라는 정보를 지인들을 통해 입수하자 곧바로 최민을 통해 김류에게 접촉을 시도했다. 그러나 그는 최민이 돌아가신 부친에 대한 복수심을 가지고 있음을 전혀 알지 못했다. 오히려 최민은 거사 계획을 진행하는 동안 정기룡과의 접촉을 줄여가면서까지 철저히 숨기고 있었다. 이시언이 먼저 손을 내밀자 김류는 그가 그래도 과거 대북의 비호를 지속적으로 받았다는 것에 처음에는 꺼려했지만 최민의 권유로 그는 결국 김류와 능양군을 만나게 되었다.

"능양군 대감, 그간 강녕하셨습니까."

"어서 오시오. 그래, 궁궐 짓는 일은 잘되어 가시오?"

"신, 지금은 공판에서 물러나 얼마 전에 부원군에 책봉되어 잘은 모르옵니다만 그리 상황이 좋지는 않았었고 아마 지금도 그러할 것입니다. 지어야 할 궁은 많은데 자재와 세금을 걷는 일에서 난항(難航)을 겪고 있습니다. 백성들의 삶이 너무도 궁핍하여 거둬갈 것이 없으니 거두는 것이 되지 않아 공사가 지연되고 있어 주상전하께서는 이에 상심하고 계시옵니다."

참으로 뻔뻔한 소리였다. 그는 왜적이나 오랑캐와 진배없이 궁궐을 짓는 데에 필요하다는 이유로 백성들에게서 수탈을 강제로 하고 그것을 자기 재산의 일부로 착복하는 비리를 저지르고 있었다. 최민은 듣는 자리에서 주먹 쥔 손을 부들부들 떨었지만 앞날을 위해 일단은 참기로 했다.

이시언은 능청스럽게 말을 이어갔다.

"이제 왜적도 기별이 없고 임금도 바뀌었으나 백성들의 삶은 전란 때보다 더욱 가시밭길 같고 왕족이나 대신 할 것 없이 수많은 사람들이 목숨을 잃었으니 신, 참으로 이를 개탄하고 있습니다."

능양군은 그의 이러한 발언에 고개를 갸우뚱할 뿐, 별다른 말을 하지 않았다. 김류는 좀 더 그의 의중을 파보고자 심도 있는 질문을 하기로 했다.

"허면 부원군은 현재 궁을 새로이 건축하는 것에 불만이 있다는 뜻으로 소인이 그리 이해해도 되겠습니까?"

이시언은 그제야 무릎을 치며 말을 이어갔다.

"그렇습니다. 지금 신이 과거 공판으로서 토목 공사를 주상전하의 명으로 주관하고 있던 것은 사실이지만 사실 지금 실정을 보더라도 이는 민생에 비견하건대 무리한 일이라 여겨집니다. 그러기에 자금 확보에 어려움을 겪고 있는 것이 아니겠습니까? 게다가 덕원 대감께서 조정으로 와 영상직을 명받은 뒤부터는 궁에 들어서는 게 예전보다는 조금 불편하던 참입니다."

김류는 그의 발언에 눈을 크게 뜨고는 연이어 물었다.

"부원군께서는 영상은 물론, 관송과 친분이 있으신 것 아니었습니까?"

이시언은 한숨을 쉬며 고개를 숙였다.

"아직도 그리 보였었나 보군요. 과거에는 제가 타계하신 아계 대감과 친분이 있었기에 덕원 대감과도 그리하였던 것이 사실이나 어떤 일 때문에 그분께서 오해를 하셨는지 저를 보는 눈이 예전 같지는 않습니다. 헌데 여기 계신 분들 모두 아시다시피 지금 전하와 조정을 이끄는 대북인들에게 불만이 가득하지 않습니까? 그래서 이 나라를 바로잡을 방법을 고민하고 있었습니다."

최민도 그를 떠보는 데 가세했다.

"부원군 대감, 과거 대감께서 왜란 때 충청병사를 하시면서 휘하에 있던 부대는 정예군이라 할 정도로 훈련이 잘되어 있는 부대였고 거기에 덤으로 야전(野戰)에 능한 항왜가 더해졌으니 천군만마라는 말이 있을 정도로 조선 최고의 부대가 아닙니까? 비록 변방에서 후금의 움직임이 심상찮아 변방 수비를 함경순변사에게 맡겼다고는 하나 대감의 사병이나 다름없지 않습니까? 그 정도면 왜 대감께서 직접 나라를 바로잡고자 나서지 않으셨습니까?"

이시언은 웃으며 기다렸다는 듯 주저 없이 대답했다.

"제가 비록 성이 이(李)씨이기는 하나 왕족은 아니지 않습니까. 허허.

신하 된 자가 어찌 그리할 수 있답니까. 능양군 대감, 그저 신이 무거운 분위기를 환기코자 농을 부린 것이니 통촉하여 주시옵소서."

김류는 능양군을 가리켰다.

"그렇소, 여기 능양군께서 계시지 않습니까?"

이시언은 그제야 다시 한 번 엎드려 절하면서 자신의 속내를 털어놓았다.

"능양군 대감, 대감의 무사(無事)를 위해서라도 속히 대감의 심중에 있는 바를 이루셔야 대감께서 무사하실 수 있습니다!"

김류는 깜짝 놀라며 무슨 영문인지 물었다.

"무, 무슨 말씀이십니까? 무사라니요?"

"지금 주상의 만행을 보십시오. 형제인 임해군을 시작으로 해서 영창대군을 사지로 내몰고 그것으로 모자라 인목대비 마마를 폐하는, 하늘이 진노할 패륜을 저질렀습니다. 감히 말씀드리옵건대 대감의 부친이시자 주상의 형제인 정원군의 집을 빼앗아 그 위에 궁을 짓고 대감의 아우인 능창군을 돌아가시게 하지 않았습니까? 신, 그 일을 맡은 뒤로 얼마나 가슴이 아팠는지 모릅니다. 신은 알고 있습니다. 주상의 다음 표적은 능창군의 뒤를 이어 대감이 될지도 모릅니다."

능양군도 이시언이 이 정도까지 능청스럽게 나오자 그제야 고개를 끄덕였다.

"그렇다면 나에게 힘이 되어줄 수 있겠습니까?"

"그렇습니다."

최민은 조금 더 확실한 것이 필요했다.

"외람된 말씀이오나 부원군께서 그걸 어찌 약조하실 수 있습니까? 광창부원군(이이첨)이나 영상의 밀명을 받고 여기에 오신 것이 아니라고 어찌 증명할 수 있습니까?"

이시언은 고개를 끄덕였다.

"물론이죠. 이런 거사에 어찌 말만으로 신의를 보일 수 있겠습니까? 마땅히 그 정도는 보여드려야지요.

이리하시면 어떻습니까? 신의 아들 욱(煜)이를 함경병사 백규(白圭, 이괄의 호)에게 보내어 그를 보좌하여 능양군 대감의 거사를 도움은 물론 혹시나 있을 변고를 대비토록 하겠습니다. 군이라는 집단이란 게 양날을 가진 칼 같은 존재 아니겠습니까? 신도 과거 무인으로서 오랜 생활을 한지라 그 정도의 이치는 파악하고 있습니다."

최민도 올라가려는 입꼬리를 억지로 힘을 주어 내리면서 당연하다는 듯 대답했다.

"그러시겠지요."

"밤이 늦어 신은 이만 물러납니다. 부디 심신을 굳건히 하시옵소서. 만약 주상전하께서 능양군 대감을 해하려는 기별이 있다면 신이 상소를 올려서라도 막을 것이옵니다. 그럼 또 찾아뵙겠습니다, 부디 강녕하십시오."

이시언이 떠난 것을 확인하자 능양군은 최민에게 물었다.

"어떻게 생각하시오? 이시언 저자는 과연 믿을 만한 자인가요?"

"능양군 대감, 이시언은 대북 세력에게 의탁해 아첨과 부정축재로 부당한 이득을 챙기던 간신입니다. 그러다가 대북과의 관계가 악화되자 우리에게 붙으려고 접촉을 시도한 것입니다. 간악한 자이니 절대 신뢰하셔서는 안 됩니다."

김류는 이 말을 듣자 우려를 표하며 당황해했다.

"그러면 혹시 우리 계획을 영상에게 고할 수도 있는 것 아닙니까?"

최민은 고개를 저었다.

"아닙니다. 오히려 영상은 물론 광창부원군과의 관계가 악화되어 사면초가인 상황인지라 그러지는 않을 것입니다. 이 거사를 성공시키기 위해서 그가 필요한 것은 사실이오나 결코 절대적인 신뢰를 해서는 아니 됩니다. 그는 과거 왜란 때에는 여러 부장들의 공적을 가로채었고 의병들을 질시하고 모함하여 이몽학의 난 때 의병장들을 사지로 몰아넣었으며 통제사 때에는 자신이 해야 할 본분을 저버리고 유흥만을 꾀하며 진남관 건립에만 공을 들였으며 살인을 거리낌없이 행하는, 사람됨이 매우 그릇된 자입니다. 훗날 능양군 대감께서 보위에 오르셨을 때 곁에 두신다면 지금의 대북처럼 권세를 이용해 또 무슨 짓을 할지 모릅니다.

현재 후금 왕 노이합적은 우리 조선에 우호적인 태도를 취하고 있지만 과거 변방에서 노략질을 하던 여진을 이끄는 자라서 무슨 짓을 할지 예측할 수 없으니 대비를 철저히 해야 합니다. 헌데 변경을 그런 자에게 맡긴다면 이 나라의 종묘와 사직의 안녕을 도모할 수 있겠습니까? 이는 그와 친분을 유지하고 있는 함경병사 역시 마찬가지입니다."

능양군은 판단이 잘 서지 않는지 고민하는 모습이었다.

"흠…. 그렇다면 일단 전흥부원군과 함경병사가 필요는 하나 후환이 될 수 있다는 말로 내가 알아들어도 되겠소?"

"바로 그것입니다."

능양군은 재차 물었다.

"통제사 정기룡은 어떻소? 그도 무인으로서는 과거 왜란 때부터 명망이 있는 자이지 않소?"

최민은 곰곰이 생각했다. 실패할 수도 있는 이 일에 자신은 목숨을 걸었지만 그까지 끌어들이고 싶지는 않았다. 자신이 노리는 상황에 벗을 말려들게 할 수는 없었다. 그리고 정기룡의 성격상 그의 고지식함과 충심 때문에라도 이 일에 참여할 리가 만무해 보였다. 그는 자신의 견해를 능양군에게 얘기했다.

"통제사는 성품이 진정한 무인인 사람입니다. 비록 지금의 주상이 악행을 일삼는다 하더라도 목숨이 다하는 날까지 충심을 잃지 않을 것입니다. 게다가 통제사는 현재 건강이 좋지 않아 능양군 대감께는 별 도움이 안 될 것입니다."

능양군은 아쉬워했다.

"경이 그리 말하니 아쉽게 되었구려. 허면 알겠소. 다들 부원군이나 주상께서 기별을 눈치채지 못하도록 각별히 조심하시오."

"알겠습니다."

김류와 최민이 떠나자 능양군은 그제야 마음속에 눌러두었던 한탄을 했다.

"나는 참으로 부덕하구나. 곁에 이순신이나 권율, 정기룡 같은 충심 있는 명장이 없이 오로지 그런 자들만이 도울 수 있다니…. 하긴, 내 하려는 일이 아버님과 아우의 복수를 위한 것이니 그리되는 것이 당연하겠지.

무릇 충신이라면 아무리 주상이 악하다 한들 어찌 따르지 않겠는가…. 선왕전하는 어찌하여 그렇게 눈이 멀어 충신들에게 그토록 가혹하셨는가…. 참 임금이란 자리는 알다가도 모르겠구나."

능양군은 그렇게 불안한 세월을 보낼 수밖에 없었다. 자신이 하려는 일에 대한 불안함은 물론, 앞으로 벌어질 일에 대해서도 마찬가지였다. 그러나 그럴수록 그는 마음을 굳게 먹어야 했다. 구천에서 원통해하실 아버지와 아우를 위해서라도 그는 이 일을 어떻게 해서든 성공시켜야 했다. 그게 진정 그들을 위한 일이라 여겼다. 이미 그는 임금이라는 자리가 가지고 있는 무게를 감당해 내어야 했다.

나는 성웅으로 살다 가리라

나는 영웅으로 살다 가리라

한편, 정기룡은 임금의 교지를 받고 한숨을 내쉬고 있었다. 창경궁 중수(重修)[87]에 이어 경덕궁을 짓는 것으로 모자라 풍수장이의 말을 과신하여 인왕산에 인경궁을 짓기 위해 관군을 동원하라는 명이었다. 통제영에서 노년의 세월을 보내면서 연이은 공사로 인해 백성들의 궁핍함은 왜란이 지났음에도 끊이지 않았다. 왜란 당시 세자 시절에는 그토록 영민한 모습을 보이셨던 전하께서 지금은 백성들의 고혈을 쥐어짜고 있으니, 왜 하필 이런 전란의 시절로 자신의 인생이 채워졌는지 그저 암담하기만 하였다. 여기저기서 임금과 조정에 대한 불만이 끊이질 않았고 그 역시 지금의 세월이 야속하게만 느껴졌다.

최근 들어 정기룡은 눈을 감을 때마다 인수 형님을 꿈에서 찾고 있었다. 시간이 지날수록 꿈에서 형님의 뒷모습이 가까워지는 듯하였다. 정기룡은 애타게 부르짖었다.

"형님! 저 무수를 두고 어디로 가십니까! 형님."

---

87) 건축물 따위의 낡고 헌 것을 손질하며 고치는 것.

그렇게 정신을 차리고 보면 어느새 침상에서 걸어 엉뚱한 곳에 있기 일쑤였다. 어렴풋이 보이는 형님의 모습을 따라가다 정신을 차리고 보면 왜 여기 있는지 기억조차 나지 않았다. 정기룡이 이런 모습을 보였다는 사실도 그를 보좌하던 군졸 하나에게 겨우 물어서 알게 되었다. 이미 통제영의 사람들 상당수가 자신의 이상한 행동을 알고 있는데도 심기를 건드리지 않으려고 쉬쉬하는 것 같았다.

심지어 자신을 보좌하고 있는 한명련조차도 자신을 바라보는 눈빛이 예전 같지 않음을 느꼈다. 게다가 그가 숙적인 이시언과 비밀리에 회동을 한다는 소문도 들렸다. 놀라운 것은 그것을 주선한 것이 바로 최민이라는 것이다. 그가 자신을 배신할 위인이 아니라는 것은 알고 있었다. 그리고 그 일련의 일들이 그의 복수 계획과 뭔가 관계가 있다는 것도 어렴풋이나마 짐작은 할 수 있었다. 어마어마한 일이 비밀리에 꾸며지고 있는 듯했다. 하지만 그 계획에서 왠지 자신은 배제되어 있었다.

정기룡은 자기가 참으로 쓸모없는 존재처럼 느껴졌다. 모든 것을 다 내버리고 떠나고 싶었다. 조정도, 관직도, 처절하기만 하였던 무관으로서의 자신의 일생도, 그리고 백성들이 고통받는 이 무심한 세월마저도. 그럴 때마다 그는 형님이 너무나도 그리웠다. 인수 형님에게 안겨 숙부로서 하나뿐인 형의 혈육을 지키지 못한 것에 대한 죄스러움과 전란 뒤에도 끊임없이 자신을 괴롭혀왔던 조정의 칼바람, 그 다사다난한 세월의 통한에 눈물을 쏟아내고 싶었다. 그런데 그렇게 멀게만 느껴졌던 인수 형님의 뒷모습이 점점 가까워지고 있었다. 정기룡은 형님을 뵐 날이 머지않았음을 느끼고 있었다. 몸도 마음도 모두 쇠약해져 가고 있었다.

그러던 중 최민이 급하게 통제영을 찾았다.

"어인 일인가?"

그는 그 어느 때보다 진지하고 심각한 얼굴을 하고 있었다. 일단 그는 정기룡을 찬찬히 살피고 안부를 물었다.

"자네, 얼굴이 많이 안 좋아 보이네."

정기룡은 힘없는 말투로 자신의 상태를 토로했다.

"이제…, 갈 때가 된 듯싶네. 형님이 눈앞에서 갑자기 나타났다 사라지고는 하네."

최민도 예상은 하고 있었다. 그때 왜군에게 맞은 탄이 독으로 작용해서 그를 병들게 했다는 것을. 하지만 벗을 이대로 떠나보내고 싶지는 않았다. 그리고 오늘 할 얘기가 그에게 해가 될 것 같아 그는 망설이고 있었다. 하지만 정기룡은 그의 표정을 보니 중요한 것인 듯싶어 그를 다독였다.

"괜찮으니 개의치 말고 말해 보게. 지금은 다행히 제정신이라네."

최민은 겨우 입을 열었다.

"곧 이시언이 자네를 찾아올 것이네."

"어째서 그가?"

"자네 휘하의 장군 한명련을 함경병사 이괄에게 협력토록 하려고 하는 것일세. 자네도 알다시피 한장군의 무용이 자네 젊었을 때 못지않을 정도지 않나. 그걸 노리고 있는 것이지."

이괄 쪽으로 군세를 모으고 있는 이유가 무엇일까. 후금이 건립되었다고는 하나 보고를 들은 바 당장은 움직일 기세가 아니었다. 그렇다면 무언가 다른 쪽으로 쓰이는 것이 아닐까 하는 심상찮은 기별이 느껴졌다.

"지금 자네 대체 무슨 일을 꾸미고 있는 건가?"

최민은 참으로 놀랄 만한 이야기를 털어놓았다.

능양군이 서인 세력과 결탁하여 반정을 꾀하고 있고, 이시언이 대북과의 불편함 때문에 그 세력에 이괄과 함께 결탁을 도모하고 있다는 것, 그리고 최민 자신 또한 서인 측 인사로 반정에 가담했다는 것 등을 말해 주었다. 친구의 이야기에 정기룡은 눈앞이 캄캄해짐을 느꼈다. 그는 아무리 지금 이 나라에 먹구름이 드리워졌다고는 하나 어찌 아무리 그래도 지금의 임금을 폐하려 하는 것인지 도무지 이해할 수 없었다.

"아니 되네. 절대 아니 돼. 아무리 주상께서 지금 고관과 백성들에게 원성을 사고 있다 해도 어찌 감히 신하 된 자로서 그런 일을 할 수 있는가? 나는 절대 허락할 수 없어!"

최민도 그의 고지식함에 언성을 높였다.

"자네, 지금 저잣거리 나가 봤나? 백성들이 어찌 사는지 봤나? 전란 때하고 뭐가 틀려졌는가? 자네가 그토록 전장에서 분전해서 이루고자 한 세상이 겨우 이런 거였나? 지금 주상은 제정신이 아니야. 게다가 주상이 정원군과 능창군, 영창대군과 인목대비 마마께 한 짓을 보게. 그게 패륜이 아니면 무엇이라 말할 수 있겠는가? 게다가 지금 이 나라 왕이 누구인가? 전하인가? 아니면 이이첨인가? 이미 이 세상은 명을 다했네. 그게 하늘의 뜻일세."

정기룡도 이미 민생에 대해서는 알고 있었다. 게다가 무분별하게 이루어지는 궁궐 공사와 그로 인한 수탈, 속출하는 아사자 등등. 그도 더는 부정할 수 없었다. 하지만 석연찮은 부분이 있었다. 이시언이 가담을 한 부분이었다. 자신의 안녕을 도모하고자 여기 붙었다 저기 붙었다 하는 게 참으로 그다운 짓이라 보였다. 문제는 그다음이었다. 정기롱이 우려하는 게 그 점이었다.

"그러면 만약 반정이 성공하면 공신으로 책봉이 되는 것인가?"

최민은 고개를 가로저었다.

"내가 그리되도록 좌시할 거 같은가? 방법을 생각해 놨네. 그나저나 자네가 걱정되는구만. 안 그래도 그리 안 좋은데 그자가 대면을 해올 텐데 말이네."

정기룡은 웃음을 지었다. 그가 갑자기 그런 표정을 짓자 최민은 어리 둥절해하며 영문을 물었다.

"자네 어찌 웃는 낯을 보이는 겐가?"

"이시언과의 언쟁이 내 생애의 마지막 싸움이 될 것 같군. 허나 나는 마지막까지 패배할 생각이 없네. 헌데 중연, 궁금한 게 하나 있네. 어째서 내게는 그 일을 같이하자고 권유하지 않았는가? 혹시 내가 지금 병마에 시달리고 있어서인가?"

최민은 한숨을 내쉬고는 힘겹게 말을 꺼냈다.

"우선 자네가 당연히 응하지 않을 거라 생각했네. 그리고 이게 성공을 하든 실패를 하든 자네는 그저 이 나라에 충직한 신하이자 절개를 지킨 무장으로 영원히 남길 바라는 뜻에서였네. 만에 하나 이 일이 실패라도 한다면 내 어찌 자네를 볼 면목이 서겠나? 내 뜻은 그러하네. 부디 헤아려 주게."

"그렇게까지 생각해 줬다니 정말 고맙네. 부디 몸조심하고 살펴 가시게."

"고맙네. 그럼 이제 가보겠네."

"잠깐."

정기룡은 뭔가 생각이 났는지 나가려던 최민을 다시 불러 세웠다.

"왜 그러는가? 매헌, 무슨 할 말이라도 있는가?"

"내 오랜 벗으로서 자네에게 꼭 약조를 받아내고 싶은 청이 하나 있네. 부디 꼭 들어주었으면 하네."

"말해 보게."

정기룡은 어느새 붉어진 눈시울로 최민에게 자신의 마지막이 될지도 모르는 부탁을 했다. 이 나라의 임금이 앞으로 겪을 고난을 생각하니 신하 된 입장에서 참으로 가엾게 느껴졌다.

"지금 주상전하…. 반정이 성공해서 폐위된다 하더라도 천수를 누리다 가실 수 있도록 해주시게.

불쌍하신 분이네. 자기 아버지한테 애정은커녕 질시만 받고 하루하루를 가시밭길을 맨발로 걷는 심정으로 지내시다 간신들에게 눈이 멀어 저리 되셨네.

친구로서 부탁하네. 부디 전하, 아니 광해군…. 편히 사시다 천수를 누리고 가시도록 능양군 대감께 고해 주게."

최민도 그의 눈물을 보자 손을 덥석 잡았다. 이제 다시는 그를 보지 못할 것 같은 슬픔을 이미 직감하고 있었다. 최민은 덤덤해 보이기 위해 애를 썼지만 쇠약해진 친구의 모습을 보자 너무나도 측은해 보여 참을 수가 없었다. 울먹임을 억지로 참으며 그는 고개를 끄덕였다.

"그리하겠네. 꼭 그렇게 하겠네. 누구의 부탁인데 저버릴 수 있겠는가. 내 하늘에 계신 조부님과 아버님의 이름을 걸고 맹세하겠네. 그리고 나도 약조 하나 하겠네. 이시언 그자를 편히 눈감지 못하도록 할 것이네. 그러니 이번 일, 눈감아 줄 수 있겠나?"

정기룡은 지난 세월을 돌이켜보았다. 그동안 그자 때문에 시달리고 마음 아파하던 지난날들이 떠오르자 그도 더 이상 최민을 말릴 수 없음을 알았다.

"죽기를 기다리는 내가 이제 할 수 있는 게 뭐가 더 있겠는가…. 나는 그저 멀리서 자네가 무탈하길 빌겠네. 부디 몸조심하게."

"고맙네, 그리고… 미안하네."

작별 인사를 마지막으로 최민은 맞잡았던 손을 놓고 떠났다. 오늘따라 통제영에 홀로 있는 자신이 참으로 쓸쓸하게 느껴졌다. 하지만 정기룡은 마지막으로 다가올 싸움에 준비해야 했다. 그는 밖으로 나가 달을 쳐다보며 형님에게 다짐했다.

'형님, 이제 형님을 뵐 날이 머지않았습니다. 부디 하늘에서 이 아우의 마지막 싸움을 지켜봐 주십시오. 이 싸움이 끝나면 형님을 뵙겠습니다. 그때까지 조금만 기다려 주십시오.'

며칠 뒤 정기룡은 통제영에 있다가 그가 기다리고 있던 상대가 왔다는 소식을 들었다.

"전흥부원군 대감께서 통제사 영감을 뵙자고 하옵니다."

정기룡은 숨을 크게 들이켜 평정심을 찾기 위해 애를 쓰고는 갓을 고쳐 쓰고 관복 매무새를 정갈하게 만진 뒤 이시언을 맞을 준비를 하였다. 이럴 때일수록 침착하여야 한다는 생각이 들었다. 처음 전장이란 것을 경험했던 거창 때의 자신을 떠올리며 정기룡은 마음속에 배수의 진을 쳤다. 역시나 그를 보자 얼굴이 굳는 것을 느꼈다. 웃는 낯으로 그를 상대하려 했지만 그를 쳐다보는 눈은 전혀 그러하지 않았다. 정기룡은 침착하게 운을 떼어보았다.

"부원군 대감께서 어인 일이십니까?"

이시언은 미소를 머금었다. 여전히 자신을 조롱하는 듯한 기분 나쁜 미소였다. 살짝 올라간 입꼬리가 마치 독을 품은 채 혀를 날름거리는 살모사 같아 보였다. 저놈의 세 치 혀에 농간을 당한 게 어디 한두 번이던가. 이럴 때일수록 마음을 굳게 먹는 것만이 최선의 방법이라 여기면서 정기룡은 이시언의 말에 귀를 기울였다.

"통제사, 여전히 딱딱하시구려. 자, 자 지난 일 따위는 모두 잊고 표정 좀 푸시오. 그래, 요즘 건강은 어떠하시오?"

"다 알고 오신 거 아니었습니까?"

"거 찾아온 손님이 무안하게 무슨 그리 섭섭한 말씀을 다 하시오. 내 영감이 걱정되어서 오는 길에 의원에게 청하여 탕약까지 지어 왔소. 게다가 오늘은 영감을 괴롭게 할 일도 없으니 안심하시었으면 하오. 통제사의 쾌유를 빌겠소."

정기룡은 더욱 불길한 기분을 느꼈다. 이번에는 또 무슨 속셈을 가지고 온 것일까. 심장이 격하게 요동치고 있었지만 정기룡은 진정을 시키기 위해 숨을 크게 쉬었다.

"요즘 통제사께서도 아시겠지만 지금 임금께서 연이어 궁을 짓고 계시지요. 비록 전란이 끝났다고 하나 백성들의 삶은 달라진 것이 없지 않소? 그렇게 영감과 이 몸이 무인 된 도리를 다한다고 왜군들을 그렇게 베었건만 지금 나라 꼴을 보시오. 어떻소? 세월이 허망하지 않소? 내 그래서 영감을 만나 허심탄회하게 이야기를 나누고 싶어서 이리 온 것이오."

역시나 최민의 말대로였다. 정기룡은 그럴수록 의연하게 대처해야 겠다는 마음가짐을 가지고 있었다.

"원하시는 게 무엇입니까?"

이시언은 탁자를 치며 경박스럽기 그지없는 너털웃음을 지었다.

"하, 하, 하! 역시 세월이 지났어도 영감은 과거 중원에서 촉한을 수

나는 성웅으로 살다 가리라   **397**

호했던 조자룡의 기백이 살아 있구려! 내 일찍이 영감의 이런 솔직한 모습이 너무나 마음에 들었었소. 하, 하, 하!"

"부원군 대감과 농을 나누고 싶은 기분이 아닙니다."

"좋소, 그럼 내 이실직고해 보이겠소. 곧 능양군께서 이 혼란의 정국을 바로잡을 것이오."

"지금 왕위 찬탈에 관한 이야기를 하시는 것입니까?"

"보시오. 지금 대북이 우군의 눈과 귀를 막고 나라를 자신들의 것인 양 주무르고 있소. 하여 모두가 능양군의 뜻에 따르고자 움직이고 있소이다. 광해군의 폭정이 그칠 날도 머지않았소. 영감, 부디 대세를 따르길 바라오."

정기룡은 분노를 참지 못했다. 아무리 지금 주상의 폭정으로 백성들이 도탄에 빠져 있다고는 하나 반정에 참여를 하라니, 그로서는 가당찮은 일이었다. 최민의 언질이 있었지만 상대가 상대였는지 그는 강하게 거부했다.

"부원군! 감히 여기가 어디라고 그런 망언을 일삼으시오! 당장 돌아가시오!"

이시언은 감춰 두었던 살기 어린 눈빛을 드러내었다.

"네놈은 여전히 어리석구나. 허면 하나 물어보마. 자네가 통제사에 오르도록 전하와 광창부원군(이이첨)에게 천거한 사람이 누구라고 생각하는가?"

설마 하는 생각이 정기룡의 머릿속을 스쳤다.

"바로, 나다."

"제게 앙심을 품고 계셨던 거 아니었습니까?"

"넌 돌아가신 선왕께서 용(龍) 자가 들어갈 이름을 하사하셨을 정도의 용장 중의 용장이었지. 그래서 내 너를 이 일에 필요한 사람이라 여겨 그에 맞는 직위를 가지도록 주상께 고하였다. 헌데 지금 와서 보니 곧 죽을 얼굴을 하고 있군, 거기다 노망까지 나버렸다지? 나보다 어린 친구가 참으로 딱하게 되었구만. 쓸모없게 됐어. 뭐 이건 애초에 알고 있던 거고."

정기룡은 그제야 이시언이 왜 눈엣가시 같은 자신을 찾아왔는지 알게 되었다.

"역시… 한명련이었나…."

"자네가 통제사쯤은 되어야 자네 밑에 있는 한명련도 같이 승급이 될 것이고 그러면 그가 이끄는 부대가 거사를 치르기에 조금은 더 넉넉해지지 않겠는가? 그 통제사 직위가 내 마지막 선물이라고 생각하시게. 이 몸은 이미 칼을 놓은 몸이라 직접 움직일 수 없네만, 한장군은 함경 병마절도사인 백규(白圭, 이괄의 호) 휘하에서 거사를 도모할 것이네. 그가 데리고 있는 군사는 내 사병이나 다름없다는 거 자네도 알고 있겠지? 이 일, 주상전하께 상소를 올려봐야 아무 소용이 없을 것이네. 누가 노망난 늙은이의 말을 믿겠는가? 자네가 노망났다는 거, 조정에서 이미 모르는 자가 없을 것이네. 크하하하하하!"

여전히 기분 나쁜 웃음소리였다. 저자의 농간에 놀아나기만 했던 지난 세월들이 주마등처럼 스쳐 지나갔다. 하지만 정기룡의 심중에서는 강한 확신이 들었다. 죽음을 앞두고 있는 자신의 상황이야말로 완벽한 배수의 진 형국이 아닌가. 두려움이 들지 않았다. 오히려 인수 형님이 옆에 계신 것처럼 든든하였다.

정기룡은 이시언에게 술을 따르면서 침착하게 말을 이어갔다. 마치 왜군과의 전투를 앞둔 모습처럼 보였다.

"대감 말씀대로 노망이 나서 소장, 더 이상 나라의 중대사를 치르기 힘든 마당에 감히 이 늙은이가 부원군 대감께 죽기 전에 마지막으로 한 말씀 올리고자 합니다. 들어주시겠습니까?"

이시언은 이미 인생의 끝을 앞두고 있는 자에게 마지막 자비를 베풀어 줘도 좋겠다는 생각이 들었다. 제까짓 놈이 무슨 말을 하겠는가 싶은 것이었다.

"하하하하하, 무슨 사세구(辭世句)[88]라도 말씀하시려는 것이오? 그래요, 통제사와 마지막으로 나누는 자리인데, 허면 좋소. 내 통제사 묘비에 꼭 새겨 드리리다. 그 어떤 말씀이라도 좋으니 한 번 읊어주시오. 나는 너그러운 사람이거든. 하하, 해보시오, 장군."

늙고 쳐진 눈가에는 주름이 가득하였지만 정기룡의 눈은 모처럼 생기를 되찾았다. 머리가 깨질 듯이 아프고 몸도 가누기 힘들었지만 이시언을 향한 그의 기백만은 마치 왜군을 상대하던 지난날의 모습이 돌아오는 듯했다. 이번이 마지막 기회라는 절박함이 그러한 눈빛을 그로 하여금 품게 만든 것일까. 정기룡은 힘겹게 입을 떼었다.

"네놈은…."

'뭐?'

이시언은 자신에 대한 이 건방지게 들리는 호칭을 듣는 순간 직감하였다. 하지만 돌이킬 수는 없었다. 애초에 자기가 승낙한 일 아니었던가. 정기룡은 말을 이어갔다. 가쁘게 내쉬는 숨 속에서도 그의 말은 지난날 전장에서의 칼질처럼 거침이 없었다.

"네놈은 여태껏 출세에 눈이 멀어 나를 비롯한 여러 사람들의 공적

---

88) 죽기 전에 유언처럼 남기는 시구절.

을 훔쳐서 자신의 것으로 만들고 대세를 읽으며 여수(汝受, 이산해의 자)
대감의 비호를 받으며 대북에 붙었다가 임금이 바뀔 거 같으니까 그제
야 서인 대감들에게 아첨을 하고 있다지? 그러한 인생을 살아온 자가
과연 임금이 바뀐다고 그 안위마저 보장이 될까?

　옛말에 교토사양구팽(狡兔死良狗烹)이라 하였다. 사냥개는 토끼를 잡
고 나면 그 쓸모를 잃어 결국엔 자기가 잡아온 토끼와 같은 신세가 되
는 것이지. 네놈이 아무리 무인치고는 머리를 쓴다 자부한들 일평생
붓대만 잡아온 자들보다는 못할 것이다. 뛰는 놈 위엔 나는 놈이 있는
법이지. 네놈의 그 잔꾀가 결국 네놈을 망칠 것이다. 허나 나는 무인으
로서 조정의 윤허를 받고 이 자리를 하늘의 도리라 여겨 지금껏 지켜
왔다.

　네놈 말대로 나는 곧 죽는다. 그러니 생의 마지막을 앞둔 지금, 내
이것 하나는 앞일을 내다보고 장담할 수 있을 것 같구나.

　나는 성웅으로서 죽을 것이다(吾將次死聖雄).
　하지만 네놈은 역적으로서 죽을 것이다(汝將次死逆賊).

　네놈의 말로는 이미 불을 보듯 훤히 보인다. 내 저 하늘에 오르거든
네가 몰락하는 모습을 이 두 눈으로 똑똑히 지켜보겠다.”

　말을 마친 정기룡은 어느새 왜란 때의 젊은 용장의 모습을 되찾았다.
비록 지금은 죽음을 앞둔 늙은이였지만 거침없고 당당한 그 기백은 통
제영 내에 소리 없는 파문으로 울려 퍼졌다.

　방심하고 멍석을 깔아주었던 이시언은 이 필사의 일갈에 굳건했던
마음이 한순간에 모래성처럼 무너져 내렸다. 정기룡이 자신을 그토록

시달리게 했던 그의 '보이지 않는 칼'이 이번에는 그에게 되돌아가 자신에게 꽂힌 것이다. 정곡을 찔린 그의 눈동자는 이성을 잃고 분노에 휩싸여 마구 흔들렸다.

이시언은 벌떡 일어났다.

"네 이놈!"

정기룡은 자신의 잔에 담담하게 술을 따랐다. 생의 마지막 작전이 적중한 것이다. 비록 군졸이 함께하는 것도 아니고 왜군과 싸우는 것도 아니며 단둘의 언쟁일 뿐이었지만 이 전투마저 정기룡은 패배하고 싶지 않았다. 아니, 오히려 대승을 거두었다. 모처럼 만의 흐뭇함에 안도감과 여유마저 느껴졌다. 말을 모두 마친 정기룡은 그에게 웃음을 보이며 지그시 눈을 감았다 떴다.

"대감, 내 노망나서 정신이 오락가락하여 대감께 실언을 한 것이니 용서하여 주시오. 대감께서 아시듯 소장, 몸이 편치 않아 좀 쉬어야 할 거 같소. 게다가 밤도 깊었고 이야기도 다 끝난 거 같으니 그럼, 살펴 가시오. 소장은 이만 통제영 청소를 좀 해야겠소. 더러워진 것 같은 기분이 듭니다. 아, 그리고 아까 약속하셨죠? 제 사세구 꼭 제 묘비에 새겨주시기 바랍니다."

이시언은 벌벌 떨며 이마와 목에 핏대를 세우고 뒷걸음질을 치며 정기룡을 저주하였다. 흔들리는 그의 모습은 과거 자신의 작전에 휘말려 허둥대던 왜군들의 모습과 다를 바가 없었다. 실로 오랜만에 보는 꼴사나운 광경이었다.

"내 거사를 치르고 나면 네놈을 역적으로 만들고 네놈의 시체를 무덤에서 끄집어내어 부관참시(剖棺斬屍)[89] 할 것이다! 그리하여 지금 그따위 소리를 지껄인 네놈의 주둥이를 내 친히 발로 자근자근 짓밟아

뭉개버리고 말 것이다!"

정기룡은 길게 한숨을 내쉬었다.

"대감, 대감처럼 무관이시면서 학식 또한 높으신 분께서 어찌 그런 불경한 소리를 하시는 겁니까. 대감께서 정녕 사대부가 되고 싶으시다면 사대부다운 초연한 모습을 보이십시오. 지금 몸이 좋지 않아 일어날 수 없으니 결례를 용서하십시오."

말을 마친 정기룡은 밖을 향해 나지막이 군졸을 불렀다.

"여봐라, 부원군 대감을 보내드려라."

이제 더 이상 이시언의 얼굴을 보고 싶지 않았다. 아니, 이제는 볼 일도 없다 생각하니 조금은 후련하였다.

"정기룡이, 네 이노옴!"

이시언은 그렇게 독기를 토해 내며 돌아갔다. 정기룡의 마지막 싸움은 그렇게 끝이 났다. 왜란 이후 참으로 오랜만에 느껴보는 후련한 기분이었다.

하지만 그에게 설전으로 이겼다 한들 마냥 편하지만은 않았다. 아무리 지금 주상이 폭정을 한다고 하지만 왕위 찬탈이라고? 그게 어디 가당찮은 말이란 건가. 세월이 원망스러웠다. 왕족으로서 전란 시 그토록 영민한 모습을 보이며 모두의 귀감이 되었던 광해군이 어쩌다가 바람 앞의 등불 같은 운명을 맞이하게 되었는가. 걱정은 그뿐만이 아니었다. 능양군이 이 모든 일을 계획한 데에는 동생인 능창군이 스스로 목숨을 끊은 이유가 있었다. 복수심으로 왕위를 찬탈하려는 자가 어찌 성군이 될 수 있겠는가. 이 나라의 안위가 걱정될 수밖에 없었다.

---

89) 죽은 자에게 내리는 형벌로 시체를 무덤에서 끄집어내서 목을 베는 일.

아니, 그보다도 한명련이 이괄(李适)을 따르겠다고? 이괄이 분명 지금 조선에서 제일가는 무신(武臣)인 것은 맞고 그로 인해 거사도 성공할 것임은 자명하였지만 그의 인간됨에 대해서는 솔직히 고개를 저을 수밖에 없었다. 그런 자의 수하가 된다니….

그때 호랑이도 제 말 하면 온다더니 한명련(韓明璉)의 목소리가 문 밖에서 들렸다.

"한명련이 통제사 영감을 뵙습니다."

"들라."

정기룡은 고개를 끄덕였다. 그가 자신에게 무슨 말을 할지는 이미 알고 있었다. 처음 그를 만났을 때부터 자신의 곁에서 용맹하게 싸워 주었던 모습들이 주마등처럼 스쳐 지나갔다. 그런 그였기에 정기룡도 사천성에서 그를 구하려다 총상을 입고 이렇게 쇠락해진 것 아닌가. 그럼에도 그를 탓해 본 적은 없었다. 하지만 그런 그마저 떠난다고 생각하니 정기룡은 이제 그의 곁에는 아무도 없구나 하는 허탈감이 들었다. 다시금 머리가 아파왔다. 상처가 도지는 듯했다. 통증이 다시금 심해지자 정기룡은 주저앉을 수밖에 없었다. 한명련은 서둘러 정기룡을 부축하고는 의자에 앉혔다.

"통제사 영감, 괜찮으십니까? 제가 통제사 영감이 편찮으신 줄도 모르고 이 야심한 시각에 뵈려고 왔으니 용서해 주십시오. 내일 다시 뵙겠습니다."

정기룡은 한명련을 붙잡고 슬픈 눈으로 바라보았다.

"정녕 가야겠는가… 백규에게….'

한명련은 한동안 말없이 고개를 떨구었다. 한명련에게 있어서 정기룡은 참된 장수의 모습 그 자체였다. 비록 처음에는 이시언의 지시를 받아 간자(間者)로 정기룡과의 인연을 시작했지만 그의 무장으로서의 진실됨과 용맹함에 감복하여 그를 평생토록 따르리라 다짐을 했었다. 하지만 지금 나라의 사정이 어떠한가. 백성은 도탄에 빠지고 전란과 다름없는 참담한 세월이지 않은가. 그래서 그는 떠나야만 했다. 스승과도 같은, 하지만 지금은 생명이 꺼져 가고 있는 영웅을 뒤로한 채 자신이 결심한 대로 행하는 것이 무장으로서의 소신이라 여겨졌다. 한명련은 결심이 서고서야 겨우 입을 뗄 수 있었다.

"영감, 소장도 영감을 비롯한 우리 군 모두가 부원군에게 시달려 왔던 지난 세월에 통한하고 있습니다. 저자 때문에 우리가 왜란 동안 얼마나 군량 부족에 시달렸습니까? 또한 전란이 끝나고서도 통제사에 오르는 바람에 영감께서 공적도 인정받지 못하고 힘든 세월을 보내셨다는 것도 잘 압니다. 허나, 지금 주상전하는 제정신이 아닙니다. 이대로는 못 있습니다. 저 폭정을 막아야 합니다. 하여 저는 함경도로 가 병마절도사와 뜻을 함께하려고 결심하게 되었습니다."

"장군."

정기룡은 가쁜 숨을 몰아쉬었다.

"자네가 나처럼 빈(貧)하게 태어나 여기까지 올라왔다는 거 내 알고 있네. 그렇기에 그 누구보다 입신양명(立身揚名)을 얼마나 갈망하였는지도 내 모두 이해하고 있네. 자네를 처음 보았을 때를 기억하네. 그리고 자네가 부원군의 간자로 왔다는 것도 알고 있었다네. 그래도 나는 자네를 버리지 못하였네. 자네를 보면 마치 나를 보는 거 같아서 친자식처럼 여겨졌지. 또한 그렇게 부족한 내 밑에서 나를 믿고 따라주고 성의를 다하여 이 나라를 지켜왔다는 거 내 모르는 게 아닐세. 허나 출세에 눈이 멀다가는 반드시 화를 당하게 될 것이네. 이는 상관으로서가 아니라 자네를 벗으로 여기기에 하는 이야기일세. 조심하게. 내 보기에 함경병사는 출세에 눈이 먼 자일세. 필히 무슨 일이 생길지 모르네. 부디… 조심하시게….”

정기룡은 이제는 늙고 앙상하고 검버섯으로 뒤덮인 손으로 한명련의 손을 맞잡았다. 칼을 쥐고 천하를 호령하던 무장의 손도 세월을 피해 갈 수는 없었다.

하지만 너무나도 따스하게만 느껴지는 손길과 그의 진심 어린 말이 한명련의 가슴을 후벼 팠다. 어느새 한명련의 눈에서는 눈물이 흐르고 있었다. 그 역시 정기룡을 처음 만났을 때를 떠올렸다. 비록 불순하게 시작한 인연이었으나 자신을 용서해 주고 믿어주었으며 목숨을 내던지고 자신을 구하려 했었다. 게다가 지금 삶의 마지막 순간에서까지 자신을 염려하는 모습을 보이니 감복하지 아니할 수 없었다. 하지만 이제는 일어나야 한다. 그리고 새로운 전장으로 가야 한다. 그것이 이 나라를 위한 길이라 여겨졌다. 그러기에 그는 떠나야만 했다. 한명련은 입술을 굳게 다물었다.

“통제사 영감… 부디 몸조리 잘하십시오. 하오면, 소장 이만 물러가겠습니다….”

한명련은 정기룡에게 엎드려 하직 인사를 하고 떠났다. 정기룡은 그의 뒷모습을 말없이 바라볼 수밖에 없었다.

염려스러움과 동시에 불길한 기운이 감돌았다. 그 어느 때보다도 정기룡의 심경은 복잡했다. 아끼던 자가 합세하는 거사의 성공을 빌어주는 것이 맞는지, 나라를 위해 몸을 바쳐온 자로서 주상전하의 안위를 걱정하는 것이 맞는지 판단이 제대로 서지 않았다. 왜적들과 싸울 때에는 그렇게 작전이 명쾌하게 섰건만 이번에는 무엇이 이치에 맞는지 정말로 알 수 없었다. 거사의 결과는 예측할 수 있었다. 하지만 그렇게 될 경우 전하의 안위는 보장받을 수 없는 것 아닌가.

정기룡은 신하 된 자로서 광해군이 걱정되었다. 왜란에 이어 재차 고초를 겪으실 것을 생각하니 너무나 안쓰러웠다. 그저 능양군이 보위에 오르더라도 최민의 말을 듣고 광해군께서 부디 천수를 누리다 가시도록 선처를 해주셨으면 하는 바람만 들었다. 두통이 더욱 심해졌다. 온몸도 떨려오고 한기도 들었다. 정기룡은 이제 자신이 우려하던 순간이 가까이 왔음을 짐작했다. 그래도 신하 된 자의 도리로 곧 옥좌에서 내려올 광해군을 위해 정기룡은 무엇이라도 해주고 싶었다. 그는 한양 쪽을 바라보면서 늙은 몸을 이끌고 온몸을 간신히 지탱하면서 힘겹게 절을 올렸다.

'주상전하, 부디 옥체를 보전하소서….'

순간 사방이 칠흑같이 어두워졌다. 목소리를 낼 기운조차 없었다. 몸을 재차 일으킬 수도 없었다. 정기룡은 그렇게 눈을 희번덕거리다가 이내 의식을 잃었다.

– 쿵.

그가 쓰러지는 소리가 한밤 빈 통제영에 쓸쓸하게 울려 퍼졌다. 소리를 듣고 군졸들이 일제히 달려왔다. 사방에서 외치는 소리가 들렸지만 뭐라고 하는지는 잘 알아들을 수가 없었다. 마치 메아리처럼 멀리서 희미하게 들리는 듯했다.

정기룡이 쓰러졌다는 소식을 들은 정기룡의 일가친척 모두는 물론 이제 회복하여 말문을 트게 된 인수 형님의 아들 상린까지 통제영으로 한걸음에 달려와 자리를 함께하였다. 정기룡은 통제영 한편에 마련된 곳에서 누운 채로 힘겹게 숨을 내뱉고 있었다. 이미 의원도 와 있었다. 모두가 발을 동동 구르기만 했다.

"어떠십니까? 차도가 좀 있습니까?"

진맥을 짚어본 의원은 말없이 고개를 가로저었다. 그것이 무엇을 의미하는지는 모두 알고 있었다. 그저 바라볼 수밖에 없는 자의 서러움이란 바로 이런 것이 아니겠는가.

정기룡은 또다시 어둠 속을 힘겹게 홀로 걸었다. 여전히 그는 인수 형님을 찾고 있었다. 그런데 신기하게도 오늘따라 그토록 잡고 싶어도 잡을 수 없이 희미하기만 한 형님의 모습이 또렷하게 보였다. 정기룡은 반가움에 늙은 몸을 이끌고 숨이 턱에 닿도록 달려갔다. 인수 형님은 돌아가셨을 때의 젊은 모습으로 있었다. 오랜만에 보는 형님의 얼굴은 너무나도 따뜻하게 느껴졌다.

"형님…!"

"우리 아우 무수, 그간 많이 늙었구나…."

고인이 되어버린 젊은이 앞에는 고난의 세월을 거치면서 온 얼굴에 주름과 검버섯이 가득하고 머리와 수염이 백발로 가득한 늙은이가 서 있었다. 정기룡은 북받쳐 오르는 감정을 주체할 수 없었다. 눈물이 왈칵 터져 나왔다. 그는 흐느끼며 형님의 손을 맞잡았다. 인수는 그런 늙은 동생을 말없이 안아주고 다독였다.

"형님, 제가 한명련을… 주상전하를… 마지막까지 지키지 못했습니다. 못난 저를 꾸짖어 주십시오….”

“아니다, 내 보기에 네가 했었던 말대로 이렇게 어엿하고 참된 장수가 되지 않았느냐. 내 하늘에서 너의 싸움을, 그리고 승리를 거두는 모습을 모두 지켜보았느니라. 이 형이 얼마나 기뻤는지 모른다. 정말로 잘 해주었다.”

“형님, 저 무수… 그동안… 너무 힘이 들었습니다. 보고 싶었습니다.”

“안다, 나도 하늘에서 네 기도를 들었다. 오히려 내가 네게 아무것도 해줄 수 없음에 그저 미안했었다.”

“아닙니다, 형님이 계셨기에 제가 버틸 수 있었습니다.”

“그렇게 말을 해주니 형으로서 너무도 고맙구나. 정말 고생 많았다, 무수야.”

인수는 너무나도 인자한 미소를 지었다. 그 따뜻함에 그동안의 마음속 응어리가 모두 녹아 내리는 듯했다.

“형님… 제가 형님 아들 상린이를 지키지 못하여 타지에서 고생만 시켰습니다. 저를 꾸짖어 주세요. 다… 제가 못난 탓입니다.”

“아니다. 상린이는 저리 살아 있어서 잘 크지 않았느냐. 그것도 내 하늘에서 다 보고 있었다. 얼마나 너한테 고마운지 모른다. 다 네가 고생한 덕이다.”

“형님… 정말 고맙습니다.”

한참을 인수의 품에서 안겨 울던 백발의 정기룡은 인수의 얼굴을 천천히 보고는 가슴속에 숨겨두었던 말을 꺼내었다. 이번에야 형님의 얼굴을 선명하게 보았다는 것이 무엇을 의미하는지는 이미 예감하고 있었다. 정기룡은 다시 한 번 인수의 얼굴을 바라보았다.

"형님, 이제 형님 곁으로… 가고 싶습니다. 이 아우, 그리하여도 되겠습니까…?"

"무수야. 널 남겨두고 먼저 가서 형으로서 너무 마음이 아프고 미안했다. 그래, 이제는 헤어지지 말자꾸나."

형제는 그렇게 한참이 지나서야 재회하였다. 그러자 캄캄했던 주변이 눈부시게 빛났다. 이곳이 말로만 듣던 극락이라는 곳이던가. 아니, 이제 형님을 만났으니 여기가 어디든 상관없었다. 그동안 먼저 간 형님을 얼마나 그리워하였던가. 정기룡은 이제 모든 것을 이루었다는 안도의 미소를 병상에서 머금었다.

반가움의 눈물 한 줄기가 그의 눈가를 타고 흘렀다. 그제야 그의 몸은 서서히 온기를 잃어버리며 차디차게 식어갔다. 그렇게 조선을 지켰던 노장은 장성한 가족들의 통곡을 뒤로하고 형님의 손을 맞잡고 빛 너머로 떠나갔다.

상린은 울먹이며 정기룡의 눈물을 닦아주었다. 그의 노고로 이제는 그도 완전히 회복하여 말문도 트이고 숙부처럼 무인의 길을 걷기 위해 심신을 단련하고 있었다. 그런 숙부를 떠나보내는 게 가슴 아팠지만 그래도 그의 표정에서 안도감을 느끼고는 편히 보내드릴 수 있을 것 같았다.

"숙부님, 이제야 비로소 제 아버지를 만나시겠군요. 그간 고생 많으셨습니다. 이제 편히 쉬십시오."

광해군 14세(1622), 향년 61세를 일기로 임진왜란에서 혁혁한 공을 세우고 목숨이 다할 때까지 나라를 지켰던, 하늘이 내린 명장 정기룡 장군은 선왕 선조가 지어주신 그 이름처럼 그렇게 용이 되어 하늘로 날아올랐다. 그는 그렇게 마지막 순간까지 고결한 성웅으로서 살다가 눈을 감았다.

그는 현재 경상북도 상주시 사벌면 금혼리에 묻혀 있다. 훗날 그의 공적이 재차 인정을 받게 되면서 영조 대에 와서야 충의공(忠毅公)이라는 시호(諡號)가 내려졌다. 나라를 위해 왜군들과 용감히 싸웠고 그럼에도 공적과 관직을 탐하지 않은 우직함과 초연함으로 일생을 바쳤던 그의 업적은 길이 기억될 것이리라.

이후 세월이 흘러 숙종 26년(1700), 당대의 문장가 우암(尤庵) 송시열(宋時烈)은 정기룡의 업적을 기리고자 신도비를 세우고 비문을 직접 써 그의 업적을 치하하니 내용이 다음과 같다.

선조대왕 시대에 섬 오랑캐가 군사를 일으켜
뾰족한 엄니와 날카로운 손톱으로
우리 백성들을 피흘리게 하였네.

공은 비장이어서 그 이름 알려지지 않았지만
주무 장군에게 고한 것은
적을 격파할 만한 책략이었다네.

마침내 임무를 맡아 드디어 그 능력을 드러내어
적을 많이 만날수록 적은 더욱 많이 죽어갔다네.

주무 장군이 실수하여 적의 소굴에 잡혀가자
말을 돌려 쫓아가서 수많은 적의 칼날을 쓰러뜨리고
적의 진중에서 주장을 빼앗아 번개같이 달려왔으니
어찌 한나라의 이광만이 홀로 용맹을 떨치겠는가.
옛날 조자룡의 그 싸움 그 담력을 견줄 만하였으니
어찌 용맹스럽다 하지 않겠으며
의리 또한 누가 더 뛰어나겠는가.

동쪽과 서쪽에서 활약하니
흉한 오랑캐는 손을 쓰지 못하였다네.
남은 군량으로 구휼책을 펴서
흩어진 난민들을 먹여 살렸다네.
병들고 다친 백성들 어루만져 위로하고
창고를 개방하여 굶주린 백성 먹이니
어린이와 늙은이 문 앞에 모여
공이 우리를 살렸다 말하였다네.

이때에 명나라 장수가 문무 모두 훌륭했는데
서로 다투어 표패를 주었으니 그 광채 찬란하였고
문장가들이 준 시는 따뜻하기가 증민시[90] 와 같았네.
황제가 공의 명성을 듣고
나에게는 장수 이절과 같다고 하고

---

90) 시경(詩經) 대아(大雅)의 증민편 시.

싸움에 패하여 죽고 남은 군사 7백 명이 의리를 사모해

소속되기를 원하니 네가 그들을 거느리라 하였다네.

이 조서가 명나라에서부터 내려지니

오랑캐들이 놀라 눈이 휘둥그레졌다네.

천자가 멀리 밖을 환히 본다 모두들 말하였다네.

천자의 배려가 이와 같았거든

더구나 우리 임금의 사랑은 어떻겠는가?

창, 독, 활, 도끼 기와 절이 찬란하여

천자의 위엄에 의지하였으니

그 형세 물병을 거꾸로 세운 듯하였다네.

난리가 지나고 국가가 평안하여 전쟁의 공적을 논했으니

한수가 띠처럼 되고 태산이 숫돌처럼 닳도록

나라 운명과 함께 영원히 보존되리라.

공은 항상 물러앉아 큰 나무 밑에 앉아 있었건만

마침내 큰 전공을 헤아려

차례로 공훈 명단에 오르게 되니

추증의 영광 또한 환히 빛나서 선대까지 미쳤다네.

공의 충성과 용맹이 아니었다면 그 누가 하리오.

무덤을 산처럼 크게 하여 그 능력 빛내야 한다네.

이 비석 넉 자 높이지만 영원히 전해져 무너지지 않으리.

정기룡이 떠난 지 두 해 뒤인 인조 2년(1624), 아직 꽃샘추위가 가시

지 않고 차디찬 바람이 부는 안령 근방에서는 과거 왜란을 연상케 하는 전투가 벌어지고 있었다. 하지만 그 전투는 나라와 나라 간의 전투가 아니었다. 반란군과 관군, 즉 조선군끼리의 싸움이었다.

한양의 백성들은 성 위에서 남 일인 양 구경하기 바빴다. 어차피 누가 이기든 상관없는 그들끼리의 싸움이라는, 실로 어이없는 일이었지만 목숨을 건 그들만의 전투는 계속되었다.

반란군을 이끄는 장수는 얼마 전까지만 하더라도 조선 최고의 무장이라고 해도 손색이 없는 부원수 백규 이괄이었고 대처하는 상대인 관군 측의 장수는 이항복의 사사를 받은 금남군(錦南君) 정충신(鄭忠信)이었다.

이괄은 반정이 성공했음에도 1등 공신에 오르지 못함에 불만을 품고 있다가 김류와 이귀의 모함에 분노를 이기지 못하고 결국 자신이 세운 임금에게 칼을 겨누고 말았다. 그의 반란군은 이미 왜란 때 육전에서 능력을 입증한 이시언이 이끌던 항왜들이 다수 포함되어 있었고 이괄 휘하의 부대들도 조선 최고의 정예병들로 가득했었다.

관군은 처음에는 속수무책으로 밀렸지만 운명은 그의 편이 아니었다. 이괄은 한양까지 점령하고 자신의 뜻을 이루는 듯했지만 결국 한성에 머무르면서 포위당하는 자승자박의 자충수를 두고 말았다. 그렇게 역적으로 몰려 수세에 몰린 이괄의 밑에는 정기룡이 눈을 감기 직전 그토록 우려한 한명련이 있었다.

이괄 휘하 반란군이 패퇴의 기색을 보이자 민심은 그들에게서 등을 돌렸다. 성문을 걸어 잠가 버린 것이다. 결국 반란군은 어쩔 수 없이 한성을 벗어나 경기도 광주로 도주하고 있었다.

관군을 지휘하는 정충신은 너무나도 필사적이었다. 그 역시 과거 이괄과 함께 무용을 펼쳤었으나 이제는 적이 되었다. 그러나 아직도 조정은 정충신에 대한 의심을 풀지 않았고 임금은 그에게 마지막 기회를 주었다. 그러기에 그의 관군은 독을 품고 추격해 왔다.

어느새 관군의 포위망은 점점 좁혀왔고 한명련을 따르는 반란군 모두는 살을 에는 듯한 칼바람을 맞으며 도주를 하고 있었다. 한명련은 지금 왜 자신이 이런 처지가 되었는지 알 수 없었다. 용장 정기룡과 함께 왜란에서 공을 세웠던 그가 아니던가. 그런 자신에게 지금 들리는 관군의 외침은 실로 어이가 없었다.

"역적 한명련을 죽여라!"

한명련은 지난 세월이 너무나도 야속하게만 느껴졌다. 그렇게 왜란 때 이 나라를 지키기 위해 싸웠는데 역적이라는 소릴 듣다니. 그리고 왜 그때 정기룡의 진심 어린 만류를 뿌리쳤는지. 그는 자신이 이렇게 될 것을 미리 내다본 것이었을까. 하지만 지금 그는 간신히 목숨을 부지한 채 역적이라는 오명을 쓰고 차디찬 바람을 맞고 가쁜 숨을 몰아쉬며 눈 덮인 고개를 넘고 있었다.

관군들의 추격은 거세었다. 계속 뿌리치려고 해도 정충신의 손아귀에서 노는 기분이었다. 조총으로 무장한 관군들은 일제 사격으로 반란군들을 하나 둘씩 쓰러뜨려 갔다. 생사고락을 함께하던 자들이 피를 쏟으며 죽어나갔다. 한명련은 이제 자신의 운명이 얼마 남지 않았음을 느꼈다. 그래서 더욱 살고자 발버둥을 치고 있었는지 모른다.

그 순간이었다.

-탕!

총탄 하나가 허공에 피를 흩뿌리며 한명련의 가슴을 꿰뚫고 지나갔다. 피가 갑옷에 서서히 배어 나왔다. 한명련은 말없이 총상에 손을 가져다 대었다. 붉은 선혈이 손에 묻어 나왔다. 그리고 몸에 힘이 서서히 빠졌다. 그는 힘없이 무릎을 꿇었다. 그 순간, 지난날 자신을 어루만져 주던 정기룡의 마지막 손길이 생각났다.

'장군… 제가 공적에 눈이 멀어 장군의 충언을 무시하고 결국 화를 자초하여 이 지경에 이르렀습니다. 역적으로서 죽는 것이 장군에게 너무나도 부끄럽습니다. 장군을 저승에서 볼 면목이 없습니다. 장군, 죄송합니다. 너무나도 죄송합니다.'

더 이상 걸을 힘도 일어날 힘도 없었다. 자신이 역적으로 죽는 것, 그리고 지난날 정기룡에 대한 죄스러운 마음만 가득한 채 한명련은 그렇게 의식을 잃어갔다. 통한의 눈물이 그의 눈가를 적셨다. 그렇게 그는 눈을 부릅뜬 채로 죽음을 맞이하고 말았다.

"한명련이 쓰러졌다! 이괄은 패배하였다."

사느라고 도망치기 바쁜 자들과 그들을 쫓는 자들이 한때는 나라를 지키느라 분투하였으나 결국 역적으로 생을 마감한 그의 시체를 허망하게도 마구 짓밟고 지나갔다. 넋을 잃고 멍하니 뜬 눈으로 산비탈에서 이리저리 차이는 그 모습은 한때 구국의 영웅으로서 참으로 안타까운 최후가 아닐 수 없었다.

이시언에게도 조정의 칼바람은 불어왔다. 궁에서의 소식을 궁금해하며 그는 자신의 거처에서 조용히 앉아 있었다. 그렇게 기다리던 그에게 소식이 날아들었다. 하지만 무언가 이상하였다. 그의 저택을 관군들이 빙 둘러싸고 있는 것이었다. 이상한 것은 그것만이 아니었다. 곧이어 믿어지지 않는 말이 그의 머릿속을 강타했다.

"죄인 이시언은 어명을 받으라!"

어명?

죄인?

대체 무엇이 잘못되었는가? 분명히 자신은 안전하다고 여겼는데 죄인이라니? 이시언은 불안하기만 하였다. 한때는 그렇게 위세를 부리던 그였지만 지금은 그저 힘없고 늙은 죄인이었다. 그는 발악을 하며 발버둥을 쳐보았지만 그 늙은 몸으로는 자신을 포박하려는 관군 하나 떼어내지 못했다. 결국 그렇게 그는 궁으로 압송되어 왔다. 너무 어처구니가 없었다. 하지만 기억을 더듬어 생각해 보니 그제야 자신이 아들 이욱을 이괄의 곁에 두었던 일이 생각났다. 그것 말고는 자신이 이런 처지에 놓일 빌미는 없었다.

"전하, 신은 억울하옵나이다. 신은 이괄의 무리와 아무런 연고도 없었을뿐더러 전하가 용상에 무사히 앉으실 수 있도록 충심을 다해 만전을 기하였나이다. 그러한데 전하께서 어찌 저한테 이러실 수 있는 것이옵니까?"

능양군, 아니 이제는 이 나라의 임금이 되었고 훗날 인조(仁祖)라고 불리는 그는 싸늘한 눈빛을 보냈다. 이시언은 임금과 눈을 마주친 순간, 정기룡이 했던 말 한 구절을 그제야 떠올릴 수 있었다.

'교토사양구팽(狡兔死良狗烹)…'

이시언은 어디서부터 무엇이 잘못되었는지 천천히 기억을 되짚어 나갔다. 그랬다. 자신의 아들 이욱을 시켜 이괄과 이수 형제를 옆에서 살피라고 했던 것까지는 알겠다. 그런데 그게 설마 이괄이 난을 일으킨 것에 동조한 것으로 보였던 것일까?

고작 그 일 때문에 자신이 지금 이런 지경에 이르게 된 것인가? 어쨌든 이 상황은 일단 모면해야 했다. 이시언은 눈물의 호소를 해보았다.

어떻게든 살아남아야만 했다.

"전하, 신은 억울하옵니다! 제 아들은 그저 평안절도사 이괄과 그의 아우를 감시토록 하고자 그들 곁에 두었던 것이지, 저와 제 아들은 이번 이괄의 역모와 절대 무관하옵니다. 통촉하여 주시옵소서…!"

비록 얼마 안 남은 노년의 세월을 보내고 있지만 이렇게는 죽고 싶지 않았다. 아니, 마지막까지 자신의 위세를 계속 유지하길 원했다. 하지만 늙은 죄인을 마주하고 있는 주상전하는 이미 마음속으로 결정을 내린 듯했다. 발악과 변명을 있는 대로 다 해봤지만 오랏줄에 묶인 채 무릎을 꿇고 있는 그의 눈에 들어온 것은 주상전하는 물론 조정 대신들의 싸늘한 눈빛이었다.

인조는 그런 서릿발 같은 도끼눈으로 한동안 죄인 이시언을 빤히 쳐다보더니 더 이상 구차한 변명 따위는 듣고 싶지 않다는 표정과 함께 한 마디를 나지막이 뱉었다. 정말 듣고 싶지 않은 말이었지만 간담을 서늘케 하는 그 말 한 마디가 조정 내에, 그리고 그의 가슴속에서 깊게 울려 퍼졌다.

"끌고 나가 참수하라."

이시언은 솥에 들어가기 직전 살고자 발버둥을 치는 늙은 개처럼 자신이 할 수 있는 모든 발악을 있는 대로 다하며 호소를 해보았다. 적은 나이가 아님에도 그 몸부림이 어찌나 격렬했는지 눈에서는 피눈물이, 코에서는 콧물이, 입에서는 침까지 얼굴의 뚫린 곳이란 뚫린 곳 모조리 끈적이는 물을 쏟아냈다. 그는 멀어지는 임금에게 자신의 억울함을 계속 피력해 보았지만 그 누구 하나 동정하는 사람이 없었다.

한때 조선 팔도를 호령하던 위세는 어느새 모두 사라져 버렸고 추하게 늙은 몸뚱이로 힘겹게 목숨을 보전코자 하는 백발의 죄인만이 남았을 뿐이었다. 어느새 형장에 도착하자 그곳에는 뜻밖의 얼굴이 있었다. 바로 능양군, 아니 지금은 이 나라의 주상이 된 인조를 그에게 소개했던 최민이었다. 이시언은 그를 보자 재차 부탁을 해봤지만 그는 오히려 섬뜩한 눈으로 자신을 보며 비웃고 있었다. 그는 어리둥절해하는 이시언 앞에 서서 나지막이 귓가에 읊조렸다.

"내 부친, 의병장 박인서와 친구 정기룡의 원수를 이제야 갚는구나. 부디 가거든 지옥 업화에서 영원히 불타거라."

"뭣이! 그럼 이게 다 네놈이 꾸민 일이냐!"

최민은 말이 끝나자 일어나더니 관군을 향해 외쳤다.

"어서 죄인을 무릎 꿇려라!"

도부수(刀斧手)[91]는 이시언의 오금을 삼릉장으로 후려쳤다. 늙은 무릎이 힘없이 구부러지며 주저앉혀졌고 등과 머리가 굽었다. 어찌나 세게 쳤는지 이시언은 그에게 항변을 하려 했지만 오금의 통증에 도무지 입에서 말이 새어 나오지 않았다. 그의 헝클어진 백발이 무상한 세월의 바람 속에서 힘없이 나부꼈다. 그는 마지막까지 자신의 최후를 순순히 인정할 수 없었다. 눈물이 형장 바닥에 힘없이 떨궈졌다. 아들놈에게 감시를 시켰던 일을 빌미로 자신에게 이렇게 뒤통수를 치고 이제는 자신을 이런 식으로 내치다니, 그리고 이 모든 것들이 다 최민 저 녀석이 꾸민 것이었다니 도저히 참을 수 없었다. 그러나 이제는 그런 것을 마음속으로 암만 왈가왈부한들 더 이상 아무 소용이 없었다.

---

91) 원래는 큰 칼이나 도끼로 무장한 군사를 말하나 여기서는 참수형을 집행하는 망나니를 뜻함.

– 쉬익!

서슬 퍼런 도부수의 칼날이 바람을 가르고 이시언의 목을 스쳤다. 이시언의 머리는 몸과 분리되어 힘없이 떨어지더니 흙바닥에 나뒹굴었다.

자신의 안위와 권력에 눈이 멀어 여기저기 빌붙으며 충심으로 나라를 지키고자 노력한 정기룡을 이용하고 괴롭혀 온 세도가는 그렇게 사세구 하나 제대로 남기지 못하고 생을 마감하고 말았다.

역적 이시언의 잘린 머리는 궁문 앞에 효수된 채 세찬 바람을 맞으며 백발을 흩날리고 있었다. 마치 그가 장시중에게 그랬던 것처럼 그역시 같은 신세가 되었다. 하지만 잘린 그의 목이 짓고 있는 표정은 여전히 자신의 죽음을 부정하고 있었다. 팽을 일삼았던 자가 자신이 팽의 대상이 될 줄 상상이나 했겠는가. 그가 그렇게 될 것을 정기룡은 이미 알았던 것일까. 그의 목은 그렇게 허망함에 머리칼만 나부낀 채한참 동안 궁문 앞에 매달려 있었다.

그리고 몇 년 뒤, 하동군의 한 서당. 수업을 마친 아이들은 정기룡과 최민이 처음 만나 싸웠던 그 공터로 가서 그때 그들처럼 병정놀이를 하기 위해 해맑은 얼굴로 뛰쳐나갔다. 그렇게 아이들을 보내고 나자 훈장인 최민은 말에 올랐다. 이제는 그도 늙어 예전처럼 기운차게 말을 달릴 수 없어 힘들었지만 그래도 오랜만에 친구와 술 한 잔 나눌 생각에 그는 상주를 향해 말고삐를 내쳤다.

. 이윽고 그가 도착한 곳은 정기룡의 묘였다. 힘겹게 절을 올린 최민은 가져온 술을 두 잔에 따라 하나는 그의 앞에 두고 하나는 자신이 든

채 지난 세월을 시구처럼 읊었다.

"이보게, 매헌. 형님하고 하늘에서 잘 지내고 있는가. 주상전하께서 조정에 남으라고 명하셨는데도 내 자네가 보고 싶어서 청을 거절하고 우리 고향 하동에 내려가 훈장 선생이나 하고 있다네. 내 이루고 싶은 바를 다 이루었더니만 벼슬이건 부귀영화건 다 부질없다 여겨져서 이렇게 그만 조부님과 부친께 불효를 저지르고 말았다네. 자네가 조부님을 뵈면 이 못난 손자 용서해 달라고 꼭 좀 청해 주시게.

자네 조카 상린이는 장가도 가고 무과에 급제했다네. 그게 다 자네가 생전에 그 아이를 정성스럽게 돌본 탓이네. 익린이도 지 아버지 닮아서 훌륭한 장수가 될 것이라 내 믿어 의심치 않네. 자네 부인도 무탈하게 잘 있으니 아무 염려를 하지 않았으면 좋겠군.

나도 이제 자네를 볼 날이 머지않은 것 같군. 자네가 무척 보고 싶네만 그래도 그때까지 조금만 기다려 주게.

자네가 무척 그립다네, 매헌⋯."

산들바람이 잔잔하게 불었다. 최민은 벅찬 마음으로 정기룡이 생전에 누볐던 상주의 드넓은 벌판과 그를 감싸고 있는 푸르른 창공을 올려다보았다. 언젠가 저 하늘 어딘가에 있을 벗을 다시 만날 그날을 기다리며 그는 주름진 얼굴로 희끗해진 수염을 바람에 휘날리며 선 채 흐뭇하게 웃었다.

에필로그

『내일을 기다리지 않는다』의 저자 윤상기 하동군수는 하동의 '실천중심', '사람중심', '현장중심'으로 100년을 설계하고 있다. 그는 살기 좋은 하동군을 건설하기 위해 발로 뛰면서 생각한다. 화개장터, 재첩축제, 벚꽃축제, 녹차축제, 매실축제, 아름다운 골목 만들기 등등 많은 축제로 '살기 좋은 하동'을 만들고 있다.

그는 이번에 금오산 정기를 타고 태어난 하동의 아들 정기룡 장군에게로 눈을 돌렸다. 임진왜란 당시 바다에 이순신 장군이 있었다면, 육지에는 정기룡 장군이 망해 가는 나라를 지켰음에도 불구하고 장군에 대해 많이 알고 있는 사람이 없음을 개탄하면서 군수 임기 내에 장군의 업적을 기록하고자 펜을 들게 하였다.

정기룡 장군은 1562년 지금의 경남 하동군 금남면 중평리에서 태어났다. 호(號)는 매헌(梅軒)이다. 그는 어릴 때부터 활을 익히기 시작했다. 활쏘기와 말타기에 천부적 재능이 있었다. 청소년기에는 집안의 반대로 숨어서 무예를 수련했다. 이후 향시를 치렀으나 시험길을 동행했던 둘째 형이 급사하자 기년상을 치르며 무과 공부를 포기했다. 그러나 25세에 다시 무예 공부를 시작해 그로부터 몇 달 후 무과 별시에 합격했다.

정기룡의 초명(初名)은 무수(茂壽)였다. 공(公, 정기룡)이 무과(武科)에 급제해 창명(唱名, 과거 급제자의 이름을 큰 소리로 외치는 일)할 무렵, 때마침 선조(宣祖)가 용(龍)이 종루가(鐘樓街, 지금의 서울 종각)에서 일어나 하늘로 올라가는 꿈을 꾸었다. 그런 뒤 선조가 공을 얻고 기이하게 여겨 '용이 일어나 하늘로 솟아올랐다'는 뜻의 '기룡(起龍)'이란 이름을 하사했다.

정기룡은 임진왜란이 일어나자 경상우도방어사 조경의 막하에서 군관으로 출발했다. 그러나 조경 장군이 왜군들의 포로가 되자 그는 조자룡과 같은 기개로 적진에 뛰어들어 조경 장군을 구출함은 물론이고, 상주의 가판관(假判官)으로 상주 용화동에 피난해 있던 백성들을 구출하고 화공(火攻)으로 상주성을 탈환했다.

그는 상주판관(종5품) 겸 감사군 대장(敢死軍大將)이 되었다. 정유재란이 일어났을 때에는 토왜대장(討倭大將)으로 임명되고 고령에서 왜군을 섬멸하여 그 공로로 36세의 나이에 경상우도병마사(종2품)로 승진했다. 1597년 도원수 권율과 함께 경상좌도까지 진출해 조·명 연합작전에 참가했다. 경주성 수복에 기여했고, 울산에서 왜군을 대파했다.

그 후 1598년 초에는 조명 연합군의 일원으로 함양 사근(沙斤) 전투에 참전했다. 명나라 부총병 이절(李梲)이 전사하자 명 황제는 그를 명나라 군직인 어왜총병관(禦倭總兵官)으로 임명하고, 자국 군사를 지휘케 했다. 정기룡은 임란 기간 동안 명나라의 관직을 받은 유일한 조선 장수가 되었고, 그 후 진주성을 수복했다.

전쟁이 끝난 뒤에는 당대의 높은 평가와 최초의 공신 선정 때의 평가에서 원종공신(原從功臣) 중의 한 부분인 선무원종공신(宣武原從功臣)으로 선정되었다. 그러나 그는 불평 하나 하지 않고 오직 나랏일만 생각했다. 경상도방어사, 김해부사, 밀양부사, 중도방어사(中道防禦使), 오위도총부 총관, 경상좌도 병마절도사 겸 울산부사, 상호군(上護軍)을 역임했다. 마지막으로 삼도통제사(三道統制使) 겸 경상우수사로 재직하던 중 통제영에서 사망하였고, 200년이 지나 영조대왕에 의해 '충의공(忠毅公)'이라는 시호가 내려졌다.

이처럼 공은 나라를 위해 60전 전승을 거두었으면서도 별로 알려지지 않았다가 200여 년이 지나서야 비로소 『매헌사적(梅軒事蹟)』으로 인하여 알려지게 되었다. 이 서문에는 "공이 없었다면 영남이 없고, 영남이 없었다면 나라도 없었을 것(無公則無嶺南 無嶺南則無國家)"이라고 하여 그를 전쟁의 영웅으로 만들었다.

그 외에 『해동명장전(海東名將傳)』과 송시열이 쓴 '통제사정공신도비명(統制使鄭公神道碑銘)'에만 언급했을 뿐이다.

이번에 펴내는 정기룡 장군의 소설을 통하여 그가 왜 선무공신이 되지 못하였는가 하는 베일을 벗겨버렸다. 그 첫째 원인으로는 임진왜란 후 명장의 반열에 오른 이순신 · 권율 · 곽재우는 모두 세상이 다 알아주는 명문가 출신이었지만, 정기룡은 그와 달리 가문이 내세울 만하지 않았다.

둘째는 이순신의 한산대첩, 권율의 행주대첩, 김시민의 진주대첩처럼 세상 사람들의 관심을 끌 만한 큰 전투가 아니었고, 정유재란 때의 고령대첩도 저평가되어 크게 주목받지 못했다.

셋째는 평생을 변방의 직업군인으로 살았기에 공로로 관직을 얻을 수도 있었지만 전쟁 중 수급 보고 등의 이유로 만년이 다 되어서야 중

앙의 요직에 오르게 되었다.

넷째는 공적만으로 얼마든지 진급할 수 있었지만 취한 수급의 일부
는 빼앗기고 휘하의 장병들이 배고파할 적에 수급을 팔아 양식을 구함
으로써 오직 나라와 백성을 위해 무인으로 한평생을 보냈기 때문이다.

어찌 하동이 그를 버릴 수 있으며, 어찌 그의 업적을 묻어만 놓고 지
낼 수 있으리오. 그래서 윤상기 하동군수는 정기룡 장군의 한을 글 속
에 담으려 한 것이다.

정기룡 장군은 왜 역사에서 빠졌나?

정연가 | 하동노인회 회장

임진왜란을 치른 임금 선조는 "기룡이 아니었으면 영남이 없었고, 영남이 없었으면 오늘날의 종사(宗社)가 무너졌을 것이다!"라며 장군을 극찬, 정기룡을 나라를 보전케 한 큰 인물로 치켜세웠다. 또 사람들은 "바다에는 이순신, 육지에는 정기룡"이라며, 왜란 극복에 있어서 두 장수의 역할을 비교 평가하였다.

1980년대 향토 출신의 소설가 고 이병주 선생은 언론 지면을 통해 정기룡 장군에 대하여 글을 냈는데, "정기룡은 66전 66승을 거둔 불패의 장수로, 나폴레옹보다 전투를 더 잘했다"라고 썼다.

그런데 역사는 정기룡을 철저하게 외면하였다.

임진란 종전 뒤에 공을 세운 장군들을 선무(宣武)공신으로 책록하는데, 선무1등공신에는 이순신(李舜臣)·원균(元均)·권율(權慄) 등 3인, 2등에는 신점(申點)·김시민(金時敏)·권응수(權應銖)·이정암(李廷馣)·이억기(李億祺) 등 5인, 3등에 정기원(鄭期遠)·권협(權悏)·유사원(柳思瑗)·고언백(高彦伯)·이광악(李光岳)·조경(趙儆)·권준(權俊)·이순신(李純信)

· 기효근(奇孝謹) · 이운룡(李雲龍) 등 10인, 합해 18인의 장수를 공신으로 책록하였는데, 눈 닦고 살펴봐도 '정기룡'이라는 이름은 없다.

물론 뒷날 1등공신 5위에 추록되었다고는 하나 이를 아는 사람은 별로 없다. 뿐만 아니라 조선시대를 통틀어 기록한 명장록에는, 최윤덕 · 박만 · 이준 · 허종 · 황형 · 신립 · 변협 · 김여물 · 곽재우 · 이순신(李舜臣) · 권율 · 김경서 · 유림 · 정충신 · 심충 · 임경업 · 이완 · 정봉수 · 신유 등 19인이라, 도저히 들어보지 못한 생소한 이름도 많은데, 정작 정기룡은 빠져 버렸다.

2019년 하동군에서 정기룡 장군 현창사업을 기획하여, 우선 장군의 인물됨에 대한 연구와 재조명을 해보고자 학술 용역을 대학 학자들에게 맡겼었는데, 그 결과를 발표하는 현장에서 나는 새로운 느낌을 전혀 얻지 못해 실망스럽기 짝이 없었다. 장군이 전투를 잘했다는 말만 무성하고, 그런 장군이 왜 정당한 평가를 받지 못했는지에 대한 말이 없어, 사람들의 인식을 새롭게 바꾸는 데는 크게 미치지 못했다는 생각을 갖지 않을 수 없었던 것이다.

나는 그전에, "충무공 이순신은 처음 쓰여진 『선조실록』에는 크게 드러나질 않았는데, 뒤에 『개찬 선조실록』을 쓰면서, 실록총재관인 이식(李植)이 같은 덕수 이씨 문중인물인 이순신 장군을 크게 부각시켰고, 이 실록을 유심히 살핀 숙종 임금이 크게 감탄, 현충사를 짓게 했다는 것이었다. 또 일제 때 친일소설가 이광수가 당파싸움에 여념이 없던 조선민족을 구제불능 민족으로 평가절하하는 과정에서 이순신 장군을 성웅으로 기록, 『성웅 이순신』이라는 책을 엮어내 결국 '충무공 이순신'이 '불멸의 이순신'으로까지 사람들의 머리에 박히게 되었다."는 글을 읽은 바가 있다.

물론 전투 현장에서 턱없는 군사력으로 적을 깨뜨리고 장렬히 전사한 충무공 이순신의 영웅적 모습에 비하면 정기룡 장군은 그 비장함이 미치지 못했다고는 하지만, 살아남은 장수라 하여 그의 공적과 인품까지 빛을 가리고 뭉개버린 것은, 역사를 기록하고 논공행상을 주무르던 벼슬아치들의 고의적인 왜곡이 있었던 것으로 짐작하지 않을 수 없다.

지금이라도 우리 향토의 위대한 인물 정기룡 장군을 선조 임금의 뜻대로 옳게 현창하는 일은 지방화 시대를 맞은 우리들의 책무가 아닌가 싶다.

참고문헌

1) **매헌실기(梅軒實記)**

2) **정만록(征蠻錄)** : 이탁영(李擢英)

3) **고대일록(孤臺日錄)** : 정경운(鄭慶雲)

4) **난중잡록(亂中雜錄)**

5) **조선왕조실록(朝鮮王朝實錄)**

6) **난중록(亂中錄)**

7) **충의사 성역화를 위한 학술세미나** : 충의공정기룡장군기념사업회

8) **충의공 정기룡장군의 역사적 재조명** : 충의공정기룡장군기념사업회

9) **임진난사 국제학술대회 상주지역의 임진왜란 연구** : 임진난 정신문화편찬회

10) **상주와 임진왜란** : 충의공정기룡장군기념사업회

11) **임진왜란과 상주학술대회**

12) **정기룡장군전** : 하동문화원

13) **충의공 정기룡장군** : 하동문화원(鄭漢孝 저)

14) **선조실록(宣祖實錄)**

15) **진주성(晉州城)** : 국립진주박물관

16) **연려실기술(練藜室記述)** : 이긍익(李肯翊)

17) **광해군일기(光海君日記)**

18) **임진왜란(壬辰倭亂)** : 국립진주박물관

19) **한국근대사와 의병투쟁** : 이태룡

20) **천강(天降)** : 박정수(朴正秀)

21) **징비록(懲毖錄)** : 류성룡(柳成龍)

22) **해동명장전(海東名將傳)** : 홍양호(洪良浩)

23) **동야휘집(東野彙輯)** : 이원명(李源命)

24) **한국구비문학대계** : 한국정신문화연구원

25) **영웅은 죽지 않는다** : 정홍기(鄭洪基)

도움을 주신 분

◆ **최영욱** / 하동문인협회 회장

◆ **정한효** / 하동향교 전교

◆ **김삼수** / 향토사연구위원

◆ **정연가** / 하동노인회 회장

◆ **문찬인** / 충의공정기룡장군기념사업회 (하동)

◆ **김홍배** / 충의공정기룡장군기념사업회 (상주)

◆ **강대진** / 하동문화원 원장

◆ **하동군청 문화예술과**

◆ **하동군의회**

◆ **상주박물관**